27

KATINKA & FRITZ EYCKEN

SCHARFE STELLEN

**Haffmans Verlag
bei Zweitausendeins**

1. Auflage als Zweitausendeins-Taschenbuch Nr. 27, Oktober 2010.

Die Originalausgabe erschien 2007 im Haffmans Verlag.

Copyright © 2010 bei Zweitausendeins, Frankfurt am Main.

Umschlaggestaltung: Heine/Lenz/Zizka, Projekte GmbH, Frankfurt.
Umschlagbild von Rudi Hurzlmeier.
Herstellung: Urs Jakob, Werkstatt im Grünen Winkel, CH-8400 Winterthur.
Satz: Fotosatz Reinhard Amann, Aichstetten.
Druck und Bindung: CPI – Clausen & Bosse, Leck.

Dieses Buch gibt es nur bei Zweitausendeins im Versand:
Postfach, D-60381, Frankfurt am Main,
Telefon: (069) 4 20 80 00, Fax: (069) 41 50 03.
Internet: www.Zweitausendeins.de, E-Mail: Service@Zweitausendeins.de.
Oder in den Zweitausendeins-Läden in Augsburg, 2x in Berlin,
in Bonn, Braunschweig, Bremen, Darmstadt, Dresden, Düsseldorf, Erfurt, Frankfurt am Main,
Freiburg, Göttingen, 2x in Hamburg, in Hannover, Karlsruhe, Kiel, Koblenz, Köln, Leipzig,
Ludwigsburg, Mannheim, Marburg, München, Münster, Neustadt/Weinstraße, Nürnberg,
Oldenburg, Osnabrück, Stuttgart und Ulm.

In der Schweiz über buch 2000, Postfach 89, CH-8910 Affoltern a. A.
In Österreich über Buchkontor, Kriemhildplatz a, A-1150 Wien.

ISBN 978-3-86150-927-1

Die sinnlichen Genüsse zu kultivieren bildet die Hauptbeschäftigung meines ganzen Lebens; niemals hat es für mich etwas Wichtigeres gegeben. *Giacomo Casanova*

Es behagt mir, den Leuten dieses Wort »Lust«, das ihnen so zuwider ist, bis zum Überdruß zu wiederholen.
Michel de Montaigne

Liebe und Lust bedeuten dasselbe, obwohl erstere oft als rein und letztere als schmutzig bezeichnet werden.
»Walter«

Wenn man mich frägt, wo denn die intimste Erkenntniß jenes innern Wesens der Welt, jenes Dinges an sich, das ich den Willen zum Leben genannt habe, zu erlangen sei?, oder wo jenes Wesen am deutlichsten ins Bewußtsein tritt?, oder wo es die reinste Offenbarung seines Selbst erlangt? – so muß ich hinweisen auf die Wollust im Akt der Kopulation. Das ist es! Das ist das wahre Wesen und der Kern aller Dinge, das Ziel und Zweck alles Daseyns. *Arthur Schopenhauer*

Ein Philosoph ist, wer sich keine Lust versagt, außer, wenn das nachfolgende Leid überwiegt, und wer stets neue zu ersinnen weiß. *Giacomo Casanova*

Inhaltsverzeichnis

I. VORSTELLEN

II. NACHSTELLEN

III. HAUPTSTELLEN

IV. NEBENSTELLEN

V. SCHNITTSTELLEN

VI. AUSSTELLEN

I VORSTELLEN

Das Aufklärungsbuch zeigte Strichzeichnungen – blaue für Männer, rosane für Frauen – als gesichtslose Gestalten, wo der blaue Unterleib säuberlich in den rosanen Unterleib eingelassen war. Ich lebte zehn Jahre in der glücklichen Annahme, daß ein Paar gemütlich nebeneinander liegt, die Unterleiber ruhig wie Puzzle-Teilchen ineinander gesteckt. Das war Sex. Der schien mir überschätzt. *India Knight*

Die Natur hat dem Menschen doch wenig vertraut, als sie es für nothwendig fand, selbst die Zeugung und das Essen und Trinken mit Vergnügen zu verbinden, um ihm einen Sporn zu geben, beides nicht zu verabsäumen.
Friedrich Hebbel

Mein Leben ist ein offenes Buch. Da gibt es nichts zu verbergen.
Außer etwas Pornographie – vielleicht.
Billy Wilder

Denn alle Verliebtheit, wie ätherisch sie sich auch geberden mag, wurzelt allein im Geschlechtstriebe.
Arthur Schopenhauer

Die Erwachsenen brauchen obszöne Literatur wie die Kinder Märchen: als eine Entlastung von der drückenden Bürde der Konventionen. *Henry Ellis*

Prüderie: Neigung einer Obszönität, sich hinter dem Rücken ihres gesitteten Betragens zu verbergen.
Ambrose Bierce

Ich denke an Sex, also bin ich. *David Lodge*

Die Sexualität führt zu nichts. Sie ist nicht unmoralisch, sondern unproduktiv. *Albert Camus*

Moral ist, wenn man so lebt, daß es gar keinen Spaß macht, so zu leben. *Edith Piaf*

In Kleinigkeiten wundern wir uns über die Geschmacks-unterschiede, sobald es sich aber um die Wollust handelt, geht der Lärm los. *Marquis de Sade*

Zur Hölle mit der Kunst . . . runter mit den Blusen!
Russ Meyer

Viele, die unsere Frivolitäten ausprobiert haben, werden sie bestialisch nennen. Das sind sie nicht. Und wenn, was ist dabei? Was sind alle körperlichen Funktionen von Mann und Frau, was sind Kauen, Trinken, Spucken, Rotzen, Urinieren, Furzen? Was ist Kopulieren? Bestialisch? Sicher, es ist das, was Tiere tun. Das bezeichnet man vielleicht als natürlich, aber es ist ein rein anima-lischer Akt, der mir allerdings nicht besonders bestialisch vorkommt. Was ist die Möse einer Frau? Sie anfassen, wenn sie nicht eben gewaschen wurde oder der Schwanz sie gerade verlassen hat und sie innen und außen noch voller Samen ist, ist das bestialisch oder nicht? Was ist die Vereinigung zweier Zungen, das Vermengen von Speichel, das Aufeinanderheften zweier Münder beim Vögeln, bestialisch? Aber daran ist nichts Schlechtes.
»Walter«

Die Sexualerziehung hat das Bett um die Prüfungsangst bereichert. *Werner Schneyder*

Männer wollen stets für eine Frau die erste Liebe sein. Frauen genügt es, für einen Mann die letzte Leidenschaft zu sein. *Oscar Wilde*

Nachdem wir nun mal die Gewohnheit haben, bekleidet und nicht splitternackt herumzulaufen, müßte das Gesicht eigentlich völlig bedeutungslos sein, sonst würden wir es ja nicht jedem zeigen. Warum ist es uns trotzdem wichtiger als alles andere? Warum verlieben wir uns nur seinetwegen? Warum entscheiden wir nur nach ihm, ob eine Frau schön ist oder nicht? Warum nehmen wir es ihr nicht einmal übel, wenn die Körperteile, die sie uns nicht zeigt, das wahre Gegenteil von dem sind, was das Gesicht versprach? Wäre es nicht natürlicher und vernünftiger, wäre es nicht schlicht besser, wenn wir immer mit verhülltem Gesicht ausgehen würden, aber sonst splitternackt? *Giacomo Casanova*

Sex ist immer enttäuschend und meist abstoßend: als wenn man jemanden bittet, einem die Nase zu putzen.
Philip Larkin

Es ist unheimlich lästig, wild und zügellos begehrt zu werden. Man muß hin und wieder etwas Zeit für sich selbst haben. *Oscar Wilde*

Früher hieß es noch: Durch den Türspalt der Entrüstung linst die Lüsternheit. Heute ist die Tür ausgehängt.
Matthias Beltz

Tatsächlich ist die Identität am wenigsten problematisch beim Geschlechtsverkehr. *Martin Walser*

Tugend ist etwas Ausgezeichnetes, und wir sollten alle danach streben, aber manchmal kann sie ein bißchen deprimierend wirken. *Barbary Pym*

Traue keinem, den der Anblick einer schönen weiblichen Brust nicht außer Fassung bringt. *Auguste Renoir*

Wie war Sex? Er war wie Schmerz. Einmal vorbei – für immer vergessen. *Michèle Roberts*

Die Liebe einer Jungfrau ist ebenso unerträglich wie eine Neubauwohnung. Man meint, man wohne sie trocken. Allerdings braucht man keine giftigen Krankheitskeime eines Vorgängers zu fürchten. *Jules Renard*

Ein heißer Mai reißt schnell die Jungfernhaut entzwei.

»Walter«

Zum Teufel, was treibst Du eigentlich? Bist Du verliebt? Das wäre eine große Torheit! Hüte Dich vor einer Liebesheirat! Wenn Du nicht gerade einen geistig ganz besonders hervorragenden Mann liebst, wirst Du dabei nicht glücklich werden. An Deiner Stelle würde ich mir einen ehrbaren, leidlich reichen, geistig nicht ganz an Dich heranreichenden Mann wählen. *Stendhal*

Joachim Ringelnatz
Meine erste Liebe?

Erste Liebe?
Ach, ein Wüstling, dessen
Herz so wahllos ist wie meins, so weit,
Hat die erste Liebe längst vergessen,
Und ihn intressiert nur seine Zeit.

Meine letzte Liebe zu beschreiben,
Wäre just so leicht wie indiskret.
Außerdem? Wird sie die letzte bleiben,
Bis ihr Name in der »Woche« steht?

Meine Abenteuer in der Minne
Müssen sehr gedrängt gewesen sein.
Wenn ich auf das erste mich besinne,
Fällt mir immer noch ein früh'res ein.

Hanns Heinz Ewers
Geleitwort

»Ich schwöre es bei Gott: die Kenntnis dieses Buches ist eine
Notwendigkeit! Nur der schamlose Nichtwisser und Feind
jeder Wissenschaft wird es nicht lesen oder ins Lächerliche
ziehen!« So begründet der Scheik Nefzaui sein Buch, den

»Duftenden Garten zur Erholung des Geistes«. Mag auch bei der Niederschrift dieser großartig klingenden Versicherung ein kleines Augurenlächeln die Mundwinkel des weltweisen Arabers umspielt haben, so trennt ihn doch eine Welt von dem Zynismus des Ovid, der seine »Ars Amatoria« einleitet mit dem Vers: »Nil nisi lascivi per me discuntur amores«.

Dem römischen Dichter, der, wie vielleicht auch wir, am Ende einer Kulturentwicklung stand, war die Urwüchsigkeit seiner bäuerlichen Vorfahren längst verloren, ihm war das Geschlechtsleben zu einer Schlüpfrigkeit geworden. Ganz anders der Araber. Wohl sind ihm entnervende Ausschweifungen nicht fremd, doch führt ihm vor allem die Feder eine triebsichere Sinnenfreude, die auch die gewagtesten Geschichtchen nicht zur Zote werden läßt. Seiner geschlechtlichen Entwicklung fehlt eben jene kribbelnde Lüsternheit, die den kleinen Fritz unter dem Schulpult nach gewissen Bibelstellen suchen läßt, derweilen seine harmlosen Eltern felsenfest überzeugt sind, daß er noch an den Klapperstorch glaube. Den meisten Europäern haftet diese Art der geschlechtlichen Aufklärung ihr Leben lang an; sie überwinden nie das Bubengefühl des Über-den-Zaun-guckens – wie sehr sie sich auch als »verflixte Lebemänner« auftun mögen. Nur selten entfaltet sich ihr Gefühl zu jener großen Schamlosigkeit, die die Zweieinheit im Übermaß der Lust aller Erdgebundenheit enthebt. – »Denn alle Lust will Ewigkeit, will tiefe, tiefe Ewigkeit!« singt Nietzsche.

Die Stellung des Arabers zum Geschlechtsleben ist eine ganz andere, viel freiere. Wohl hat der Islam in seiner ersten Blütezeit einen Anfall von Puritanertum gehabt, doch ist niemals Liebe und Liebeslust zu einer Sünde gestempelt worden. War doch der Prophet Mohammed selbst kein fauler Gärtner in dem »Duftenden Garten zur Erholung des Geistes«. Noch ein Jüngling, heiratet er eine Witwe von sieben Lustren – septem lustra, nach Ovid die beste Zeit für die reife Frau. Bei seinem Tode hinterließ er neun Frauen, darunter seine Lieblingsfrau Aïscha, mit der ihn heiße Liebe und Leidenschaft verband. Von den neun Frauen mag es herrühren, daß, wie auch Nefzaui unter seinen Rezepten ausführt, noch heute im Orient es als ausgemacht gilt, daß vorheriges Lesen des Koran die Lendenkraft des Mannes stärke.

Liebe und Liebeslust sind gerade in der großen Zeit des Arabertums neben dem Waffensieg die Bekrönung des Lebens gewesen, und daraus ist eine Liebesdichtung entstanden, die sich trotz aller Unverblümtheit in ihrer Zartheit und Innigkeit allem, was das Abendland hervorgebracht hat, getrost an die Seite stellen kann. Große und gesunde Sinnenfreude, die auch vor der letzten Lust nicht zurückschreckt, durchtränkt die ganze Literatur des Morgenlandes, soweit sie nicht religiösen und wissenschaftlichen Inhalts ist, angefangen von dem Hohen Lied Salomonis, über die Märchen aus Tausendundeiner Nacht, zu den Geschichten, die heute noch überall im Orient der Märchenerzähler auf der Straße vorträgt.

Kein Mensch denkt im Orient daran, von diesen Märchen beschnittene Jugendausgaben herauszugeben oder die Kinder bei sehr deutlichen Stellen unter einem fadenscheinigen Vorwand, den von allen das Kind am wenigsten glaubt, vor die Tür zu schicken. So wächst der junge Orientale, Mädchen oder Knabe, ganz von selbst in die Vorstellung des Geschlechtlichen als etwas ganz Natürlichem hinein. Lüsternheit, der Reiz des Verheimlichten, bleibt ihm unbekannt, und für die Eltern und Lehrer entfällt alles Kopfzerbrechen über die Peinlichkeit: »Wie sage ich es meinem Kinde?« Das Kind weiß eben über diese lebensbestimmenden Vorgänge Bescheid, ehe ihm der Gedanke kommen könnte, daß es dabei etwas Außerordentliches zu erfahren gäbe.

Aus der Vortragsform heraus, an die der orientalische Leser seit frühester Kindheit gewohnt ist, war es für den Scheik Nefzaui, als er sich zu Nutz und Frommen der Menschheit daran machte, sein Lehrbuch der Liebeskunst zu verfassen, das Gegebene, viele kleine Erzählungen als Beispiele für seine Lehrsätze einzustreuen. Diese Geschichtchen sind wahre Kabinettstücke morgenländischer Erzählungskunst und machen das Buch auch für den erfahrenen Liebeskünstler zu einer Freude.

Entstanden ist der »Duftende Garten zur Erholung des Geistes« wahrscheinlich um 1550 am Hofe des Beys von Tunis. Weitere Werke des Verfassers, des Scheiks Nefzaui, sind nicht überliefert. Im Abendlande ist das Buch erst um die Mitte des vorigen Jahrhunderts bekannt geworden, aber bisher kaum über die Hände weniger Bücherliebhaber hinausgekommen.

Scheik Nafzawi
Allgemeines über den Beischlaf

Gelobt und gedankt sei Allah, der höchste Lust des Mannes in die Frau gelegt hat und höchste Lust der Frau in den Mann.

Der Frau ist kein Behagen gegeben, kein Glück und keine Ruhe ohne die Verbindung mit dem Manne, aber der Mann hat keine Ruhe, bis er sich mit der Frau vereinigen kann.

Bei diesem Beginnen verspüren beide Teile Lustgefühle. Die Umarmungen und Verschlingungen, die sie eingehen, sind eine Art bewegten Kampfes, der beiden Freude macht. Höchste Lust stellt sich bald ein, wenn die Leiber sich innig berühren.

Allahs Werk ist der Kuß, der Kuß auf die Wangen, den Hals, auch das Saugen an frischen Lippen, um des Mannes Erregung hervorzurufen. In seiner Weisheit hat er der Frau den schönen Busen gegeben, ihren Hals hat er mit einem Doppelkinn geschmückt, auch hat er ihren Wangen rosigen Glanz verliehen.

Er hat ihr Augen gegeben, die Liebe erwecken, Augen, deren Wimpern einem scharfen Schwert gleichen.

Er hat ihr einen runden Leib gemacht und hat ihn mit einem

24

köstlichen Nabel geschmückt. Die Hüften, die Falten des Leibes sind eine Steigerung seiner Schönheit und die Schenkel sind es, auf denen all diese Herrlichkeit ruhen.

Zwischen ihnen aber liegt das Feld der Liebeskämpfe.

Ist dieser Körperteil fleischig und weich, so gleicht er dem Kopfe des Löwen; er wird die weibliche Scham genannt.

Unzählige Männer sind durch sie zugrunde gegangen und es waren – wie sehr schmerzlich ist es, das zu bekennen! – viele herrliche Helden unter ihnen!

Allah schuf dieses Organ wie einen Mund mit einer Zunge (der Klitoris) und zwei Lippen. Es gleicht in seiner Gestalt der Fußspur einer flüchtenden Gazelle im Wüstensande.

Zwei herrliche Säulen tragen dieses Wunder, die Schenkel, Zeugnisse von Allahs Macht und Weisheit. Sie sind nicht zu lang, nicht zu kurz, aber geschmückt mit den Knien, den Kniekehlen, den Waden und den Fersen, auf denen die schönsten Ringe liegen.

Allah, der Allmächtige, hat die Frau inmitten eines Meeres von Herrlichkeit, Glanz und Lust erschaffen. Sie ist mit den schönsten Gewändern überhäuft, sie schmückt sich mit glänzenden Gürteln, sie hat die Gnade eines Lächelns, das Verführung ist.

Gepriesen sei darum Allah, der die Frau in ihrer Schönheit erschaffen, der ihren Leib gebildet hat mit allen Reizen, den Weckerinnen der Lust, der ihre Haare so schön machte, der ihre Kehle formte und die köstlichen Rundungen ihres Busens! Der sie Liebesgebärden lehrte, welche die Lust entfachen!

Der Schöpfer der Welt hat den Frauen die Macht gegeben, alle Männer zu verführen, die starken wie die schwachen; alle ohne Unterschied sind ihnen untertänig! Die Frau ist es, welche in Wahrheit die menschliche Gesellschaft geschaffen hat, denn ohne sie gäbe es keine Gründe des Bleibens, des Wanderns, des Weitergehens. Sie ist der Urquell aller Zerstreuungen und aller Vergnügungen.

Wer liebt und vom Gegenstand der Liebe getrennt wird,

befindet sich in einem Zustand der Demut. Seine Brust erglüht im Feuer der Liebe, aber das Elend lastet auf ihm in mannigfachen Formen und unterwirft ihn dem Geschick und allen Wechselfällen, die sich im Gefolge der Leidenschaften einstellen. Das alles ist die Folge des glühenden Wunsches nach Vereinigung.

Demütiger Diener Allahs, der ich bin, danke ich ihm dafür, daß sich keiner der Liebe zu einer schönen Frau entziehen kann, auch nicht dem Verlangen, sie zu besitzen. Kein Wechsel des Ortes hilft dagegen, keine Flucht, keine Trennung. Ich bezeuge, daß es außer Allah keinen anderen Gott gibt und daß er keinen Gehilfen hat! Dieses Zeugnis lege ich ab für den Tag des letzten Gerichtes!

Marquis d'Argens
Thereses frühe Erweckung

Ich war kaum sieben Jahre alt, als meine zärtliche Mutter in ihrer unaufhörlichen Sorge um meine Gesundheit und um meine Erziehung bemerkte, daß ich zusehends abmagerte. Ein geschickter Arzt wurde gerufen und wegen meiner Krankheit befragt. Ich hatte einen unstillbaren Hunger, aber kein Fieber und keine Schmerzen; trotzdem schwand meine Lebhaftigkeit dahin, und meine Beine vermochten mich kaum noch zu tragen. Meine Mutter fürchtete für mein Leben; sie ließ mich keinen Augenblick von ihrer Seite, und ich mußte in ihrem Bett schlafen. Wie groß war ihre Überraschung, als sie eines Nachts bemerkte, daß ich im Schlaf die Hand auf jenem Körperteil hatte, der uns von den Männern unterscheidet, und daß ich durch ein sanftes Reiben mir Genüsse verschaffte, die bei Mädchen von fünfzehn Jahren gang und gäbe sind, die aber einem

Mädchen von sieben Jahren nicht bekannt zu sein pflegen. Meine Mutter wollte kaum ihren Augen trauen, leise hob sie Decke und Bettlaken hoch; sie holte die Lampe, die in dem Zimmer brannte, und wartete als kluge und erfahrene Frau die weitere Entwicklung ab. Es kam, wie es kommen mußte: Ich bewegte mich hin und her, ich zitterte, und – der Genuß weckte mich.

In der ersten Aufregung schalt meine Mutter mich tüchtig aus; sie fragte mich, wo ich die Greuel gelernt hätte, die sie soeben beobachtet habe. Ich antwortete ihr weinend, ich wüßte nicht, was ich ihr zu Leide getan hätte, und ich wüßte nicht, was sie mit den Ausdrücken »unanständige Berührung«, »Schamlosigkeit« und »Todsünde« sagen wollte. Die Naivität meiner Antworten überzeugte sie von meiner Unschuld. Ich schlief wieder ein. Von neuem begann ich mich zu kitzeln, von neuem schalt meine Mutter mich aus. Nachdem sie mich mehrere Nächte hindurch aufmerksam beobachtet hatte, bezweifelte sie nicht mehr, daß die Stärke meiner Sinnlichkeit mich trieb, im Schlafe zu tun, woran so viele arme Nonnen im Wachen Trost finden. Meine Mutter beschloß, mir die Hände eng zusammenzubinden, so daß es mir unmöglich war, meine nächtlichen Unterhaltungen noch weiterhin fortzusetzen.

*　　*
*

Bald hatte ich meine Gesundheit und frühere Kraft wiedererlangt. Ich legte die üble Gewohnheit ab, aber meine Sinnlichkeit wurde immer größer. Im Alter von neun oder zehn Jahren verspürte ich eine seltsame Unruhe, fühlte ich Begierden, deren Ziel ich nicht kannte. Mit anderen kleinen Mädchen und Knaben meines Alters war ich oft auf einem Dachboden beisammen. Dort trieben wir unsere kleinen Spiele. Einer von uns wurde zum Schulmeister erwählt; das geringste Vergehen wurde mit dem Stock bestraft. Die Knaben ließen ihre Höschen herunter, die Mädchen hoben Röckchen und Hemdchen hoch. Wir betrachteten uns gegenseitig aufmerksam; fünf oder sechs kleine Hintern wurden einer nach dem andern bewundert, gestreichelt und gepeitscht. Die *Guigui* der Knaben, wie wir es nannten, waren ein Spielzeug für uns; hundertmal streichelten wir sie mit den Fingern, nahmen sie in die Hand, machten Püppchen daraus und küßten das kleine Instrument, von dessen Gebrauch und Wert wir gar keine Ahnung hatten. Dann kamen unsere Popochen dran. Auch sie wurden geküßt. Nur um den Mittelpunkt aller Freuden kümmerte sich niemand. Woher kam diese Vernachlässigung? Ich weiß es nicht. Aber so waren unsere Spiele; die einfache Natur leitete sie.

Norbert Johannimloh
Dokterspiele

Scharfe, spitze und pieksende Dinger waren beim Onkel-Dokter-Spiel die wichtigsten Heilmittel gegen alle möglichen Krankheiten. Sehr beliebt war die Impfung mit Hahnenfuß-Samenkronen, von denen es in den Wiesen genug gab. Diese Samenkronen wurden sehr hart, wenn sie reif waren, und wenn man sie fest auf den Oberarm oder auf den Oberschenkel drückte, hinterließen sie für einige Zeit Spuren, die echten Impfnarben ganz ähnlich sahen. – Außerdem benutzte jeder Dokter Spritzen. Das waren ziemlich spitze Holzstöckchen, die dem Patienten aufrecht zwischen Körper und Kleidung geklemmt wurden und längere Zeit so sitzen bleiben mußten. Das konnte schon sehr weh tun, und nicht selten floß Blut dabei. Dann gab es natürlich auch Operationen. Meistens mußte der Bauch aufgeschnitten werden. Das war das interessanteste Operationsgebiet. Als Operationsmesser nahm der Dokter manchmal nur den Fingernagel, manchmal aber auch ein richtiges Taschenmesser. Und die Kunst des Dokters bestand darin, daß man eine richtige Spur des Schnittes sehen konnte, ohne daß dabei etwas so Schlimmes passiert wäre, daß die Eltern alarmiert wurden. Wichtig war auch, daß das Krankenzimmer immer schön abgedunkelt war. Die Behandlung fand also entweder im dichten Tannenwald statt oder auf Nachbars Lakenwagen oder auf dem Heuboden. An diesem Tage hatten wir einen noch besseren Platz gefunden, nämlich den Strohboden, der direkt unter der Dachspitze lag. Es wurde abgezählt:

> »Eene meene minkmank
> wecker mäcket Stinkstank,
> den maak ik nich,
> den mäck's du.«

Ich war der Onkel Dokter. Beim Onkel-Dokter-Spiel machten meistens auch die Größeren mit, während sie sonst mit den Kleineren nicht viel zu tun haben wollten. Helmut stand zuerst ein wenig abseits. Als er sah, daß ich zum Dokter ausgezählt war, sagte er auf einmal: »Ich mache auch mit.« Der Strohboden war ideal als Krankenhaus. Wir konnten Zwischenwände aus Strohballen errichten, so daß jeder Kranke ein Zimmer für sich bekam. Es war ziemlich dunkel da oben. Nur durch ein ganz kleines Fenster in der Giebelwand kam ein bißchen Licht herein. Helmut sagte: »Es ist noch zu hell. Das ist nicht gut für die Augen, wenn einer Masern hat.« – Er nahm einen Strohbund und stellte ihn vor das Fenster. Jetzt kam nur noch durch die Ritzen zwischen den Dachpfannen ein bißchen Licht herein. Die Kranken wählten sich ein Zimmer aus und legten sich hin. Helmut suchte sich auf dem dunklen Boden die dunkelste Ecke als Krankenzimmer aus. Ich verordnete allen strenge Bettruhe und überlegte dann, bei welchem Patienten ich zuerst mit der Behandlung beginnen sollte, und was ich mit den Kranken alles anfangen könnte. Als Dokter durfte ich einfach alles machen, auch das, was der Herr Pastor und der liebe Gott sonst verboten hatten. Der Dokter durfte ja sogar den großen

Frauen unters Hemd fassen. Daran konnte auch der Pastor nichts ändern. An diesem Tage war ich der Dokter. Mit übereinander geschlagenen Armen schritt ich erst mal im Flur vor den Krankenzimmern auf und ab. Es knisterte in den Ecken. Ich hatte alles zu sagen, und alle mußten mir gehorchen, auch die Großen. Auch Helmut, der mir in der Wäßelwiese den Hals zugedrückt hatte, bis ich ihn richtig begriff. Ihn nahm ich mir zuerst vor. Ich machte die Gertrud, die schon etwas größer war, zur Krankenschwester und ging mit ihr in Helmuts Krankenzimmer. »Wo tut's weh?« – »Im Bauch!« – Das war komisch. Fast jeder Patient hatte Bauchschmerzen. Das war immer so. Fast alle wollten, daß der Bauch untersucht und behandelt wurde. Das war die interessanteste Krankheit. Alle waren gespannt, was für eine Behandlung der Dokter sich ausdenken werde. Helmut lag in einer dunklen Ecke auf dem Stroh. Aber durch die Dachpfannen-Ritzen kam immerhin soviel Licht, daß ich sehen konnte, wie erwartungsvoll er mich anschaute. »Buxen ausziehen«, befahl ich. Er zögerte. »Dann muß die Schwester aber erst rausgehen,« sagte er. – »Eine Krankenschwester ist so was wie ein Dokter«, sagte ich. »Sie kann hierbleiben. – Los, mach schon!« Er gehorchte zögernd und zog sehr umständlich seine Hosen aus. Da er der Krankenschwester weder sein Vorder- noch sein Hinterteil zuwenden wollte, drehte er sich zur Seite. Er beugte sich ein wenig vor und stand da wie der Jesus auf den Geißelungsbildern. Er machte eine klägliche Figur vor der Krankenschwester. Ich hatte meinen Spaß daran, den großen Helmut, der in der Schule in der hintersten Bank saß und der schon fast so groß war wie der Lehrer, so in Verlegenheit zu bringen. Aber ich war noch nicht zufrieden mit meiner Rache. »Dolle-Kuh-Stellung einnehmen«, befahl ich ihm. Mit einem schrägen Blick zur Krankenschwester ging er zu Boden und hockte da auf allen Vieren wie in der Wäßelwiese. »Eine schöne Kuh«, kicherte die Krankenschwester und fing an zu singen:

>>Stripp strapp strull
mak den Ämmer vull
usse Kouh is dull
stripp strapp strull.<<

Helmut zog sich zusammen wie ein Igel beim Herannahen
eines Hundes und kauerte am Boden. Ich nahm einen gut an-
gespitzten Pfeil aus meinem Köcher und gab ihm eine Spritze
in die rechte Hinterbacke. Helmut fuhr hoch und schrie auf
vor Schmerz. Ich hatte kräftig reingedrückt. Es blutete. Helmut drückte seine Hand auf die Wunde. >>Hände weg<<, befahl
ich, >>dolle Kuh hat keine Hände.<< Die Krankenschwester
kicherte und leierte:

>>Dolle Kuh
macht Muhmuh
bekleckert alle Wände
und hat doch keine Hände.<<

Dann nahm sie den ersten Singsang wieder auf:

>>Stripp strapp strull
mak den Ämmer vull ...<<

Helmut kauerte wieder wie ein Igel am Boden. >>Laut bis Tausend zählen!<< ordnete ich an. >>Wenn du bei Tausend bist, kommen wir wieder, und du bekommst die nächste Spritze in die
linke Backe.<< Zuerst hockte er verstockt schweigend am Boden.
Auf mein ermunterndes >>Na, wirds bald<<, begann er aber
gehorsam zu zählen. Ich konnte mich in der Zwischenzeit den
anderen Patienten zuwenden. Die kleinen Blagen interessier-
ten mich an diesem Tage nur wenig als Patienten. Ich untersuchte sie kurz, fummelte ihnen auf dem Bauch herum und
verordnete folgendes Heilmittel: Jeder Patient sollte eine Sta-
chelbeere, drei Erdbeeren und sieben Johannisbeeren unzer-
kaut schlucken und dann ein rohes Kiebitzei mit Schale essen.

Die Kiebitzeier mußten aus Piepenkrögers Wiesen geholt werden. Anschließend sollten sich alle auf das Waschbrett an der Dalke setzen und die Füße ins Wasser halten. – Das war mein Rezept gegen die Bauchschmerzen der Kleinen. Die Krankenschwester schickte ich mit runter zur Beaufsichtigung.

Blieb noch die Irmgard übrig, die fast genauso groß war wie Helmut. Sie hatte das Krankenzimmer mit dem Giebelfenster gewählt. Dort war es verhältnismäßig hell, obwohl Helmut einen Strohbund vor das Fenster gestellt hatte. Ich stand ziemlich unschlüssig vor ihrem Zimmer. Was sollte ich mit ihr machen? Irmgard war auch immer sehr ernst. Mit einem Späßchen war da nichts zu machen. Und mit einem Kinderspielchen auch nicht, weil sie schon fast so groß war wie der Helmut, also auch schon fast so groß wie der Lehrer. Unter dem Giebelfenster knisterte das Stroh. Von der anderen Seite des Bodens hörte ich den Helmut zählen. Ich hatte nur noch diese beiden Patienten hier oben. Mit dem Helmut wußte ich was anzufangen. Aber was sollte ich mit dem großen Mädchen machen? Als ich vorsichtig um die Ecke der Strohballenwand guckte, sah ich ihre Beine. Sie trug einen kurzen Rock. Es waren sehr lange Beine. Ich wurde immer ratloser. Was für eine Behandlung würde sie erwarten. An dieser Stelle des Bodens war ich sozusagen allein mit ihr.

Auf einmal sagte sie leise: »Guten Tag, Herr Dokter!« Sie hatte mich also entdeckt. Ich trat an sie heran. »Wo tut's weh?« fragte ich ebenso leise und wußte selber nicht, warum ich leise sprach. Bei Helmut hatte ich laut gesprochen. »Ich weiß nicht«, sagte sie leise. – »Bist du denn überhaupt krank?« – »Ich weiß nicht«, sagte sie noch leiser. Einen Augenblick glaubte ich, sie wolle mich auf die Schippe nehmen, da ich ja kleiner war als sie. Aber sie sprach nicht keß oder albern. In ihrer Stimme lag direkt etwas Geheimnisvolles. »Dann müssen wir eben alles untersuchen«, sagte ich, gab aber nicht den Befehl, irgendein Kleidungsstück zu öffnen oder auszuziehen, wie das sonst fast bei jeder Untersuchung der Fall war. Ich kniete an ihrer Seite nieder und fühlte zuerst einmal den Puls.

Dazu faßte ich die Hand, die auf ihrem Schoß lag. Beim Pulsschlagzählen kam ich immer wieder durcheinander, weil Helmut von weitem dazwischenzählte. »Das muß ein Herzfehler sein«, sagte ich. »Wir müssen das Herz untersuchen.« Ich schob ihren Arm beiseite, legte meine Hand auf ihre linke Brustseite und tastete vorsichtig umher, um eine Stelle zu finden, wo ich ihr Herz schlagen fühlte. »So geht das nicht«, sagte ich leise. »Du mußt den Pulli ausziehen.« Irmgard reagierte nicht. Sie sagte nichts und tat nichts. Ich schob meine Hand unter den Pulli. Sie sagte nichts und tat nichts. Jetzt war das Hemd im Wege. Ich zog es hoch. Dann lag meine Hand endlich auf ihrer nackten Haut. Irmgard hatte schon richtige Brüste. Als ich die Halbkugel in der Hand hatte, war ich zuerst ziemlich enttäuscht. Darum machten die Weiber so ein Gedöns und so viel Geheimniskrämerei? Ich schob Hemd und Pulli hoch, so daß ich jetzt beide Brüste frei vor mir hatte. Sie schimmerten matt in diesem Dämmerdunkel. Nun ja, sie waren ja wohl ganz hübsch anzuschauen, diese runden Hügel mit den schwarzbraunen Kuppen, aber aufregend waren sie eigentlich nicht. Verlockend fand ich dagegen die sanfte Bucht zwischen den beiden Erhebungen. Diese Senke zog mich magisch an, und ich drückte einfach mein Gesicht hinein und blieb still so liegen. Mir fiel das wunderschöne braune Foto ein, auf dem meine Mama mit ihrem ersten Kind auf dem Schoß zu sehen war. Von den neun weiteren Kindern gab es solch ein Foto auf Mamas Schoß nicht. Ich war das neunte. – Daß ich Irmgards Herzfehler untersuchen wollte und daß ich der Dokter war und kein Baby, das hatte ich hier total vergessen. Ich fühlte mich einfach rundum wohl an ihrer Brust und hätte immer so liegen bleiben mögen. Auf einmal schob Irmgard meinen Kopf weg, machte Hemd und Pulli runter und sagte: »Du untersuchst mich ja gar nicht mehr. Wenn du aber nicht der Dokter bist, dann dürfen wir nicht so zusammenliegen, solange wir nicht verheiratet sind. Sonst ist das Fleischeslust und eine Todsünde, und wir kommen beide in die Hölle.« Damit stand sie auf und ging weg. Ich saß da wie vor den Kopf geschlagen und lauschte ihr nach, wie sie zuerst die Leiter vom Strohboden zum Heuboden runterkletterte und dann die Holztreppe vom Heuboden über die Hille zur Deele runterging. –

Diese verdammte Hölle! Zum ersten Mal hatte ich den Verdacht, daß irgendein mieser Schwarzer sich die Hölle nur als Schreckmittel ausgedacht hatte, weil er den Menschen kein Fitzelchen Glück gönnte. Jedenfalls war es mir ganz unbegreiflich, daß die paar Minuten warmer Zufriedenheit an der Brust von Irmgard vom lieben Gott mit ewiger Höllenqual bestraft werden könnten.

Linda Verhaelen
Der erste Kuß

Die neue Klassenlehrerin hieß Frau Dierks und war die beste Freundin von Frau Merian. Von vornherein hatte Frau Dierks mich gefressen und drangsalierte mich, wo sie nur konnte, so kam es mir jedenfalls vor. Ich war felsenfest davon überzeugt, daß Frau Merian ihr von mir erzählt hatte. Sie wollte mich immer direkt vor ihren Augen haben, damit ich ja keinen Unfug anstellte. Frau Dierks war etwa zehn Jahre älter als Frau Merian, hatte eine rötliche Dauerwelle wie diese und ein Kreuz wie ein Kampfschwimmer. Auch sie lief fast ausschließlich in Trainingsanzug plus Trillerpfeife herum.

Bald stellte ich jedoch fest, daß Frau Dierks mir gar nicht feindlich gesinnt war, sondern mich aus unerfindlichen Gründen sogar für hochintelligent hielt. Immer wenn eine besonders schwere Frage anstand, befragte sie mich, und obwohl meine Antworten fast jedesmal falsch waren, bestand sie darauf, daß sich hinter meiner dümmlichen Fassade ein Abgrund an Genialität befände, den ich ihr bewußt vorenthielte. Sie hatte geradezu einen Narren an mir gefressen, und wenn sie mich durch ihre dicken Brillengläser anzwinkerte, kam mir ein leiser, vager Verdacht. Kurz bevor ich die Schule verließ, sickerte dann durch, daß sie mit Frau Merian zusammenlebte und sich beide nichts aus Männern machten.

Bald schon hatte ich keine Zeit mehr für solche Beobachtungen. Siegfried erwies sich nämlich als recht zeitaufwendig. Damit sein Interesse an mir bis zum Mittelball durchhielt, mußte ich mit ihm endlose Spaziergänge machen, mich mit ihm in die Eisdiele setzen und ihn in die Vestlandhalle begleiten, wo die ersten Beatbands auftraten. Die Zeit der Beatles hatte gerade begonnen, und jeder Typ, der eine Gitarre von einer Klarinette unterscheiden konnte, ließ sich einen Pilzkopf wachsen und gründete eine Band. Bei uns in der Gegend reichte es nur zu den Rattles und den Lords, die richtig guten Typen traten in den größeren Städten auf.

Siegfried wurde immer lästiger. Sein Hauptthema war nämlich der Sex. Für mich war das eins der langweiligsten Themen überhaupt, und sein halbgares Gequatsche ging mir unheimlich auf den Geist.

»Hast du überhaupt schon mal geknutscht?« wollte er wissen. Es ging ihn zwar eigentlich nicht die Bohne an, aber ich entschied mich für die Wahrheit.

»Willst du es mal lernen?« fragte er und blickte dabei so verheißungsvoll, als hätte er mir eine große Portion Pommes mit Mayo angeboten.

»Nicht unbedingt«, sagte ich. Schon das Wort »Knutschen« verursachte bei mir einen mittleren Brechreiz. Er kam doch wohl nicht im Ernst auf die Idee, seinen Mund mit dem meinen in Verbindung zu bringen. Sofort tauchten vor meinem geistigen Auge faulende Essensreste in seinen Zahnzwischenräumen auf sowie die Aussicht auf nähere Bekanntschaft mit seinen diversen halbreifen Eiterpickeln.

»Ich will dich küssen«, sagte er, »aber ich lasse dir Zeit. Ich kann warten. Verstehst du? Ich bin nicht so wie andere, ich kann warten. Aber nicht zu lange natürlich, das ist ja klar.«

»Wie lange denn?« fragte ich. Wenn er mir Zeit bis zum Mittelball gab, konnte ich der Sache vielleicht aus dem Weg gehen. Er sagte: »Ein bis zwei Wochen.«

Du lieber Gott.

Siegfried hatte einen Trumpf im Ärmel, von dem er gottlob nichts wußte. An unserer Schule hatte er mir zu einem traumhaften Renommée verholfen, denn dadurch, daß ich einen festen Freund hatte, war ich Mitglied im Olymp der Erwachsenen, und außerdem beneideten sie mich auch noch um Siegfried. Sie fanden ihn attraktiv, nicht zu fassen. Eine war dabei, Andrea hieß sie und sah aus wie die junge Caroline von Monaco, die verfolgte mich mit haßerfüllten Blicken und war unsterblich in Siegfried verliebt. Das war für mich zwar der Witz des Jahrhunderts, aber es schmeichelte mir auch.

Also ließ ich mich mit Siegfried auf einen Handel ein: »Wenn du dir die Fingernägel schneidest, kannst du mich im Kino küssen. In zwei Wochen.« Am nächsten Tag waren die Nägel kurz.

»Und die Haare müssen länger werden«, forderte ich, »die sind mir zu kurz.«

»Mir deine auch«, gab er zurück, »ich steh auf langes Haar.«

Nach zwei Wochen gingen wir in den Film »Eine zuviel im Bett« mit Doris Day. Hätte nicht der klebrige Siegfried mit seinem heißen Atem dauernd an mir gehangen, hätte ich den Film mehr genießen können. »Du hast es versprochen«, jaulte er in gedämpftem Ton, »und Versprechen muß man halten. Ich habe auch meine Nägel geschnitten, glaub man ja nicht, daß mir das leichtgefallen wäre. Das hab ich auch nur dir zuliebe getan. Also, was ist jetzt?«

Er fingerte ziemlich wild an mir herum, aber ich konnte mich einfach nicht überwinden. Als der Film aus war, war die Stimmung im Eimer.

»Also, so geht das nicht«, beschwerte er sich, »ich hab jetzt lange genug gewartet. So'n Doofen wie mich findest du nicht noch einmal, das kann ich dir sagen. Wenn du dich heute nicht küssen läßt, mache ich Schluß. Ehrlich.Was glaubst du denn, wer ich bin. Ich kann auch andere haben.«

»Meinst du, ich nicht?« Arschloch.

Die Lage war ernst. Wir setzten uns auf eine Parkbank und rauchten eine Zigarette.

»Du willst ja bloß nicht, weil du nicht weißt, wie es geht«, spielte er den Psychologen, »aber du brauchst überhaupt keine Angst zu haben, ich mach das schon ganz alleine. Ich zeig dir das schon, das ist nicht schwer. Und irgendwann mußt du es ja sowieso lernen. Mußt keine Angst haben.«

»Ich hab keine Angst.«

Nein, ich hatte keine Angst, mir war nur zumute, als müsse ich vom Fünfmeterbrett in ein Schwimmbecken voller Maden springen.

Siegfried schwang sich nun zum Pädagogen auf: »Paß auf, es ist ganz einfach. Ich drücke meine Lippen auf deine, und dann stecke ich dir meine Zunge in den Mund und du saugst daran. Verstehst du doch, oder?«

Ich nickte beklommen. Zunge? Wieso Zunge? Das konnte er mir nicht weismachen, daß beim Küssen die Zunge verwendet wird. Noch in keinem einzigen Film hatte ich sowas gesehen. Ich sagte: »In dem Film eben haben sie sich aber ohne Zunge geküßt.«

Er lachte überlegen: »Das sieht man doch von außen nicht. Und außerdem ist das Film, die tun ja sowieso nur so als ob.«

Die Sache mit der Zunge lag mir schwer auf der Seele.

Das war ja alles noch schlimmer, als ich geahnt hatte. Auch noch die Zunge von dem Kerl im Hals. Die ganzen Bakterien!

Listig fragte ich: »Woher weißt du das eigentlich alles so genau?«

Er grinste selbstgefällig, als hätte er nur auf diese Frage gewartet: »Ich habe eben Erfahrung. Ich habe schon geknutscht. Mit der Elke. Und mit der Andrea. Die Andrea hängt sich rein, als müsse sie morgen sterben.«

Aha, sehr aufschlußreich. Wie aktiv die alle waren. Und guckten so harmlos aus der Wäsche. Es gab keine Sitte und keinen Anstand mehr. Überall nur Geknutsche und Gefummele, grauenvolle Vorstellung. Ich fing an zu frieren.

Leute gingen vorbei und gafften uns an. Wozu sitzen zwei Jugendliche auf der Parkbank, da muß es doch was zu sehen geben. Hilft mir denn keiner? Wo ist Frau Merian? Kein Wunder, daß sie lesbisch geworden war. Wie gut ich sie verstand. Männer sind was Fürchterliches.

Siegfried machte nun Nägel mit Köpfen. Ich sah die fünf Haare auf seiner Nase näher kommen und blickte in seine braunen Augen. In seinem Scheitel blitzten neckisch ein paar Kopfschuppen. Er drückte mir seine Zunge in den Mund wie eine verfaulte Steckrübe, und ich saugte brav daran und zählte die Sekunden. Krakenhaft umklammerten mich seine Arme, die Unendlichkeit hatte einen Namen: Siegfried.

Endlich ließ er von mir ab. Er strahlte: »Ging doch prima. Und jetzt noch mal linksherum.«

Linksherum war schwerer. Ich wußte nicht genau, wie ich meinen Kopf halten sollte. Siegfried meinte: »Ich küsse auch lieber rechtsherum. Linksherum können wir ja noch üben, wir haben ja soviel Zeit. Und jetzt noch mal rechtsherum.« Hallo, glitschige Steckrübe, lecker lecker. »Siegfried«, japste ich, als ich wieder Luft holen durfte, »du mußt mal deine Spucke mehr für dich behalten, das läuft ja alles bei mir rein.«

»Manche mögen es naß«, behauptete er, »aber ich mache das so wie du willst. Kein Problem. Und sonst? Wie findest du es sonst? Abgesehen von der Spucke, meine ich. Ist es nicht toll, sag mal?«

Ich wagte nicht, seiner Euphorie einen Dämpfer zu verpassen, und zog nur eine Augenbraue hoch.

»Du wirst dich schon daran gewöhnen«, meinte er glücklich, »ich bringe dir alles bei. Kennst du den Kinsey-Report? Da steht alles drin. Auch über den Geschlechtsverkehr und so. Ich kann dir alles beibringen, das ist ja eine wahnsinnig interessante Materie, da bist du platt, was es alles gibt. Ich bring dir das schon bei.«

Ich war unheimlich wild darauf. Ich sagte, ich müsse jetzt

dringend nach Hause, meine Mutter würde sicher schon warten. Ab sofort war Siegfried mit allen meinen Wünschen einverstanden, er war wie Wachs in meinen Händen, und ich durfte ihn Sigi nennen.

Ich fühlte mich durchaus heroisch, hatte ich doch den Sprung in das Madenbecken geschafft. Ich hatte es erst mal hinter mir. Dachte ich. Ich ahnte noch nicht, daß Knutschen Sigis Lieblingsbeschäftigung war. Und nicht nur Knutschen.

Sigmund Freud
Über die Perversion des Kusses

Schon der Kuß hat Anspruch auf den Namen eines perversen Aktes, denn er besteht in der Vereinigung zweier erogener Mundzonen an Stelle der beiderlei Genitalien. Aber niemand verwirft ihn als pervers, er wird im Gegenteil in der Bühnendarstellung als gemilderte Andeutung des Sexualaktes zugelassen. Gerade das Küssen kann aber leicht zur vollen Perversion werden, wenn es nämlich so intensiv ausfällt, daß sich Genitalentladung und Orgasmus direkt daranschließen, was gar nicht so selten vorkommt.

Gustav Schilling
Im Schlafkabinett meines Vaters

Ich war siebzehn Jahre alt, wie mich mein Vater zu seinem
Sohn erklärte. Es war ein großes Fest, das acht Tage dauerte.
Eine Menge des benachbarten Adels war zugegen. Auch gnä-
dige Frauen und Fräuleins; denn so sehr auch diese anderswo
oder zu Hause darüber skandalisierten, daß die Liebschaft
meines Vaters gleich einer rechtmäßigen Gemahlin an der
Tafel saß, so konnten sie doch nicht leicht eine Einladung aus-
schlagen, weil in der ganzen Gegend umher keine so gut
besetzte Tafel, keine so wohl schmeckenden Weine und keine
so herrliche Musik anzutreffen waren als bei Herrn v. H. Ich
hatte einen vergnügten Tag gehabt, hatte mit den gnädigen
Fräuleins viel gescherzt und mehr als ein Dutzend Küßchen
eingeerntet und hatte ein Glas Wein mehr getrunken als
gewöhnlich; was Wunder, daß mein Blut in ungewöhnlicher
Wallung war, als ich in mein Schlafzimmer kam, und daß nach
stundenlangem Harren sich noch kein Schlaf einstellen wollte.

Mein Schlafkabinett war neben dem meines Vaters und nur
durch eine Wand geschieden. Ich hörte meinen Vater sprechen: »Lilla, du bleibst lange aus.« Ich muß meinen Lesern
sagen, daß der Herr v. H. gewohnt war, seinen Liebschaften
einen Namen beizulegen, so wie er ihn etwa passend fand, und
die dermalige hieß also Lilla. Ich fuhr von meinem Bett auf,
als ich die Stimme von Herrn v. H. so deutlich hörte, und
bemerkte erst jetzt durch einen Lichtstrahl über den Boden
meines Kabinetts, daß die Tür nicht ganz zu war. Ich schlich
mich näher und konnte eben durch die Öffnung meines Vaters
Bett sehen und noch besser links einen sehr großen Spiegel,
neben dem zwei große Wachskerzen auf Wandleuchtern brann-
ten. Mich überfiel es so ängstlich, so ahnungsvoll, und meine
Beine schlotterten, ich sank auf die Knie, und wie angenagelt
blieb ich vor meiner Öffnung.

Lilla trat in einem weißen, einfachen Kleid vor den Spiegel, steckte ihre Haare los, und eine lange, schwarze Wolke wallte über ihre Schultern hin.

»Ich mußte mich doch erst auskleiden lassen«, sagte sie.

Herr v. H. trat, in einen Schlafrock gehüllt, herbei, schlang seinen Arm um ihren Nacken und küßte sie.

Herr v. H.: »Und wieder so sorgsam angekleidet, als ob es zum Tanz und nicht zur Ruhe gehen sollte.«

Lilla: »Wollen Sie das nicht von Ihrer Lilla?«

Herr v. H.: »Damit ich dich entkleiden kann.«

Und damit zog er ihr das Halstuch ab, jede Nadel ward ihres Dienstes entlassen, nieder fiel das Kleid, und Lilla stand in bloßem Hemd da.

Mein Atem ward kurz.

Lilla kehrte mir den Rücken zu, schlang beide Arme um den Herrn v. H., und Kuß um Kuß, mattes Sinken auf seine Schulter und tiefes Atmen machten mich starr. Lilla ließ die Arme sinken, ab fiel das Hemd, und mir verging Hören und Sehen.

Als ich mich wieder erholte, sah ich – meine Leser müssen glauben, daß ich mich in einem ohnmächtigen Zustand befunden hatte, wie lange, kann ich nicht sagen.

Als ich mich wieder erholte, sah ich meinen Vater auf dem Bett liegen. Er war mit der rechten Hand beschäftigt, ich war neugierig, zog an der Tür, und zu meiner Befriedigung öffnete sie sich ganz sanft.

Ich sah –

Lilla lag auf dem Rücken, beide Schenkel erhoben, und die Hand meines Vaters spielte an einem Teil.

Er erhob sich, bedeckte Lilla, und ich sah nichts als ein Steigen und Sinken seines Hintern und über seiner linken Hüfte das weiße Bein Lillas.

Was ist das?

Ihr Atemholen wurde lauter. Ich horchte. Leises Stöhnen folgte, ward lauter und verschwand mit einem lauten Ach! –

Was ist das?

Herr v. H. legte sich wieder an seine Stelle, Lilla küßte ihn und zog die Decke über beide.

Daß mich meine erhitzte Einbildungskraft nicht viel ruhen ließ, ist leicht zu erraten.

Das will ich mir merken, sagte ich zu mir selbst, sooft ich mich von einer Seite auf die andere legte und immer vergebens auf Ruhe hoffte.

Laura Shaine Cunningham
Erster Sex im Autokino

Während Nina versuchte, ihr Tagebuch zu entziffern, erinnerte sie sich. Begleitet von Miras Atem las Nina mit wachsender Bestürzung von einem Jungen mit dem vielsagenden Namen Gordon Gold, in den sie vor 20 Jahren verknallt war. Er war blond, was in der Nachbarschaft selten war, der einzige Junge im Confederated Project, der wie ein nordischer Gott aussah. Er wohnte in Gebäude B gegenüber, und Nina hatte durchs Fenster beobachtet, wie sein goldener, durchtrainierter Körper Gewichte stemmte. Sie hatte kein Fernglas benutzt: Sie hatte ihn gar nicht näher sehen wollen – das Bild des blonden Jungen im Fenster, der rhythmisch Gewichte hob, war genau die richtige ästhetische Distanz.

Das Tagebuch dokumentierte Ninas Verlangen, wie sehr sie sich gesehnt hatte, seine goldene Brust zu berühren. Es stand nichts davon im Tagebuch, aber Nina erinnerte sich nun an den Jungen und einen Sommerabend, als sie in ihrem eigenen Fenster gestanden und sich dazu hinreißen lassen hatte, ihr Pyjamaoberteil zu lüpfen. Später hatte sie sich getröstet, daß in ihrem Zimmer kein Licht war – er konnte unmöglich gesehen haben, was sie unter Herzklopfen vor ihm und dem Cross Bronx Expressway entblößt hatte: ihre weiß aufblitzenden Brüste.

Doch wer wußte schon, welche erotischen Ionen die Luft zwischen den weißen Mauern bevölkerten. Das Tagebuch dokumentierte, wie sie am nächsten Tag zufällig Gordon Gold begegnete, als sie das Viereck gemähten Rasens zwischen den Gebäuden überquerte. Als sich ihre Blicke trafen, wurde er rot. Später sprach er sie dann doch an. Er habe gerade einen Sportwagen gekauft, sagte er, und ob sie Lust hätte, mit ihm an den Strand zu fahren.

Für die sechzehnjährige Nina war das etwa so exotisch wie ein Flug an die Riviera. Wenige Stunden später saß sie mit einem Schal im Haar und einem züchtigen Bikini unter dem Kleid neben Gordon Gold in seinem roten MG. Mit offenem Verdeck und lautem Radio sausten sie über die Highways und eine Pflasterstraße zum Orchard Beach. Hier war das urbane Meer von seiner Reise weit hinter die Stadtgrenze gebändigt und schlug gegen die vielen Tausend Badenden, von denen die meisten nur im Wasser standen. Die Szene erinnerte an Bagdad – an manchen Stellen sah Nina nur Fleisch, kein Wasser. Während sie neben Gordon Gold durch die Menschenmenge watete, schienen sie mit den anderen Menschen zu verschmelzen wie Hindus, die im Ganges badeten. Im Tagebuch stand: »Gordon führte mich in ein Menschenmeer.«

Später fuhr er in ein Autokino, das automobile Äquivalent von Orchard Beach – ein Verkehrsstau vor der Leinwand. Im Auto hatte er angefangen, sie zu küssen und zu befummeln. Sie spürte das Schmirgeln des unvollständig entfernten Sandes in ihrem Schlüpfer. Er öffnete seine Hose und nahm ihre Hand. Sie hatte gekichert, er war so hart. Er fühlte sich an wie der fleischliche Wurmfortsatz seines Autos, ein menschlicher Schaltknüppel. Dann hatte er sich auf sie gerollt, und als seine Hand ihre Bikinihose hinunterzog, war ihr klar geworden, daß er, ungeachtet ihrer Jungfräulichkeit und des Strandsandes, vorhatte, in sie einzudringen.

Sie hatte seinen Kuß erwidert, um zu testen, ob sie reagierte. Aber der Kuß war klinisch. Sie mußte ständig an seine Zähne und seine Zunge denken. Das Ganze war eher mechanisch als leidenschaftlich, doch als er sie anfaßte, geschah etwas. Sie spürte ihre flüssige Mitte und schrie auf, als seine Finger, erst einer, dann der zweite in sie eindrangen ... und die Bewegung nachahmten, die sein Penis bald fortsetzen wollte.

Sie war überrascht, aber die Mühe war nicht vergebens. Sie hörte jemanden wimmern – sich selbst. Gordon Gold machte in seinem eigenen Tempo weiter, und das war schnell. Wenn sie ihn nicht aufhielt, war ihr Jungfernhäutchen hin und er würde seinen Willen bekommen. Er öffnete sie, sie war feucht. Als es fast so weit war, zwang Nina sich, seine Hand zu packen. Der Film auf der Leinwand paßte nicht zu dem, was sie taten: es war ein Politdrama mit Geschworenen und einem Richter. Das half Nina, wenigstens solange nachzudenken, daß ihr das Graffiti an der Wand des Müllverbrennungsraumes einfiel und die einfältige Linda Glicken mit dem leeren Gesichtsausdruck, von der es hieß, sie lasse »jeden ran«.

Sie rangen ein paar Minuten. Es war nicht leicht, einen Siebzehnjährigen, blind vor Hormonen, aufzuhalten. Doch sie hatte es geschafft. Schweigend fuhren sie nach Hause. Als er sie vor Gebäude A absetzte, hatte er ihr nicht die Autotür aufgehalten. (Ein Zeichen von Respektlosigkeit. Was hätte er getan, wenn sie ihn gelassen hätte?)

Sie lief die Treppen hoch, nahm den Fahrstuhl zu 21L, zog sich aus und stellte sich ins Fenster. Es verfehlte nicht seine Wirkung, das am nächsten Morgen eine Jalousie vor Gordon Golds Fenster angebracht wurde. Die Stäbe zeigten immer nach unten, für größtmögliche Undurchlässigkeit. Was auch immer Gordon Gold danach tat, sie wußte es nicht. Die Jalousie war staubig, heruntergelassen. Auf der anderen Seite des Vierecks stand Nina allein mit ihrer Sehnsucht und ihrer Wut, die aber nie stärker war als ihre Liebe.

Wolfgang Amadeus Mozart
Liebstes,
bestes Herzens-Weibchen

Berlin den 19ten May 1789.

Nun hoffe ich wirst Du ja gewis Briefe von mir haben, denn alle werden wohl nicht verlohren gegangen seyn; – Ich kann Dir dies mal nicht viel schreiben, weil ich visiten machen muß; ich schreibe Dir blos um Dir meine Ankunft zu melden; – bis den 25ten werde vielleicht schon abreisen können, wenigstens werde alles mögliche thun, ich werde Dir aber bis dahin schon zuverläßliche Nachricht geben; bis 27ten gehe ich aber ganz sicher ab, ich bin so froh wenn ich einmal wieder bey Dir bin, meine Liebe! – Das erste aber ist, daß ich Dich beym Schopf nehme; wie kannst Du denn glauben, ja nur vermuthen, daß ich Dich vergessen hätte? – Wie würde mir das möglich seyn? – für diese Vermuthung sollst Du gleich die erste Nacht einen derben Schilling auf Deinen liebens-küßenswürdigen Aersch-gen haben, zähle nur darauf. Adjeu –

ewig Dein
Einziger Freund und Dich von
Herzen liebender Mann

W. A. Mozart.

Endlich war der Augenblick gekommen! Er beschwor mich, ihm ganz zu vertrauen und einen vielleicht eintretenden Schmerz zu ertragen. Rudolfine machte mit der schalkhaftesten Sorgfalt die Toilette des Siegers, jener erste Gebrauch von Margueritens Godemiché hatte mich ja dieses, bei Männern in so hohem Maße stehenden Vorzuges beraubt, und ich machte in der Tat meiner Überlegung Ehre. Da ich mich einmal hingegeben und mich einverstanden erklärt hatte, die Dritte im Bunde zu sein, so tat ich so, als ob ich alle Ziererei verbannte, und ließ mit mir machen, was beide wollten. Rudolfine legte mich nun so auf das Bett, daß mein Kopf an der Wand, die Schenkel auf dem Rande des Bettes und so weit als möglich gespreizt lagen. Um das zu können, stellte sie den einen Fuß auf den vor dem Bette stehenden Nachttisch und den andern auf die Lehne eines herangerückten Stuhles. Mit flammenden Blicken betrachtete der Fürst die ausgebreitet vor ihm daliegenden Schätze, die ich vergeblich mit der Hand zu verdecken suchte. Mit seinen fast brennenden Küssen brachte er die Hand dort fort und senkte seine Lanze, um den Eingang zu suchen. Ohne alle Heftigkeit, zart und schmeichelnd, strich er erst mit der besalbten Spitze die ganze Öffnung auf und nieder, wobei Rudolfine mit gierigen Augen allen seinen Bewegungen folgte. Nun stellte er aber die Spitze herunter an den eigentlichen Eingang und drückte sie so sanft als möglich hinein. Bis dahin hatte ich wohl ein angenehmes Prickeln gespürt, aber zu einem wollüstigen Gefühl war es nicht gekommen. Nun tat es mir wirklich wehe, und ich fing an zu wimmern. Rudolfine redete mir zu, saugte an meiner Brust, fühlte selbst dahin, wo der Fürst den Einlaß forderte und riet mir, mich mit den Schenkeln möglichst hoch zu heben. Mechanisch folgte ich ihrem Rate, und nun stieß der Fürst plötzlich mit solcher Kraft zu, daß er zwar über die Hälfte eindrang, ich aber einen lauten

Schmerzensschrei ausstieß und in allem Ernste zu weinen anfing. Doch lag ich wie ein Opferlamm, weil ich fest entschlossen war, heute endlich einmal zum Ziel zu kommen. Der Fürst bewegte sich langsam hin und her und versuchte noch tiefer einzudringen, aber ich fühlte deutlich, daß er keinen Raum in mir hatte, daß ein Muskel, ein Häutchen, kurz irgend etwas im Wege sei. Rudolfine hatte mir ein Tuch auf den Mund gelegt, um ein abermaliges Aufschreien zu verhindern. Ich biß hinein und duldete, daß mir eine warme Flüssigkeit die Schenkel hinabrieselte. Rudolfine sah dorthin und jauchzte plötzlich: »Blut! Blut! Lieber Fürst, ich gratuliere zu einer so reizenden Jungfernschaft!« Kaum hörte das der Fürst, der bis dahin so sanft als möglich vorgegangen war, so schien er ganz außer sich zu geraten, vergaß jede Schonung und stieß nun auch so hinein, daß ich seine Haare auf den meinigen fühlte. Diesmal hatte er mir nicht so wehe getan, als bei dem ersten halben Eindringen, und überhaupt war nun das Schmerzliche der Operation vorüber; aber ich kann nicht sagen, daß meine Erwartungen befriedigt worden wären. Ich sah meinen Besieger leidenschaftlicher werden und fühlte auch plötzlich etwas Warmes in meinem Innern, dann die Härte erschlaffen und den Teil herausschlüpfen, aber ich würde eine vollkommene Unwahrheit sagen, wenn ich von einem Vergnügen erzählen wollte. Nach den Erzählungen Margueritens, den eigenen Versuchen und besonders nach dem, was ich von meinen eigenen Eltern gesehen, hatte ich mir den endlichen Genuß ganz anders vorgestellt. Vergnügen fand ich nur darüber, daß meine List und meine Berechnungen so vollständig gelungen waren.

Octavia und Tullia im Gespräch

Octavia: Tullia, wie stürmisch hast du dich auf mich geworfen! Hätten dich doch die Götter als Mann erschaffen!

Tullia: Ebenso wird dein Gatte auf dich stürzen, wenn du mit gespreizten Schenkeln daliegst. Den Mund wird er mit Küssen bestürmen, er wird am Schwesternpaar deiner Brüste saugen, seine Brust an deinen Busen pressen, er wird dich drücken und durch und durch schütteln, aber bedeutend stärker, als ich es konnte, da er ja auch viel stärker und größer ist. Seine Bewegungen werden das Bett, auf dem du liegst, erschüttern, ja sogar den Boden deines Schlafzimmers. Als in meiner Hochzeitsnacht *Callias* der jungfräulichen Scham Gewalt antat, stürzte er sich mit solcher Wucht und Anspannung aller Körperkräfte auf mich, daß das Stöhnen meines Bettes von denen gehört werden konnte, die im Nebengemach mir zu Ehren die Nachtwache der Venus hielten. Schau, mein Kleinchen, wie mir in dieser Schlacht mitgespielt wurde, und doch habe ich die Siegespalme errungen.

Octavia: Wie wird es mir ergehen, wenn ich mit einem so gewaltigen Athleten zu tun bekomme? Du warst ja doch älter und erwachsener als ich es heute bin, da du in die Hände deines *Callias* gegeben wurdest. Ich sehe, mir steht eine schreckliche Marter bevor.

Tullia: Ich will es dir nicht verhehlen, meine *Octavia*, du wirst eine große Plage zu erdulden haben, denn würde ich dies dir ausreden, so wäre das ein Mißbrauch deiner Unerfahrenheit. – Also höre, wie es sich abspielen wird.

Octavia: Sage mir, bitte, aber genau alles, was ich wissen soll. Wie wird denn dieser Schmerz sein? Ist er sehr groß und dauert er lange? Es wäre mir lieber, er wäre kurz und heftig als schwächer, aber von langer Dauer.

Tullia: Dir bleibt der Schmerz nicht erspart – doch nur in der ersten Nacht ist er nennenswert; leicht wird er später dir sein.

Octavia: Gewiß werde ich ihn aushalten und hoffentlich mutig und standhaft. Was bleibt mir denn übrig! Doch sage mir, was werde ich denn eigentlich zu erdulden haben?

Tullia: Den Teil unseres Körpers, von dem wir bereits gesprochen haben, nennen die Lateiner auch *vulva, cunnus, fregna, ficus, pota. Vulva,* als ob sie *valva* (Türflügel) sagen wollten; *cunnus* von *cuneus,* der Keil, den man bei den ersten Versuchen mit großer Kraftanstrengung hineintreiben muß. Spaßvögel behaupten, wir hätten dort unseren Bart, als welchen sie das Vließ bezeichnen, das unsere Scham bedeckt. Wie also *mentula* (das männliche Glied) von *mens* (der Verstand) abzuleiten ist, so wäre auch bei *cunnus* eine Wortwurzel von ähnlicher Bedeutung anzunehmen. Denn wie die *mentula* sich selbst regiert, daß es den Anschein erweckt, sie hätte einen eigenen Verstand, der sich um die Befehle des Kopfes nur sehr wenig bekümmert, so verhält sich auch das andere Organ; es hat seine eigenen Begriffe, und seine Aufstände lassen sich nicht durch Einwirkung der *mens,* sondern nur durch solche der *mentula* beschwichtigen. Wir Frauen nennen es mit einem schicklicheren Wort die Scham. Die Lippen, die es verschließen, werden *cadurda* genannt, wie ich bei einem alten Grammatiker gelesen habe. In diesen Teil wird *Caviceus* mit aller Macht seinen gewaltigen Schaft hineinbohren. In diesem Augenblick wird er dir einen großen Schmerz verursachen, aber bald danach um so größere Wonne.

Octavia: Werden die Wonnen den Schmerz sehr rasch vergessen lassen?

Tullia: Du siehst, wie wundervoll dieser Körperteil angelegt ist. Er liegt auf einem kleinen Hügel, auf dem dir ein weicher Flaum sproßt, und glaub' nicht, er sei zwischen den Schenkeln verborgen, weil man sich seiner schämen müsse – dies ist durchaus nicht der Fall – sondern weil diese Lage seinen Gebrauch besonders bequem macht. Dieser Hügel heißt *Venusberg;* wer ihn einmal bestiegen hat, der wird ihn auf immer dem *Olymp* und *Parnaß* vorziehen.

Octavia: Wenn ich einen so angenehmen Bergsteiger

bekomme, wie du es bist, dann werde ich den *Parnaß* nicht um *Apollo*, um *Jupiter* nicht den *Olymp* beneiden.

Tullia: Beim Beischlaf tut sich dieser Hügel in zwei Pforten auf, von denen die eine hinter der andern liegt. Die vordere heißt »die Große«, die andere ist mehr innen gelegen. Die Weite der vorderen ist bei der Geburt von Vorteil; wir sind nämlich gleichsam die Erzeugungsstätten des Menschengeschlechts, *Octavia*. Wäre diese Pforte enger, so ließe sie sich, wenn der Fötus das Licht der Welt erblickt, nur unter schrecklichen Qualen genügend ausweiten. Bürschchen, die zum erstenmal da herumfingern dürfen, glauben, daß die Mädchen und Frauen so weit seien wie diese äußere Pforte. Ich selbst habe gesehen, wie lächerliche Tröpfe aus diesem Grunde zurückschreckten. Enger ist die innere Pforte. Die Lippen, welche den Rand der großen Pforte bilden, heißen – wie bereits erwähnt – Schamlippen. Zwischen der inneren Pforte gibt es Lappen, die bei mir allerdings weit hervorragen: sie heißen die Nymphen. Darunter befinden sich bei Jungfrauen – wie du es bist – noch vier Klappen. Sie versperren den Weg zur Gebärmutter, den der Mann bei den ersten Liebesumarmungen nur mit Gewalt und nicht ohne große Mühe für seine Wollust zu ebnen vermag.

Octavia: Ich ahne schon: dabei wird jener Schmerz, von dem du gesprochen hast, am heftigsten sein.

Tullia: Lass' mich die begonnene Schilderung zu Ende führen. An ihrem Vereinigungspunkt bilden die vier Häutchen eine kleine Röhre von der Form einer Gewürznelke. Sie versperren nicht in der Quere – etwa wie ein vorgezogener Vorhang – den Weg zum Uterus, sondern sie erheben sich gegen die äußere Pforte des Gartens, sie öffnen sich aber bisweilen ein wenig nach außen; auf diesem Wege erfolgen auch die monatlichen Ausscheidungen. Doch ich vergaß, von der Klitoris zu sprechen. Sie ist ein penisähnlicher häutiger Körper an der unteren Grenze des Schamberges. Als ob sie ein Penis wäre, wird sie in der Brunst steif und hart. Einen solchen Kitzel verursacht es ein wenig temperamentvollen Frauen, wenn sie an dieser Stelle die Hand zur Liebeskrise reizt, daß sie in Wonne vergehen, ohne des Reiters zu harren. So ist es mir selbst gar oft ergangen, wenn *Callias* mit mir schäkerte, mich streichelte, mich berührte. Während seine Hände an dieser Stelle ihr loses Spiel trieben, benetzte sie eine Menge taufrischer Flüssigkeit aus meinem Gärtchen. Das ist für ihn immer Anlaß zu allerlei Scherzen und Schwänken über mich. Aber was kann ich tun? Er platzt vor Lachen, da lache ich auch – ich mache ihm zum Vorwurf, er sei zu stürmisch, er mir, ich sei zu leicht entflammt; doch noch während dieses scherzhaften Wortwechsels geht er zu Taten über: Er streckt mich, ob ich will oder nicht, auf den Rücken und vereinigt sich sodann mit mir, wobei er aus seinen Vorräten eine reichliche Menge der Flüssigkeit zurückerstattet, die mein Gärtchen – wie er scherzhaft bemerkt – verloren habe, damit ich mich nicht beklagen könne, durch seine Schuld eine Einbuße erlitten zu haben.

Octavia: Ihr beide führt ein glückseliges Leben voller Freuden. Ihr seid einander vollkommen genug, um glücklich zu sein.

Tullia: Die Strecke endlich vom Garteneingang bis zu seinem Ende heißt *vagina* (Scheide); in sie dringt der Penis, während das Weib den Stoß empfängt. Die Ärzte nennen sie Gebärmutterhals oder innere Scham. Die Scheide umfaßt und umklammert saugend das in sie eingeführte Mannesglied. Sie ist gleichsam der Schacht, durch den das Menschengeschlecht aus den finstern Tiefen des Nichts in das Licht des Lebens tritt.

Octavia: Deine Schilderung ist so lebendig, daß es mir ist, als ob ich all das, was in meinem Innersten verborgen liegt, vor meinen Augen ausgebreitet sähe.

Tullia: Bei dir, meine Liebe, ist die Öffnung der inneren Pforte kleiner als bei mir. Wohlan, verschaff' mir die wonnige Augenweide und öffne die Schenkel, soweit du kannst, ohne Schmerz zu empfinden.

Octavia: Da liege ich; doch was hast du Schelmenauge mit mir vor? Du biegst mit den Fingern diese beiden Lippen zur Seite; was siehst du drinnen?

Tullia: Süßes Mädel! Ich sehe eine Blume, die jeder, der sie sieht, allen Blumen und Düften vorziehen wird.

Octavia: Ah, liebe *Tullia*, halt ein mit deiner losen Hand, zieh' den Malefizfinger zurück, den du hineingesteckt hast. Als du tiefer eindrangst, hast du mir wirklich weh getan.

Tullia: Ich bedaure dich, o köstliche Muschel, die einer *Venus* würdiger wäre als jene Muschel war, aus der *Venus* – der Sage nach – erstanden sein soll. Ein Glückskind ist dieser *Caviceus*, dem aus dieser Muschel eine neue *Venus* erstehen wird!

Octavia: Und doch sagst du, ich tue dir leid?

Tullia: Denn ich sehe dich schon in bejammernswerter Weise zerfleischt.

Octavia: Was wird denn geschehen? Was erstaunt dich?

Tullia: Wie eng ist die Pforte zu deinem Garten, wie schwierig wird da das Eindringen sein! Ich fürchte, daß auch für deinen *Caviceus* die Arbeit – so angenehm sie sonst ist – zunächst mehr Plage als Vergnügen sein wird. Hast du sein Katapult gesehen, mit dem er deine Festung bestürmen wird?

Octavia: Gesehen habe ich es nicht, aber, beim *Castor*, gefühlt, daß es so ist, wie man die Keule des *Herkules* darstellt: dick, steif und sehr lang!

Tullia: Deine Mutter hat mir in der Tat erzählt, sie freue sich über seine vorzügliche Ausrüstung, sie glaube, es gebe in unserer Stadt keinen Mann mit einem stattlicheren Glied. Ich antwortete auf ihre Prahlereien, der Dolch meines *Callias* sei 8 Zoll lang. Das sei nichts im Vergleich zu *Caviceus*, antwortete sie. Sie beklagt dein Geschick, das sie zugleich dir neidet und deswegen sie dich beglückwünscht. Sie behauptet, *Caviceus* habe einen Penis von 11 Zoll Länge und der Dicke eines Armes beim Handgelenk.

Octavia: Was für ein Ungeheuer! Und diesen Klotz wird er zur Gänze gewaltsam in meinen Körper treiben? Werde ich das aushalten können? Jetzt schon krampft sich mir das Herz zusammen, wenn ich nur daran denke, welcher Schmerz mir Unglücklicher bevorsteht.

Tullia: Verliere doch nicht den Mut. An Länge steht mein *Callias* dem *Caviceus* nach, aber nicht an Dicke; meinen Arm siehst du ja?

Octavia: Natürlich – ich wäre blind, würde ich ihn nicht sehen.

Tullia: Bis zu dieser Dicke schwillt sein Glied an, wenn es gegen mich in Wut gerät. Und doch paßt dieser Dolch sehr gut in meine Scheide.

Octavia: Ja, wie ist denn eigentlich deine sieghafte, fulminante Scheide? Das möchte ich wissen.

Tullia: Der Unterschied zwischen Floh und Huhn ist kleiner als der zwischen deiner und meiner. Wohlan, schau, betrachte, erforsche sie.

Octavia: Lege dich aufs Bett, denn, wenn du sitzt, kann ich sie nicht ordentlich sehen.

Tullia: Ich liege schon, betrachte dir alles genau. Es wird für dich lehrreich und mir angenehm sein.

Octavia: Einen Abgrund sehe ich, wie der es war, in dem *Curtius* samt Rüstung und Streitroß verschwand. Ich will die Hand daran legen und die Seitenwände auseinanderhalten – ich könnte allerdings, wenn ich wollte, auch die ganze Hand bequem hineinstecken. Ich begnüge mich aber damit, einen Finger einzuführen, er soll das Terrain erforschen und mir darüber berichten, wie weit und tief es ist und ob für ein Mannesglied genügend Raum vorhanden ... Herrlich, für *Priapus* selbst wäre genügend Platz und sogar für einen noch stattlicheren. Aber was für ein übler Geruch beleidigt meine Nase –
so dringt aus schwarzen
Schlünden betäubender Pestgeruch in die Nase.
Wie übelriechende Blumen trägt doch dein Garten! *Venus* würde es verdrießen, wollte man aus solchen ihr einen Kranz winden.

Tullia: Du bist drollig, mein Schatz, und witzig hast du gesprochen. Nach etlichen Monaten wirst du genau so sein wie ich heute hin, nämlich, nachdem du geboren haben wirst. Es wird bei dir ein großer Spalt klaffen, wie du ihn jetzt bei mir siehst, und dein Muttermund wird gähnen – wie jetzt der meine. Jetzt entströmt deinem unteren Mund derselbe reine Hauch wie dem oberen Mund, aber dann wird ein stechender

Gestank in meine Nase dringen und die Hand, welche dich dort berührt, wird beschmutzt sein. Das sind die Nachteile des Ehelebens, die Schattenseiten seiner Freuden. Ja, zweifle nicht, so wird es sein!

Octavia: Und *wie* wird es denn so werden? Das möchte ich wissen?

Tullia: Nachdem das Mannesglied zu seiner vollen Größe angeschwollen ist, dringt es mit solcher Gier in unseren Leib ein, daß es dort jedes Fleckchen benetzt, beschmutzt, besudelt.

Octavia: Aber vergiß nicht dein Versprechen!

Tullia: Ich verstehe, was du wünscht. Dieses Mannesorgan, so wild und ungebärdig es auch ist, lieben die Frauen, die es kennen gelernt haben, und lobpreisen es auf verschiedene Art. Aber jede liebt es, die seine Wonne erfahren.

Octavia: So werde also auch ich es leidenschaftlich lieben, wenn ich es kennen gelernt habe.

Tullia: Vortrefflich! ... Die Lateiner nennen es teils mit einer eigenen Bezeichnung, teils in übertragener Bedeutung: *veretrum, mentula, penis, phallus, taurus, machaera, pessulus, peculium, vas, vasculum, pomum, nervus, hasta, traps, palus, muto, verpa, colei, scapus, caulis, virga, pilum, fascinum, cauda, mutinus, noctuinus, columna.* Wenn es nicht mit dem Venusdienst befaßt ist, pendelt das Mannesglied schlaff herab. *Dazu* aber erhebt es sich, schwillt an und erlangt eine solche Größe, daß es uns zunächst einen heftigen Schrecken einjagt, bald aber den Jungfrauen auch einen heftigen Schmerz verursacht, schließlich jedoch den Entjungferten höchste Wonne bereitet, die die Angst und den Schmerz bei weitem übertrifft.

Octavia: Von der Wonne weiß ich nichts und vom Schmerz möchte ich am liebsten nichts wissen. Jedenfalls habe ich Angst.

Tullia: Darunter und mit der Wurzel des Gliedes in Zusammenhang befindet sich ein Sack – *scrotum* oder Hodensack genannt. Er ist mit dichten, krausen und ziemlich harten Haaren bewachsen. Darin befinden sich die Zeugen der Mannheit, welche uns zugleich die süßen Liebesbeweise der Männer liefern.

Octavia: Von diesen Zeugen habe ich nichts gesehen und nichts gehört. Also rasch, was ist das eigentlich?

Tullia: Es sind zwei nicht allzu kleine Kugeln, nicht ganz rund und ziemlich hart; je härter sie sind, desto besser bewähren sie sich im Dienste der Wollust. Weil sie zwei an der Zahl sind, nannten sie die Griechen *didermoi* und den gleichen Namen haben viele große Männer geführt. Manchen hatte die Natur in Geberlaune noch eines hinzubeschert, daß sie drei hatten. Zu diesen gehörte auch *Agathokles*, der Tyrann von *Syrakus*, den man aus diesem Grunde *Triorchis* nannte. Berühmt in dieser Hinsicht ist bei uns das Adelsgeschlecht der *Coleoni*, dem jener gewaltige Kriegsheld *Bartolomeo Coleoni* angehört. Alle Männer aus diesem Geschlecht haben drei Testikel und sind in den Liebeszweikämpfen der *Venus* so hurtig, wie sie in den Schlachten des *Mars* tapfer sind. Wie glücklich sind ihre Frauen! Denn in den Höhlungen der Hoden befindet sich gleichsam die Erzeugungsstäue für jenen ambrosischen Tau, der uns so wonnig kitzelt und der die Wunden, welche der Dolch beim Eindringen in unseren Leib verursacht, so wundervoll salbt, daß sie nicht länger schmerzen. Ich verdanke diesem Tau mein Kind und alle meine Freuden, ihm verdankt das Menschengeschlecht sein Dasein. Gewöhnlich nennt man ihn *semen* oder *sperma* (beide Wörter bedeuten Samen), das erste ist lateinischen, das zweite griechischen Ursprungs. Aus ihm entsteht nämlich, wenn er in die Furche der Frau gestreut wird, gar bald ein Mensch. Von allen Lebewesen spendet der Mann die größte Samenmenge. Diejenigen aber, die drei Arbeiter in ihrem Laboratorium haben, wie etwa *Fulvius*, der Bruder meiner Freundin *Pomponia*, können das Gärtchen ihrer Frauen mit einem noch reichlicheren Regen bewässern als die anderen. Es ist so, wie ich dir sage.

Octavia: Vielleicht hat auch *Caviceus* drei, denn sein Tau hat mich beinahe bis zum Nabel und überdies mein Hemd durchnäßt.

Tullia: Es wäre eine Schmach für einen kräftigen jungen Mann, der nach dem Liebesgenuß mit dir begehrt, wenn seine

Schalen für das Venusopfer trocken wären. Doch lass' dir weiter erklären. Diese schaumige, weiße, klebrige Flüssigkeit steigt der Rute in den Kopf, von dort wird sie mit großer Wucht – bis zu drei Fuß weit – herausgeschleudert. Wenn also das Werk nach vielen Stößen zu Ende kommt, wird der Saft mit solcher Gewalt in die Tiefen des Uterus gespritzt, daß jede Frau, deren Sinne nicht völlig erlahmt sind, unter höchsten Wonneschauern sich von einem glühendheißen Regen benetzt fühlt. Es fehlen mir die Worte, *Octavia*, um dir dieses Vergnügen gebührend schildern zu können. Doch in wenigen Stunden wirst du es ja kennen lernen.

Octavia: Aus dem Kopf der Rute fließen also diese Milchbäche? Daß *Priapus* einen solchen Kopf hat, will ich nicht leugnen, er zog sich ja auch aus *Lampsakos* zurück, weil er ein solches Riesenglied hatte und auch – wie du mir erzählt hast – um den Göttinnen nahe zu sein. Daß aber auch das Glied der Menschen einen Kopf habe, wußte ich nicht. Daß also *jeder* Mann *zwei* Köpfe hat, war mir Dummerl nicht bekannt.

Tullia: Wahre Glückspilze und Sonntagskinder, umwoben von heroischer Glorie, wären die Besitzer von drei Gliedern. Den länglichen obersten Teil des Penis nennt man Kopf *(caput)* oder Eichel *(balanus, glans)*; würdest du ihn mit den Fingerspitzen drücken, so wäre das für ihn durchaus kein Schmerz, sondern ein angenehmer Kitzel. Und wenn es dich juckt, als ob du von der Bremse gestochen wärst, wirst du *Caviceus* so auf die einfachste und rascheste Art auch von ganz ferne gelegenen Gedanken zur Liebesarbeit bringen. Ein Käppchen, *präputium* (Vorhaut) genannt, bedeckt diesen Priapskopf. Dieses legt der wackere Nachtarbeiter nur ab, um dich zu begrüßen und entblößten Hauptes das Haus der Herrin zu betreten.

Octavia: Du bist wundervoll! Dir zu lauschen, werde ich niemals die Lust verlieren. So möge auch *Callias* niemals die Lust verlieren, wenn er bei dir schläft!

Tullia: Schon fallen mir die Augen zu, denn allzulanges Aufbleiben vertrage ich nicht. Deshalb sprichst du so, weil du, als du es sagtest, bemerkt hast, wie schlaftrunken ich rede, was ich dir über diese Dinge mitzuteilen habe.

Octavia: Schlaf nicht, mein Teures, ja? Wo ich dich so artig darum bitte.

Tullia: Bei deiner *Venus* und auch meiner und ebenso der des *Caviceus:* Dir ist der Schlaf noch nötiger als mir. Denn in der nächsten Nacht wirst du während der Umarmungen, Küsse und verliebten Tollheiten des *Caviceus* keinen Schlaf zu sehen bekommen. Ruhe deinen so zarten und so verwöhnten Körper aus, damit du den morgigen Kampf in Ehren bestehst!

Octavia: Ich will tun, was du wünschest; aber mir liegt deine Gesundheit mehr am Herzen als meine. Schlafe nur – ich werde kein Wort mehr sprechen.

Tullia: Gib mir einen Schmatz. Dies wird meine Wegzehrung für die Nachtruhe sein.

Octavia: Dir überlasse ich meinen Mund, meine Lippen, meinen ganzen Körper. Was du von mir willst, nimm dir – denn ich bin dein.

Tullia: Um diese Küsse könnte mich *Jupiter* beneiden! O reizende Umarmungen! O verführerische Berührungen! Erlaube mir, daß ich meinen Kopf zwischen deine Brüste lege, die eine Hand auf dein Gärtchen, die andere auf dein festes und pralles Gesäß, und so einschlafe, wie *Mars* bei seiner *Cypris* zu schlafen pflegt. Wenn mich nicht mehr der Schlaf in Banden hält, werde ich mit der gleichen Genauigkeit, mit der ich begann, noch das Übrige erklären, mein süßer Schatz.

Octavia: Du machst mehr Worte als nötig wäre. Schweig und schlafe!

Mein Gott, war das verboten

Oh, das war verboten. Mein Gott, war das verboten. –

Ich sah sie flüchtig von fern, wie sie an der Schleuse stand, war wohl gerade hereingekommen und sondierte das Gelände. Überhaupt nicht mein Fall. Untersetzt stand sie da auf ihren Standbeinen, Kinnlade vorgeschoben, Backenknochen heraus, große Oberlippe. Ich sah sie dann noch einmal, wie sie auf den Pool zuging und ihre Standbeine vor sich herpflanzte. Abrupt hierhin und dorthin blickend. Ende der Vorstellung.

Und dann nach einer Weile, als ich etwas schläfrig dalag, spürte ich einen Luftzug am Kopfende. Da hatte die Dame dicht vor mir eine Lücke entdeckt und breitete gerade ihr Tuch aus, und zwar ziemlich abrupt, indem sie es auch noch kräftig ausschüttelte, ziemlich kraftvoll. Legte sich hin, schob die Kinnlade vor und zeigte mir die Fußsohlen dicht vor meinem Kopf.

Wie es so ist, bei der Enge.

Margot blickte kurz von ihrem Buch auf, es war inzwischen Diderots »Neffe des Rameau«, ich konnte sie nur bewundern, daß sie das las. Blickte auf und las weiter. Ich studierte dann eine Weile lang die Wolkenformationen, kompakte, kugelige Gebilde mit flacher Unterseite, harmlos in Abständen über München segelnd. Gerade hatte eines einen runden Schatten über das Schwimmbecken hinweggezogen, als ich einmal kurz zu den Fußsohlen aufblickte. Da waren sie etwas auseinandergenommen. Nicht viel, aber genügend, daß in der Verlängerung ein Genital sichtbar wurde, nur ein Teil, aber deutlich und insofern auffällig, als sich in dieser Position normalerweise nicht viel zeigen kann. Nichts zeigen kann. Dachte ich bei mir.

Studierte mit etwas Besorgnis die Wolkenformation, die sich im Westen aufgebaut hatte, auch die Wolkenformation im Osten, und dann konsultierte ich die große Uhr über dem Pool: Wie spät es sein mochte.

Aber als ich wieder hinblickte, hatte sie die Füße weiter auseinandergenommen, wohl drei bis vier Spannen weit, und jetzt sah ich auch, warum: Das war ein außerordentlich großes Genital, das für sich genommen sehr viel Platz brauchte, es war abgesetzt in zwei dicke äußere Schamlippen, und die inneren waren auch nicht gerade dünn, sie waren wie zwei Blasebälge. Darum! Ich sah jetzt, daß auch Margot etwas gesehen hatte, sie ließ den Diderot sinken, sandte mir dann einen Blick zu, den ich lieber meiden wollte. Ich zog ein Magazin hervor und war lange Zeit damit beschäftigt, nicht nur das Kreuzworträtsel auf Seite vier zu lösen, sondern auch noch das amerikanische Kreuzworträtsel, das sehr viel schwerer zu lösen ist, weil es keine schwarzen Felder vorgibt, nur die Anzahl der Buchstaben.

Was nicht viel bewirkte. Denn inzwischen hatte die Dame ihre Schenkel so weit auseinandergenommen, daß es nun ganz klar war: Dieses war das größte weibliche Genital, das jemals in einem öffentlichen Bad gezeigt wurde, und es war ganz klar, daß in praktisch jeder Position es der Dame schwerfallen dürfte, dieses zu verbergen. Und das tat sie denn auch nicht. Wie es ausging? Es ging gar nicht aus, nach zwei Stunden packte die Dame ihre Sachen zusammen und ging heim. Nur die Margot mit ihrem Diderot gab sich für den Rest des Nachmittags etwas reserviert. Nicht ostentativ, aber vielleicht hatte ich doch einmal zu häufig hingeschaut.

*

Und das sollte auch das Ende gewesen sein.

Wenn nicht am nächsten Tag – es war vormittags um zehn, ich weiß es – ein Schatten auf mich gefallen wäre, im Verein mit einem abrupten Luftzug, der mir bekannt schien, und dann erblickte ich plötzlich zwei Fußsohlen, diesmal aber mit den Fersen nach oben gerichtet. Ich vergewisserte mich: Die Dame Margot neben mir las Götz Kraffts »Die Geschichte einer Jugend« und blickte nicht auf, die Dame vor mir hatte rosige, gekerbte, an den Ballen gelblich harte Fußsohlen. Dazu fiel mir ein, daß es bei den Japanern zum Beispiel als beleidigend gilt, jemandem die Fußsohlen zu weisen.

Und doch war die Situation eine andere. War gestern die Lücke die einzige vorhandene gewesen, so hätte sich an diesem Morgen die Dame ohne weiteres woanders ausbreiten können, ja, weiter unten gab es sogar noch einen Platz in der ersten Reihe. Warum also gerade hier? Und so dicht? Später am Vormittag schlossen sich die Reihen, und da fiel es nicht mehr auf, aber jetzt sandte mir Margot einen Blick zu! Ich sagte: Dafür kann ich nichts. Sagte ich natürlich nicht, anscheinend hatte die Dame einen festen Platz gefunden.

Sie öffnete dann die Beine, und da sie auf dem Bauch lag, bildete ihr sehr großes Genital zwischen den Gesäßbacken eine Tüte, anders kann ich es nicht beschreiben, es war tatsächlich eine nach oben offene Tüte, die sich da entfaltete. Ein Gebilde, bestehend aus den dickeren Teilen, die aber jetzt nach unten hin eine Brücke formten, ein großes U, in dessen Grund sich eine kompliziert gebuckelte Anatomie mit einem – ich weiß, ich bin etwas zwanghaft – daumenförmigen Anhängsel befand. Ich glaube, es war der Kitzler. Margot klappte mit einem Knall ihr Buch zu.

Ich ging jetzt erst einmal ins Wasser. Schwamm die ganze Länge und kehrte zurück. Von hier aus war der Anblick nicht ganz so dramatisch, der Winkel war ein anderer. Margot hatte ihr Buch wieder aufgenommen, die andere Dame hatte sich inzwischen auf den Rücken gelegt, und ich registrierte, daß sie ihre Oberschenkel wie zwei Schirme rechts und links hochgestellt hatte, so daß das Ganze doch sehr viel privater aussah, jedenfalls nicht so verboten wie aus der Frontalsicht. Ich will sagen: Man konnte sich doch ganz gut heraushalten. Deshalb schwamm ich noch eine Länge und zurück, nahm dann wieder meinen Platz ein, Margot kehrte mir auf Dauer den Rücken zu. Und so ging das Ganze aus: Nach zwei Stunden packte die Dame ihre Sachen und verschwand. Sie war übrigens bis in die Tiefe durchgebräunt, vollständig, ja, und sorgfältig rasiert, das wollte ich zum Schluß noch erwähnt haben.

Samstag wurden Männer zugelassen

Die ganze Woche über, an ihrem Schreibtisch, vor ihrem Computer, zwischen ihren Akten und Papieren, erlaubte sich Margret, keine Minute daran zu denken. Sie hatte gelesen, wie oft ein erwachsener Mensch tagsüber an Sex dachte. Sie hielt das für eine Erfindung der Psychiaterlobby, lauter Männer, die wahrscheinlich selber unentwegt daran dachten und dies zu einer allumfassenden Schwäche zu deklarieren versuchten. Nicht, dass sie nicht unter gelegentlichen Anfechtungen litt. Sie war im besten Alter – darin gab sie der Statistik recht –, sie war gesund und stand, wie man so sagt, in Saft und Kraft. Mit Augenblicken der Schwäche wurde sie fertig, wie mit den plötzlich auftauchenden Gelüsten nach Nussschokolade oder nach fetter Leberpastete. Sie hatte dem Dämon der Verführung Gestalt verliehen: Sie stellte sich einen fetten gefleckten Hund vor, den sie Uzzi nannte, nach einem ihrer verflossenen Liebhaber, an den sie unnötige Jahre, unnötige Kräfte und völlig unnötige Tränen verschwendet hatte. Tauchte Uzzi auf, wedelnd, triefäugig, sabbernd, und schickte sich an, auf ihren Schoß zu springen, rief sie streng: Platz! und wandte sich wieder dem überschaubaren Gespräch mit ihren Zahlentabellen zu. Auch Männer, die so ungebeten, geschwätzig und exhibitionistisch in ihrem Kopf auftauchten, verwies sie an ihren Platz.

Vielleicht an besonders erfolgreichen Tagen, wenn alles im Büro nur so flutschte, rief sie ihnen ein »Später« zu, und das bedeutete Samstag.

Samstag, besser Samstagnachmittag, wurden Männer zugelassen, ja da waren sie willkommen. Am Samstag verwandelte sich Margret in ein Wesen anderer Art, ein unberechenbares und genusssüchtiges Geschöpf. All das war gut geplant und funktionierte reibungslos. Der Sonntag dann gehörte der Abkühlung und der Hausarbeit. Der Samstag jedoch ragte wie eine wild bewachsene Insel aus der überschaubaren Parkland-schaft ihrer Tage.

Am Mittag, nach Einkauf, arrangierten Blumen und einem langen Bad bei anregender Musik, machte sich Margret daran, die Bühne für die Samstagsgäste vorzubereiten. Dazu begab sie sich in ihr frisch bezogenes Bett, denn dort zwischen den Laken empfing sie, wem immer sie gerade zu begegnen wünschte oder aber einen, der gerade vorbeikam. Sie brauchte nur die Augen zu schließen und sich ein wenig zu betasten, und schon lag sie nicht mehr allein.

Die Männer, die sich zu ihr gesellten, waren meistens Fremdlinge, selten jemand, den sie schon kannte oder der sich gar schon in Wirklichkeit zu ihr gelegt hatte. Gelegentlich pickte sie einen Kandidaten heraus, der ihr, aus dem oder jenem Grund, unter der Woche aufgefallen war, und der sich in dem Tiefkühlfach ihrer Erinnerung frischgehalten hatte. Der untersetzte kleine Banker aus der Aufsichtsratssitzung mit den blondbehaarten Händen und den roten Hosenträgern, dessen unschuldig schielende Augen am Ende ihres Resümees treu-herzig auf ihr ruhten. Er hatte dazu die Brille abgenommen. Sie fesselte seine goldstaubgepuderten Händchen mit den Hosenträgern auf dem Rücken und knebelte ihn, als er den Mund nicht halten wollte. Er entkam ihr in die Küche, ehe sie ihn zwischen Eisschrank und Geschirrspülmaschine einkeilen konnte. Dort ließ er, nach einigen gut gezielten Klapsen, alles mit sich machen, und als sie später seinen Knebel entfernte, kamen nur noch gestammelte Geständnisse seiner Hingabe heraus.

Es gab natürlich auch altgedientes Personal, das einsprang, wenn sich das von ihrer Phantasie gelieferte Frisch-Material als unergiebig erwies.

Da war der zickige, maulfaule Ramon mit dieser feinen schwarzen Haarlinie, die vom Nabel abwärts führte wie ein Leitfaden, und der sich von ihr, wie selbstverständlich, alle möglichen Wohltaten gefallen ließ, ohne selbst auch nur einen einzigen Schweißtropfen auf der Stirne zu bilden. Wenn sie

ihn endlich soweit hatte und er kurzatmig und mit geschlossenen Augen um Erlösung bat, war ihm Margret bereits mehrere
Orgasmen voraus und warf ein feuchtes Tuch über die Pracht,
um ihn etwas abzukühlen, ehe sie sich wieder an die Arbeit
machte. Leider war alles an ihm schon etwas abgegriffen, vor-
aussehbar und deshalb öde. Sie berief Ramon nur noch selten
zu sich.

Mit Leo war das anders. Ein Mann, so sommersprossig und
hellhäutig wie ein Albino. Er war aus anderem Holz, kam,
packte zu, legte sie um und duldete keine Spielereien. Wahrscheinlich war er stumm, jedenfalls hatte sie ihn noch nie reden
hören. Er riss an ihren Haaren, biss sie in die Schultern und
knurrte drohend, wenn sie ihm den raschen Zutritt verwehren
wollte. Sie beeilte sich, ihn aufzunehmen. Die Maße seines
prächtigen Eindringlings – Margret stellte ihn sich auch gelegentlich ganz allein und von Leo losgelöst vor, wie ein fein
gedrechseltes Kunstobjekt – ließen sie erbeben. Sie hatte ihn
noch nie im Zustand des Nichterregtseins gesehen. Leo war ein
Meister, sein Werkzeug trug er vor sich her wie ein Zepter. So
teilte er die Vorhänge ihres Himmelbetts, ohne die Hände zu
benutzen. Margret fragte sich, wie er überhaupt damit durch
die Tür gekommen war. Aber auch Leo hatte seine Nachteile.
Er war ein Sprinter und erschöpfte sich rasch. So kam es, dass
Margret, wenn er unter ihren Händen wegschmolz, sich an
besonders geschäftigen Tagen noch einen zweiten Gespielen
beschaffen musste. Meist ließ sie den jungen Lackaffen auftreten, den sie im Konzert beobachtet hatte. Er las in der Partitur
mit und summte tonlos vor sich hin. Er hatte immer kalte
Hände, war aber ein begnadeter Fummler und Küsser, dazu
sehr beredt. Er keuchte Liebesgedichte und fasste seine Begierde
in wohlgesetzte Worte, wie Margret sie nur aus Romanen
kannte. Genau der richtige Nachtisch nach Leos sättigendem
Fleischgang. Eines aber war allen von Margrets Samstags-
gästen gemein, sie beteten Margret an, vergötterten sie, verzehrten sich nach ihr, waren ihr hörig – und solche Männer
gedachte sie auch weiterhin zu rekrutieren.

Schamverletzer

Filme teile ich für gewöhnlich in drei Kategorien ein: Alpha, Beta und Epsilon. Alpha ist gut, Beta ist vielleicht auch gut, aber nichts für mich (Wim Wenders), und Epsilon ist nur für Männer. Manchmal gibt es aber auch Überlappungen.

Beispielsweise entdeckte ich kürzlich in einem ausgesprochen Epsilon-artigen Film eine Alpha-Szene: Eine Frau nähert sich in einem Park einem Mann, der plötzlich vor sie tritt und in bekannter Manier seinen Mantel öffnet. Sie bleibt vor ihm stehen, verharrt einen Augenblick und sagt dann: »Sieht aus wie ein Penis. Nur kleiner.« Spricht es und stöckelt davon.

Ich selbst habe noch nicht gelernt, Schamverletzern gegenüber eine solch nonchalante Haltung einzunehmen, was sich aber aus meiner Biographie erklären läßt. Meine erste Erfahrung mit Personen dieser Art fand bereits in früher Jugend statt. Leider kann ich meine Mitwirkung daran nicht ganz leugnen. Mein Freund Klaus, der rote Haare und ein Schlappauge wie Karl Dall hatte – was ich damals aber nicht bemerkte, weil Liebe bekanntlich blind macht –, forderte mich zum gegenseitigen »Anschauen« auf; anschließend spielten wir noch viele schöne Spiele, die alle in unserer selbstgebauten Höhle im nahe gelegenen Staatsforst stattfanden. Dann wurden wir zusammen eingeschult. Klaus erzählte den anderen Kindern ALLES. Die gingen dann immer mit zusammengekniffenen Augen um mich herum und sagten: »Jaja, Fanny, jaja ...« So etwas prägt einen fürs Leben.

Nun sind ja nicht alle Männer Exhibitionisten. Viele sind schon befriedigt, wenn sie ein eigenes Telefon haben. Vor kurzem hatte ich einen nächtlichen Anruf, wo mir folgendes gesagt wurde, das ich allerdings aus sprachästhetischen Gründen nicht direkt wiedergebe, sondern ins Hochdeutsche übersetze: »Ich möchte ohne Verzögerung ein ehebrecherisches Verhältnis mit Ihnen beginnen, die Sie ein nicht domestiziertes Mitglied einer Spezies sind, welche in Wäldern lebt, sich vorwiegend von Eicheln ernährt, und die wahrscheinlich gerade im Moment eine spezielle Sorte von farbigen Strumpfhaltern trägt.« Er lag natürlich völlig falsch mit seiner Annahme. Aber hätte es etwas gebracht, wenn ich ihm die volle Wahrheit gesagt hätte – daß für mich nämlich Flanellhemden nachts einfach der Gipfel sind?

Was aber sagt man als Dame in einem solchen Fall? Die Ratschläge von Männern erschöpften sich in dem Ausruf: »Trillerpfeife, Trillerpfeife.« Das ist natürlich Blödsinn. Da würden mir bei den dünnen Wänden nur die Nachbarn auf den Pelz rücken. Die Frau, die unter mir wohnt, zählt zum Beispiel jede Scheibe Brot mit, die ich mir morgens zum Frühstück abschneide.

Meine Nichten gaben ganz andere Ratschläge. »Tantchen!« schrien sie begeistert, »das ist doch klasse – du sagst einfach ...« Ich winkte ab. Ich weiß schon, was ich nach deren Ansicht sagen soll. Solche Wörter kommen mir nicht ins Haus.

Eine sehr wirksame Methode, unerwünschten Anrufern noch weitere psychische Defekte beizupulen, erfand eine Freundin von mir spontan. Sie erhielt einen »Hrach-hrach-hrach-Anruf«, als wir gerade gemütlich beim Kaffee zusammensaßen. »Einen Augenblick«, sagte sie höflich, »Sie wollen sicher meine Mutter sprechen«, und reichte mir den Hörer. Ich: »Wie bitte? – Mutti – ein Anruf für dich!« und gab ihr den Hörer zurück. So ging es dann immer weiter. Wir waren bis zur sechsten Generation gekommen, da legte er freiwillig den Hörer auf.

Was ich meinem vorhin erwähnten nächtlichen Anrufer nun geantwortet habe? Das wird Sie enttäuschen: »Klaus!« sagte ich, denn ich hatte seine Stimme erkannt, »Klaus! Ich habe dir die Telefonnummer von Luise Rinser gegeben. Ich habe dir die Telefonnummer von Gabriele Wohmann gegeben. Ich habe dir die Telefonnummern einer Unmenge von Frauen mit furchtbaren Doppelnamen gegeben. Also laß mich gefälligst in Ruhe!«

Klaus ist jetzt nämlich ein bekannter Regisseur, der gerade einen Dokumentarfilm über die Reaktionen von Frauen auf sexuelle Belästigungen vorbereitet und die Recherchen persönlich betreibt, weil er »am Ball« bleiben möchte. Allerdings halte ich diese Begründung für fadenscheinig. Man weiß heute ja auch, warum Männer bei der Freiwilligen Feuerwehr mitmachen.

Henry Miller
Ein geiler Bock

Es gab einen Ort – den *einzigen* Ort in New York –, wo ich gerne hinging, besonders wenn ich gehobener Stimmung war, und das war das Atelier meines Freundes Ulric. Ulric war ein geiler Bock. Durch seinen Beruf kam er mit allerlei Striptease-Dohlen, Schwanz-Anheizerinnen und allen möglichen Sorten sexuell verquerer Weiber zusammen. Lieber als die berückend schönen Glamour-Schwäne, die zu ihm kamen, um sich auszuziehen, mochte ich die farbigen Mädchen, die er häufig zu wechseln schien. Es war nicht leicht, sie dazu zu bewegen, daß sie uns Modell standen. Noch schwieriger war es, sie dahin zu bringen, daß sie ein Bein über eine Armlehne legten und ein wenig lachsfarbenes Fleisch zur Schau stellten. Ulric konnte sich nicht genug tun, wollüstige Anregungen zu geben, immer dachte er sich Möglichkeiten aus, um seinen Pinsel anzusetzen, wie er sich ausdrückte. Es war für ihn eine Ablenkung von dem langweiligen Quatsch, den man ihm in Auftrag gegeben hatte. (Er wurde hoch bezahlt dafür, daß er schöne Suppenbüchsen oder Maiskolben für die Rückseiten von Zeitschriften malte.) Er hätte viel lieber Mösen gemalt – üppige, saftige Mösen, mit denen man die Badezimmerwände hätte tapezieren können,

um so ein wohliges angenehmes Gefühl in den unteren Einge-
weiden zu erzeugen. Er hätte sie umsonst gemalt, wenn irgend-
wer für Essen und Kleingeld gesorgt hätte. Wie ich eben schon
gesagt habe, hatte er eine besondere Vorliebe für schwarzes
Fleisch. Wenn er das Modell schließlich in eine ausgefallene
Stellung gebracht hatte – wie es sich herunterbückte, um eine
Haarnadel aufzuheben, oder auf eine Leiter stieg, um einen
Fleck an der Wand abzuwischen –, wurde mir Zeichenblock
und Bleistift in die Hand gedrückt und ein besonders günstiger
Blickwinkel empfohlen, aus dem heraus ich – unter dem Vorwand, eine menschliche Gestalt zu zeichnen (was über meine
Fähigkeiten hinausging) – meine Augen an den mir dargebote-
nen anatomischen Teilen weiden konnte, während ich das
Papier mit Vogelkäfigen, Schachbrettmustern, Ananasfrüchten
und Hühnerspuren bedeckte. Nach einer kurzen Ruhepause
halfen wir dem Modell mit viel Getue, wieder seine ursprüngliche Stellung einzunehmen. Dazu bedurfte es mancher deli-
kater Manöver. So mußten beispielsweise die Hinterbacken
ein wenig nach oben oder auch nach unten verschoben, ein
Fuß ein wenig höher gestellt, die Beine etwas mehr gespreizt
werden, und so weiter. »Ich glaube, jetzt hätten wir's, Lucy«,
höre ich ihn noch sagen, wenn er sie geschickt in eine obszöne
Stellung hineinmanövriert hatte. »Kannst du so stehen bleiben,
Lucy?« Und Lucy gab ein Gewimmer von sich, das bedeutete,
daß sie ganz stillhalten wollte. »Wir werden dich nicht lange
quälen, Lucy«, setzte er dann hinzu und gab mir heimlich
einen Wink. »Beobachte die Longitudinalvagination«, forderte
er mich auf, in einer hochgestochenen Ausdrucksweise, der
Lucy mit ihren Kaninchenohren unmöglich folgen konnte.
Worte wie »Vagination« waren ein angenehmes, zauberhaftes
Wortgeklingel in Lucys Ohren. Als sie uns eines Tages auf der
Straße begegnete, hörte ich, wie sie ihn fragte: »Keine Vagina-
tionsübungen heute, Mr. Ulric?«

Shelley Masters
Eine Frage des Geschmacks

Mysterium Vorhaut: Beim einen Mann zipfelt da unten etwas, beim anderen nicht. Es braucht schon etwas Erfahrung, bis Frau – und nicht nur die! – die feinen Unterschiede in der Ausstattung durchschaut.

Der Penis und die dazugehörige Vorhaut meines ersten Freundes waren dankbare Objekte meiner frühesten Studien zur männlichen Sexualität. Nach der Schule verbrachten wir Stunden beim Erforschen seiner (des Penisses) und ihrer (der Vorhaut) Funktionen und Bedürfnisse sowie der faszinierenden Funktionsgeheimnisse. Mangels offizieller räumlicher Möglichkeiten im frühen Teenageralter verbrachten wir unzählige Stunden zunächst im Treppenhaus seines elterlichen Wohnhauses, später, als die Nachbarn sich über unser Herumlungern beschwerten, wichen wir in den Keller aus. Er war fünfzehn. ich dreizehn und noch längst nicht bereit für alle Schandtaten. Ich durfte ihn anfassen, er jedoch nichts an mir. Er war mein Studienobjekt: Bevor ich jemanden an meinen sich verändernden Körper lassen wollte, musste ich erst wissen, was mich erwartete!

Mein fast kindlicher Wissensdrang trieb mich zur Ausbildung allerlei haptischer Fähigkeiten, ausführlich informiert wollte ich sein, das Handwerk lernen. Schnell begriff ich: »Führe die Vorhaut – führe den Mann!« Er war mir ein dankbarer, handlenkender Lehrer in Bezug auf den lustig flappernden, kleinen und doch so lustbringenden Zipfel Männlichkeit auf den dunklen, feuchten Kellertreppen, und ich ahnte lange nicht, dass auch männliche Wesen ohne dieses *easy-to-handle device* existierten.

Wie denn auch? Als ich meine knallhart geplante Entjungferung von einem schönen Gleichaltrigen aus meiner Klasse durchführen ließ, der es laut Schulkameradinnen »schon konnte«, begegnete ich zum ersten Mal einem beschnittenen

Exemplar. Nicht nur erschreckt war ich – ganz hilflos! Nichts zum Hoch- und Runterschieben, mit leichtem Druck, so wie ich es ordentlich und konsequent mit immer wachsendem Einfühlungsvermögen in den Keller-Sessions gelernt hatte.

Doch ein Glück: Der Vierzehnjährige hatte Energie genug, das ihm aufgetragene Werk auch ohne tollpatschige Stimulationsversuche meinerseits zu bewältigen. Im Freundinnenkreis diskutierten wir hinterher mit Verve das Thema »Erscheinungsbilder männlicher Geschlechtsorgane«, doch einen Durchblick hatte mit vierzehn noch keine von uns. »Manche haben halt 'nen Zipfel, manche nicht« war, worauf wir uns, mangels Internet und anhand von unvollständig erklärenden Schulbiologiebüchern, beim Teetrinken im Jungmädchenzimmer einigen konnten. Faszinierend genug war allein schon die Tatsache, dass wir durch lässiges Hin- und Herschieben eine Erektion erzeugen konnten, die, das checkten wir Girls ganz schnell, uns zumindest für den Aktionszeitraum Herrin über die Jungchen werden ließ. Doch als ich das erste Mal von oralem Sex hörte, bekam ich Angst. Was tun mit der Vorhaut? Ich beschloss, diese Technik, wenn überhaupt, an einem Exemplar ohne Zipfel zu testen.

Zehn Jahre später

Mittlerweile hatte ich eine vierjährige Beziehung hinter mir, mit einem Mann ohne Vorhaut – ohne sicher zu wissen, dass er beschnitten war, da er, wie ich erst noch später verstehen sollte, einen *high and loose cut* trug (nach der offiziellen Beschreibung: »Der Übergang kann im unerigierten Zustand einen Hautwulst verursachen oder über der Eichel liegen«). In diesen vier Jahren war ich mir über meine manuellen Anwendungen nie wirklich sicher, doch auch hier bescherten mir das Hören auf meine innere Stimme, mein Einfühlungsvermögen und die daraus resultierenden Ergebnisse erfreuliche Erfolge. Trotzdem war ich permanent irritiert: Irgendwie konnte ich Haut bewegen, aber es zipfelte nichts vornedran. Zum Ende der Beziehung hin, das spät jugendliche Vertrauen wuchs, traute ich mich zum ersten Mal, meine heutige Flirt-Eingangsfrage zu stellen: »Bist du eigentlich beschnitten?«, was mein Gegenüber als Witz bewertete und lachend mit »Natürlich – wie kannst du das nicht wissen!« beantwortete. Im stillen Innern war ich mir immer noch nicht sicher, wie man diese Beschaffenheit mit dem im Keller Gelernten in Einklang bringen konnte.

Nach diesen vier Jahren der Monogamie widmete ich mich Erlebnissen im Allgemeinen und im Speziellen, irgendwie hatte ich dabei vergessen, in einer Jahre dauernden Amnesie, auf das Aussehen der unerigierten Penisse zu achten, zumal sie mir kaum noch unter die Hände kamen. One-Nighter und andere schnelle, niemals lange dauernde Begegnungen ließen mich einfach nicht in Kontakt mit den wabbeligen Originalversionen kommen, ob nun *cut* oder *uncut*. Klar kümmert sich frau beim festen Freund auch ums kleine, weiche Würmchen, wenn Sonnenstrahlen an einem schönem Sonntagmorgen durch Vorhänge fallen, der Rausch der Nacht nachhallt und zur Reaktivierung treibt. Bei den schnellen Sachen hingegen galt: Bevor die Härte nicht gespürt ist, durch dicke Jeans in dunkler Disco-Ecke, wird auch nichts den Intimbereich Freilegendes arrangiert.

Noch ein paar Jahre später

Mittlerweile kann ich mit Bestimmtheit erkennen, wer beschnitten, wer *naturelle* geht und vor allem: wer unter schlimmer, unerkannter Phimose leidet. Als ich das erste und zugleich letzte Mal auf die Idee kam, unwissentlich mit einem von Vorhautverengung betroffenen Mann zu schlafen, konnte ich mir, auf nun fast 20 Jahre sexuellen Einfühlungsvermögens zurückblickend, vorstellen, welche Schmerzen diese Person beim Sex quälen mussten.

Im Überschwang versehentlicher Verliebtheit informierte ich mich und erkannte, dass eine Beschneidung bei diesem

Manne dringend geboten sei. Im Internet entdeckte ich den Beschneidungsring. Angeblich soll mit ihm das in verschiedenen Kulturen jahrtausendelang Geübte quasi im Alleingang vonstatten gehen, unter Aufsicht eines Urologen. Das Merkblatt zum Circ Ring las sich safer als jedes Brotbackrezept: »Sichere Anwendung! Keine Injektionen in den Penis! Keine sich schlecht lösenden Fäden! Verschiedene Beschneidungsstile möglich! Nähte oder Schnellschnitte nicht erforderlich! Keine Schmerzen bei der Anwendung! Anwendung ohne Einschränkung Ihrer Aktivitäten möglich! Die Heilung ist meist in nur 10 bis 14 Tagen abgeschlossen! Ein gleichmäßiger Übergang zwischen innerer und äußerer Vorhaut.«

Ich dachte ganz sicher, dies sei der Retter aus den Nöten des mir sympathischen, aber sexuell schwer zugänglichen, emotional gehemmten Phimose-Mannes. Es las sich ganz einfach: »Ziehen Sie die Vorhaut vollständig zurück und legen Sie das Maßband (oder einen Faden) fest, aber nicht einschnürend um den Penis direkt hinter dem Eichelkranz. Lesen Sie den Umfang ab und wählen einen Ringdurchmesser, der Ihren Maßen entspricht. Wichtig ist, dass der Penis nicht erigiert sein darf!« Und schwups ist das Häutchen nach wenigen Tagen abgestorben und fällt schließlich ab.

Na ja, der Spaß sollte 89 Euro kosten (statt der 300 bis 500 Euro für eine Beschneidung per Messer), aber mein Betroffener war von sich, seinem Penis und seiner verengten Vorhaut so fasziniert, dass allein mein Gedanke, er könne hilfsbedürftig sein, ihn schockierte. Mein Denkfehler, dass er die Vorhaut ja gar nicht zurückstreifen konnte und der Circ Ring damit für ihn nutzlos war, fiel auch ihm gar nicht auf. Klar, sagte er, habe er Schmerzen beim Geschlechtsverkehr, aber das sei doch normal, ich solle mich »nicht so haben«. Er »habe sich schließlich auch nicht so.« Stattdessen kam er eines Nachts mit einer Viagrapille als Überraschung für mich (!) an, schluckte sie und hockte dann eine Stunde lang mit schmerzender knallharter Riesenerektion – ohne merkliche sexuelle Gefühle – vor dem Fernsehapparat. Ich beschloss, ihn, seine schlimme Erektion und seine Phimose für alle Zeiten sich selbst zu überlassen und ihn nie wiederzusehen.

Irgendwann nach diesen unschönen Vorfällen musste ich rückblickend feststellen, in lockerem, aber regelmäßigem Arrangement seit fast zehn Jahren mit demselben Mann zu schlafen. Mit ihm, dem selbstbewussten Inhaber von über zwanzig durch »Low & Loose« verschönten Zentimetern, war endlich die Zeit gekommen, locker und hemmungslos über das Thema zu palavern. Dazu informierte ich mich im Internet und bei offenen, meist schwulen Freunden und vor allem durch das direkte Gespräch mit erfahrenen Freundinnen, um so die verschiedenen Beschneidungstechniken einzuordnen. Ist mehr äußere als innere Vorhaut entfernt, so heißt das Ergebnis »High Cut«, wird mehr innere als äußere beschnitten, nennt man es »Low Cut«. Wenn so viel Haut wie möglich entfernt wird, heißt das Ergebnis »Tight«, wenn weniger Nervenzellen in Form von Haut abgeschnitten wurden, nennt man es »Loose«. Die verschiedenen Stile führen zu verschiedenen Varianten: Wenn der Übergang zwischen innerer und äußerer Vorhaut zwei bis drei Zentimeter von der Eichel entfernt liegt, heißt es »High & Tight«-Cut, liegt der Übergang direkt hinter der Eichel (in der Furche), so ist die Bezeichnung »Low & Tight« zutreffend. Liegt – wie bei Unbeschnittenen – ein Hautwulst über der Eichel, so heißt das Ergebnis »High & Loose«, wohingegen bei einer minimalen, fast nicht sichtbaren Verkürzung das Ergebnis als »Low & Loose« bezeichnet wird.

Zum Anschauen ist es ohne Zipfel schön. Zum Bedienen einfacher mit. Die Hygiene: Ohne Smegma riecht's und schleckt's sich besser. Doch Nervenzellen beinhalten auch Gefühle. Wer schon als Kind seine schützende Vorhaut ganz verlor, muss mit den Jahren immer härtere, schnellere Bearbeitungstechniken ersinnen, da das Köpfchen immer berührungsresistenter wird. Der Natur so streng mit einem »Tight«-Cut ins Handwerk pfuschen, dass die zarte Eichel letztendlich (schon in den Vierzigern!) verledern kann, ehrlich, forcieren würd ich's bei aller Liebe zum Cut ganz sicher nicht. Doch da

jeder Mann seinen Schwanz – so er ihm schmerzfreien Sex
beschert – liebt, wie er ist, halte ich es mit ihnen: Let's go!
Sympathie vorausgesetzt.

Steffen Jacobs
Angebot freundlicher Übernahme

Hallo,
Muschi, Möse & Co.!
Wir wollen ja nicht stören.
Wir wollten nur mal hören:
Wie geht es euch denn so?

Wie laufen die Geschäfte?
Und laufen auch die Säfte
in ungehemmtem Fluß?
Ist alles noch beim Alten,
die Fügungen und Falten,
ist alles noch im Schuß?

Die Konten noch liquide,
die Räume nicht frigide,
und üppig fließt der Lohn?
Wir hoffen, ihr seid flüssig,
und noch nicht überdrüssig
der fixen Transaktion

des Haschens und des Haltens,
des Mischens und des Spaltens,
des Beugens und des Biegens,
des Bäumens und des Liegens,

des Tutens und des Blasens,
des Schäumens und des Rasens,
des Quellens und des Sprießens,
des Sprühens, Gischtens, Gießens.

Schön wär's, weil wir dann kämen,
den Laden übernähmen,
samt laufendem Verkehr,
daß alles so wie immer,
nur besser, also schlimmer,
daß nichts wie vorher wär:

das Bocken und das Bäumen,
das Zähmen und das Zäumen,
das Jaulen und das Juchzen,
das Seufzen und das Schluchzen,
das Keuchen und das Kreischen,
das Haschen und das Heischen,
das Fassen und das Fleuchen,
das Keu-, das – Keuch –, das Keuchen,

und all die andern Sachen.
Da ließe sich was machen,
gesetzt, ihr sagtet ja.
Dann wäre, Lieb- & Teure,
auf immer ganz die eure:
Sack, Schwanz & Pimmel GmbH.

Vanamali Guntura
Kuss um Kuss

Drei Arten von Küssen sind für Jungfrauen geeignet: 1. der zweckdienliche, 2. der zuckende und 3. der reibende Kuss.

Wenn Sie eine unerfahrene Jungfrau mit Kraftaufwand festhalten und sie den Mund auf Ihren Mund legt und bewegungslos bleibt, so ist dies der zweckdienliche Kuss.

Wenn Sie Ihre Unterlippe in den Mund der scheuen jungen Frau geschoben haben, und die junge Frau Ihre Unterlippe mit ihren Lippen packen möchte, es aber nicht fertig bringt, und wenn dann ihre untere Lippe zuckt, so ist dies der zuckende Kuss.

Wenn die scheue Jungfrau Sie in Ekstase mit halb geschlossenen Augen sanft anfasst, Ihre Augen mit ihrer Hand bedeckt und Ihre Lippen mit der Zungenspitze reibt, so ist dies der reibende Kuss.

Es gibt vier andere Arten von Küssen, die für Frauen geeignet sind, die ihre Scheu überwunden haben. Dies sind 1. die direkten, 2. die schrägen, 3. die aufwärts bewegten und 4. die pressenden Küsse.

Beim direkten Kuss sitzt oder liegt das Liebespaar einander zugewandt und küsst sich mit den Lippen. Wenn in derselben Stellung der eine Partner sein Gesicht und seine Lippen seitwärts bewegt, um die Lippen des anderen zu fassen, so ist dies der schräge Kuss. Wenn der Mann hinter der Frau sitzt und ihr Kinn mit der Hand fasst, das Gesicht zu sich aufwärts dreht und sie küsst, so ist dies der aufwärts bewegte Kuss. Wenn der Mann und die Frau gegenseitig ihre Lippen kraftvoll drücken und küssen, so ist dies der pressende Kuss.

Es gibt auch eine fünfte Art, die abpressenden Küsse. So nennt man es, wenn ein Partner mit seinen Fingern die Lippen des anderen fasst und sie kraftvoll gegen die eigenen drückt, um sie zu küssen, ohne sie dabei mit den Zähnen zu verletzen.

Jenny Eclair
Mrs. Cuntingham

Ich weiß noch, was ich anhatte, als ich ihn zum ersten Mal sah: alte Levis und ein langarmiges T-Shirt mit Schmetterlingen drauf. Als ich die Tür öffnete, war es, als würden die Schmetterlinge zum Leben erwachen und in meinem Brustkorb herumflattern. Ich sah auf meine Füße und dachte: Gut, dass ich meine Fußnägel lackiert habe. Sie waren knallrot. Es war 10.00 Uhr morgens, um 10.30 Uhr küssten wir uns in der Küche und um 10.35 Uhr war er in meiner Hand gekommen. Aber wenigstens hatte er den Geschirrspüler repariert. Auf dem Gerät lagen sieben Olivenkerne ordentlich aufgereiht. »Sie brauchen einen neuen Motor«, sagte er, »ich bestelle einen. Sollte heute in einer Woche da sein. Würde Ihnen das passen?« Während er das sagte, beugte er sich vor und zwickte meine Brustwarze. Ich trug keinen BH. Ich gab ihm einen Scheck von unserem gemeinsamen Konto, und er sagte: »Vielen Dank, Mrs. Cunningham«, und für einen Moment dachte ich, er hätte »Mrs. Cuntingham gesagt«, aber das kann nicht sein. Nachdem er fort war, setzte ich mich auf mein viktorianisches Schaukelpferd in der Küche und besorgte es mir selbst – Hühott, Silver! Ich hatte nicht wirklich ein schlechtes Gewissen, habe ich nie – zu anstrengend. Um ehrlich zu sein, glaube ich, dass Ehebruch aus mir einen netteren Menschen machte. Ich weiß noch, dass ich am selben Abend mit Pandora Schoko-Rice-Crispy-Kekse backte und ich sie nicht anschrie, als sie eine Ladung Rice Crispies auf den Boden fallen ließ.

Er hieß Danny, Daniel passte nicht zu ihm. Anwälte heißen Daniel. Sie haben saubere Fingernägel und Einstecktücher aus Seide. Dannys hingegen haben rauhe Hände mit Schwielen, die Laufmaschen in Strumpfhosen reißen.

Nachdem er an diesem ersten Morgen gegangen war, machte ich mich auf den Weg zu Maggie und bemerkte gerade noch rechtzeitig einen Ölfleck auf dem T-Shirt, dort, wo er meine Brust gekniffen hatte. Ich zog mich natürlich um.

Ich habe darüber nachgedacht, warum das alles passiert ist, und es ist nicht allein meine Schuld. Ich habe versucht, die Gründe zu analysieren, und bin zu dem Schluss gekommen, dass – abgesehen von den Olivenkernen – die Gesellschaft schuld ist. Sagen wir so ... Ich habe mir Notizen gemacht, ich habe sogar einen Aufsatz zu dem Thema verfasst. Schade, dass ich ihn nach einer Flasche Rotwein geschrieben habe und meine Handschrift unleserlich ist, aber das war die Quintessenz:

Die meisten Menschen tragen zwei Seelen in ihrer Brust, vor allem Frauen. Früher hatten sie keine Zeit, sie wuschen die Wäsche mit der Hand und verloren ihre Finger in der Mangel. Dank elektrischer Geräte, Staubsauger, Geschirrspüler, Gefriertruhen usw. haben wir heute genug Zeit, ein Doppelleben zu führen. Wir haben Handys, mit denen wir flüsternd Rendezvous vereinbaren können, wir haben Autos und können uns in abgelegenen Parks mit Männern treffen, wir haben unseren eigenen Pass, wir haben die Freiheit, alles zu vermasseln – wenn uns danach ist.

Früher hatten Frauen keine Gelegenheit, Männer kennen zu lernen. Es gab nicht so viele Dinge im Haus, die kaputtgehen konnten. Höchstens der Postbote und der Milchmann kamen vorbei – und dementsprechend war ihr Ruf! Heutzutage ist es für Frauen schwierig, keine Männer kennen zu lernen. Im Job begegnen wir Motorradkurieren, die – den Helm unter dem Arm – hereinstolzieren wie Gladiatoren. Es gibt Pizzajungen und Tennislehrer und Fitnesstrainer, Chiropraktiker und Psychotherapeuten. Die heutige Gesellschaft ist sexbesessen.

Sie sehen also, ich habe ausführlich darüber nachgedacht. Vielleicht hätte ich den Aufsatz nicht in Georginas Englischheft schreiben sollen, denn als ich versuchte, es herauszureißen, lösten sich die anderen Seiten, und ich musste das ganze Ding wegwerfen.

Ich versuche nicht, mein Verhalten zu rechtfertigen, aber ich glaube, manche von uns haben eine Veranlagung zur Schlampe. Eines Tages wird man wahrscheinlich ein Gen entdecken, für alles andere haben sie ja auch eines gefunden: Schüchternheit, Homosexualität, Alkoholismus – zweifellos gibt es ein Gen, das einen zur Schlampe bestimmt.

Mein Problem ist, dass ich – abgesehen von Chris – immer auf Arschlöcher stand. Aber ich bin nicht dumm, mein Selbsterhaltungstrieb war immer etwas stärker als mein Selbstzerstörungstrieb – bis jetzt jedenfalls –, und ich wusste, dass man mit Arschlöchern flirtet, knutscht und gelegentlich vögelt, aber dass man die Guten heiratet. Chris ist durch und durch gut. Ich hatte immer den Verdacht, dass ich ein moralisches Defizit habe, aber ich dachte, wenn ich mich an Chris halte, färbt seine Tugendhaftigkeit auf mich ab. Dass seine Nettigkeit ansteckend ist wie eine Erkältung. Hätte fast geklappt.

Man sah mir nicht an, dass ich das Schlampen-Gen in mir trug. Ich hatte schon immer Klasse. Ich habe weder gebleichte Haare, noch habe ich je das Bedürfnis verspürt, auf Stilettos herumzustöckeln, aber wahrscheinlich kann man es riechen. Das war schon immer so: Ich erinnere mich noch, wie meine Mutter mir als kleines Mädchen im Kaufhaus den Weihnachtsmann zeigte, als ich mich auf seinen Schoß setzte, bekam er eine Erektion. Ich war erst sieben, es war nicht meine Schuld.

Pandora hat meine latente Nymphomanie nicht geerbt. Bestimmt wird sie eines Tages einen rotgesichtigen Bauern aus Wales heiraten und viele Kinder bekommen. Ich dagegen … nun, es macht mir nichts aus, dass er so ist, aber Chris reagiert total verklemmt. Der blöde Kerl. Eines Tages, wenn Jed reich und berühmt ist, wird er mich am Arm durch die Stadt führen, und ich werde bei Premierenfeiern Champagner trinken und Canapés essen. Bis dahin bin ich natürlich wieder schlank und elegant, und das alles ist längst vergessen.

Giacomo Casanova
Ein zu kurzes Hemd hat Folgen

Es hatte schon Mitternacht geschlagen, und der Himmel war bedeckt; so hatte ich nicht gesehen, ob die Gondel in gutem Zustand war. Erst tröpfelte es nur ein wenig; als der Regen stärker wurde, wollte ich mich durch Schließen der Vorhänge davor schützen, fand aber weder Vorhänge noch das Segelleinen, mit dem gewöhnlich der Aufbau überdacht wird. Ein leichter Seitenwind durchnäßte mich. Das Unglück war nicht groß. Ich gelangte zu meinem kleinen Haus, tappte im Finstern hinauf und klopfte an die Tür meines Vorzimmers, wo Tonina bereits schlafen gegangen war. Sie hatte bis Mitternacht auf mich gewartet, aber es war schon eine Stunde später.

Sobald Tonina meine Stimme hört, öffnet sie mir die Tür.

Es ist dunkel, ich brauche Licht, sie sucht das Feuerzeug, und da ich im Zimmer bin, bedeutet sie mir sanft und lachend, daß sie im Hemd sei. Ich erwidere kühn, daß mir das, wenn es nicht schmutzig sei, nichts ausmache. Sie sagt darauf nichts und zündet eine Kerze an. Als sie sieht, wie verboten durchweicht ich bin, bricht sie in Lachen aus.

Ich sage ihr, daß ich ihre Hilfe nur brauche, um mir die Seitenlocken meiner Frisur zu trocknen, und sie holt rasch Puder und Quaste. Aber da ihr Hemd sehr kurz und oben zwischen den Schultern sehr weit ist, bereue ich es zu spät. Ich sehe voraus, daß ich unterliegen werde, und das um so mehr, als sie herzlich darüber lacht, daß sie, in der einen Hand die Quaste und in der andern die Puderdose, ihr Hemd nicht festhalten kann, um mir ihren frühreifen Busen zu verbergen, dessen Verlockung nur ein Toter widerstanden hätte. Wie soll ich meine Augen abwenden! Ich starre ihn so unverhohlen an, daß die arme Tonina darob errötet.

»Da, halte das Hemd mit den Zähnen fest«, sage ich; »dann kann ich nichts mehr sehen.«

Ich ziehe es selbst hinauf, entblöße dabei aber die Hälfte der

Oberschenkel, deren Anblick mich aufschreien läßt. Tonina, die nicht weiß, wie sie sich oben und unten zugleich meinem Blick entziehen soll, läßt sich auf das Sofa fallen; ich kann mich, in Glut geraten, zu nichts entschließen.

»Was nun!« fragte sie erregt; »soll ich mich anziehen, um Ihnen die Nachthaube aufzusetzen?«

»Nein. Komm auf meinen Schoß, und verbinde mir die Augen. Dann werde ich dir die deinen verbinden, denn ich brauche deine Hilfe beim Ausziehen.«

Da kam sie. Ich aber konnte mich nicht mehr beherrschen und zog sie in meine Arme; vom Blindekuh-Spielen war keine Rede mehr. Ich legte sie auf mein Bett, überschüttete sie mit Küssen und schwor, ihr bis zu meinem Tode anzugehören; da streckte sie ihre Arme so bereitwillig nach mir aus, daß ich merkte, wie lange sie diesen Augenblick herbeigesehnt hatte. Ich brach ihre schöne Blüte, die ich, wie stets, allen überlegen fand, die ich in den letzten vierzehn Jahren gepflückt hatte.

Samuel Pepys
Fummeln

August 1663

Danach zur Börse und von dort nach Hause zum Mittagessen mit meinem Bruder. Nachmittags nach Westminster Hall, wo ich Mrs. Lane fand; später trafen wir uns verabredungsgemäß an der Anlegestelle beim Parlament (auf dem ›Weg‹ zum Boot begegnete uns ausgerechnet Lady Jemima, die sah, wie ich Mrs. Lane an der Hand führte, jedoch kein Wort über sie verlor, obwohl ich stehenblieb und mit ihr redete, um herauszufinden, ob sie es nun bemerkt hatte oder nicht) und fuhren nach

Stangate; in Lambeth Marsh kehrten wir im King's Head ein, wo wir verschiedene Speisen und Getränke zu uns nahmen; es kam zu Küssen. Aber wie ich sie auch befummelte und befühlte, konnte ich doch nicht alles bei ihr erreichen, obwohl ich nahe daran war. Doch so geil und gefügig sie auch ist, sie wagt es nicht, das Letzte zu riskieren – wofür ich sie sehr lobe und schätze.

Blieben ziemlich lange, dann mit ihr zu Wasser hinüber; und da mir von all dem Gefummel mit ihr der Schweiß ausgebrochen war, traute ich mich nicht, zu Wasser nach Hause zu fahren, sondern nahm mir eine Kutsche. Zu Hause sprachen mein Bruder und ich über Descartes, ich merke, er hat ihn gründlich studiert, und ich muß sagen, daß er sich mit Descartes' Buch befaßt hat und es liebt.

II NACHSTELLEN

Ich bin ein Künstler und interessiere mich nicht für die sozialen oder moralischen Seiten meiner Arbeit.

Vladimir Nabokov

Mehr als die Hälfte unserer abendländischen Kultur basiert auf dem, was man nicht lesen sollte.

Oscar Wilde

Die Dichter ist man gewohnt hauptsächlich mit der Schilderung der Geschlechtsliebe beschäftigt zu sehen. Alle diese Werke sind Beschreibungen dieser Leidenschaft. Wozu der Lerm? Wozu das Drängen, Toben, die Angst und Noth? Es handelt sich ja bloß darum, daß jeder [...] seine [...] findet. *Arthur Schopenhauer*

Spaziergang mit Daisy. Neben langbeinigen Frauen zu gehen, gibt ein erregendes Gefühl von Kameradschaft. Ich tippte an die Geschichte mit der Hochzeitsnacht an. Sie lächelte und sagte (mit Brünner Akzent): »Immer errottisch?« Dann zwickte sie mich in den Oberschenkel. Die wird es sein . . .!

Anton Kuh, Tagebuch aus dem Sanatorium

Der Schwanz redet eine Sprache, die nicht auf Anhieb verstanden wird. Macht er schlapp, versuchen Mann wie Frau, ihn wieder aufzustellen, statt zu verweilen und zu hören, was er zu sagen hätte. *Marlise Santiago*

Ich stürze ins Badezimmer. Ich will wichsen. Doch meine Hand hat Kopfschmerzen. *Kyle Smith*

Das ist das Schönste beim Masturbieren: das Knuddeln hinterher. *Woody Allen*

Nichts gegen Masturbation. Masturbation ist das Fernsehen des denkenden Menschen. *Christopher Hampton*

Masturbation ist die beste Politik. *Franklin*

Stolz auf die Vitalität meiner Jahre, da ich es ablehne, ohne Vollerektion zu masturbieren. *Thomas Mann*

Onanieren ist das Beste, was es gibt. Du bekommst keine Geschlechtskrankheiten, hast keine verrückten Frauen am Hals und kannst dir alles vorstellen. Selbstbefriedigung ist ein tolles Wort, nicht so obszön wie Wichsen. Wichsen sagt man auf dem Land, Selbstbefriedigung in der Stadt und Onanie in der Kirche. *Tomi Ungerer*

Wichsen? Bringt doch alleine keinen Spaß.

Fritz Eycken

Dem Orgasmus wird viel Bedeutung beigemessen. Als müsse er uns für die Leere unseres Daseins entschädigen.
»Der Stadtneurotiker«

Die Damen unbefriedigt.
Wenn ihre Sehnsucht Gewicht hätte,
wöge jede drei Zentner.

Gottfried Benn

Das Geilste am Orgasmus ist, wenn er kommt.
Linda Verhaelen

Hast du Tripper oder Schanker,
Bist du lange noch kein Kranker.
Erst wenn die Nille dampft und zischt,
Kannst du sagen, dich hat's erwischt.

Volksweisheit

Der Mann stiehlt den ersten Kuß, bittet um den zweiten, verlangt den dritten, nimmt sich den vierten, akzeptiert den fünften und duldet alle folgenden.

Helen Rowland

Letzte Woche habe ich jeden Abend zwei Mal zu Abend gegessen. Ein Mal mit einem Mädchen, das ich rumkriegen wollte. Dann mit einem Mädchen, das ich loswerden möchte. Leider hat beides nicht geklappt.

Arthur Schnitzler

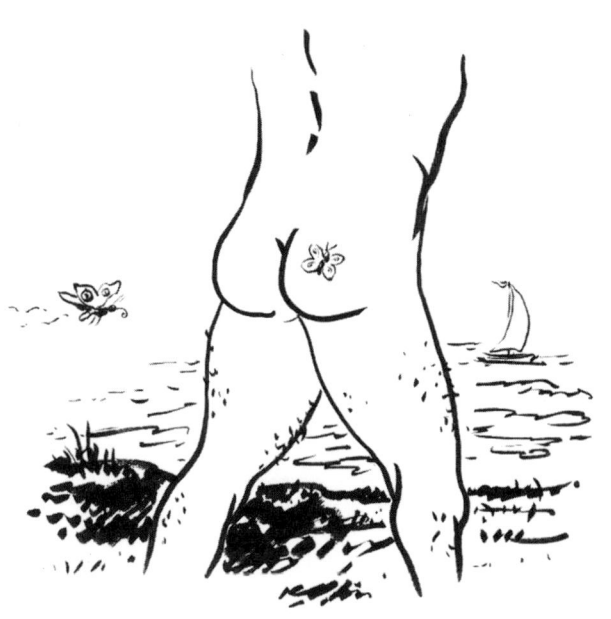

Joachim Ringelnatz
Offener Antrag auf offener Straße

Ich habe einen Frisiersalon.
Komm mit. Dort wollen wir knutschen.
Ich wollte, ich wäre ein Malzbonbon
Und du, du würdest mich lutschen.

Wir geben dem Lehrbub den Nachmittag frei
Und schreiben »Geschlossen bis sieben«.
Ich habe Rotwein im Laden und drei
Dicke Roßhaarsäcke zum Lieben.

Ich werde dich unentgeltlich frisiern
Und dir die Nägel beschneiden.
Du brauchst dich gar nicht vor mir geniern,
Denn ich mag dicke Fraun leiden.

Ich habe auch Schwarzbrot und Butter und Quark
Und außerdem einen großen – –
Donnerwetter sind deine Muskeln stark!
Du, zeig mal: was hast du für Hosen?

Wenn du dann fortgehst, bedanke dich nicht,
Sondern halt es mit meinem Freund Franke.
Der sagt immer, wenn man vom lieben Gott spricht:
»Wem's gut geht, der sagt nicht danke.«

Denis Diderot
Zur Wollust geboren

Mangogul kehrte zu seinem Palast zurück und dachte über die
Torheiten nach, worin die Weiber verfallen, als er sich, entweder
aus eigner Zerstreuung, oder aus einem Verstehen seines Ringes, in dem Säulengange des prachtvollen Gebäudes befand,
das Thelis mit der reichen Ausbeute ihrer Liebhaber schmückte.
Er benutzte die Gelegenheit, ihr Kleinod auszufragen.

Thelis war die Gemahlin des Emir Sambuco, dessen Vorfahren Guinea beherrschten. Sambuco war in Congo angesehen, er hatte Erguebzeds Feinde fünf- oder sechsmal besiegt.
Er war ein eben so geschickter Staatsmann als Feldherr und
brachte verschiedene ihm aufgetragene Unterhandlungen von
Wichtigkeit mit großen Ehren zustande. Bei seiner Wieder-
kunft von Loango sah er Thelis und liebte sie. Damals war er
dicht an fünfzig Jahren, Thelis aber höchstens fünfundzwanzig.
Sie besaß mehr Anmut als Schönheit; die Weiber fanden sie
liebenswürdig, die Männer beteten sie an. Mächtige Freier
hatten um sie geworben: aber entweder war ihr Plan schon
gemacht, oder der Unterschied des Vermögens zwischen ihr
und ihren Werbern war zu groß: alle bekamen einen Korb.
Sambuco sah sie, legte unermeßliche Reichtümer zu ihren
Füßen, Namen, einen Ruhm und einen Rang, der nur von dem
eines Fürsten übertroffen wurde, und ward erhört.

Thelis blieb oder schien tugendhaft sechs lange Wochen
nach der Hochzeit. Aber ist ein Kleinod zur Wollust geboren,
so vermag es nur selten sich selbst zu bändigen; und ein fünf-
zigjähriger Gemahl mag in jeder andern Rücksicht Held sein,
er ist toll, wenn er diesen Feind zu besiegen hofft. Thelis betrug
sich freilich mit vieler Vorsicht, doch blieben ihre ersten Ver-
irrungen nicht unbekannt. Also schrieb man ihr auch in der
Folge mehr zu, als man erfuhr, und Mangogul, neugierig, die
Wahrheit zu erfahren, eilte aus dem Vorhof ihres Palastes in
ihr Wohnzimmer.

Es war gerade mitten im Sommer, die Hitze sehr groß, und Thelis hatte sich nach aufgehobener Tafel auf ein Ruhebett gestreckt in einem entlegenen Gemach, das mit Spiegeln und Gemälden geschmückt war. Sie schlummerte; noch ruhte ihre Hand auf einer Sammlung persischer Märchen, die sie eingeschläfert hatten.

Mangogul betrachtete sie eine Zeitlang, gestand sich, daß sie reizend sei, und drehte seinen Ring gegen sie.

»Es ist mir noch so im Gedächtnis, als ob es jetzt geschähe«, sagte Thelidens Kleinod sogleich: »Neun Liebesproben in vier Stunden! Welch ein Genuß! Göttlicher Zermunzaid! So verfährt der alte frostige Sambuco nicht! Teurer Zermunzaid! Ich kannte die wahre Freude, das höchste Gut der Menschen nicht. Du hast es mich kennen gelehrt.«

Mangogul wünschte die näheren Umstände des Umganges Thelidens mit Zermunzaid zu erfahren. Das Kleinod hielt sich nur an das, was einem Kleinod das wichtigste ist, und schlüpfte darüber weg. Mangogul rieb ein Weilchen den Stein seines Ringes gegen sein Gewand, bis er glänzend ward, und kehrte ihn aufs neue gegen Thelis. Bald empfand das Kleinod seine Kraft, begriff besser, was man eigentlich von ihm verlangte, und nahm mehr den Ton eines Geschichtschreibers an:

»Sambuco stand an der Spitze des Heeres zu Monoemugi, ich folgte ihm ins Feld. Zermunzaid war sein Adjutant; der Feldherr beehrte ihn mit seinem besondern Vertrauen und übergab uns seinem Geleit. Der eifrige Zermunzaid wich nicht von seinem Posten; er schien ihm zu angenehm, um ihn einem andern abzutreten; und die Furcht, ihn zu verlieren, war seine einzige Furcht während des ganzen Krieges.

Im Winterquartier bekam ich neue Gäste. Kassil, Zekia, Almamun, Jesub, Selim, Mansora, Nereskim: alles Offiziere, die Zermunzaid geführt hatte, aber keiner war so viel wert als er. Der leichtgläubige Sambuco verließ sich in Ansehung der Tugend seiner Frau auf sie selbst und auf Zermunzaids Vorsorge. Die unermeßlichen einzelnen Vorkehrungen des Krieges, der große Plan, den er zu Ehren von Congo vorbereiten wollte, machten ihm so viel zu schaffen, daß er nicht Zeit hatte, den Verdacht zu fassen, daß Zermunzaid ihn verrate oder Thelis ihm untreu sei.

Der Krieg dauerte fort, die Heere rückten wieder ins Feld, und wir stiegen wieder in unsre Sänften. Da die nur sehr langsam vorwärts gingen, so verloren wir unmerklich den Kern der Armee aus dem Gesicht und blieben beim Nachtrab. Zermunzaid führte ihn. Dieser tapfre Junge, den der Anblick der größten Gefahr nie vom Wege des Ruhms entfernen konnte, ließ sich durch die Lockungen der Liebe verleiten. Er überließ einem untergeordneten Offizier die Beobachtung des Feindes, der uns beunruhigte, und stieg in unsern Wagen. Aber kaum war er drinnen, als wir Waffengeklirr und verwirrtes Geschrei vernahmen. Zermunzaid ließ seine Arbeit unvollendet und wollte aussteigen, aber er ward zu Boden gestreckt, und wir blieben in der Gewalt des Siegers.

So verschlang ich die Ehre und die Verdienste eines Offiziers, der von seiner Tapferkeit und seiner Tüchtigkeit die erste Stelle, die höchsten Kriegsämter erwarten durfte, wenn er nie die Gattin seines Generals gekannt hätte. Mehr als dreitausend Menschen blieben bei der Gelegenheit auf dem Platz. So viel gute Untertanen haben wir dem Staat entwendet.«

Man bedenke, wie Mangogul über diese Rede erstaunen mußte! Er hatte Zermunzaids Leichenpredigt mit angehört und erkannte ihn an dieser Schilderung nicht wieder. Erguebzed, sein Vater, hatte den Verlust dieses Offiziers bedauert. Alle Zeitungen, die man las, verschwendeten das höchste Lob an seinen glänzenden Rückzug und schrieben seine Niederlage und seinen Tod der feindlichen Übermacht zu, die sechsmal stärker gewesen sei als er. Ganz Congo beklagte einen Mann, der seine Pflicht so gut erfüllt hätte. Seine Frau bekam ein Gnadengehalt, sein ältester Sohn das Regiment seines Vaters und der jüngste die Anwartschaft auf eine Domherrnstelle.

»Abscheulich!« rief Mangogul leise. »Die Treue gebrochen, den Staat verraten, die Mitbürger aufgeopfert! Und der Frevel wird noch belohnt!«

Thelidens Kleinod hatte nur geschwiegen, um Atem zu schöpfen. Jetzt fuhr es fort: »So war ich dem Feinde auf Gnade und Ungnade ergeben. Ein Dragoner-Regiment war bereit, auf uns einzudringen. Thelis schien darüber in Verzweiflung und wünschte doch nichts sehnlicher als das. Aber die Schönheit der Beute streute Zwietracht unter die Räuber. Man zog die Schwerter, und dreißig bis vierzig Menschen wurden im Augenblick umgebracht. Der Befehlshaber vernahm das Getümmel, eilte herzu, besänftigte die Wütenden und wies uns zu unsrer Sicherheit ein Zelt an, wo wir uns kaum umsehen konnten, als er schon hereintrat, den Lohn seines Dienstes zu fordern. Die Überwundenen sind unglücklich! rief Thelis, und warf sich auf ein Bett, wo sie die ganze Nacht hindurch ihr Unglück empfand.

Am Tage darauf waren wir am Ufer des Niger. Ein Schiff erwartete dort meine Gebieterin und mich, damit wir dem Kaiser von Benin vorgestellt würden. Die Fahrt dauerte vierundzwanzig Stunden. Der Schiffskapitän bot Thelis seinen Beistand an, ward zugelassen, und ich machte die Erfahrung, daß der Seedienst unendlich rascher geht als der Landdienst.

Wir kamen vor den Kaiser von Benin. Er war jung, feurig und wollüstig. Thelis eroberte auch ihn. Aber die Eroberungen ihres Gemahls jagten ihm Furcht ein. Er bat um Frieden und brachte sich dadurch um drei Provinzen und mein Lösegeld.

Andre Zeiten – andre Sorgen. Sambuco erfuhr, ich weiß nicht wodurch, was an dem Unglück des vorigen Feldzuges schuld gewesen sei. In dem nächstfolgenden gab er mich einem seiner Freunde in Verwahrung, der ein Haupt der Brahminen war. Der Mann Gottes wehrte sich nicht lange; er wich Thelidens Reizen aus, und in weniger als sechs Monaten verschlang ich seine unermeßlichen Einkünfte, drei Teiche und zwei hochstämmige Wälder.«

»Gott steh mir bei!« rief Mangogul. »Drei Teiche und zwei Wälder! Das Kleinod hat eine gesegnete Verdauung.« – »Wir können mehr vertragen«, erwiderte das Kleinod. »Es ward Friede, und Thelis begleitete ihren Gemahl auf seiner

Gesandtschaft nach Monomotapa. Sie spielte und verlor vielleicht hunderttausend Zechinen an einem Tage, die ich in einer Stunde wiedergewann. Ein Minister, dessen Zeit nicht ganz und gar von den Angelegenheiten seines Herrn ausgefüllt wurde, kam mir unter die Zähne, und ich verzehrte ihm in drei bis vier Monaten ein schönes Landgut, ein Schloß mit allen Möbeln, einen Park und einen Staatswagen mit einem Zuge von sechs Schecken. Eine vier Minuten lange Gunst, gehörig aufgeschoben, erwarb uns Feste, Geld und Geschmeide. Sambuco war entweder blind oder klug und störte uns nicht.

Ich mag hier nicht anführen, wie viel Grafschaften, Rittergüter, Lehnsrechte, Wappenschilder usw. vor mir verschwunden sind. Mein Sekretär kann Ihnen sagen, was daraus geworden ist. Ich habe die Krongüter von Biafara sehr beschnitten und besitze eine ganze Provinz von Beleguanza. Als Erguebzed alt ward, machte er mir den Vorschlag...« – Hier drehte Mangogul seinen Ring zurück und ließ den Strudel verstummen. Aus Ehrfurcht für das Gedächtnis seines Vaters wollte er nichts hören, was den Glanz der großen Eigenschaften, die er an ihm kannte, verdunkeln würde.

Gustave Flaubert
Kommen Sie!

Ich wußte genau, wohin ich lief, es war ein Haus in der Gasse, an der ich so oft vorübergegangen war, um zu fühlen, wie mein Herz schlug; es hatte grüne Jalousien, man stieg drei Stufen empor, oh! das wußte ich auswendig, ich hatte es mir ja oft angeschaut, wenn ich meinen Weg verlassen hatte, nur um die geschlossenen Fenster zu sehen. Schließlich nach einem Rundgang, der ein Jahrhundert dauerte, bog ich in diese

Straße, ich glaubte zu ersticken; niemand kam vorüber, ich ging weiter, ich ging weiter; ich fühle noch die Berührung der Tür, die ich mit der Schulter aufstieß, sie gab nach; ich fürchtete, sie sei in der Wand verankert, aber nein, sie drehte sich in der Angel, sachte, ohne ein Geräusch.

Ich stieg eine Treppe hinauf, die Treppe war schwarz, die Stufen ausgetreten, sie gaben unter meinen Schritten nach; ich stieg immer höher, man konnte nichts sehen, ich war wie betäubt, niemand sprach mit mir, ich atmete nicht mehr. Schließlich trat ich in ein Zimmer, es kam mir groß vor, das lag an der Dunkelheit, die dort herrschte; die Fenster standen offen, aber große gelbe Vorhänge fielen bis auf den Boden und dämpften das Tageslicht, der Raum war in einen blassen Goldton getaucht; im Hintergrund, neben dem rechten Fenster, saß eine Frau. Sie konnte mich nicht gehört haben, denn sie drehte sich nicht um, als ich eintrat; ich blieb stehen, ohne noch einen Schritt zu tun, gebannt von ihrem Anblick.

Sie trug ein weißes Kleid mit kurzen Ärmeln, die Ellbogen auf das Fensterbrett gestützt, die Hand am Mund schien sie unten etwas Vages, Unbestimmtes zu betrachten; ihr schwarzes Haar, an den Schläfen geglättet und geflochten, glänzte wie der Flügel eines Raben, ihr Kopf war ein wenig geneigt, hinten hatten sich einige kurze Haare gelöst und kräuselten sich auf ihrem Hals, ihr großer gebogener Goldkamm war von roten Korallen bekränzt.

Sie stieß einen leisen Schrei aus, als sie mich sah und richtete sich jäh auf. Ich fühlte mich zunächst getroffen von dem strahlenden Blick ihrer beiden großen Augen; als ich meine Stirn heben konnte, die ich vor der Macht dieses Blickes gesenkt hatte, sah ich ein Gesicht von bewundernswerter Schönheit: eine einzige gerade Linie ging vom Kopf oben im Scheitel aus und lief zwischen ihren langen hohen Brauen hindurch über die römische Nase, über die bebenden wie auf den antiken Kameen gewölbten Nasenflügel, grub sich in die Mitte ihrer heißen Lippe, auf der der Schatten eines blauen Flaums lag, und dann dort der Hals, der volle, weiße, runde Hals; durch das schmale Gewand sah ich die Form ihrer Brüste bei jedem Atemzug kommen und gehen, so stand sie vor mir, umgeben vom Sonnenlicht, das durch den gelben Vorhang drang und das weiße Kleid und den braunen Kopf leuchten ließ.

Endlich begann sie zu lächeln, fast aus Mitleid und Sanftmut, und ich trat näher. Ich weiß nicht, was sie sich in das Haar getan hatte, aber sie duftete, und ich fühlte mein Herz weicher und schwächer werden als ein Pfirsich, der auf der Zunge zergeht. Sie sagte:

– Was haben Sie denn? kommen Sie!

Und sie setzte sich auf ein langes mit grauem Tuch bespanntes Kanapee, das an der Wand stand; ich setzte mich neben sie, sie nahm meine Hand, die ihre war heiß, so saßen wir lange ohne ein Wort.

Nie hatte ich eine Frau aus solcher Nähe gesehen, ihre ganze Schönheit umgab mich, ihr Arm berührte den meinen, die Falten ihres Kleides fielen über meine Beine, die Wärme ihrer Hüfte setzte mich in Flammen, ich fühlte durch diese Berührung die Rundungen ihres Körpers, ich betrachtete die Fülle ihrer Schultern und die blauen Adern an ihren Schläfen. Sie sagte:

– Nun!

– Nun! wiederholte ich mit fröhlicher Miene, um den Zauber abzuschütteln, der mich einlullte.

Doch dabei blieb ich, ich war ganz damit beschäftigt, sie mit den Augen zu erforschen. Wortlos legte sie einen Arm um mich, zog mich an sich und hielt mich stumm umfaßt. Da umschlang ich sie mit meinen beiden Armen und preßte meinen Mund auf ihre Schulter, dort trank ich mit Entzücken meinen ersten Kuß der Liebe, dort kostete ich das endlose Verlangen meiner Jugend und die glücklich gefundene Wollust all meiner Träume, und dann bog ich den Hals zurück, um ihr Gesicht besser sehen zu können; ihre Augen leuchteten, setzten mich in Brand, ihr Blick umfing mich mehr als ihre Arme, ich verlor mich in ihrem Auge und unsere Finger umschlangen sich; die ihren waren lang, zart, sie wanden sich in meiner Hand mit lebhaften, feinen Bewegungen, ich hätte sie mit geringster Kraft zerquetschen können, ich preßte sie besonders stark, um sie besser zu fühlen.

Ich erinnere mich jetzt nicht mehr, was sie mir sagte, noch was ich antwortete, ich blieb lange so sitzen, verloren, schwebend, schwankend vom Klopfen meines Herzens; jede Minute nahm meine Trunkenheit zu, jeden Augenblick wurde meine Seele voller, mein ganzer Körper zitterte vor Ungeduld, vor Verlangen, vor Lust; und doch war mir schwer zumute, eher düster als froh, ernst, wie in etwas Göttlichem und Erhabenem versunken. Mit ihrer Hand drückte sie meinen Kopf an ihr Herz, aber leicht, als fürchte sie, ihn auf sich zu erdrücken.

Sie streifte mit einer Schulterbewegung den Ärmel ab, das Kleid löste sich; sie trug kein Korsett, ihr Hemd stand offen. Es war einer jener prächtigen Busen, wo man in Liebe erstickt hätte sterben mögen. Auf meinen Knien sitzend hatte sie die naive Haltung eines träumenden Kindes, ihr schönes Profil trat in reinen Linien hervor; eine Falte war in einer wunderbaren Kurve unter der Achsel wie das Lächeln ihrer Schulter; ihr weißer Rücken beugte sich ein wenig, auf eine müde Weise, und ihr herabgesunkenes Kleid fiel hinten in breiten Falten auf den Boden; sie hob die Augen zum Himmel und summte leise einen traurigen, sehnsüchtigen Refrain.

Ich faßte an ihren Kamm, ich nahm ihn heraus, ihr Haar flutete herab wie eine Welle, und die langen schwarzen Strähnen zitterten, als sie über ihre Hüften fielen. Ich fuhr mit der Hand darüber, und hinein, und darunter; ich tauchte den Arm hinein, ich badete mein Gesicht darin, ich war außer mir. Manchmal gefiel es mir, es hinten zu teilen und es wieder nach vorn zu holen und ihre Brüste damit zu bedecken; ein andermal flocht ich alles zusammen und zog es nach hinten, um ihren zurück gebeugten Kopf und vorgestreckten zarten Hals zu sehen, sie ließ es mit sich geschehen wie eine Tote.

Plötzlich machte sie sich von mir los, zog die Füße aus dem Kleid und sprang mit der Behendigkeit einer Katze auf das Bett, die Matratze sank unter ihren Füßen ein, das Bett krachte, sie zog heftig die Vorhänge zurück und legte sich hin, sie streckte die Arme nach mir aus, sie packte mich. Oh! selbst die Laken schienen noch ganz warm von den Liebkosungen, die darüber hinweggegangen waren.

Ihre weiche feuchte Hand glitt über meinen Körper, sie gab mir Küsse auf das Gesicht, auf den Mund, auf die Augen, bei jeder dieser sich überstürzenden Zärtlichkeiten geriet ich außer mir, sie streckte sich auf dem Rücken aus und seufzte; bald schloß sie halb die Augen und betrachtete mich mit wollüstiger Ironie, dann drehte sie sich auf den Bauch, stützte die Ellbogen auf, streckte die Fersen in die Luft, voll zauberischer Koketterie, mit raffinierten und unschuldigen Bewegungen; schließlich gab sie sich mir gänzlich hin, sie hob die Augen zum Himmel und stieß einen tiefen Seufzer aus, der ihren ganzen Körper hob... Ihre heiße, schaudernde Haut dehnte sich bebend unter mir, vom Kopf bis zu den Füßen fühlte ich mich von Wollust umfangen; mein Mund an den ihren gepreßt, unsere ineinander verschlungenen Finger, gewiegt in demselben Schauder, verstrickt in derselben Umarmung, den Geruch ihres Haares und den Hauch ihrer Lippen atmend, fühlte ich, wie ich vor Wonne starb. Einige Zeit genoß ich noch staunend das Klopfen meines Herzens und das letzte Zittern meiner erregten Nerven, dann schien mir, daß alles verlosch und verschwand.

Das Kitzeln der Gouvernante

Eines Tages waren mehrere Leute in einem der Wohnzimmer versammelt; wo meine Eltern waren, weiß ich nicht, sie waren nicht im Zimmer und wahrscheinlich ausgegangen. Einer oder zwei meiner Vettern waren da, einige junge Leute, meine große Schwester und ein Bruder, daneben noch andere, unsere Gouvernante und ihre Schwester, die auf Besuch bei uns war und in ihrem Zimmer schlief. Ich erinnere mich, daß beide zusammen ins Schlafzimmer gingen, das neben meinem lag. Es war Abend, wir bekamen süßen Wein, Kuchen und branntweingetränkte Rosinen und spielten irgend etwas, bei dem wir im Kreis auf dem Fußboden saßen. Ich war sehr kitzlig, und als wir einander auf dem Boden abkitzelten, bekam ich beinahe einen Lachkrampf. Es machte großen Spaß und viel Lärm, die Gouvernante kitzelte mich und ich sie. Als ich ins Bett gebracht wurde, oder vielmehr, als ich ging, denn dies tat ich schon alleine, sagte sie: »Ich komme noch und kitzele dich.« Zu jener Zeit holte ein Dienstmädchen, meine Mutter oder die Gouvernante die Kerze und schloß die Tür, wenn ich im Bett war; ich hatte immer noch Angst, im Dunkeln ins Bett zu gehen, und rief stets: »Mama, ich gehe jetzt ins Bett.« Dann wurde die Kerze geholt, und da sie mir diese Ängstlichkeit austreiben wollten, schalten sie mich oft aus und ließen mich beim Ausziehen allein, um mich davon zu heilen.

Ich nehme an, die anderen Kinder waren schon ins Bett gebracht worden. Die Jüngeren schliefen alle neben dem Zimmer meiner Mutter. Auch das Kinderzimmer war oben, und meines lag, wie schon gesagt, neben dem Zimmer der Gouvernante.

Als ich im Bett lag, rief ich nach jemandem, der das Licht löschen sollte, und die Gouvernante kam mit ihrer Schwester herauf. Beide begannen mich abzukitzeln, ich lachte, kreischte und versuchte sie wiederzukitzeln. Eine von ihnen schloß die

Tür und kam dann zurück, um mich weiterzukitzeln. Ich strampelte mir die Kleider vom Leib und war fast nackt, bat sie aufzuhören, fühlte ihre Hände auf meiner nackten Haut und bin fast sicher, daß eine von ihnen mehr als einmal meinen Schwanz berührte, obwohl das zufällig geschehen sein mag. Schließlich glitt ich vom Bett hinunter, das Nachthemd bis unter die Achseln hochgeschoben und plumpste mit dem nackten Hintern auf den Boden, während sie mich weiterkitzelten und über mein Strampeln und Kreischen lachten.

Was mich dann trieb, weiß der Himmel; vielleicht das, was ich über das Pinkelloch einer Frau gehört hatte, vielleicht Neugier oder Instinkt, ich weiß es nicht; jedenfalls hielt ich das Bein der Gouvernante fest, als sie versuchte, mich wieder ins Bett zu bekommen, und dabei sagte: »Das reicht, mein Kleiner, geh ins Bett und laß mich das Licht mitnehmen.« Ich wollte nicht, die andere Dame half, mich hochzuheben, ich schob die Hände unter die Röcke der Gouvernante, fühlte das Haar ihrer Möse und zwischen ihren Schenkeln etwas Warmes und Feuchtes. Sie ließ mich fallen und sprang zurück. Ich muß beide Hände unter ihren Röcken gehabt haben, die eine um ihr Bein geklammert, die andere zwischen ihren Schenkeln, und sie schrie laut auf: »Oh!«

Klatsch-klatsch-klatsch bekam ich rasch ein paar Ohrfeigen. »Du ... ungezogener ... böser ... Junge«, sagte sie und gab mir bei jedem Wort eins hinter die Ohren. »Ich hätte nicht übel Lust, das deiner Mama zu erzählen, marsch ins Bett mit dir«, und ohne ein Wort verschwand ich im Bett. Sie löschte das Licht, verließ mit ihrer Schwester das Zimmer und ließ mich in einer Heidenangst zurück. Ich wußte kaum, daß ich etwas Verbotenes getan hatte, und hatte dennoch die vage Vorstellung, das Berühren ihrer Schenkel werde eine Strafe nach sich ziehen. Die weiche, behaarte Stelle, die meine Hand berührt hatte, erfüllte mich mit Staunen, ich dachte darüber nach, daß dort kein Pimmel war, und empfand eine gewisse Freude über das, was ich getan hatte.

Edmond & Jules de Goncourt
Das Haus des Teufels

Marie ist gekommen, um Jules zu besuchen. Was für eine Ver-
wandlung, wenn sie die Augen geschlossen hat und den Mund
zu einem Lächeln geöffnet!
Sie ist von Madame Delperq in eine sonderbare Gesellschaft eingeführt worden. Es gibt in Le Bouchet, unweit von
Marolles, eine Pulvermühle. Der Kommandant im zweiten
Stock, jung, aber verbraucht, kreuzlahm, hat sich seine Ge-
wohnheiten aus der Gesellenzeit mit den Frauen bewahrt. Er
muß welche vor Augen haben; das ist ein Reiz, der seine veren-
deten Sinne kitzelt, während es zugleich ein Vorwand für seine
geilen Launen ist. Er hat sich mit einem Kommissar und einem
Offizier zusammengetan, und unter sich haben sie das von der
Regierung übergebene Haus zu einem Haus gemacht, in dem
drei Zimmer für die Frauen vorgesehen sind. Sie haben eine
Köchin, die sich vollkommen auf das Braten für alte Huren versteht, und einen Groom, Bauernsohn aus der Nachbarschaft,
dickes Kind, den man nur mit großer Mühe in eine Livree hin-
einzwängen konnte, die Arme schlenkern um den Körper wie
alte Puppen, der Mund steht offen, eine Schirmmütze, weiß
nie etwas, obendrein ein bißchen taub, eine wimmernde und
weinerliche Stimme, ein gefühlsduseliger Bauchredner.
Das Haus ist wunderbar gastfreundlich ausgestattet. Es gibt
eine Seife und eine Flasche Bully-Essig; man bekommt eine
Zahnbürste, wenn man länger als vier Tage bleibt. Das Eßzimmer ist das Forum dieses beschissenen samenbegossenen Lebens. Zudem gibt es im Eßzimmer keine Sessel, sondern einen
riesigen Bett-Diwan, der den Tisch einpfercht, und beim
Dessert, beim Café, legt man sich hin und *pillaudiert* sich. Das
Gut heißt *Domaine de la Pillauderie*. Die Frauen loben
besonders ein Badezimmer, in dem sie einen Offiziersburschen
als Kammerzofe haben, und den Champagner, der strömt,
und die Liköre ...

Der Herr des Hauses ist nur damit beschäftigt, den Beischlaf anzureizen durch Scherze, durch seine Erfindungen von Möbeln, durch die Gestaltung von Lustwäldchen, die er zur Verfügung der Gruppen gestaltet, wie einen Ort, der für den Phalluskult ausersehen ist. Den Tag – man dejeuniert um Mittag, und diniert um acht Uhr – verbringt man bei Tisch, bis auf einige Ausflüge in den Garten; denn die Gegend ist trostlos, voll von morastigem Torfmoor und ohne Grün.

Dieses Haus, in das Frauen kommen und dessen Orgien man vor draußen hört, wird gleichsam als das Haus des Teufels angesehen, und sie wundern sich ein bißchen bei den Gewittern, die stets einen gewissen Schrecken in die Pulvermühlen tragen, daß der Donner das Bordell nicht aus den Fugen hebt. Der Herr des Hauses sagt, daß er ein Weihwasserbecken an seiner Tür anbringen lassen wird, damit sie sich bekreuzigen.

Bei einem von jungen Leuten veranstalteten Diner hat Marie gesehen, wie eine Frau den Bordeaux immer zwischen ihre Beine nahm und sagte: »Also ich trinke nur Bordeaux« und sie stürzte drei oder vier derart verwahrte, derart gewärmte Flaschen hinunter.

Für einige Augenblicke hatte ich ein hübsches Bild vor Augen. Marie, die gescheitelten Haare schön geflochten, die Augen erloschen, die Lider flatternd, den Mund geöffnet, ein zitterndes Lächeln auf den preisgegebenen Lippen, im Zwielicht rosafarbener Vorhänge.

Von einem Jüngling,
der unkundig seines Geschlechts

In Kairo, im Quartier von Bulah, gab's einen sechzehnjährigen Jüngling; schön war der wie der Mond; aber so einfältig, daß man ihm einreden konnte, was man Lust hatte. Er wohnte im Hause seiner Eltern, wo sich unter anderen Dienerinnen eine kleine Syrierin befand, die eins der hübschesten Weiber ihres Landes, aber sehr verschlagen und nichtsnutzig war.

Die Eltern hatten den Jüngling in ihrer Furcht so unwissend gelassen, daß er sein Geschlecht nicht von dem anderen zu unterscheiden vermochte.

Als die Syrierin eines Tages sich ergötzen wollte, sprach sie zu ihm:

»Wenn Ihr mir völlige Verschwiegenheit versprecht, will ich Euch ein Geheimnis lehren; doch Ihr dürft kein Wort zu Euren Eltern sagen, denn sie wollen nicht, daß Ihr darum wißt, und werden, sagt Ihr ihnen auch nur das Geringste, sich wider mich erzürnen.«

Der dumme Jüngling versprach, den Mund nicht aufzutun.

»Nun denn«, hub sie zu ihm an, »Ihr täuscht Euch über Euer wirkliches Geschlecht. Eure Eltern haben Euch weisgemacht, daß Ihr ein Bursche seid, und lassen Euch Männerkleider tragen, damit Ihr die jungen Leute sehen und Euch selber einen Gatten aussuchen könnt. Wenn sie nun merken, daß Ihr einem Jüngling mehr Zuneigung als anderen schenkt, werden sie ihn Euch als Gatten geben und Euch am Hochzeitstage über Euren wirklichen Zustand aufklären.«

»Ach«, sagte der junge Tropf, »ich dachte es mir schon, denn letzte Nacht bin ich ganz plötzlich aus dem Schlummer aufgefahren und mein Hemd war ganz naß von Milch.«

Die kleine Syrierin bezwang ihre Lachlust, und da ihr junger Herr sehr nach ihrem Geschmack war und sie groß hoffte, ihn wenigstens in Ehedingen etwas minder einfältig machen zu können, antwortete sie ihm:

»Da seid Ihr ja bald heiratsfähig. Laßt mich doch Eure Brust sehen, der also die Milch entströmt, und ich will Euch genau sagen, ob Ihr eine gute Amme sein werdet.«

Der Jüngling entledigte sich seiner Hosen, und die kleine Listenreiche nahm mit funkelnden Augen die Brust in ihre Hand und fing an mit ihr zu spielen.

»Ach«, sagte der Jüngling, »ich verspüre ein unsägliches Vergnügen, fühle, wie die Milch in den Busen steigt, fühle sie entweichen.«

Tatsächlich dachte die kleine Unvernunft nicht daran, daß der schöne Unschuldsengel ihre Neckereien nicht länger aushalten könnte. Sie hatte damit gerechnet, sich der Freundesbrust für einen anderen Zweck bedienen zu können, als der weiße Saft, den er Milch nannte, ihr schon über die Hände strömte. In diesem Augenblick hörte man wen kommen.

»Verbergt das schnell«, sagte sie seufzend, »man darf nimmer merken, daß ich Euch das Geheimnis gesagt habe.« Sie rettete sich nach der einen und der Jüngling, sich schnell wieder anziehend, nach der anderen Seite.

Am folgenden Tage lustwandelte der Jüngling. War aber voll der Furcht, wenn ein Mann an seiner Seite einherging und suchte sich immer bei den Weibern aufzuhalten, die ihm begegneten. In einem Gebüsch des Ezbekyehgarten begegnete er einer Dame von vornehmem Aussehen, die, seine Jugend und sein frisches, hübsches Antlitz sehend, ihm verliebte Augen machte und schließlich ihren Schleier lüpfte, um ihm ihr reizendes Gesicht zu zeigen. Als der junge Narr das sah, wähnte er sein Geschlecht von jedwedem erraten und schämte sich, weil er sich für verkleidet hielt.

»Ach, meine Dame«, sprach er zu ihr, »ich merke gut, daß meine Kleider Euch nicht narren; Ihr erkennt mich wohl als junges Mädchen? Aber nicht ich habe diese Verkleidung erwählt, und Ihr werdet meiner Eltern Laune verzeihlich finden, wenn Ihr ihre Beweggründe erfahren habt.«

Dann erzählte er die Albernheit, die ihm die junge Syrierin weisgemacht hatte, und sogar die Geschichte mit der Brust.

Die Dame lachte herzlich ob seiner Einfalt und dachte, daß es schade wäre, wenn ein so hübscher Bursche derartig dumm bliebe. Sie entschloß sich, ihm Verstand einzuflößen, und sagte, er sollte ihr folgen. Und er zauderte nicht, hinter ihr in ein schönes Haus einzutreten, wo die Dame ihn in einem herrlichen Gemache warten ließ, bis sie ihr Hausgewand wieder angelegt hatte. Darauf ließ sie ihn Erfrischungen zu sich nehmen, und als sie sich aufs beste gestärkt hatten, sprach sie zu ihm:

»Ich bin es froh, Euch gefunden zu haben, denn gerade suchte ich ein junges Mädchen, die meine Freundin sein sollte. Gefällt Euch mein Gesicht?«

»Gewißlich, ja«, antwortete der Unschuldsvolle. Dann küßte sie ihn auf den Mund und sprach:

»Es gibt nichts Merkwürdigeres als die Geschlechtsgleichheit. Jedesmal, wenn ich mit einer Frau wie Euch zusammen bin, fühle ich, wie die Milch in meinen Busen tritt.«

Noch mehrere Male umarmte sie ihn und sagte dann endlich:

»Wisset, meine junge Freundin, daß ich kürzlich ein Brustleiden gehabt habe, und leider mußten die Ärzte sie mir abschneiden. Um die Wunde zu heilen, trugen sie mir auf, sie oft mit der Milch eines anderen Weibes zu befeuchten. Da Ihr, wie Ihr mir sagtet, soviel Milch habt, bitte ich Euch, mir diesen Dienst zu leisten und sie mir an der Leidensstelle einzuimpfen.«

Von Mitleid bewegt, kramte der junge Unschuldsengel seine Brust vor, welche die hübsche Kranke sanft streichelte, indem sie versicherte, sie wäre sehr schön.

Dann ließ sie ihn ihre Wunde sehen, die er nicht ganz so schrecklich fand. Kaum hatte er die Brust an diese wunde Stelle gebracht, als die sie mit kräftiger Flut benetzte, und dabei seufzte er und küßte den Mund und der Kranken Zunge. Diese ließ ihn seine Mitleidshandlung viermal wiederholen, indem sie ihre Lage veränderte und ihm riet, die Brust hin- und herzubewegen, weil die Milch dann besser fließen würde.

Dann nahm sie ihm das Versprechen ab, das Geheimnis auch der Syrierin gegenüber zu wahren und folgenden Tages wieder zukommen. Er hütete sich wohl auszubleiben.

»Nun, wie geht's Eurer Wunde?«

»Und Ihr«, sagte sie, »was fühlt Ihr in Eurer Brust?« – »Ich fühle, daß sie sich regt und anschwillt, nun ich mich Euch nähere.«

Dann hub sie an zu lachen und klärte ihn über seine Dummheit auf, die er alsbald einsah; doch das verminderte seine Hitze nicht, im Gegenteil. Sobald er wußte, daß er wirklich ein Mann, und was das war, was er für Milch gehalten hatte, küßte und erfreute er seine Geliebte mit solcher Glut, daß er sie in weniger als einer Stunde bleich und erschöpft zurückließ. Acht Tage über setzten sie ihre verliebten Spiele so wohl fort, daß schließlich der kleine Narr sehr klug ward und mehr wußte als seine Geliebte. Als er am Ende dieser Zeit in seinem Hause war und sich allein mit der Syrierin befand, wollte die ihren Spaß erneuern. Er aber heuchelte dumm wie vorher zu sein, und sprach zu ihr:

»Oh, meine liebe Freundin, ist Frauenmilch gut zu trinken?«

»Wahrlich«, entgegnete die kleine Bübin.

»Oh, dann kostet von meiner, ich bitte Euch drum«, sprach er zu ihr und schob ihr die Knospe seiner ganz festen Brust in den Mund. Die Syrierin preßte sie zwischen Lippen und Zunge, doch, noch ehe sie sich zurückzog, floß ihr des Verliebten Milch in hohen Fluten in die Kehle, und sie mußte den Trunk hinunterschlucken. Während sie noch ganz überrascht war, warf sie der junge Tunichtgut auf ein Ruhebett, pflanzte seine Brust in sie und ließ sie schnell an seinen Bewegungen erkennen, daß er jetzt wußte, welches Geschlechts er war. Später aber heiratete er sie, war sie doch sehr hübsch.

Laura Shaine Cunningham
Brust-Männer

Immer wenn sie Lisbeth oder Jessie besuchte, ihre »Down-town-Freundinnen«, lief Nina irgendwann hinter einer gazellenhaften Zwanzigjährigen, zwischen deren Oberschenkel ein unnatürlicher Abstand war. Wußten die denn nicht, daß Oberschenkel sich aneinander rieben? Woher kamen diese Mädchen? Sie wirkten wie von einem anderen Stern – groß, dünn, mit überraschend großen Brüsten, die keinen BH brauchten. Aufrecht bohrten sie sich in das Nachtleben der Stadt.

Auch Nina hatte Brüste, aber in der Bronx hieß das Busen.

Sie hatte einen großen Busen, und der zog sie buchstäblich runter. Seit die Brüste da waren, waren sie ihr lästig. Sie wuchsen zu früh und ungleichmäßig. In der Anfangsphase war die rechte Brust größer als die linke. Bei Körbchengröße C glichen sie sich an und zogen in der Schule mehr Aufmerksamkeit auf sich, als Nina lieb war. Die Jungs jagten sie, kniffen sie in die Brust und rannten weg. Wenn sie – den Schnellhefter an die Brust gepreßt – an ihnen vorbei ging, kommentierten sie ihre »Titten« oder »Möpse«. Und als sei das nicht genug, gaben die Brüste bald der Schwerkraft nach und erschlafften, so daß ihr Gewicht an den BH-Trägern zog. Innerhalb weniger Jahre gruben sich Furchen in Ninas Schultern.

Nina hatte mit dem Gedanken gespielt, ihre Brüste verkleinern zu lassen, sich dann aber dagegen entschieden. Jedes Jahr gab es eine gewisse Anzahl von Brust-Männern, die sie umwarben: Sie wollte diese Gefolgschaft nicht verlieren. Diese Männer liebten Brüste. Sie scherten sich nicht um ihren Zustand. Sie schmiegten sich in die Fülle der Fleischkissen und küßten, lutschten, leckten, streichelten sie. Da Nina wußte, daß ihre Brüste in ihrem Liebesleben eine wichtige Rolle spielten, hatte sie sich mit ihrem Gewicht abgefunden.

Monica Belle
Weiches Gras auf meiner Haut

Was kann schöner sein als ein englischer Wald im Frühling? Der frische Duft, der Anblick der jungen grünen Blätter, der Veilchen und Glockenblumen, das Summen der Insekten und das sanfte Rascheln der hohen Äste in der leichten Brise. Ganz zu schweigen vom Gefühl der warmen Luft und des weichen Grases auf meiner Haut und vom Geschmack eines langen harten Schwanzes in meinem Mund.

Die schiere Schönheit des Tages und die Flasche Champagner, die wir uns beim Essen geteilt hatten, waren für meine gute Stimmung verantwortlich. Ich hatte Toby nicht lange überreden müssen, mich hinaus in den Wald zu begleiten, damit ich ihn saugen konnte. Wir hatten den idealen Platz gefunden, um die unanständigsten Dinge zu tun; es war ein kleiner Hain aus uralten Buchen; trocken und sonnig. Da konnte man nackt herumlaufen und sich des Lebens freuen. Dass es sich um eine alte heidnische Opferstätte handelte, gab dem Ort zusätzlich eine verwegene Atmosphäre.

Ich strich mit den Fingern über das seidige Stück hinter den Hoden und vergnügte mich mit seiner Erektion, wobei ich Zunge und Lippen einsetzte. Ich hörte ihn vor Lust seufzen. Selbst nach fast einjähriger Ehe fühlte es sich seltsam an, dass es mein Ehemann war, mit dem ich so verwegen spielte, nicht irgendein Freund, und dadurch wurde das Erlebnis viel intimer und intensiver und so köstlich unzüchtig. Schließlich waren wir im Freien, und wenn wir uns auch in unserem eigenen Wald aufhielten, so bestand doch die Möglichkeit, von jemandem beobachtet zu werden. Was für ein Bild: Ich ausgestreckt in der Mulde, den Penis meines Mannes anbetend.

Er stöhnte. Seine Beine spannten sich an. Ich stülpte rasch den Mund über seinen Schaft, um die sprudelnde Quelle aufzufangen. Ich drückte seine Hoden, als es aus ihm herauspumpte, und ich schluckte und labte mich an seiner Ekstase, die er laut herausschrie. Seine Finger verkrampften sich in meinen Haaren, nicht zu grob, aber doch fest genug, um meinen Mund in Stellung zu halten. Mit dem letzten Schub seines Orgasmus rief er meinen Namen.

»Oh, Juliet!«

Ulrich Holbein
Ich komme!

Alles erforscht: Sekretionsabgabe, Bildungsgrad und Friktionstempo, nur eine Forschungsrichtung führten die SexologInnen nicht zu einem befriedigenden Abschluß: Pflegen Deutsche und so weiter beim Kopulieren zu reden, und wenn ja, was? Doch wohl nicht dasselbe wie jene so wahllos, so übergangslos und unmotiviert wie möglich zugreifenden, zu jeder Tages- und Nachtzeit unverzagt und ohne Verluste drauflosfummelnden Gierschlünde, die innerhalb ihrer Softpornos doch hoffentlich nur aus filmtechnischen Gründen die Laiendarsteller, Profis und Zuschauer, vor allem die nachwachsende Jugend, um ein dargestelltes Vorspiel betrügen; dieses würden auf die windhundmäßige Erledigung getrimmten Kids vielleicht sogar nachahmen, statt auf nackte Menschheit losgelassen zu werden. »Nimm mich! Mach's mir! Besorg's mir!« Das riecht nach macholüsternen Drehbuchschnöseln. »Du machst mich verrückt!« Redet man so? »Ich will dich, ich will dich!« Und dies mittendrin, wo man den andern doch längst hat?

Doch zurück zum holden Anfang. Schön der Reihe nach. Die Wissenschaft ist sich einig, daß im Vorfeld viel gescherzt und geredet wird. Dann aber lassen verbale zugunsten gutturaler Lautäußerungen nach. Ein nicht ausreichend verbalisiertes Gesetz besagt, daß man bei un- und ehelichem Vollzug den

Sabbel gefälligst zu halten habe, jedenfalls auf den Schluß zu, nach dem früheingeübten, pädagogischen Standard: »Beim Essen spricht man nicht!« Nur soll es halt immer wieder Leute geben, die in der Kirche statt andächtig die dort üblichen Rituale zu vollziehen, laut reden müssen, geborene Blasphemiker, meist männlichen Geschlechts, die dem Wunsch ihrer Partnerinnen, doch auch mal ein bißchen zu stöhnen, selten nachkommen und die jede aufkommende weibliche Ekstase mit Nebenbeikommentaren perforieren bis torpedieren. Solche Männer lassen sozusagen die Brille auf, beinahe sogar Schlips und Hose an.

Andererseits können bestimmte Dreiwortsätze und Worte stimulierend wirken, wie Oswalt Kolle bestätigen kann, also etwa der Name der Partnerin (Ruth!) oder des Partners (Lutz!) oder auch gewisse Koseworte (Muschi).

In summa sind Worte aber vor allem deshalb fehl am Platz, weil die Menschheit beim Coitus sich in Phasen hinaufgeigt beziehungsweise zurückfällt auf Ebenen, die auf präverbal-taktil-sensorisch-motorischer Basis – vor Erfindung der Sprache – komplett sich selbst genügten. Paradoxe Evolution: Verführung kommt ohne ein Minimum an Rhetorik (»I love you!«) selten in Gang, dann aber kommen Erregung und Verbalität (»Hast du was gesagt?«) sich in die Quere, es sei denn, man schwelgte dermaßen pornokompatibel in Wollust, daß man halt einfach nicht genau zuhört bei allem, was das rubbelnde Schätzchen da so nebenbei an Infos loswird, und man erst dann übel rausgerissen wird, wenn der gute Lutz auf einmal »Nicole!« statt »Ruth!« grunzt.

Wie gern hielte ich mich selbst an den Knigge, der von mir Drosselung verbaler Fähigkeiten bei sexuellen Aktivitäten fordert. Nur hat stummer Vollzug so was froschhaft Inhumanes an sich, und die übliche Rumstöhnerei erinnert zu sehr an jene Pornos, die ich eigentlich nicht mehr gucken wollte. Vor allem: Je mehr ich auf meinen Sprachstil, also meine Individualität, verzichte, desto mehr gehen die nackten Grenzsituationen meines Lebens in bundesdeutschen, europaweiten, weltweiten

Standard über, und schon bin ich bloß einer von denen, die am Ende ihrer bescheuerten Plateau-Phase ein nicht sehr aussagefähiges »Ich komme!« loslassen. Speziell ich – ich! – bin es ja kaum noch, wenn ich komme und dann auch noch brülle, daß dem so sei. Um anschließend mir eine anzustecken und ganz standardgemäß zu fragen: »War's schön für dich?« Oder: »Bist du gekommen?«

So was will ich nicht mit mir machen lassen. Wie kann ich meiner guten Ruth noch in die Augen sehen, wenn unser soeben verrauschter Schambeinkontakt Punkt für Punkt, Ächzer um Ächzer, verblüffend identisch verlief mit den zeitlich geringfügig versetzten Simultan-Aktivitäten angrenzender Wohneinheiten? (Da Herr Meier von nebenan, der ich mitten im Ich-komme-Kollektiv hoffentlich nicht bin, nie sagt: »Ich schmerze und ich jucke«, müßte es eigentlich heißen: »Es kommt!«)

Doch halt, dank meiner an der Sache irgendwie vorbeischießenden Reflexionen habe ich offenbar nicht gecheckt, daß Lust just darauf fußt, die ohnedies chimärische Individualität jauchzend fahrenzulassen, nicht nur Tier zu sein, nicht nur jeder andere zu sein, sondern unter anderen auch zum Beispiel ich zu sein, ja ich, ja ich, egal welches Ich, Hauptsache Ich, wodurch dann natürlich auch Begriffe wie Untreue und Intimsphäre sehr bedeutungslos werden; Hauptsache: auf dem milliardenfach zersplitterten Präsentierteller affengeiler Menschheit findet jederzeit und immerdar einiges statt, unabhängig davon, welche Zufallsgestalten ihn, den einzigen ewigen Coitus, soeben rein zufällig abhaspeln, hinter sich bringen, ihn wieder aufgreifen, weiterrammeln im Einheitstempo, umperlt von all den kaum entzifferbaren Juchzern, die dann auch in meinem Fall regelmäßig »Ich komme!« lauten mögen.

Fiekchen

Nun bin ich gewiß überzeugt, daß Fiekchen eine mächtige Zauberinn ist; denn sie selbst hat mich von meinem Übelstand erlöset. Gestern Nachmittags rufte sie mich in ihre Kammer, und verschloß die Thüre. »Komm her, sagte sie: ich will dich das Papaspiel vollends lehren. – So weit waren wir gekommen, – fuhr sie fort, und legte sich mit aufgedecktem Oberrocke quer über das Bette: – nun mache weiter.« – Sie erklärte sich itzt deutlicher. Ich mußt' ihr Unterrock und Hemd aufschlagen, und meine Pique an den Bauch setzen. Ich fühlte da ein kleines Gebräme, und bekam Lust, dies Phönomenon näher zu betrachten; aber sie erlaubt' es nicht.

»So stoße zu« – sagte sie: – ich befolgt es, und rannt' ihr dermaßen damit auf den Leib, daß sie hätte zerbrechen mögen. Es mußt' ihr eben so weh gethan haben als mir, denn sie zückte; aber bald machte sie einige Bewegungen, und da fühlt' ich, daß ich auf etwas Nasses kam. Sie hieß mich noch einmal zustoßen; und als ich zauderte, zog sie mich bei beiden Westentaschen so vest an sich, daß meine Ente ihr mitten in den Leib drang. Ich erschrak über diese Begebenheit; aber sie lachte: dies machte mir wieder Muth, und ich blieb so eine ganze Weile auf ihr liegen. Sie sagte mir nunmehr, daß ich mit dem Hintern wackeln müsse; worauf ich eben so zur Seite hin und her wackelte, wie ein Schlösser, der mit dem Brecheisen etwas ausheben will. Dies war nun freilich der rechte Modus nicht, wie ich nachher erfuhr. Mit bitterm Gesichte warf sie mich von sich herab, und hies mich einen Tölpel: zeigte mir mit verächtlicher Mine den Rücken, und gieng.

Niemand war trauriger als ich, weil ich Fiekchen beleidigt hatte, und glaubte, ich hätt' ihr weh gethan. Ich suchte sie zu besänftigen, kauft' ihr täglich die besten Kuchen; und nach vier Tagen bekam ich ein besseres Gesicht. Wir waren wieder allein. Sie saß auf dem Tisch, und hatte die Füße auf der Bank. Ich setzte mich auf die Bank, und fieng mit ihren Füßen zu spielen an. Nach und nach kam ich immer höher, bis an den Bauch zu der kleinen Spaltung; und sogleich war meine Erhärtung wieder da. Eine Zeit lang zupft' ich gelind an ihren weichen Härchen; und da sie ruhig blieb, fuhr ich immer fort. »Bist du noch böse auf mich, Fiekchen, sagt' ich: daß ich dich letzthin zu stark gestoßen?« – »O gehe doch!« – »Aber – willst du denn nicht auch einmal mit mir spielen? – – Komm, – ach komm doch, Engel!« – Sie klopfte mir die Backen, küßte mich, und stand auf.

Ich trug sie auf ihres Papa's Bette, und war gleich mit allen Anstalten fertig. – »Aber (fieng sie an) du mußt dich heute gescheuter aufführen – nicht hin und her wackeln; sondern rückwärts und vorwärts, wie es unser kleiner Mordar machet, mit der Belline.« – »Nu, nu, ich will schon machen«, sagt' ich: und tauchte mein Schwänzchen in ihre Wunde, daß es bis an den Beutel darinnen stak. Itzt fing ich an zu wackeln. O wenn ich dir doch das angenehme Jücken beschreiben könnte, welches ich da empfand! Auf einmal konnt' ich mich nicht mehr enthalten, und pfropfte aus allen Kräften los, daß ich mir fast meine kleine Eier im Säckchen zerquetschet hätte, und Fiekchen mich (vermuthlich aus Schmerz) zurückstoßen wollte: aber ich hatte mich so vest angeklammert, daß Alles vergebens war, und fuhr so lange mit Ungestümm fort, bis mir jähling so wohl und wunderlich wurde, daß mir die Knie sanken, und ich, ganz außer mir selbst, auf ihr liegen blieb.

Sie hatte unter währendem Spiel hastig Athem geholet, und itzt machte sie solche Züge nach Luft, die recht aus dem Innersten giengen. Ihr Auge war geschlossen, die schöne Brust wallte beständig auf und nieder, und ihre Arme lagen zur Seite geschleudert; als ich, der am ersten wieder zu sich kam, sie anblickte.

Nun hatt' ich Zeit, ihren Tempel der Wonne recht zu betrachten. Das süße Löchelchen stand noch etwas von einander, wie eine halb eröffnete Auster, und sükkerte Tropfenweise einen weisslichen Schaum von sich; der schon ganz ihre Schenkel befeuchtet hatte, und wie Perlenthau auf jungen Lilien anzusehen war. Ich küßte sie mit Entzücken, und bedeckte sie mit ihren Kleidern. Sie erwachte wieder, fiel mir um den Hals, und weinte. – »Ach Wilhelm! – itzt gehe, ich bitte dich; – es möchte Jemand kommen. – Ein andermal mehr.« –

Sie hatte auch kaum ausgeredet, als ich die Hausthüre knarren hörte. Ich schlich mich geschwind in meine Kammer. Es waren Fiekchens Eltern. Vermuthlich werden sie es ihr angesehen haben, daß etwas vorgegangen, denn ihre Haube war sehr zerrüttet; aber Fiekchen weiß sich zu helfen, denn sie ist nicht auf den Kopf gefallen, und lügen kann sie dir, als wenn's gedruckt wäre. Lebe wohl. Ich muß schließen; denn bei der Erinnerung jückt es mich wieder so gewaltig, daß ich mich zu Bette legen, und sehen muß, ob ich einschlafen kann.

Molly Bloom
So ein Mann käme mir schon recht

So ein Mann käme mir schon recht mein Gott nicht wie dies ganze andere Gesocks und außerdem ist er jung wie diese schönen jungen Männer die ich unten in Margate gesehn hab von der Seite des Felsens am Badeplatz am Strand der eine stand hoch in der Sonne nackt wie ein Gott oder was und tauchte dann mit ihnen ins Meer warum sind nicht alle Männer so das wäre doch immerhin ein Trost für die Frauen wie zum Beispiel diese kleine Statue die er gekauft hat die könnte ich mir den

ganzen Tag ansehn den Lockenkopf und die Schultern den
Finger gehoben wie wenn man zuhören sollte was er sagt das
ist doch mal wirkliche Schönheit und Poesie ich habe oft das
Gefühl gehabt ich möcht ihn von oben bis unten abküssen
auch seinen allerliebsten kleinen Pimmel da einfach nur so ja
ich würd nicht mal was dagegen haben ihn in den Mund zu
nehmen wenn grad keiner hinsieht wie wenn er einen am
bitten wäre daß man dran saugt so sauber und weiß sah er aus
mit seinem Jungengesicht ich würd ihn auch glatt in $^1/_2$ Minute
sogar wenn was rauskäme aber was macht das schon ist doch
bloß wie Haferschleim oder wie der Tau und Gefahr ist auch
keine dabei außerdem wäre er ja so sauber im Vergleich mit
diesen Schweinen von Männern denen nicht mal im Traum
einfällt daß sie das Ding waschen von 1 Jahresende zum andern
die meisten wenigstens und davon kriegen die Frauen dann den
Schnurrbart bloß davon also bestimmt ist das großartig wenn
ich mich mit so einem hübschen jungen Dichter einlassen kann

Wilhelmine Schröder
Unaussprechliches Vergnügen

Nun komme ich zu einem Teile meiner Geständnisse, der mir
schwerer wird, als alles bisher Gesagte. Ich habe mir aber
einmal vorgenommen, ganz aufrichtig gegen Sie zu sein, und
so möge denn auch dies gesagt sein. Ich habe vergessen, Ihnen
zu erzählen, daß Marguerite mir das Buch geschenkt hatte,
in dem sie an jenem Abend gelesen hatte, als ich sie zuerst
belauschte. Es war das ebenso reizend als wohllüstig geschrie-
bene Werk: »Félicia ou mes Frédaines« mit vielen kolorierten
Kupfern, die mich vollständig belehrt haben würden, was der
Mittelpunkt des ganzen menschlichen Lebens ist, wenn ich

nicht schon darüber belehrt gewesen wäre. Seine Lektüre machte mir ein unaussprechliches Vergnügen. Aber ich erlaubte sie mir nur alle acht Tage einmal, und zwar am Sonnabend, wo ich jedesmal ein warmes Bad nahm. Dabei durfte mich die Tante nicht stören: das Badezimmer war abgelegen und hatte nur eine Türe, die ich zum Überflusse noch mit einer Decke verhängte. Nirgends eine Ritze, durch die ich hätte belauscht werden können! So war ich ganz sicher!

Während des Bades las ich in jenem Buche und fühlte an mir dieselben Wirkungen, die ich bei Marguerite beobachtet hatte. Wer könnte aber auch diese glühenden Schilderungen lesen, ohne selbst dabei in Feuer und Flammen zu geraten? Hatte ich mich dann abgetrocknet und einige Zeit in einem leichten Peignoir geruht, dann begann mein damaliges, freilich noch sehr beschränktes Paradies. Der größe Stehspiegel wurde so gestellt, daß ich mich ganz darin sehen konnte. Mit dem Beschauen meines Körpers in allen Lagen begann mein verschwiegenes Vergnügen. Ich drückte und preßte meine runden jungen Brüste, spielte an den Knospen derselben und führte dann den Finger an den Urquell aller weiblichen Seligkeit.

Seit meiner ersten Bekanntschaft mit Marguerite hatte meine Sinnlichkeit rasche Fortschritte gemacht, und namentlich hatte sich bei mir eine überaus reichliche Entladung jenes süßberauschenden Balsams eingestellt, der im Augenblick der höchsten Entzückung aus den innersten Falten des weiblichen Körpers hervorbricht. Die Männer, mit denen ich mich später dem Genuß der Liebe überlassen habe, waren alle entzückt über diese besonders glückliche Eigenschaft und konnten nicht genug ihre Empfindungen schildern, wenn mein Erguß sie überströmte. Damals glaubte ich natürlich, es sei bei allen Frauen so, aber es ist in der Tat eine seltene Begabung, wie ich mich später überzeugte. Geriet doch während meines Aufenthaltes in Paris einer meiner liebenswürdigsten Verehrer so außer sich darüber, als er den heißen Strom über sich hinrieseln fühlte, daß er das erste Mal fast die Besinnung darüber verlor, dann aber jedesmal, wenn ich ihm die höchste Gunst gewährte, im Augenblick meiner Entladung seinen Speer aus der Wunde zog, blitzschnell mit dem Munde meine Quelle bedeckte und den hervorschießenden Lebenssaft bis auf den letzten Tropfen aufsaugte, dann aber mit um so größerer Kraft wieder in mich eindrang und nun seinerseits entlud, aber freilich in jener Vorsichtsmaßregel, die Marguerite bei ihrem jungen Russen kennen gelernt hatte. Und diese Phantasie meines Pariser Freundes hat auch mich zu dem Versuche gebracht, ebenfalls jenen wunderbaren Strahl in meinem Munde aufzunehmen, der mit elektrischer Kraft im Momente höchster Wohllust aus dem Banne des Lebens hervorschießt. Das gehört aber zu meinen späteren Bekenntnissen, und ich kehre daher zu meinen Wiener Sonnabenden zurück. – Es machte mir ein außerordentliches Vergnügen, im Spiegel dem lüsternen Spiel der Hand zu folgen. Der Mittelpunkt des Sinnenreizes lag jedem Angriff offen da, denn ich hatte die Schenkel so weit als möglich auseinander gespreizt. Geschäftig spielte, rieb und kitzelte ich, drang dann tiefer mit dem Finger ein und fühlte, wie brünstig mein Inneres dem Wohltäter entgegenkam. Lassen sich denn diese himmlischen Gefühle beschreiben? Wie das Blut durch die Adern jagt, wie jeder Nerv bebt, der Atem stockt, und endlich der befruchtende heiße und doch lindernde Lebenstau hervorbricht, um die glühenden Lippen des Liebesmundes zu befeuchten und zu kühlen. Im Niederschreiben entzückt mich die Erinnerung an jene glücklichen Stunden in Wien noch so sehr, daß meine linke Hand unwillkürlich den Weg dahin sucht, wo diese Erinnerung den lebendigsten Eindruck gemacht hat.

Aus meiner schlechter werdenden Schrift werden Sie sehen, daß mich das Gefühl übermannt. Mein ganzer Körper zittert vor Sehnsucht und Vergnügen. Weg mit der Feder und – – –

Mit dem Munde gemalt

Ich glaub's ja selber nicht, daß ich das gemacht habe, daß ich mich überhaupt auf eine Anzeige gemeldet habe, dazu eine so seltsame. Ich hab angerufen und mir seine Ansage angehört. Er klang eintönig – fast kalt: »Ich bin zweiundfünfzig, sehe durchschnittlich aus und bin ein Mösen-Fetischist und nur daran interessiert, Frauen mit dem Mund zu vernaschen. Ich suche Frauen, zu denen ich nach Haus oder ins Hotel kommen kann, um sie oral zu befriedigen. Ich erwarte keine Gegenleistung. Im Gegenteil, ich leiste eine Entschädigung. Bitte nur ernstgemeinte Meldungen ...« Das war alles. Das hörte sich nicht nach dem Bringer an, nicht einmal sexy, und trotzdem fühlte ich mich irgendwie angesprochen.

Manchmal haben meine Freundinnen und ich in feucht-fröhlicher Runde zu später Stunde auf solche Anzeigen hin angerufen. Wir haben immer nur den Anrufbeantworter abgehört, nie hab ich mich getraut, mich auf ein echtes Gespräch einzulassen. Mein Herz raste, als ich diesmal anrief. Ich war aufgeregt und gleichzeitig erregt bei dem Gedanken, auf was ich mich da einlassen wollte. Ich bin attraktiv und hab alles, was man sich nur wünschen kann – einen tollen Job in einem tollen Team –, daß sich jeder wundern würde, wieso ich auf so eine Anzeige antwortete, aber ich wurde schon feucht beim Gedanken und wollte das jetzt durchziehen.

»Danke für den Anruf«, fing er an. »Ich möchte Ihnen etwas über mich erzählen. Ich bin zweiundfünfzig, bin normal groß. Ich habe graue Haare, die immer weniger werden. Ich trage eine Brille und betrachte mich als völlig durchschnittlich. Ich bin Geschäftsmann von Beruf und ein Mösen-Fetischist und will nur eines: Frauen oral befriedigen. Ich suche Frauen, die mir erlauben, daß ich sie besuche, um sie mit dem Mund zu vernaschen. Keinerlei andere Absichten oder Bindungen. Ich hab das schon öfter gemacht, und mir hat man gesagt, daß ich das gut mache. Die Dauer einer Begegnung wird etwa eine Stunde betragen. Ich leck übrigens nicht nur die Möse, sondern auch den Hintern. Ich bin seriös, sauber und absolut diskret. Ich vergeude nicht gern meine Zeit. Sind Sie interessiert oder nicht?«

Nach dieser knappen, trockenen Ansprache war ich einen Moment sprachlos, gleichzeitig glühte meine Klitoris geradezu schmerzhaft erregt, sie hatte jedes Wort verstanden.

»Ich bin sehr interessiert«, sagte ich schließlich.

Wir verabredeten uns für den nächsten Dienstag nachmittags bei mir. Er wollte nichts weiter von mir wissen, weder Alter, Rasse, Beruf, Aussehen; ich sagte ihm aber, ich sei klein, habe langes blondes Haar, einen üppigen Busen und einen üppigen Hintern. Damit das nicht alles so ganz unpersönlich blieb.

Der Dienstag kam, und ich stand vorm Spiegel und fragte mich: Was trägt frau bei so einem Anlaß? Ich konnte ja schlecht eine Freundin anrufen: »Hey, Debbi, was soll ich heut nachmittag zum Mösenlecken bloß anziehen?«

Ich wählte ein schlichtes Oberteil mit tiefem V-Ausschnitt – von einem Busen-Fetischisten hatte er nichts gesagt, aber schaden konnte es ja nicht – und einen knielangen Jeansrock und schwarze Stiefel. Den Slip ließ ich weg – der schien mir irgendwie sinnlos.

Als er sich durchs Haustelefon meldete, fuhr ich mir noch mal durch die Mähne und legte Lippenstift auf, damit die Lippen feucht und rosig leuchteten – passend für den Anlaß. Ich zitterte, als ich die Tür öffnete. Da stand er nun in meinem Wohnzimmer und sah genau so aus, wie ich ihn mir vorgestellt hatte, vielleicht eine Spur älter. Er war nur wenig größer als ich und erinnerte mich an meinen alten Physiklehrer. Auf der Straße wäre er mir bestimmt nicht aufgefallen. Er hätte mein Vater sein können.

Er gab mir eine kühle Hand und lächelte dünn. »Können wir anfangen? Gleich hier?« Er deutete auf mein Sofa.

»Klar«, war alles, was ich rausbrachte. Er begleitete mich zum Sofa und sagte mir, wie ich mich setzen sollte.

Er erklärte, er wolle mit meiner Möse anfangen. Ich fühlte mich schlimm, als sich dieser alte gepflegte Herr in Hemd und Krawatte vor mir auf die Knie niederließ und Wörter wie *Möse* oder *Pussy* gebrauchte. Es war so unpassend und gleichzeitig äußerst erregend. Ich hob Hüfte und Hintern so weit hoch, daß er meinen Rock hochschlagen konnte. Ich kam mir vor wie ein Patient bei der ärztlichen Untersuchung. Ich blickte nach unten und konnte sehen, wie meine glatte Möse bereits vor Glanz erstrahlte – bin ich je zuvor so naß gewesen? Er fuhr mit der Hand unter meine Pobacken, teilte meine Schenkel und hob mich zu sich. Er streichelte über meine feuchte weiche Haut und äußerte sich anerkennend über meinen reinen, haarlosen Hügel. Meine Knie zitterten, als er die Lippen auseinanderzog und sein Mund näher kam. Ich fühlte seinen heißen Atem auf meiner Haut, bis seine geöffneten Lippen auf meine trafen. Zuerst zahllose Küsse auf die Innenseiten meiner Oberschenkel und die äußeren Lippen, dann gingen die Finger tiefer, legten meine Möse offen, bis ich fühlte, wie ich mich selbst weit öffnete – bereit für seine Zunge.

Ich lehnte mich mit geschlossenen Augen zurück und genoß es, wie seine Zunge meine heiße Möse rauf- und runterschlotzte. Als er anfing, an meiner Klit zu saugen, setzte ich mich aufrecht, um ihn zu beobachten. Ab und an blickte er zu mir hoch mit beschlagenen Brillengläsern, Mund und Kinn tropfnaß von meinem Saft. Er war in Trance. Ich konnte sehen, wie ihn jeder Zungenschlag verzückte.

Als ich anfing zu beben, als ich spürte, wie ich langsam in Fahrt kam, setzte er einen Moment aus und änderte seine Technik, um meinen Höhepunkt weiter hinauszuzögern. Ich spürte meine harten Brustwarzen unter dem Top als ich sah, wie er meine Klitoris mit den Fingern zart aus dem Lippenbett hervorholte, die Haut darüber mit dem Daumen streckte, um die Knospe noch weiter hochzulocken, die exponierte Klit dabei mit gespitzter Zungenspitze umkreiselte, um sie dann hingebungsvoll mit den Lippen zu umschließen und zu lutschen, während seine Finger meine Oberschenkel gepackt hielten – ich genoß jede Sekunde hemmungslos, mehr als alles andere, was ich je vorher erlebt hatte.

Ich war völlig gebannt von der Meisterschaft, mit der sich dieser äußerlich so zugeknöpft wirkende Mann meine Möse vornahm. Als ich es fast nicht mehr aushielt und kurz vor dem Explodieren angekommen war, hob er den Kopf aus meinen geöffneten Beinen und wischte sich den Saft vom Gesicht.

»Hat Ihnen schon mal einer das Arschloch ausgeleckt?« fragte er trocken wie vorher.

Ehe ich antworten konnte, dirigierte er mich auf die Knie, das Gesicht in die Sitzfläche gedrückt. Wieder hob er meinen Rock hoch und brachte mich mit den Händen in Position, hob den Hintern hoch, schob die Pobacken auseinander, und ich spürte seinen Mund. Seine nasse heiße Zunge fuhr die Pospalte rauf und runter, sein Speichel tropfte geradewegs in meine nasse Möse. Ein wahnsinniges Gefühl. Mit einer Hand fuhr ich mir in die Möse und massierte meine Klitoris, während seine Zunge in meine auf und zu zuckende Rosette fuhr und immer wieder hineinkreiselte. Obwohl ich noch nie zuvor Analsex gehabt hatte, wünschte ich nichts dringlicher als einen steifen Schwanz, der mich von hinten nimmt. Mein Körper stand in Flammen. Ich drängte meinen Hintern in sein Gesicht und versuchte alles, seine Zunge tiefer eindringen zu lassen, gleichzeitig rieb ich wie verrückt meine Möse. Alles in mir begann zu zittern; ich spürte, wie ich kam, aber es war alles ganz anders als jermals zuvor. Nicht nur meine Klitoris, es war, als ob mein ganzer Körper explodierte..

Er legte seine Hand auf meine in der Möse und flüsterte mir von hinten zu: »Los. Jetzt: Komm!«

Und ich kam. Ich zitterte am ganzen Körper, ein Orgasmus, gewaltig und endlos, durchraste, durchschüttelte mich in immer neuen Wellen. Ich spürte, wie Unmengen Lustsaft aus meiner Möse quoll; als meine Knie nachgaben und ich mich auf die Seite warf, war sein Mund schon wieder an meinem Mösenloch und schlürfte alles auf – bis zum allerletzten Tropfen.

Als mein Höhepunkt langsam abebbte, blickte ich ihn träge an und sah, daß er seinen Schwanz herausgenommen hatte und sich seinen Saft von der Hose wischte. Ich war derart in meiner eigenen Lust versunken gewesen, jetzt merkte ich: Meine Möse zu lecken, das brachte es für ihn.

»Das hab ich noch nie erlebt«, ich war wie in Hypnose, während meine Möse noch nachbebte.

»Kann ich was für Sie tun?« fragte ich, um ihm meine aufrichtige Dankbarkeit zu zeigen.

»Nein, danke, Sie haben mir bereits alles gegeben, was ich brauche«, mehr sagte er nicht.

Ich setzte mich wieder aufrecht und sah zu, wie er seine Kleidung in Ordnung brachte; ich saß da, immer noch breitbeinig mit sichtbar bewegter Möse. Er stand auf, dankte mir noch mal mit unbewegter Miene, bat mit monotoner Stimme um einen Anruf in der kommenden Woche, um einen neuen Termin auszumachen. Er verschwand durch die Tür; neben dem Telefon lag ein Fünfzig-Dollar-Schein.

Giovanni Boccaccio
Die Standhaftigkeit des Einsiedlers

Um nun zur Sache zu kommen, sage ich, daß in der Stadt Capsa in der Berberei vor Zeiten ein gar reicher Mann lebte, der unter mehreren andern Kindern eine schöne und wohlgestaltete Tochter hatte, die Alibech hieß. Weil sie keine Christin war und von vielen Christen, die in der Stadt lebten, den christlichen Glauben und Gottesdienst sehr loben hörte, fragte sie eines Tages einen von ihnen, wie man denn eigentlich Gott dienen könne und am leichtesten dazu gelange. Dieser antwortete ihr, man diene Gott am besten, je mehr man die irdischen

Freuden fliehe, wie es besonders diejenigen täten, die in die Einöden der thebaischen Wüste gegangen wären.

Das Mädchen mochte etwa vierzehn Jahre alt sein und war gar einfältig. Daher machte sie sich, nicht aus vernünftigem Antrieb, sondern aus einer gewissen kindlichen Lust, ohne irgend jemand etwas davon wissen zu lassen, am andern Morgen heimlich und ganz allein nach der thebaischen Wüste auf den Weg und gelangte, weil ihre Lust anhielt, mit großer Anstrengung nach einigen Tagen bis in jene Einöden. Hier ging sie auf die erste Hütte zu, die sie in der Ferne sah, und fand einen heiligen Mann an der Tür stehen, der ganz verwundert war, sie zu erblicken, und fragte, was sie suchen gehe. Sie antwortete ihm, sie suche, einer Eingebung von Gott folgend, wie sie ihm dienen und jemand finden könne, der sie darin unterrichte. Als der wackere Mann ihre Jugend und Schönheit betrachtete, fürchtete er, es möge der Teufel ihn wohl betrügen, wenn er sie bei sich behielte. Darum lobte er ihren guten Vorsatz, gab ihr einige Kräuterwurzeln, wilde Äpfel und Datteln zu essen und Wasser zu trinken und sagte dann: »Meine Tochter, nicht weit von hier wohnt ein heiliger Mann, der ein weit besserer Lehrmeister dessen ist, was du begehrst, als ich es bin. Geh du zu dem!« Und damit brachte er sie auf den Weg.

Als sie nun zum zweiten kam und von ihm dieselbe Antwort erhielt, ging sie noch weiter und kam zur Zelle eines jungen Einsiedlers, eines recht frommen und guten Menschen, der Rusticus hieß. An ihn richtete sie dieselbe Frage, die sie schon an die andern getan hatte. Rusticus dachte, eine große Probe seiner Standhaftigkeit anzustellen, und schickte sie deshalb nicht wie die andern weg, sondern behielt sie bei sich in seiner Zelle, machte ihr, als es Nacht ward, ein Bettchen von Palmenlaub und hieß sie sich darauf niederlegen.

Kaum war dies geschehen, so säumten die Versuchungen nicht eben lange, die Standhaftigkeit des Einsiedlers zu bekämpfen. Als dieser sich aber von jener bald völlig im Stich gelassen sah, wendete er, ohne viele Angriffe abzuwarten, dem Feinde den Rücken zu und ergab sich als besiegt. So ließ er denn die heiligen Gedanken, die Gebete und Geißelungen ganz beiseite liegen, rief sich dafür die Jugend und Schönheit des jungen Mädchens ins Gedächtnis und fing zugleich an, darüber nachzudenken, was für Mittel und Wege er ergreifen solle, um zum Ziele zu gelangen, damit sie nicht innewerde, er strebe als ein unkeuscher Mensch nach dem, was er von ihr begehrte. Zu dem Ende richtete er allerhand Fragen an sie, durch die er erfuhr, daß sie noch keinen Mann erkannt hatte und so unschuldig war, wie sie aussah. Deshalb beschloß er, sie unter dem Schein des Gottesdienstes seinen Wünschen gefügig zu machen.

Zuerst setzte er ihr mit vielen Worten auseinander, ein wie arger Feind des lieben Gottes der Teufel sei und wie man durch nichts Gott so lieb werden könne, als wenn man den Teufel heim in die Hölle schickte, in die unser Herrgott ihn verbannt habe. Das Mädchen fragte ihn, wie man das anfange. Rusticus antwortete ihr darauf: »Das sollst du bald erfahren, und darum tue, was du mich tun siehst.« Damit begann er, die wenigen Kleidungsstücke, die er trug, auszuziehen, und warf sich, als er ganz nackt war, auf die Knie, als wolle er beten. Das Mädchen ahmte ihn in allem nach. Er ließ es sich gegenüber knien, und wie er in dieser Stellung verweilend, beim Anblick ihrer nackten Schönheit mehr denn je in seiner Begierde entbrannte, zeigte sich die Auferstehung des Fleisches. Als Alibech diese gewahr ward, wunderte sie sich und sprach: »Rusticus, was ist denn das für ein Ding, das ich da bei dir sehe, das sich so vordrängt und das ich nicht habe?« – »Ach, meine Tochter«, sagte Rusticus, »das ist eben der Teufel, von dem ich dir gesprochen habe. Siehst du, jetzt gerade plagt er mich so sehr, daß ich es kaum aushalten kann.« – »Nun, Gott sei Lob«, sagte das Mädchen darauf, »so sehe ich, daß mir's besser geht als dir, denn ich für mein Teil habe keinen solchen Teufel.« Rusticus sagte: »Du sprichst die Wahrheit, du hast aber ein anderes Ding, das ich wieder nicht habe, und das ist ebenso schlimm.« – »Warum nicht gar!« sagte Alibech. Rusticus antwortete ihr: »Du hast die Hölle, und ich sage dir, ich glaube, Gott hat dich zum Heil meiner Seele hierher gesandt. Denn wenn du dich meiner erbarmen und mir erlauben willst, daß ich, sooft dieser Teufel mich sehr plagt, ihn in die Hölle heimschicken darf, so wirst du mir eine große Erleichterung gewähren, Gott aber einen ausbündigen Dienst und Gefallen erzeigen, wenn du wirklich in der Absicht, die du mir gesagt hast, hierher gekommen bist.« Das Dirnlein erwiderte in gutem Glauben: »Ehrwürdiger Vater, da ich einmal die Hölle habe, so kann es geschehen, wenn Ihr wollt.« Darauf antwortete Rusticus: »Sei gesegnet, meine Tochter. So laß uns denn gehen und ihn heimschicken, auf daß er mich künftig in Frieden lasse.« Und mit diesen Worten führte er das Mädchen zu einem ihrer Betten und zeigte ihm, wie man sich stellen müsse, um diesen Verfluchten Gottes einzukerkern.

Das Dirnlein, das noch niemals einen Teufel heim in die Hölle geschickt hatte, spürte beim ersten Mal einiges Ungemach und sagte deshalb zu Rusticus: »Wahrlich, mein Vater, der Teufel muß ein abscheuliches Ding und ein rechter Feind Gottes sein, denn er tut selbst der Hölle, geschweige denn anderen Dingen weh, wenn er hineinkommt.« Rusticus sagte: »Meine Tochter, das wird nicht immer so sein.« Und um es dahin zu bringen, schickten sie, bevor sie sich vom Bettchen erhoben, ihn an die sechsmal heim in die Hölle, so daß sie ihm für diesmal den Hochmut aus dem Kopfe brachten und er Frieden hielt.

Als er sich aber später dennoch öfter wieder in Stolz erhob und das Mädchen sich immer willig zeigte, ihn zu demütigen, geschah es, daß sie an dem Spiele Gefallen fand und zu Rusticus sagte: »Nun sehe ich wohl, daß die wackeren Leute in Capsa recht hatten, wenn sie sagten, Gott dienen sei ein so süßes Ding. Denn wahrlich, ich erinnere mich nicht, je etwas getan zu haben, das mir soviel Lust und Vergnügen gewährt hätte, als den Teufel in die Hölle heimzuschicken. Und so halte ich dafür, daß jeder, der sich nicht anstrengt, Gott zu dienen, ein unvernünftiges Tier ist.« Aus diesem Grunde kam sie oft zu Rusticus und sagte: »Ehrwürdiger Vater, ich bin hierher gekommen, um Gott zu dienen, und nicht, um müßigzugehen. So kommt denn und laßt uns den Teufel heim in die Hölle schicken.« In dieser Beschäftigung sagte sie auch wohl zuweilen: »Rusticus, ich weiß gar nicht, warum der Teufel wieder aus der Hölle herausgeht; denn wäre er so gern drinnen, wie die Hölle ihn gern aufnimmt und festhält, so würde er immer drinnen bleiben.«

Da sie auf solche Weise den Rusticus häufig zum Gottesdienst einlud und ermunterte, hatte sie ihm allmählich die Wolle so aus dem Wams gezupft, daß er fror, wenn ein anderer geschwitzt hätte. Deshalb sagte er zu dem Mädchen, man müsse den Teufel nur dann züchtigen und in die Hölle heimschicken, wenn er sein Haupt in Hochmut erhebe. »Wir aber«, fügte er hinzu, »haben ihn durch Gottes Hilfe so entlarvt, daß er Gott bittet, in Frieden bleiben zu dürfen.« Dadurch brachte er das Mädchen für einige Zeit zum Schweigen. Da sie aber sah, wie Rusticus sie gar nicht weiter aufforderte, den Teufel in die Hölle heimzuschicken, sagte sie eines Tages zu ihm: »Rusticus, ist dein Teufel nun abgestraft und plagt er dich nicht mehr, so läßt mich nun meine Hölle nicht in Ruhe. Und darum wirst du ein gutes Werk tun, wenn du mit deinem Teufel die Wut meiner Hölle bändigen hilfst, wie ich mit meiner Hölle geholfen habe, deinem Teufel den Stolz zu vertreiben.« Rusticus, der von Kräuterwurzeln lebte, war genötigt, bei diesem Spiele oft zu passen. So sagte er ihr, um die Hölle zu beschwichtigen, brauche man einen ganzen Haufen Teufel, doch wolle er für sie tun, was er irgend imstande sei. So erfüllte er denn zuweilen noch ihre Wünsche, doch geschah es so selten, daß es nicht mehr sagen wollte, als wenn man einem Löwen eine Bohne in den Rachen wirft. Auch war die Dirne, die Gott nicht ihren Wünschen gemäß zu dienen glaubte, damit gar nicht zufrieden.

Während aber dieser Streit zwischen dem Teufel des Rusticus und der Hölle der Alibech wegen übermäßigen Verlangens und geringer Kräfte noch fortdauerte, geschah es, daß in Capsa eine Feuersbrunst wütete und Alibechs Vater mit allen seinen Kindern und der übrigen Familie im eigenen Hause verbrannte, so daß nun Alibech die Erbin des ganzen Vermögens wurde. Deshalb machte sich ein junger Mann namens Neerbal, der all sein Geld vergeudet und gehört hatte, sie sei noch am Leben, auf den Weg, um sie zu suchen. Er fand sie, zu des Rusticus großer Freude, noch bevor die Gerichte das Vermögen ihres Vaters als erbloses Gut eingezogen hatten, führte sie gegen ihren Willen nach Capsa zurück, heiratete sie und nahm mit ihr das ganze Vermögen in Besitz.

Als aber die Frauen sie, bevor sie noch bei Neerbal geschlafen hatte, befragten, wodurch sie denn in der Wüste Gott gedient habe, antwortete sie, durch Heimschicken des Teufels in die Hölle, und Neerbal habe eine große Sünde begangen, sie solcher Verrichtung zu entziehen. Die Frauen fragten weiter, wie man denn den Teufel heim in die Hölle schickte, und die Dirne zeigte es ihnen, halb mit Worten, halb mit Zeichen. Darüber mußten jene so sehr lachen, daß sie gar nicht aufhören konnten, und sie sagten: »Liebes Kind, sei deshalb unbesorgt, das kann man auch hier bei uns recht gut tun, und Neerbal wird auf dieselbe Weise unserem Herrgott fleißig mit dir dienen.« Dann erzählte eine der andern in der Stadt die Geschichte, und es wurde dort zum Sprichwort, der lustigste Gottesdienst sei der, den Teufel heim in die Hölle zu schicken. So ist denn diese Redensart übers Meer gekommen und noch heute im Schwange.

Leopold von Sacher-Masoch
Ich will dein Sklave sein

Seit zehn Tagen war ich keine Stunde ohne sie, die Nächte ausgenommen. Ich durfte immerfort in ihre Augen sehen, ihre Hände halten, ihren Reden lauschen, sie überallhin begleiten. Meine Liebe kommt mir wie ein tiefer, bodenloser Abgrund vor, in dem ich immer mehr versinke, aus dem mich jetzt schon nichts mehr retten kann.

Wir hatten uns heute nachmittag auf der Wiese zu den Füßen der Venusstatue gelagert, ich pflückte Blumen und warf sie in ihren Schoß und sie band sie zu Kränzen, mit denen wir unsere Göttin schmückten.

Plötzlich sah mich Wanda so eigentümlich, so sinnverwirrend an, daß meine Leidenschaft gleich Flammen über mich zusammenschlug. Meiner nicht mehr mächtig, schlang ich meine Arme um sie und hing an ihren Lippen und sie – sie preßte mich an ihre wogende Brust.

»Sind Sie böse?« fragte ich dann.

»Ich werde nie über etwas böse, was natürlich ist –« antwortete sie, »ich fürchte nur, Sie leiden.«

»Oh, ich leide furchtbar.«

»Armer Freund«, sie strich mir die wirren Haare aus der Stirne, »ich hoffe aber, nicht durch meine Schuld.«

»Nein –« antwortete ich – »und doch, meine Liebe zu Ihnen ist zu einer Art Wahnsinn geworden. Der Gedanke, daß ich Sie verlieren kann, ja vielleicht in der Tat verlieren soll, quält mich Tag und Nacht.«

»Aber Sie besitzen mich ja noch gar nicht«, sagte Wanda und sah mich wieder an mit jenem vibrierenden, feuchten, verzehrenden Blicke, der mich schon einmal hingerissen hatte, dann erhob sie sich und legte mit ihren kleinen durchsichtigen Händen einen Kranz von blauen Anemonen auf das weiße Lockenhaupt der Venus. Halb gegen meinen Willen schlang ich den Arm um ihren Leib.

»Ich kann nicht mehr sein ohne dich, du schönes Weib«, sprach ich, »glaube mir, dies eine Mal nur glaube mir, es ist keine Phrase, keine Phantasie, ich fühle tief im Innersten, wie mein Leben mit dem deinen zusammenhängt; wenn du dich von mir trennst, werde ich vergehen, zugrunde gehen.«

»Aber das wird ja gar nicht nötig sein, denn ich liebe dich, Mann«, sie nahm mich beim Kinn, »dummer Mann!«

»Aber du willst nur mein sein unter Bedingungen, während ich dir bedingungslos gehöre –«

»Das ist nicht gut, Severin«, erwiderte sie beinahe erschreckt; »kennen Sie mich denn noch nicht, wollen Sie mich durchaus nicht kennenlernen? Ich bin gut, wenn man mich ernst und vernünftig behandelt, aber wenn man sich mir zu sehr hingibt, werde ich übermütig –«

»Sei's denn, sei übermütig, sei despotisch«, rief ich in voller Exaltation, »nur sei mein, sei mein für immer.« Ich lag zu ihren Füßen und umfaßte ihre Knie.

»Das wird nicht gut enden, mein Freund«, sprach sie ernst, ohne sich zu regen.

»Oh! es soll eben nie ein Ende nehmen«, rief ich erregt, ja heftig, »nur der Tod soll uns trennen. Wenn du nicht mein sein kannst, ganz mein und für immer, so will ich dein Sklave sein, dir dienen, alles von dir dulden, nur stoß mich nicht von dir.«

Octave Mirbeau
Der Duft der Pfingstrosen

Clara hielt inne, als ob ein unsichtbarer Arm brutal nach ihr gegriffen hätte. Unruhig, erregt, mit bebenden Nasenflügeln wie eine Hündin, die im Wind den Geruch des Rüden gewittert hat, sog sie die Luft ein. Ein Zittern, das ich nur als Vorbote des Spasmas kannte, lief ihr durch den Körper. Augenblicklich schwollen ihre Lippen, röteten sich.

»Riechst du's?« sagte sie, ihre Stimme war kurz und tonlos.

»Ich rieche den Duft der Pfingstrosen, der den Garten erfüllt«, sagte ich.

Sie stampfte ungeduldig mit den Füßen.

»Das doch nicht! Hast du es nicht gerochen? Erinnere dich!«

Ihre Nüstern öffneten sich weiter, ihre Augen strahlten heller, sie sagte: »Das riecht, wie wenn ich dich liebe...!«

Dann beugte sie sich hastig über eine Pflanze am Rande der Allee. Es war eine Thalictra, die ihren langen, feinen, steifen, vielästigen, hellvioletten Stengel reckte. Jedes ihrer achselständigen Zweiglein entsproß einer elfenbeinartigen Blattscheide, die die Gestalt eines Geschlechtsteils hatte und in einer Traube winzig kleiner Blüten endete, die sich dicht aneinanderdrängten und mit Blütenstaub bedeckt waren.

»Das ist sie! Das ist sie! Oh, mein Liebling...!« In der Tat stieg ein starker, phosphorsaurer Geruch, der Duft menschlichen Samens, von dieser Pflanze auf. Clara pflückte den Stengel, nötigte mich, den seltsamen Duft einzuatmen, dann sagte sie, während sie mir den Blütenstaub ins Gesicht wedelte: »Oh! Liebster... Liebster... die schöne Pflanze! Und wie sie mich benebelt! Wie sie mich betört! Ist das nicht sonderbar, daß es Pflanzen gibt, die nach Liebe riechen? Sag, warum? Du weißt es nicht? Nun gut, ich weiß es, ich! Warum gibt es wohl so viele Blumen, die dem Instrumentarium der Liebe ähneln, wenn nicht die Natur in allen ihren Gestalten und mit allen ihren

Düften allen lebenden Wesen ohne Unterlaß zurufen wollte: ›Liebet euch ...! Liebet euch ...! Tut wie die Blumen ...! Es gibt nichts außer der Liebe ...!‹ Oh, sag es schnell, liebstes kleines angebetetes Schweinchen ...!«

Sie wollte nicht aufhören, den Duft der Thalictra einzusaugen, sie zerkaute die Trauben, Blütenstaub hing an ihren Lippen. Unvermittelt erklärte sie: »Ich will sie in meinem Garten haben. Ich will sie in meinem Zimmer haben. Im Pavillon. Im ganzen Haus ... Rieche, kleines Herz, rieche! Ah, die Blumen machen nicht in Gefühlen, sie machen in Liebe. Nichts als Liebe. Und das machen sie andauernd und zu allen Zwecken. Sie denken an nichts anderes. Und wie recht sie haben. Pervers? Weil sie dem alleinigen Gesetz des Lebens gehorchen? Weil sie das einzige Verlangen der Welt befriedigen, die Liebe? Schaun Sie nur: Die Blume ist nichts als ein Geschlechtsteil! Gibt es etwas Gesünderes, Stärkeres, Schöneres als ein Geschlechtsteil? Diese herrlichen Blütenblätter, diese Seiden, diese Samte, diese sanften, geschmeidigen, streichelnden Stoffe. Das sind die Vorhänge und der Alkoven, die Behange des Brautzimmers, das duftende Bett, in dem die Geschlechter sich begegnen, wo sie ihr eintägiges und unsterbliches Leben außer sich vor Liebe verbringen. Welch nachahmenswertes Beispiel für uns!«

Er bog die Blütenblätter auseinander, zählte die pollengefüllten Staubgefäße und sagte, wobei seine Augen in komischer Ekstase zu nässen begannen: »Sehen Sie nur, eins ... zwei ... drei ... fünf ... zehn ... zwanzig ...! Schauen Sie, wie sie zittern! Manchmal sind es bis zu zwanzig Männchen für den Orgasmus eines einzigen Weibchens! Ha ... Ha ... Ha ...! Manchmal ist es auch umgekehrt!«

Er riß die Blütenblättchen eins nach dem anderen aus und sagte: »Und wenn sie liebessatt geworden sind, ja, dann zerreißen die Vorhänge am Himmelbett, dann löst sich der Schmuck des Brautzimmers in Nichts auf. Und die Blumen sterben. Weil sie genau wissen, daß nun nichts mehr zu tun bleibt. Sie sterben, um später wiedergeboren zu werden, wieder für die Liebe ...«

23. 7. Von dort ging ich zu Fuß nach Westminster. Und da ich nichts zu tun hatte und mich in einer lüsternen Stimmung befand, ging ich durch die Fleet Street, wo an einer der Türen ein äußerst schönes Weibsbild stand. Also drehte ich ein oder zwei Runden, aber ich weiß nicht ob es an meinem Ehrgefühl oder an meinem Gewissen lag, auf jeden Fall ging ich nicht hinein. Und sehr gegen mein Verlangen nahm ich eine Kutsche und fuhr zur Westminster Hall, wo ich Mrs. Lane aufsuchte und mit ihr eine Fahrt über das Wasser vereinbarte. Wir trafen uns dann bei den weißen Stufen in Channel Row und fuhren herüber zum alten Wirtshaus beim Lambeth Marsh. Dort aßen und tranken wir, und ich vergnügte mich zwei Mal mit ihr. Was die Unterhaltung betrifft, so ist sie eine wirklich seltsame Frau; manchmal spricht sie von der Liebe zu ihrem Mann, manchmal sagt sie, sie liebt ihn überhaupt nicht – jedenfalls ist sie so willig, daß ich ganz nach meinem Belieben mit ihr verfahren kann. Als ich ihr 5 oder 6 Schilling gegeben hatte, konnte ich mit ihr tun, was ich wollte. Nachdem wir über eine Stunde dort geblieben waren, fuhren wir wieder zurück und ich setzte sie an derselben Stelle wieder an Land. Ich selbst fuhr weiter zur Fleet Street und ging noch einmal in die Fleet Alley. Jetzt hatte ich mich allerdings nicht mehr im Griff. Also ging ich herein und erlebte wieder einmal die Verruchtheit, die ich zuvor schon in anderen Häusern kennengelernt hatte. Ein Mann wird dort gezwungen, sein Geld auszugeben. Die Frau ist wirklich eine äußerst schöne Frau; aber ich hatte keinen Mut, mich mit ihr einzulassen, denn ich hatte Angst, daß sie vielleicht nicht ganz gesund sein könnte. Also tat ich so, als hätte ich nicht genug Geld bei mir. Es war ganz hübsch mit anzusehen, wie listig diese Göre war. Und nachdem sie gesehen hatte, daß ich kein Geld bei mir trug, hätte sie es auch nicht im Entferntesten zugelassen, daß ich etwas mit ihr tue. Und einmal sagte

sie mir, ich würde bestimmt nicht wiederkommen, und dann
wiederum, sie sei sicher, daß ich wiederkomme. Ich hoffe allerdings bei Gott, daß ich es nicht tun werde, denn obwohl sie eine
der schönsten Frauen ist, die ich je gesehen habe, so fürchte ich
doch, daß sie mich nur ausnutzen würde.

Und mit der Bitte, Gott möge mir diesen eitlen Zeitvertreib
vergeben, ging ich nach Hause.

Charles Bukowski
Die Nacht, als ich es meinem Wecker besorgte

Einmal war ich ziemlich
am Abschnappen in Philadelphia,
ich hatte ein kleines Zimmer,
es wurde Nacht, und ich stand
an meinem Fenster im 3. Stock
im Dunkeln und ich sah in eine
Küche rein, gegenüber, 2. Stock,
wo ein wunderschönes blondes Girl
gerade einen jungen Mann umarmte und küßte, mit einigem
Hunger, wie es schien. Ich
stand da und sah es mir an,
bis sich die beiden voneinander
lösten. Dann drehte ich mich um
und knipste das Licht im Zimmer
an. Ich sah die Kommode an, die
Schubladen, und auf der Kommode
stand mein Wecker. Ich nahm
den Wecker mit ins Bett und
besorgte es ihm, bis ihm die

Zeiger abfielen. Dann verließ
ich das Zimmer und ging durch
die Straßen, bis ich Blasen an
den Füßen hatte. Als ich zurückkam, ging ich ans Fenster und
sah zu den beiden hinüber, und
das Licht in ihrer Küche war
aus.

Fanny Müller
Potenzamt

James Thurber beschreibt einmal, wie er seine Brille zertreten
hat und wie er anschließend in den Straßen New Yorks die
sonderbarsten Dinge beobachtet. Zum Beispiel sieht er einen
sehr kleinen General, der aus dem Fenster guckt und einen
Dreispitz auf dem Kopf hat. Nachher war es dann nur ein
Blumentopf.

Probleme mit kaputten Brillen habe ich überhaupt nicht,
weil ich meine sowieso nie aufsetze – außer im Kino –, die sieht
nämlich so imperialistisch aus. Ich meine damit, daß dazu nur
noch ein künstliches Orchideengesteck plus Namensschild
(Mrs. Harry S. Schnurpi) am Busen fehlt, und ich könnte direkt
aus dem Stand die amerikanische Botschaft überfallen, ohne
daß es groß auffallen würde.

Neulich fuhr ich in Berlin, natürlich ohne Brille, an einem
Haus vorbei, auf dem in großen Buchstaben »Potenzamt«
stand. Da kam ich gleich ins Träumen. TÜV für Männer!
»Sehr geehrte Frau Müller«, stellte ich mir vor, würde amtli-
cherseits ein Brief beginnen, »am Montag, den Soundsovielten
ist die jährliche Überprüfung Ihres Mannes fällig. Erscheinen

Sie bitte pünktlich um 14 Uhr...« Da würde ich ihn dann abliefern, eine schöne Tasse Kaffee trinken gehen, bis er – bis sie ihn – also, bis sie irgendwie mit ihm durch sind oder ihn erledigt, ich meine, fertiggemacht haben, und abends hätte man im Freundinnenkreis ein herrliches Thema (»... und bis wann hat deiner die Plakette?«). In Wirklichkeit hieß es natürlich »Patentamt«.

Thomas Mann
Tiefrot gedämpftes Licht

Als nach langem Geklapper der Wagen hielt, stiegen wir aus, und die Freundin entlohnte den Kutscher. Dann ging es aufwärts in einem dunklen und kalten Stiegenschacht, wo es nach Lampenblak roch, und die Führerin öffnete mir ihr gleich an der Treppe gelegenes Zimmer. Hier war es plötzlich sehr warm: der Geruch des stark überheizten eisernen Ofens mischte sich mit den dichten und blumigen Düften von Schönheitsmitteln, und ein tiefrot gedämpftes Licht entfloß der angezündeten Ampel. Eine verhältnismäßige Pracht umgab mich, denn auf plüschbeschlagenen Tischchen standen in farbigen Vasen trockene Sträuße, welche aus Palmenwedeln, Papierblumen und Pfauenfedern verfertigt waren; weiche Felle lagen umher; ein Himmelbett mit Vorhängen aus rotem, mit goldener Litze besetztem Wollstoff beherrschte das Zimmer, und an Spiegeln war großer Reichtum, denn es fanden sich solche sogar an Stellen, wo man keine zu suchen gewohnt ist: in dem Himmel des Bettes und in der Wand ihm zur Seite. – Da wir nun aber Verlangen trugen, uns ganz zu erkennen, schritten wir gleich zum Werk, und ich verweilte bei ihr bis zum anderen Morgen.

Rozsa, so hieß meine Gegenspielerin, war aus Ungarn gebürtig, doch ungewissester Herkunft, denn ihre Mutter war in einem Wandercirkus durch Reifen, mit Seidenpapier bespannt, gesprungen, und wer ihr Vater gewesen, lag völlig im Dunkel. Früh hatte sie stärksten Hang zu grenzenloser Galanterie gezeigt und war, noch jung, doch nicht ohne ihr Einverständnis, nach Budapest in ein Freudenhaus verschleppt worden, wo sie mehrere Jahre verbrachte, die Hauptanziehung der Anstalt. Aber ein Kaufmann aus Wien, der glaubte, nicht ohne sie leben zu können, hatte sie unter Aufbietung großer List und sogar mit Beihilfe eines Verbandes zur Bekämpfung des Mädchenhandels aus dem Zwinger entführt und bei sich angesiedelt. Älter schon und zum Schlagfluß geneigt, hatte er sich ihres Besitzes im Übermaße erfreut und in ihren Armen unvermutet den Geist aufgegeben, so daß Rozsa sich auf ledigem Fuße gefunden hatte. Von ihren Künsten hatte sie wechselnd in mancherlei Städten gelebt und sich kürzlich in Frankfurt niedergelassen, wo sie, von bloß erwerbender Hingabe keineswegs ausgefüllt und befriedigt, feste Beziehungen zu einem Menschen eingegangen war, welcher – Metzgergesell ursprünglich, aber ausgestattet mit kühnen Lebenskräften und von bösartiger Männlichkeit – Zuhälterei, Erpressung und allerlei Menschenfang zum Berufe erwählt und sich zu Rozsas Gebieter aufgeworfen hatte, deren Glücksgeschäft seine vornehmste Einnahmequelle bildete. Wegen irgendwelcher Bluttat jedoch gefänglich eingezogen, hatte er sie auf längere Zeit sich selbst überlassen müssen, und da sie nicht gewillt war, auf ihr privates Glück zu verzichten, hatte sie ihre Augen auf mich geworfen und den stillen, noch unausgebildeten Jüngling sich zum Herzensgesellschafter ersehen.

Diese kleine Geschichte erzählte sie mir in lässiger Stunde, und ich vergalt ihr mit einem gedrängten Einbekenntnis des eigenen Vorlebens. Übrigens fanden Wort und Geplauder jetzt und in Zukunft nur spärlich statt bei unserm Verkehre, denn sie beschränkten sich auf die sachlichsten Anweisungen und Verabredungen sowie auf kurze, anfeuernde Zurufe, welche dem

Vokabular von Rozsas frühester Jugend, nämlich dem Ausdrucksbereich der Cirkusmanege entstammten. Wenn aber die Rede uns breiter strömte, so war es zu wechselseitigem Lobe und Preise, denn was wir bei erster Prüfung einander verheißen, fand reichste Bestätigung, und die Meisterin ihrerseits namentlich versicherte mir vielmals und ungefragt, daß meine Anstelligkeit und Liebestugend auch ihre schönsten Mutmaßungen überträfe.

Hier, ernsthafter Leser, bin ich in ähnlicher Lage wie schon einmal in diesen Blättern, wo ich von gewissen frühen und glücklichen Griffen in die Süßigkeiten des Lebens erzählte und die Warnung beifügte, eine Tat doch ja nicht mit ihrem Namen verwechseln und das Lebendig-Besondere durch das gemein machende Wort obenhin abfertigen zu wollen. Denn wenn ich aufzeichne, daß ich durch mehrere Monate, bis zu meinem Aufbruch von Frankfurt, mit Rozsa in enger Verbindung stand, oft bei ihr weilte, auch auf der Straße die Eroberungen, die sie mit ihren schiefen, schimmernden Augen, mit dem gleitenden Spiel ihrer Unterlippe machte, unterderhand beaufsichtigte, manchmal sogar verborgen zugegen war, wenn sie zahlende Kundschaft bei sich empfing (wobei sie mir wenig Grund zur Eifersucht gab), und mir eine mäßige Teilhaberschaft an dem Gewinne nicht mißfallen ließ, so könnte man wohl versucht sein, meine damalige Existenz mit einem anstößigen Namen zu belegen und sie kurzerhand mit der jener dunklen Galans zusammenzuwerfen, von denen oben die Rede war. Wer da glaubt, daß die Tat gleichmache, der möge sich immerhin eines so einfachen Verfahrens bedienen. Ich für mein Teil halte es mit der volkstümlichen Weisheit, daß, wenn zweie dasselbe tun, es mitnichten dasselbe ist, ja ich gehe weiter und meine, daß Etikettierungen wie etwa »ein Trunkenbold«, »ein Spieler« oder auch »ein Wüstling« den lebendigen Einzelfall nicht nur nicht zu decken und zu verschlingen, sondern ihn unter Umständen nicht einmal ernstlich zu berühren imstande sind. Dies ist meine Denkungsart, andere mögen anders urteilen – über Bekenntnisse, bei denen immerhin in Anschlag zu bringen ist, daß ich sie freiwillig ablege und nach Belieben mit ihnen hinter dem Berge halten könnte.

Wenn ich aber dies Zwischenspiel hier mit so viel Umständlichkeit, als der gute Ton immer zuläßt, behandle, so darum, weil es meiner Einsicht nach für meine Ausbildung von der einschneidendsten Bedeutung war: nicht in dem Sinne, daß es meine äußere Weltläufigkeit sonderlich gefördert, meine bürgerlichen Sitten unmittelbar verfeinert hätte, – dazu war jene wilde Blüte des Ostens keineswegs die geeignete Persönlichkeit. Und doch beansprucht das Wort »Verfeinerung« hier seinen Platz, den ich nur gegen besseres Wissen ihm vorenthalten würde. Denn kein anderes bietet der Wortschatz für den Gewinn, den meine Natur aus dem Umgang mit dieser strengen Geliebten und Meisterin zog, deren Ansprüche sich aufs ernsteste mit meinen Gaben maßen. Und zwar ist hier nicht sowohl an eine Verfeinerung *in* der Liebe, als an eine solche *durch* die Liebe zu denken. Diese Betonungen sind wohl zu verstehen, denn sie verweisen auf den Unterschied und zugleich die Verquickung von Mittel und Zweck, wobei jenem eine engere und speziellere, diesem eine viel allgemeinere Bedeutung zukommt. Irgendwo auf diesen Blättern habe ich vorvermerkt, daß es mir bei den außerordentlichen Forderungen, die das Leben an meine Spannkraft stellte, nicht erlaubt war, mich in entnervender Wollust zu verausgaben. Nun denn, während der halbjährigen Lebensperiode, die durch den Namen der wenig artikulierten, aber kühnen Rozsa gekennzeichnet ist, tat ich eben dies – nur daß das Tadelswort »entnervend« einem sanitären Vokabular entstammt, um dessen Anwendbarkeit es in gewissen distinguierten Fällen recht zweifelhaft bestellt ist. Denn das Entnervende ist es, was uns benervt und uns, gewisse Vorbedingungen als gegeben angenommen, tauglich macht zu Darbietungen und Weltergötzungen, die nicht die Sache des Unbenervten sind. Nicht wenig tue ich mir zugute auf die Erfindung dieses Wortes »Benervung«, mit dem ich ganz aus dem Stegreif den Wortschatz bereichere, um es dem tugendhaft absprechenden »entnervend« wissentlich entgegenzustellen. Denn ich weiß bis in den Grund meines Systems hinab, daß ich die Stückchen meines Lebens nicht mit so viel Feinheit und Eleganz hätte vollführen können, ohne durch Rozsas schlimme Liebesschule gegangen zu sein.

Thomas Gsella
Pastors Rechnung

Tausend Samen pro Sekunde
fabrizieren meine Hoden;
hochgerechnet auf die Stunde
über dreieinhalb Millioden

und pro Tag rund vierundachtzig
Mio, kurz: in einem Jahr
neunzehn Milliarden. Macht sich
wahrhaft göttlich, doch bleibt wahr:

Dumm, wer solche Hybris priese!
Denn wie teuflisch diese Gabe!
Während ich nach Adam Riese
himmlisch dicke Eier habe!

III HAUPTSTELLEN

Selbst in der Tugend ist der letzte Zweck unseres Trachtens die Wollust. *Friedrich Nietzsche*

Liebe – auch so ein Problem, das Marx nicht gelöst hat.
Jean Anouilh

Lust ist der einzige Schwindel, dem man Dauer wünscht.
Walter Serner

Wir hatten Sex wie die Teenager: Er hatte keine Ahnung, und ich habe nichts gesagt. *Carrie*

Heiße Nacht
à la Reiseprospekt und
die Ladies treten aus ihren Bildern.
unwahrscheinliche Beauties
langbeinig, hoher Wasserfall
über ihre Hingabe kann man sich gar nicht erlauben
nachzudenken.
Gottfried Benn

Wenn Frauen oder Männer sich privat auf jede Weise vergnügen, die ihnen Spass macht, kann daran nichts Unanständiges oder Ungehöriges sein – Abneigungen entstehen aus Vorurteilen und Konventionen. *»Walter«*

Schön, wenn man beim Ficken zu zweit ist.
Martin Walser

Die hat so lange keinen Sex gehabt, die hält den G-Punkt für ein Satzzeichen. *»Der Tod ist kein Beinbruch«*

Mit einer spritzigen Solonummer fickst du doch keiner was weg. *Deutscher Dichter*

Frauen sind für Freundschaft da – Männer zum Vögeln.
Samantha

Mit ihr schlafen ja, aber keine Intimitäten!
Kurt Tucholsky

Die Ehe ist der erfolglose Versuch, aus einem Zufall etwas Dauerhaftes zu machen. *Albert Einstein*

Ehe? Ich bitte Sie. Verschonen Sie mich damit. Ich will nicht mein ganzes Leben als unbezahltes Freudenmädchen verbringen. *Jonathan Lynn*

Jede Ehe hat ihren eigenen Biorhythmus, der erwiesenermaßen die Lebenserwartung erhöht. Das ist das Verführerische daran – es geht weniger um Sex als um Synchronisierung. Es dauert Jahre, bis man so vertraut ist. Eine heiße Affäre bietet längst nicht solche Geborgenheit.
Laura Shaine Cunningham

Die Ehe ist eine sehr gute Institution, aber ich bin nicht reif für eine Institution. *Mae West*

Der Unterschied zwischen Job und Ehe? Im Job mußt du es auch nach zehn Jahren noch bringen. *Mel Gibson*

Es ist der Geist, der Gelüste weckt, erotische Präliminarien suggeriert, das Vergnügen an einem Akt verlängert und intensiviert. Menschen, die ohne nachzudenken und rasch kopulieren, sind wie Bestien, denn für sie ist es ein rein animalischer Akt. Nicht so diejenigen, die ihren Genuß hinauszögern, ausdehnen, variieren, verfeinern und verstärken – darin besteht die Überlegenheit gegenüber den Tieren. *»Walter«*

Die Liebe, die wahre Liebe, die vollständige und einzige, die zählt: das ist die schamlos genossene.
Paul Léautaud

Ein Mann verlässt dich nicht. Er sorgt dafür, dass du ihn verlässt. *Laura Shaine Cunningham*

Wie versessen sind sie alle darauf daß sie da wieder reinkommen wo sie rausgekommen sind *Molly Bloom*

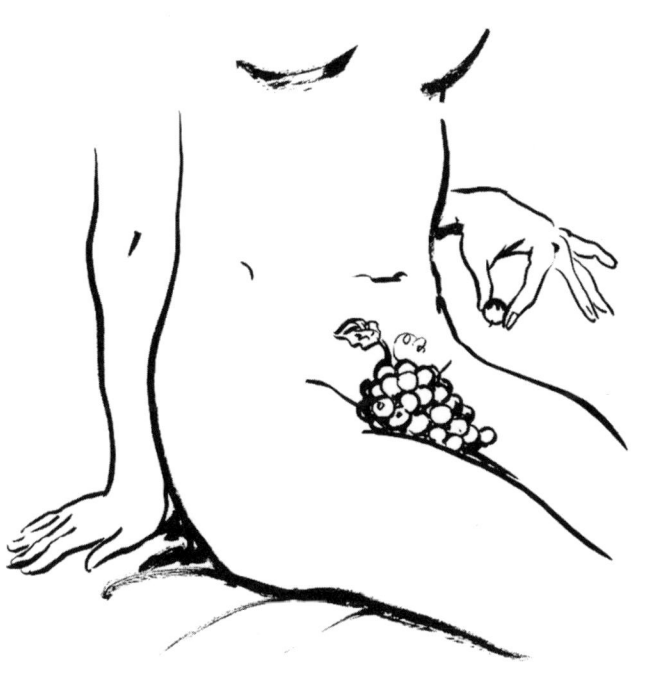

Savannah Smythe
Klopfende Pussy

Er strich über den Couchplatz neben seinem. »Komm her zu mir, dann sage ich es dir.«

Sobald Suzy aufstand, wusste sie, dass sie betrunken war, aber sie verstand nicht wieso. Das ganze Zimmer schien sich zu drehen; sie schwankte und stolperte über den Teppich. Sie landete in seinen ausgestreckten Armen, und im nächsten Augenblick lag sie neben ihm und nahm mit dem liegenden Körper mehr als die Hälfte der Couch in Anspruch.

»Oh, Himmel«, sagte sie, dann brachte seine Zunge sie zum Schweigen.

Es war total überraschend für sie. In ihrem Schock rührte sie sich nicht, als er ein Bein über sie legte, sodass sie unter ihm festgehalten wurde. Sein Gewicht fühlte sich schwer, aber lustvoll schwer an. Trotzdem; sie wusste, dass er sie übertölpelt hatte. Sie wollte ihn von sich schieben, schaffte es aber nicht.

»Ich will es dir zeigen, meine kleine Teufelin. Oh, ja, du wirst es erleben.« Er küsste sie wieder, ein feuchter Zungenkuss, der nach Wein und Tabak schmeckte. Diesmal protestierte sie nicht, aber als seine kräftige Hand ihre Brust zu kneten begann, schob sie die Hand weg.

»Was ist denn los? Wenn es dir nicht gefällt, kannst du zu jeder Zeit gehen.«

In den paar Sekunden, in denen er sein Bein hob und sie nicht mehr festhielt, fehlte ihr die Energie aufzustehen, und gleich danach war seine Hand wieder da, wo sie vorher gewesen war. Sie ließ sie da, zu benommen, um sie von den Brüsten wegzuschieben.

»Ich bin seit Monaten nicht mehr so scharf gewesen«,

knurrte er. Er schob ihre Bluse von den Schultern und enthüllte ihre Brüste, die aus dem kleinen dünnen BH quollen.

Suzy erkannte, dass ihr keine Wahl blieb, deshalb ließ sie es zu, dass er ihre Bluse ganz hinunterzog. Clifton leckte sich über die Lippen, senkte den Kopf und attackierte sofort einen Nippel. Sie streichelte über seine Haare und dachte verschwommen, dass sie davon schon als Teenager geträumt hatte.

Er nuckelte eine Weile, und sie lag zufrieden auf den Couchkissen. In ihrer Pussy klopfte und zuckte es, angeregt von seinen Lippen. Er zog den Reißverschluss ihrer Hose auf. Wieder versuchte sie ihn aufzuhalten, aber die Inbrunst seiner Küsse reichte aus, um jeden Protest auszuschalten.

Es war, als sähe sie zu, wie dies mit einer anderen Person geschah, als er die Hose über ihre Hüften zog, und dann spürte sie seine Finger in ihrem Höschen auf dem Weg zur Pussy. Sie hielten gleichzeitig den Atem an, als er sie fand, nass und begierig. Ihre weichen Falten saugten sich um seine her, die weiter und tiefer vordrangen.

Sie versuchte, ihm auszuweichen, aber seine Hand steckte zwischen ihren Schenkeln, deshalb hatte es auch keinen Sinn, die Beine fest zusammenzudrücken.

Sie wusste, dass es falsch war. Er beraubte sie der Möglichkeit, ihn mit ihrem Körper zu belohnen, wenn er wieder auf den Beinen war, aber nun konnte sie nur noch an ihre Phantasie denken, wie er mit ihr auf dem Heuboden lag. Die Geräusche, die tief aus seiner Brust kamen, als er die junge Frau erforschte, waren ihr vertraut aus ihren lebhaften Träumen.

Er brachte seine Finger an seine Lippen und schmeckte sie, dann ließ er sie auch schmecken. Seine Lider senkten sich, als sie seinen Finger in ihren Mund saugte. Er nahm ihre Hand und führte sie zu ihrer Pussy, um ihr zu zeigen, wie nass und glitschig sie war, und dann leckte er ihre Finger sauber und kehrte zu ihrer Klitoris zurück.

Ihre Beine öffneten sich weiter für ihn, und ihre Gier, gefüllt zu werden, wurde fast unerträglich.

»Nimm mich«, wisperte sie. Sie konnte ihn fühlen, hart und

groß neben ihr, aber sie war zu träge, um die Kontrolle zu übernehmen, seine Hose zu öffnen und seinen Penis in ihren lechzenden Körper zu führen. »Clifton, bitte, ich brauche deinen Schwanz.«

»Das weiß ich, mein kleines Mädchen, aber du wirst ihn nicht bekommen.«

Sein Druck auf ihre Klitoris wurde noch stärker, als wollte er ihr das Recht absprechen, ihn zu überreden. Sie hob die Hüften und stieß gegen seine Hand, frustriert und wütend. Sie spürte, wie sich ein Orgasmus in ihr aufbaute. Geschickt fand er ihre empfindlichste Stelle und rieb sie, und sie stöhnte und wand sich, sie bäumte sich auf und hörte ihren hechelnden Atem, während sie seine Erektion spürte, die gegen ihren Schenkel rieb, außer Reichweite.

Nach ihrem Höhepunkt öffnete er seine Hose und rieb sich selbst, bis er fertig war. Mit der freien Hand wehrte er ihre ab, die ihm helfen wollte. Er versprühte sich über ihren Bauch und die Brüste, und dann massierte er alles in ihre Haut ein, während sein Mund auf ihren Hals drückte und die pulsierende Ader dicht unter der Haut saugte. Dann nahm er wieder abwechselnd die Nippel zwischen seine Lippen. Suzy schlief ein.

Der Blumenunterricht in der Yoschiwara

Wenn sich nun die Lehrmeisterin zum zweiten Male einstellt, ist sie mit ihren Nachtgewändern angetan: bestehend aus einem weiten roten Kreppmantel, darunter ein violettes Satinnachtkleid, das mit goldgestickten Pfingstrosen und Löwen verziert ist. Ihr schwarzes Haar, das wohl tausend Männerherzen an sich zu fesseln vermag, läßt sie nach rückwärts fallen, und man kann einen Leib erblicken, dessen Weiße den Schnee selber beschämen würde. Ihr Antlitz, gleich einem lächelnden Pflaumenbaum, ähnelt den Birnbaumblüten, die von Regentropfen glänzen.

»Die Blüte ist zart, mein Herr; bitte, gießen Sie sie oft!«

Und also sprechend ist die Pfirsichblüte errötet wie die Sonne, wenn sie schlafen geht.

»Die Blüte ist trocken dank der Hitze, wenn Sie sie nicht schnell befeuchten, wird sie Ihnen zur Seite sterben.

Durch die gnadenspendende Befeuchtung erschließt sich die Blüte von neuem, ihre Farben und ihr Duft werden lebhafter. Nach Ihrer Seite sich neigend, scheint sie Sie von neuem um Feuchtigkeit zu bitten. Nach häufiger Begießung tut sich auch der Blüte Knospe auf und ist nicht minder schön denn im dritten Monate des Jahres im Frühling.

Jetzt ist die Stunde des Schlummers. Die Blüte, ermattet von des Schmetterlings Küssen, schläft ein. Ruhen auch Sie, mein Herr, sich ihr zur Seite aus, damit Sie morgen fähig sind, von neuem zu lernen!«

Anaïs Nin
Verborgenste Nervenenden kitzeln

Pierre war jedesmal verblüfft über Elenas Bereitschaft, ihm Lust zu verschaffen, ohne selbst welche zu suchen. Es gab Zeiten, da er nach ihren Exzessen erschöpft, ausgelaugt, müde war. Trotzdem wollte er es noch einmal auskosten. Er erregte sie mit seinen Liebkosungen, mit seinen flinken Händen. Es war fast wie Masturbation. Inzwischen kreisten ihre eigenen Hände mit kundigen Fingerspitzen wie zarte Spinnen um seinen Schwanz, die verborgenste Nervenenden kitzelten. Langsam schlossen sich die Finger um das Glied, zuerst streichelten

sie die fleischige Hülle, dann spürten sie das Blut hineinschie-
ßen, das leichte Anschwellen der Nerven, das plötzliche
Anspannen der Muskeln, bewegten sich, als ob sie auf einem
Saiteninstrument spielten. Der Grad der Anspannung verriet
Elena, wann Pierre steif genug war, in sie einzudringen, sie
wußte aber auch, wann er nur ihren sensiblen Fingern gehorchen, es mit der Hand gemacht haben wollte. Dann erlahmte
durch die eigene, in ihm aufwallende Lust, die Tätigkeit seiner
Hände auf ihrem Körper, er schloß die Augen und überließ
sich ganz ihren Liebkosungen. Ein paarmal versuchte er wie
im Schlaf, mit den Bewegungen seiner Finger fortzufahren,
aber bald lag er wieder reglos da, um ihre raffinierten Spielereien, die wachsende Spannung besser auskosten zu können.
»Jetzt, jetzt«, murmelte er dann. »Jetzt!« Dann steigerte sie ihr
Tempo, um mit dem Fieber, das in ihm pulsierte, Schritt zu
halten. Ihre Finger bewegten sich im gleichen Rhythmus wie
das stoßende Pochen des Blutes, und seine Stimme flehte:
»Jetzt, jetzt, jetzt.« Dann gab es für sie nur mehr seine Lust, sie
beugte sich über ihn, ihr Haar fiel ihr über das Gesicht, ihr
Mund war seiner glänzenden Eichel nahe, ihre fliegenden
Hände tanzten auf und ab, und jedesmal, wenn der glühende
Kopf seines Schwanzes in die Reichweite ihrer Zunge kam,
leckte sie ihn, so lange, bis ein Schauder seinen Körper durch-
lief und er sich aufbäumte, um von ihren Händen und ihrem
Mund ganz verschlungen und ausgelöscht zu werden. Der
Samen kam wie kleine Wellen, die sich am Meeresufer brachen,
eine die andere überrollend, kleine Wellen salzigen Schaumes,
die den Strand ihrer Hände benetzten. Dann umschloß sie das
entleerte Pendel mit ihrem Mund, um voller Zärtlichkeit das
unschätzbare Elixier der Liebe zu kosten.

Seine Lust machte ihr solche Freude, daß sie überrascht war,
als er sie dankbar küßte und sagte: »Aber du, du hast doch
nichts davon gehabt.«

»O doch«, entgegnete sie, und zwar mit einem Nachdruck,
der ihm keinen Zweifel ließ.

Linda Verhaelen
Das erste Mal

Ich erhielt einen Brief von Margit. Wir hatten gerade Sommerferien, und sie schrieb, sie hätte jetzt zum ersten Mal mit jemandem gepennt und hätte sich das ganz anders vorgestellt. Was ich denn davon hielte, sie möchte sich gerne mit jemandem Gleichgesinnten austauschen.

Mich traf fast das Schlägle. War ich doch wieder einmal total ins Hintertreffen geraten. Ich war noch mit meiner Flasche Bier und meinen Konfirmandenküssen beschäftigt, derweil drehten andere schon ganze Pornos. Binnen kurzem würde die halbe Klasse gebumst haben, nur ich hatte keine Ahnung. Ich geriet in Panik. Wer kam infrage für das erstemal? Die Vorstellung von Mouches bleichen Knochen erregte nur ein Würgen in meinem Hals. Den Bruder von Tina, der auf mich scharf war, wollte ich nicht fragen, der würde seiner Schwester hinterher die Pleite sicher brühwarm berichten, da wüßte es bald die ganze Klasse. Hilfe! Da fiel mir der verschmähte Siegfried ein.

Ich schrieb ihm einen knappen Brief nach Sonthofen, daß jetzt die Erfüllung seines Traumes vor der Tür stünde, und wenn er ein Hotel besorgen könne, in dem wir als Ehepaar durchgingen, stünde der Verwirklichung seiner kühnsten Gedanken nichts mehr im Wege. Siegfried schrieb postwendend, das sei für ihn überhaupt kein Problem, er sei nicht der Kleinstadtfuzzi, für den ich ihn hielte, und am soundsovielten würde er vor meiner Haustür stehen. Good old Sigi.

Meine Mutter freute sich über Sigis adretten Bundeswehrhaarschnitt. Wahrscheinlich hätte sie nichts dagegen gehabt, wenn ich ihn geheiratet hätte. Ihre Tochter eine Von-und-zu, das konnte ja nicht schaden. Er sah plötzlich mächtig erwachsen aus und hatte deutlich weniger Pickel. Nach der häuslichen Begrüßung pflanzten wir uns in den roten Karmann, auf den er enorm stolz war und in dem er sich fühlte wie Graf Berghe von Trips. Unterwegs besorgte er als Stimulanz eine Dose Cola, und dann fuhren wir vor dem Hotel vor und suchten das karg möblierte Zimmer auf. Vom Nebenzimmer hörte man leise Musik.

Zuerst lief alles ganz routinemäßig. Sigi brachte seine Steckrübe zum Einsatz, und nach wenigen Minuten plumpsten wir in das knarzende Bett. Ich sagte: »Mach aber alles richtig, Siegfried, ich will keine Scherereien.«

»Keine Angst«, entgegnete er männlich, »laß dich nur schön fallen.«

»Und nicht, daß ich nachher schwanger bin. Sag mal, müssen wir da nicht was unternehmen?«

»Erst muß ich überhaupt mal reinkommen«, sagte er nicht mehr ganz so männlich. »Dann sehen wir mal, ich hab Pariser dabei.«

»Und mach schnell, damit ich es hinter mir habe.«

Er legte sich auf mich und rieb seinen Schwanz ein paarmal hin und her. Dann befingerte er meine Schnecke. Ich sagte: »Das kannst du jetzt mal lassen, das dauert mir alles zu lange. Komm gleich zur Sache, das ist mir lieber.«

»Mein Gott, wieso hast du's denn so eilig? Ein bißchen Zeit muß man schon haben. Lieg mal still jetzt. Moment!« rief er und: »*Jetzt!* Bin ich drin? Bin ich *drin*? Sag mal. Ich glaub, ich bin nicht richtig drin, oder? Geht's?«

Er kam nicht rein. Ich schrie wie am Spieß: »Auaaaaa! Hör auf, Mensch, du machst da was falsch. So geht das nicht, Mann, so wird das nie was. Geh raus, verflixt.«

Nebenan wurde die Musik leise. Wir drehten beide den Kopf zu der Wand, von der die Musik kam. Es blieb leise. Der Musikfreund schien noch einiges zu erwarten.

Sigi flüsterte: »Ich mache gar nichts falsch. Du bist noch zu trocken. Soll ich nicht doch lieber ein bißchen Petting machen vorher? Und schrei nicht so laut, da fällt einem ja alles zusammen.«

»Nee, steck ihn gleich rein, das Petting macht den Kohl jetzt auch nicht mehr fett. Los jetzt.«

Er startete einen neuen Versuch, aber mein Unterleib war wie eine Festung. Allmählich wurde ich ärgerlich. Etwas unkomplizierter hatte ich mir das schon vorgestellt. Jedes Tier wußte, wie das ging, bloß bei uns klappte es nicht, das war doch wirklich zum Heulen. Dem Musikfreund hätte ich auch am liebsten die Meinung gegeigt. Jetzt drehte er endlich die Musik wieder auf.

Sigi sagte: »Ich komm nicht rein, du bist zu eng gebaut. Oder zu verkrampft, was weiß ich.«

»Ach, jetzt bin *ich* auch noch schuld. Das ist ja wohl die Härte. Du kannst das einfach nicht, das ist alles. Sag bloß, ich bin die erste für dich, das hat mir gerade noch gefehlt, und mir hast du immer den Erfahrenen vorgespielt, das kommt dabei raus, du Angeber, hast wieder nur im Buch gelesen, wie das geht, und das wichtigste Kapitel ausgelassen.«

Er fing noch einmal an zu drücken. Ich kreischte auf wie eine defekte Motorsäge. Die Musik wurde wieder leise.

»Du mußt dich *entspannen*«, wisperte Sigi, »hier, nimm mal einen Schluck Cola.«

»Ich *brauche* deine dämliche Cola nicht. Steck endlich das Ding richtig rein, Mensch, ich will doch hier nicht bis Weihnachten liegen.«

»Aber wenn du immer so schreist. Das geht einem ja durch Mark und Bein. Ich bin doch kein Unmensch.«

Wir flüsterten uns heftig an. Am liebsten hätte ich ihn ordentlich zusammengeschissen. Aber gerade hatte sich der Musikfritze wieder eingekriegt und stellte die Musik lauter.

Siegfried war kurz vorm Verzweifeln: »Ich krieg ihn so nicht rein.«

»Du mußt nur einmal kräftig zustoßen!« schimpfte ich. »Einmal mit einem Ruck. Das ist genau wie beim Pflasterabziehen. Besser kurz und heftig als langes Herumzerren. Das kann doch jeder Vollidiot, Mensch. Die ganze Welt ist am Vögeln, bloß du kriegst ihn nicht rein.«

Aber jedesmal, wenn der arme Kerl zustoßen wollte, brüllte ich wie angesengt, und die Musik ging aus. Er war schon ganz erschöpft. Außerdem war meine Stimmung im Eimer. Nicht mal das Entjungfern klappte. War ich denn wirklich so eine Mißgeburt? War ich etwa unten zugewachsen? Sowas sollte es geben. Schnell drehte ich den Spieß aber wieder um, und ich gab wieder Sigi die Schuld an allem: »Hätte ich bloß einem anderen Bescheid gesagt. Wenn ich geahnt hätte, wie blöd du dich anstellst ... Ehrlich, Siegfried, ein bißchen mehr Kompetenz könntest du schon an den Tag legen, immerhin bist du der Mann hier, nicht. Jetzt versuch noch mal.«

Aber Siegfried war die Erektion flöten gegangen. Er mußte sich erst erholen und neu aufgeilen. Von mir gab's gleich den passenden Senf dazu: »Was, jetzt ist die Gurke auch noch geschrumpft? Das darf ja wohl nicht wahr sein! Jetzt legen wir hier auch noch Kunstpausen ein, da sind wir ja nächstes Jahr noch hier. Ist das eine Scheiße, Mann, ehrlich.«

»Moment«, sagte Siegfried schwach, »ich glaube, jetzt geht es wieder.« Der Mann war wirklich ein Phänomen. Jetzt hatte er eine neue Idee: »Paß mal auf, du legst dich jetzt nach oben und steuerst das selbst. Ja, das geht auch, glaub mir. Wenn du oben bist, siehst du selbst, wie weit du gehen willst.«

Begeistert war ich nicht von dieser Idee. Ich wußte nicht, wie ich mich oben verhalten sollte. Ich fand es unbequem. Ich fand es geradezu unmöglich, mir gleichzeitig das Ding reinzudrücken und ohne Geländer auf den Knien zu balancieren.

»Ich hänge hier wie ein Spanferkel, das gerade vom Grill fällt.«

»Hör auf mit deinen Scherzen, sonst fällt er mir gleich wieder zusammen.«

»Meine Güte, bist du empfindlich. Ich kann das nicht, Sigi, ich kann mir doch nicht *selbst* wehtun.«

»Einmal noch«, ermunterte er mich, »drück noch einmal fest runter, ich drück gleichzeitig von unten. Los jetzt! Komm!«

»*Auaaaaaaa!*«

Musik aus. Ich kippte zur Seite. Oben liegen war nicht mein

Ding. Der ganze scheiß Sex war nicht mein Ding. Ich war kaputt wie tausend Russen. Nach einer Weile raffte ich mich auf und untersuchte hoffnungsvoll das Bettlaken. Inzwischen war die Dämmerung hereingebrochen. Ich sagte: »Mach doch mal die Nachttischlampe an, man sieht ja nichts.«

Akribisch untersuchte ich das Bettlaken nach Blutspuren. Blütenweiß gähnte mich das Laken an. Alles umsonst. Die ganze Mühe für die Katz. Die ganze gottverdammte Anstrengung, und immer noch Jungfrau.

»Nicht ein einziger Blutstropfen«, ächzte ich mit letzter Kraft. Jeder Muskel schien zu zittern. Das Bumsen war anstrengender als eine Turnübung auf dem Barren. Es war zum Verzweifeln.

»Es muß nicht immer bluten«, tröstete mich Siegfried schüchtern, »bei manchen blutet es überhaupt nicht.«

»Ach, erzähl hier keine Märchen!« schnauzte ich. »Du hast es nicht richtig gemacht, und ich hab noch extra gesagt, mach es richtig. Hab ich das gesagt oder nicht? Als hätte ich es geahnt. So eine Scheiße, jetzt müssen wir das auch noch wiederholen. Darauf habe ich gerade noch gewartet.«

Siegfried sagte nichts mehr. Nebenan war es totenstill. Ich heulte fast vor Wut. Mit zittrigen Beinen hockte ich auf der Bettkante und kam nicht hoch. Es dauerte eine Weile, bis ich laufen konnte.

Pietro Aretino
Komm, vögeln!

Komm vögeln! Schnell! Komm vögeln, liebe Seele!
Zum Vögeln sind wir Menschen ja geboren.
Du liebst den Schwanz, ich liebe deine Möse,
Denn ohne diese wär' die Welt verloren.

Und wenn man nach dem Tod noch vögeln könnte,
So sagte ich: Laß uns zu Tode vögeln,
Und danach vögeln Adam und Eva noch,
Die Ursach waren, daß wir sterben müssen.

– Wahrhaftig! Das ist wahr! Denn hätten sie nicht
Von der verbotnen Frucht gegessen,
So könnten Liebende sich ewig vögeln.

Doch laß jetzt das Geschwätz! Und bis ans Herz
Stoß mir den Schwanz hinein, daß ich ergieß
Die Seele, die den Schwanz belebt und tötet.

Und Liebster, höre: Wenn es möglich wäre,
Laß mich auch noch die Eier drinnen haben,
Die seligen Zeugen allen Liebesglücks!

Hinauf ins Schlafzimmer

Welche Gelegenheit! Ach, wenn ich nicht so ein Vieh gewesen wäre. Mein Schwanz stellte sich auf, der Erguß am Nachmittag war der erste seit langer Zeit gewesen, ein steifer Schwanz macht mutig, und die Dunkelheit hilft mit. Wir waren allein, sie hatte nichts gesagt, als ich auf ihre Hand spritzte, ja, mich beim Spritzen sogar weiter geküßt; was, wenn ich sie wieder fragte? Wie lange es zu dauern schien, bis sie Tommy zu Bett gebracht hatte; endlich hörte ich sie sagen:

»Schlaf schön, Mama wird bald zu Hause sein«, dann ging sie hinauf in ihr Schlafzimmer. Sie will da oben sitzen, bis Eliza an die Haustür klopft, dachte ich und wagte nicht, hinaufzugehen, sondern stand lauschend in der Diele und spürte meine Sehnsucht und meinen Schwanz; endlich hörte ich sie mit langsamen, bedächtigen Schritten herunterkommen. In der Diele warf ich die Arme um sie, küßte sie und bat um Verzeihung. »Ich konnte nichts dafür«, flüsterte ich, »du weißt nicht, wie sehr ich mich nach dir gesehnt habe.« – »Laß mich nach unten gehen«, sagte sie.

Die Tür zum Gartenzimmer stand offen. »Komm herein, ich muß mit dir sprechen.« Ich zog sie mit wenig Mühe hinein, drängte sie auf das Sofa und legte beide Arme um sie. Die Tür war bis auf einen Spalt geschlossen, durch den als einziges Licht der Schein einer Dielenlampe ins Zimmer fiel; ich konnte kaum ihr Gesicht sehen, küßte sie und bat um Verzeihung, erhielt aber keine Antwort. Mein Schwanz war mehr als steif, ich legte meine Hand in ihren Schoß, auf ihre Knie und dann hinunter zu den Füßen, wobei ich jedesmal ein paar Sekunden abwartete – keine Bewegung.

Meine Hand wanderte unter dem Rock Stück für Stück hinauf, über den Knöchel, über das Strumpfband, dann war sie auf der Haut darüber – immer noch keine Bewegung. Ich zögerte und bat – keine Antwort. Ich faßte weiter hinauf, die Schenkel waren nicht geschlossen, sondern ließen meine Hand dazwischen gleiten, und als sich meine Finger in der dicken warmen Spalte vergruben, stieß sie einen langen Seufzer aus. Ich drückte sie sanft zurück und legte ihre Hand auf meinen Schwanz; sie hielt ihn fest und flüsterte:»Wirst du's auch niemandem erzählen?« Ich schwor bei meinem Körper und meiner Seele; die Schenkel öffneten sich weiter, sie ließ sich zurückfallen und legte sich auf dem Sofa zurecht, meine Hände wanderten über eine weite Hautfläche, ich konnte nur die weiße Masse sehen, der Rest schien Dunkelheit zu sein. Ich küßte das Haar auf ihrer Möse, die ich nicht sehen konnte, streichelte den weichen, samtigen Hintern und warf mich auf einen der schönsten, weißesten und breitesten Bäuche, auf denen ich bis heute gelegen habe. Die Schenkel öffneten sich, um mich zu empfangen, und im nächsten Augenblick glitt mein Schwanz in ihre Möse – sie war keine Jungfrau.

Welch himmlisches Gefühl der Befriedigung, wieder in einer Möse zu sein. Ich konnte meinen Erfolg kaum fassen; meine Hände tasteten zwischen den dicken Lippen, um sicher zu gehen, daß ich wirklich drin war. Ich bemerkte den Unterschied zu Charlotte; durch die Art, wie sie lag, die Breite der Schenkel, das viele Haar und ihr stilles Wesen war sie so verschieden von meiner früheren Geliebten wie nur möglich. Der Reiz des Neuen ließ es mich diesmal als noch köstlicher empfinden, aber die Natur ließ sich nicht zurückhalten und trieb sie ebenso wie mich; ihre Möse zog sich um meinen Schwanz zusammen, ihr Körper sehnte sich nach dem Höhepunkt. Ich stieß; je mehr das Zusammenziehen ihrer Möse mich erregte, desto fester wurde mein Schwanz in ihr zusammengepreßt; sie legte die Arme um mich und preßte mich so fest an sich wie ein Schraubstock; ihr Bauch hob sich langsam meinem entgegen, als wolle sie mich abwerfen, dann zuckte er zwei- oder dreimal wie bei einem Krampf – ein Seufzer, ihr Bauch senkte sich so langsam, wie er sich gehoben hatte, und saugte mein Sperma in sich hinein, während sie kam.

Lange lagen wir in größter Glückseligkeit da, ohne uns zu

rühren oder ein Wort zu sagen; mein Schwanz blieb drin, als wolle er für immer in seiner Mausefalle bleiben; sie machte keinen Versuch, ihn hinauszuschieben; schließlich begann er zu erschlaffen und meine Neugier erwachte, ich schob die Hand zwischen unseren Bäuchen hinab: mein Ding und ihre Spalte waren klatsch naß. Dann sagte sie etwas – ihre ersten Worte: »Nein, nein.« Die Berührung hatte so eine Wirkung auf mich, daß ich wieder steif wurde. Bei Charlotte hatte ich zwei- oder dreimal beim dritten Vögeln an einem Tag schmählich versagt, und jetzt fürchtete ich dasselbe. Ich küßte und strei- chelte sie, soweit unsere Kleider es mir erlaubten, sie hob sanft den Hintern, damit ich die Hand darunterschieben konnte, sagte aber kein Wort. »Ob ich es noch einmal kann?« dachte ich und begann zu stoßen – ja, er wurde wieder steif, und wie- der zog sich die Möse zusammen. Ich stoße fester – mit einer sanften Bewegung hebt sich ihr Bauch, ich reite sie wieder, ohne vorher draußen gewesen zu sein. War dies das erste Mal, daß ich stark genug war, es zweimal zu tun, ohne zwischen- durch den Schwanz herauszuziehen? Ich glaube schon.

Der Verkehr dauerte länger, ich spürte mehr Bewegung in ihren Pobacken, sie seufzte lauter, ihre Hand fuhr ruhelos über meinen Rücken, unsere Münder waren aufeinander gepreßt. Ihre Lippen sind feucht, oder sind es meine? Ein neues wollü- stiges Gefühl, das ich nie vorher empfunden habe, entzückt mich; ich presse die Lippen fester auf ihren Mund, meine Stöße werden schneller, unsere Seufzer kürzer, ich spüre ihre Zungenspitze an den Lippen. Ich hatte noch nie von dieser lustvollen Ergänzung des Fickens gehört, und es war wie eine Erleuchtung für mich; meine Zunge schoß in ihren Mund, und ihre kam mir entgegen, sie tauschen ihre Flüssigkeiten aus – die Lust zuckt durch unsere Körper wie Elektrizität – ihr Bauch hebt sich – meine Stöße werden kürzer – zuckend versuche ich, tiefer in sie einzudringen – dann kommt es uns beiden gleich- zeitig, mir wohl mit größerem Genuß als je zuvor. Seltsam, daß ich mich an all das noch so deutlich erinnere.

Joachim Ringelnatz
Ferngruß von Bett zu Bett

Wie ich bei dir gelegen
Habe im Bett, weißt du es noch?
Weißt du noch, wie verwegen
Die Lust uns stand?
Und wie es roch?

Und all die seidenen Kissen
Gehörten deinem Mann.
Doch uns schlug kein Gewissen.
Gott weiß, wie redlich untreu
Man sein kann.

Weißt du noch, wie wir's trieben,
Was nie geschildert werden darf?
Heiß, frei, besoffen, fromm und scharf.
Weißt du, daß wir uns liebten?
Und noch lieben?

Man liebt nicht oft in solcher Weise.
Wie fühlvoll hat dein spitzer Hund bewacht.
Ja unser Glück war ganz und rasch und leise.
Nun bist du fern.
Gute Nacht.

Erst kommt das Fragen

Eben als ich wieder auf die Straße wollte, kam Zenzi mit einem langen jungen Mann; und wie wir uns in der Küche trafen, flüsterte sie mir eilig zu: »Wart noch ein bissel . . . geh nicht fort . . .«

Die Türe schloß sich hinter den beiden, und nach einer Weile hörte ich Zenzi fragen: »Soll ich meine Freundin rufen?«

Der Mann antwortete mit einer dünnen, zitternden Stimme: »Ja, ich bitte Sie recht sehr, tun Sie das . . .«

Zenzi lief aus dem Zimmer und holte mich: »Komm herein«, sagte sie, »der nimmt uns alle zwei, und der zahlt viel . . . Mit dem gibt's eine Hetz, wirst sehn . . . du mußt aber alles tun, was ich dir sag . . .« Als wir eintraten, erhob sich der junge Mann vom Sofa. Er war sehr blaß und hager, hatte einen tiefschwarzen Vollbart, der ihn noch bleicher erscheinen ließ, und schwarze, traurige Augen.

Er verbeugte sich vor mir bis zur Erde, als Zenzi mich vorstellte: »Das ist meine Freundin Josefine . . .«

Ich staunte über den ernsten Ton, mit dem sie das sagte; aber wie wunderte ich mich erst, als der junge Mann meine Hand ergriff und sie küßte. Vor Verlegenheit lachte ich und glaubte, er wolle einen Scherz mit mir treiben. Doch Zenzi stieß mich an und zischte: »Nicht lachen . . . ernst bleiben . . .« Der junge Mann erhob sich vom Handkuß und sagte leise, als ob er sich vor mir fürchten würde: »So jung, mein gnädiges Fräulein, und so streng . . .«

Zenzi schrie ihn an: »Das Maul halten . . .«

Er erschrak und stammelte: »Entschuldigen Sie . . .« – »Die Pappen halt . . .« wiederholte Zenzi wütend. »Red, wenn du gefragt wirst . . .«

Ich erkannte sie nicht wieder. Ihr ewig lächelndes Gesicht war ganz verändert.

»Zieh dich aus!« herrschte sie ihn an.

»Aber nein«, unterbrach er sie mild, doch ohne den übertrieben demütigen Ton von früher, sondern ganz sachlich: »Nein, das kommt noch nicht ...«

»Was denn ...?« Zenzi sah ihn verlegen an.

»Erst kommt doch das mit den Fragen ...« flüsterte er eindringlich.

»Richtig!« Sie schlug sich vor die Stirne.

Sie ging von ihm fort, machte kehrt, und trat mit verfinsterter Miene wieder auf ihn zu: »Du Lump!« schrie sie ihn an, »du Hund, du räudiger, du hast gewiß wieder an mich gedacht ... was?«

Er stammelte: »Gnädigste Komtesse, ich hab müssen denken.«

»Kusch«, unterbrach sie ihn, »gesteh, was hast du gedacht ...«

Er stammelte heiser: »Gnädigste Komtesse lesen ja in meinem Herzen ... Sie werden ja selbst wissen.«

»Du Schwein, du miserables ...« donnerte ihn Zenzi an, »du hast an meine Fut gedacht ... an meine Brust ... du Hurenkerl ... gesteh ...«

»Ich gestehe ...« sagte er tonlos.

»Und du hast gedacht ... du Mistkerl ...« fuhr sie in demselben Ton fort, »daß du auf mir liegen willst ... was? Du Lausbub ... und daß ich die Füße auseinander geb, und daß du mir den Schwanz ... hineinsteckst ... du Schuft ... du ... du hast gedacht, daß du mich puderst ... du Saukerl ... und daß du mit meinen Dutlen spielst ... willst du gestehen ... du elender Fallot ...?«

Er faltete bittend die Hände: »Ja, gnädigste Komtesse ... ich gestehe ... ich gestehe alles ...«

»Und schämst dich nicht vor der Prinzessin da?« Zenzi zeigte mit ausgestreckter Hand auf mich. Ich war von allem, was ich hörte und sah, so baff, daß es mir gar nicht auffiel, als Zenzi mich eine Prinzessin nannte.

»Ja, ich schäme mich ...« rief er leise und hob auch zu mir seine Hände. »Knie nieder ...« befahl Zenzi. Er warf sich sofort auf die Knie: »Ich bitte, verzeihen Sie mir, gnädigste

Komtesse...« flehte er inbrünstig und bat: »Auch Sie, erhabene Prinzessin, bitte ich um Verzeihung...«

»Nein...« fauchte Zenzi, »keine Verzeihung... erst die Strafe.«

Er wurde von einer leichten Röte überflogen. »Ja...« stotterte er schnell, »erst die Strafe...«

Er legte sofort alle Kleider ab und stand nackt vor uns. Sein Körper war außerordentlich weiß und zart. Bebend stand er da, mit gesenktem Haupt, und schaute Zenzi an wie ein gepeitschter Hund.

Er stellte sich gehorsam zwischen Sofa und Kasten. Zenzi begann sich zu entkleiden, und auf einen Wink von ihr tat ich dasselbe.

»Na wart... du Gauner...« redete sie dabei, »du wirst uns sehen... alles... aber kriegen tust du nichts... mich und die Prinzessin mußt du anschauen... aber nicht berühren...«

Sie trat nackt auf ihn zu, mit ihren hochaufgerichteten Brüsten, mit zurückgeworfenem Kopf, ihre Augen funkelten, ihre Lippen zitterten. Sie war selbst aufgeregt.

Sie rieb ihm ihre Brüste an den Leib, rieb ihren Schoß gegen den seinigen. Dann mußte ich dazutreten und dasselbe tun. Er schaute mich traurig an, ließ die Arme hängen und rührte sich nicht. Mich durchfuhr es wie ein elektrischer Funke, als ich meine Brüste gegen seine Brust wetzte. Sein Leib war brennend heiß wie Feuer und fühlte sich zart an wie Samt. Und als ich meinen Venusberg gegen seine Haare rieb, bemerkte ich, daß seine Lanze trübselig hinunterhing.

Was für Geschichten, dachte ich bei mir, wann wird das aufhören, damit er endlich dazu kommt, uns zu vögeln? Denn auch in mir hatte sich die Geilheit schon geregt.

Zenzi zog mich von ihm fort. »Jetzt kommt die Strafe... du Schwein...« drohte sie.

Er verfolgte sie mit gierigen Blicken. Sie ging zum Kasten und holte zwei Ruten herunter.

»Kennst du das, du verdammter Satan...?« fragte sie, die Ruten schwingend.

»Ja, ich kenne das, gnädigste Komtesse ...« rief er schlukkend.

»Weißt du, was jetzt geschieht ... du Hurenbankert ...?«

»Jetzt kommt die Strafe, gnädigste Komtesse ...« entgegnete er schwer atmend. »Strafen Sie mich, Komtesse ... ich verdiene es ... und auch Sie, erhabene Prinzessin ...« wandte er sich zu mir, »strafen auch Sie mich ...«

Zenzi gab mir eine Rute: »Hau fest zu«, flüsterte sie rasch, »fest ...«

»Heraus aus dem Winkel ... du Dieb ...« fuhr sie ihn an. Er näherte sich ihr.

Klatsch! Im Nu hatte sie ihm mit der Rute eins quer über die Brust versetzt, daß ein dicker Streifen, wie ein rotes Band, sichtbar wurde. Er zuckte zusammen, und ich sah, wie sein Schweif mit einem Ruck sich aufrichtete.

»Spürst du das, du Gauner, du Räuber, du Futschlecker ... du Laustanz ... du Beutel ... du Dreckfink ... du Vagabund ... spürst du das ...?« Zenzi schlug drauflos und mit jedem Hieb kam ein neuer Schimpfname, mit jedem Hieb wurde Brust und Bauch röter.

»Ja ... ich spür es ... gnädigste Komtesse ...« röchelte er, »ich danke ... für die Strafe ... ich danke ... fester ... bitte ... züchtigen Sie mich fester ... Aber die Prinzessin auch ... warum züchtigt mich die Prinzessin nicht ...?«

»Hau zu!« schrie Zenzi mich an und hob gegen mich die Rute. Ich erschrak und gab ihm einen sanften Streich über den Rücken. Seine Haut zuckte, aber er wimmerte: »Ach, ich bitte, die erhabene Prinzessin ... sie will mich nicht strafen ... ich spür gar nichts ... ich bitte, Prinzessin ... ich weiß ... ich bin unwürdig ... aber ich bitte um meine Strafe ... fester ...«

Ich schlug stärker zu und bemerkte, daß es mir Vergnügen machte.

»Danke ... danke ... danke ...« stammelte er.

»Maul halten ...« kommandierte Zenzi, »oder ich hau dir das Beuschel aus dem Leib.«

Wir schlugen jetzt im Takt. Zenzi vorn auf seine Brust und

auf seine Schenkel, ich von hinten auf seinen Rücken und auf seinen Arsch, der bald rot angelaufen war, und je mehr wir schlugen, desto aufgeregter wurden wir, desto mehr Freude machte es uns und desto besser zielten wir.

Er stand zitternd da und redete: »Verzeihung... Verzeihung... ich will nicht mehr an Ihre schönen Dutel... denken... nein, ach... ach... Verzeihung, Prinzessin, Ihre Brüste sind so schön und hart... aber ich will's nicht mehr tun... o... welche Qualen... welche Schmerzen... ich will nicht mehr an Ihre Fut denken... Komtesse... ich hab' davon geträumt... daß ich Ihnen das Jungfernhäutel zerrissen hab'... gnädigste Komtesse... aber ich weiß... man darf das nicht... und Sie, Prinzessin... ich hab' mir vorgestellt... daß ich Sie gevögelt hab'... aber ich weiß... das darf nicht sein... Verzeihung...«

»Niederknien«, gebot ihm Zenzi.

Er warf sich auf die Knie: »Da lieg ich... im Staub vor Ihnen... Angebetete... zertreten Sie mich... ich sterbe... in Demut...«

»Du darfst mir die Füße küssen, Hundskerl...« knurrte Zenzi. Ich hörte zu schlagen auf. Er beugte sich herab und bedeckte ihre Füße mit glühenden Küssen. Dabei schmitzte ihn Zenzi auf seinen jetzt emporstehenden Popo, daß es nur so pfiff.

Er stöhnte und gurgelte: »Ach, Komtesse... zu Ihren Füßen... Ihr Hund... Ihr Sklave...«

»Küß die Fut... du hast sie beleidigt...« herrschte ihn Zenzi an. Er richtete sich in den Knien auf und begrub seinen Kopf in Zenzis Schoß.

»Saukerl... Zuchthäusler... Taschendieb... Galgenstrick... Strizzi...« schimpfte sie und bearbeitete dabei seine Schultern mit ihrer Rute.

»Wird mir... die Prinzessin... auch erlauben...«

»Erst schön bitten...« gebot Zenzi.

Er drehte sich zu mir, faltete kniend die Hände und flüsterte: »Bitte... bitte... erhabene Prinzessin...«

»Schön aufwarten . . .« verlangte Zenzi.

Er wartete auf wie ein Hündchen, und mich wollte ein plötzliches Lachen überkommen, aber ein Blick von Zenzi scheuchte es fort.

»Nun zu ihr . . .« befahl sie und gab ihm einen Stoß. Er kam auf seinen Knien zu mir herangerutscht. Wie er meine Füße mit seinen Lippen berührte und ich seine pickenden, heißen Lippen auf meiner Haut fühlte, fuhr es mir bis in die Muschel, und ich drosch auf den Hintern von ihm, der in die Höhe gerichtet war, los, als sei er von Holz. Kleine, hellrote Blutstropfen sickerten aus seiner blau angelaufenen Haut hervor. Ich drosch weiter, von seinen Lippen gekitzelt.

»Erhabene Prinzessin . . .« flüsterte er, »nie wieder soll die Niedertracht, die in mir steckt . . . Sie beleidigen . . . Strafen Sie mich nur . . . o Prinzessin . . . Sie sind grausam . . . aber gerecht . . . ich leide gern . . . ich hab' es verdient.«

»Die Fut . . .« schrie ihn Zenzi an.

Er richtete sich auf und preßte sein Gesicht in meine Schamhaare. Seine Lippen küßten jede Stelle. Und jeder Kuß ging mir mitten durchs Herz, denn ich hatte schon keinen anderen Gedanken mehr als mich hinzuwerfen und ordentlich behandelt zu werden. Wie er den Kopf senkte und auch meine Muschel erreichte, trat ich ein wenig mit den Füßen auseinander, damit er besser hinein könne. Aber er küßte nur mit den Lippen. Mit der Zunge tat er gar nichts. Und diese heißen Küsse machten mich noch viel geiler, als wenn er mich geschleckt hätte. Ich hörte zu schlagen auf, weil ich mit mir selbst beschäftigt war. Augenblicklich ließ er von mir ab. Zenzi näherte sich ihm: »Auf!« gebot sie. Er stand auf.

»Machen Sie ein Ende . . . gnädigste Komtesse . . . machen Sie meiner Qual ein Ende . . . Sie Grausame . . .« flehte er sie an.

»Gut«, sagte sie eifrig, »ich will es tun. Wer soll vorn sein? Die Prinzessin oder ich . . .?«

»Bitte . . . die Prinzessin . . .« bat er, »wenn Sie mir die Gnade erweisen will . . . die Prinzessin.«

»Also schau her«, unterwies mich Zenzi, »du nimmst seinen Beutel so . . .« Sie stellte sich vor ihm auf und nahm seinen Hodensack in die Hand. »Und dann drückst du ihn fest . . . aber nicht auf die Eier, sondern da . . .« Sie zeigte mir die Stelle, hinter den Eiern, wo der ganze Sack sich fassen und zuschließen läßt. »Und mit der andern Hand haust du ihn auf die Füß, auf die Schenkel, wo du halt hinkommst.«

Ich befolgte ihren Rat. Er stand aufrecht da, die Hände über der Brust gefaltet, und ich nahm seinen Beutel fest in die Linke und schnürte ihn ab, daß mir die Finger weh taten. Sein Schwanz stieg noch steifer in die Höhe und schwankte hin und her, wie ein Rohr im Winde.

Mit der andern Hand schlug ich zu, und von rückwärts bearbeitete ihn Zenzi wie rasend. Hageldicht fielen ihre Streiche, und sein Hintern bebte jedesmal nach vorn, daß es zu fühlen war.

Der junge Mann schluchzte und schrie und stammelte dazwischen, und auf einmal schleuderte er seinen Samen aus. Es kam so unvermutet, daß mir der weiße Saft direkt ins Gesicht flog.

»O Prinzessin«, rief er dabei, »o gnädigste Komtesse . . .«

Zenzi traktierte auf seinen Hintern los, als sie sah, daß er vorne spritzte. Wie aber der letzte Tropfen aus ihm herausgeklopft war, warf sie die Rute weg und ging zum Sofa, um sich hinzusetzen. Ich blieb auf dem Boden hocken, wie ich war, trocknete mir das Gesicht ab und schaute, was er nun beginnen werde.

Noch immer glaubte ich, dieser sonderbare Mensch werde Zenzi oder mich vögeln. Er stand eine Weile ganz in sich versunken da, dann raffte er sich auf und kleidete sich an. Hastig, ohne uns anzusehen, scheu, mit einem ermüdeten, traurigen Gesicht. Wie er fertig war, ging er in den äußersten Winkel des Zimmers, wo ein wackliger Stuhl stand, dort machte er sich mit irgendetwas zu schaffen, dann rannte er förmlich hinaus, ohne uns eines Blickes zu würdigen.

Kaum hatte er die Tür hinter sich geschlossen, als Zenzi

aufsprang und mit einem Satz in den Winkel sprang. Dort lagen auf dem Stuhl zwei Zehner. Sie raffte sie zusammen, hielt in jeder Hand einen hoch, tanzte im Zimmer damit herum und gab mir zuletzt den einen.

Fanny Müller
Bumsforschung

Die Pille für den Mann? Gab's die nicht schon mal? Und hatte die nicht null Chancen, weil Frauen viel besser Pillen schlucken können als Männer und dann auch ohne viel Tamtam die Krebs-Selbsthilfegruppen aufsuchen?

Okay, okay, ich hab's schon verstanden – diesmal geht es um Viagra.

Der Stoff, aus dem die Männerträume sind, war gerade als Herzmittel gescheitert, aber die Wissenschaft hat keine Anstrengungen gescheut und es eine Etage tiefer noch einmal versucht.

Was Frauen von der Sache halten, war den Berichten nicht zu entnehmen. Eine Blitzumfrage im Freundinnenkreis ergibt, daß Frauen mehrheitlich nicht die Sorge haben, daß sie zuwenig bedient werden, sondern zuviel. Außer Lisa: »Ich finde, die fünf Minuten müssen sein.« Aber sie sagte »fünf Minuten«, nicht »fünfzig«. Irgendwann muß man ja auch noch den Haushalt auf die Reihe kriegen.

Und dann die Nebenwirkungen: Bei der klinischen Erprobung hatten 15 % der Probanden Kopfschmerzen, Durchfall, Gesichtsrötung und eine verstopfte Nase. Was einem in diesem Zustand eine vierstündige Erektion bringen soll, außer daß man erzählen kann »Ich hatte eine vierstündige Erektion, ey«, weiß ich auch nicht. Zudem nahmen einige Männer »ihre

Umwelt« vorübergehend mit einem Blaustich wahr. Wenn man Umwelt mal mit Frau oder Freundin übersetzt, dann finde ich es wenig erotisch, in den Armen eines Mannes zu liegen, der mich quasi als Wasserleiche wahrnimmt. Aber von Erotik ist ja vorne und hinten und unten und oben und wohin das Frauenauge auch verzweifelt blickt bei der ganzen Angelegenheit überhaupt nicht die Rede. Erotik hat schließlich was mit dem Kopf zu tun, und gegen Kopfschwäche bei Männern ist bisher noch kein Mittel gefunden worden. Die Frau will bekanntermaßen »alles«, während der Mann »mehr« will. Dies, Damen und Herren, ist der Unterschied zwischen Qualität und Quantität.

Als nächsten Schritt in der Bumsforschung darf man wohl die Vergrößerung des Gliedumfangs erwarten und damit eingehend eine weitere Verknappung von Wohnraum für Frauen, die lieber alleine leben möchten.

Mädels, legt euer Geld in Immobilien an!

Rainer Maria Rilke
Mit dem Schwung schooßblendender Raketen

Schwindende, du kennst die Türme nicht.
Doch nun sollst du einen Turm gewahren
mit dem wunderbaren
Raum in dir. Verschließ dein Angesicht.
Aufgerichtet hast du ihn
ahnungslos mit Blick und Wink und Wendung.
Plötzlich starrt er von Vollendung,
und ich, Seliger, darf ihn beziehn.
Ach wie bin ich eng darin.
Schmeichle mir, zur Kuppel auszutreten:

um in deine weichen Nächte hin
mit dem Schwung schooßblendender Raketen
mehr Gefühl zu schleudern, als ich bin.

Hermann Kinder
Viagra

Die Gehbehinderung in einem Bein und die Schmerzen in den
Zehen des anderen zwangen mich, im Hotel sitzen zu bleiben.
Ich saß in einem Sessel mit Fußstütze über den braunweißen
Landhausfliesen des Empfangs des Hotels Pellegrino & Commercio und las in den Venedig-Führern, die Birga nicht mitgenommen hatte, die sich in den Stunden, die uns blieben bis zur
Nacht, Venedig hatte ansehen wollen. Der Chef oder Kellner
des Empfangs fragte mich halbstündlich, ob ich neues Wasser
haben wolle. Grazie, antwortete ich. Das Pellegrino nötigte
mich öfter noch als sonst seit meiner Prostataerweiterung aus
dem Sessel und humpelnd zur Toilette. Ich durfte Birgas
Ankommen nicht verpassen, um meinen kleinen Geheimplan
ausführen zu können, wozu ich Wasser brauchte.
  Und dann kam Birga. Etwas erledigt, aber strahlend und
voll von San Marco und Rialto und Seufzerbrücke, Canal
Grande und Accademia, die aber in der Eile nur von außen,
wo sie am Kartenständer den Fiffi von Carpaccio entdeckt
hatte, den ich mir schon im Kölner Wallraf-Richartz-Museum
gekauft hatte, aber ohne zu wissen, dass er Carpaccio und
Venedig entsprungen war. Während sich Birga die Comedia
dell Arte-Maske Junges Mädchen aufsetzte, spülte ich mit
Pellegrino schnell die Tablette hinunter. Es dunkelte tiepolo-
hellblau, veroneseviolett, tintorettoschwarz. Nirgendwo sonst,
dachte ich mir, denn ich konnte es ja nicht sehen, gehen die

Abendlichter so verheißend, so doppelt an zu Wasser und zu Land wie in Venedig. Endlich: Unsere Braut-Nacht 1 statt 2 in Venedig! Ich hatte mir dafür die Pille aufgehoben, die mir ein Amtszimmerteiler zum Abschied geschenkt hatte: Du wirst es nicht bereuen! Den wohl durch die blaue Pille plötzlich wieder aktiven Springhoden hustete ich aus der Leiste in den Hodensack zurück. Durch die wehenden Satinvorhänge des Zimmers im Pellegrino & Commercio drang kein Touristikgebrodel. Nur die Tauben aus dem Hinterhofschacht und der Husten eines Amerikaners über uns, der nach jedem Hustenanfall stöhnte: My Dear. Birga bestand auf einem Bad. Dem entstieg sie wie Botticellis Venus. Die blaue Tablette wirkte.

Birga saß weich und weiß zerfließend in der Badewanne. Ich saß auf dem Rand der Badewanne, was nicht nur wegen meiner Bein-und-Fuß-Beschwerden anstrengte, sondern auch, weil die Venezianischen Hotels mit einem Quadratmeterpreis kalkulieren mussten, der nur den Schmal- und Kleinwüchsigen entgegenkam. Gegenüber Birga war Botticellis blonde Venus höchstens die drittschönste Frau der Welt. Blond und erhitzt zerfloss Birga in der Zwergenwanne. Schon malte ich mir aus, wie das Wasser über ihren Bauch, ihren Schoß, durch die Schenkel abrinnen würde. Doch das Wasser floss aus der Badewanne nicht ab. Im Gegenteil: Durch den Abfluss hatte sich verfärbtes Abwasser mit noch unschöneren Einlagen gedrückt. Vermutlich nicht nur vom hustenden Amerikaner über uns. Erst kam ein Hausdiener vom Pellegrino & Commercio mit einem Schwall Italienisch, lief rufend weg und kam als Installateur zurück mit einem schwarzen Hausmädchen und mit Eimern, Kehrblechen und Lappen. Birga floh tropfnass ins Zwergenbett. Mein Kollege hatte Recht gehabt: die blaue Pille wirkte nur bei Lust. Die Lust war mir vergangen. Das Pellegrino & Commercio verzichtete kulant auf die zweite zusätzlich zu zahlende Nacht. Grazie, antwortete ich.

Maxim Biller
Viagra

Wer hat nicht schon mal seine Frau betrogen? Hornstein, der Zahnarzt. Dann kam aber Anfang August diese schreckliche Hitzewelle, und plötzlich gab es auf den Straßen Frankfurts mehr zu sehen als im Schlafzimmer der Familie Hornstein.

Jetzt hielt es auch Hornstein nicht mehr aus. Er rief eine Kollegin in Wiesbaden an, mit der er beim letzten Dentistenkongreß in Bad Reichenhall eine interessante Diskussion über die Vor- und Nachteile von Zahnersatz bei Oralverkehr hatte. Die Kollegin konnte sich an Hornstein zwar nicht erinnern, war aber trotzdem sofort bereit, sich mit ihm in der Mittagspause in einem Frankfurter Bahnhofshotel zu treffen. Er selbst wußte auch nicht mehr, wie sie aussah – sie hatte aber noch alle ihre Zähne, das hatte er nicht vergessen.

Auf dem Weg zum Bahnhof nahm Hornstein schnell eine halbe Viagra. Er brauchte sie nicht wirklich, aber daß er sie gar nicht gebraucht hätte, kann man auch nicht gerade sagen. Das merkte er schon am Bahnsteig. Er stand da, übte das unauffällige Winken mit der neuesten Ausgabe des »Jüdischen Dentisten«, das sie verabredet hatten, und spürte eine Erektion in der Hose, die er das letzte Mal vor vierzig Jahren zustandegebracht hatte. Damals überraschte er an einem Schabbatnachmittag seine Eltern nackt in ihrem Bett in der spektakulären Baruch-Spinoza-Stellung.

Der Zug, der Hornstein Erlösung bringen sollte, kam nicht. Wegen der Hitze hatten sich die Gleise irgendwo zwischen Frankfurt und Wiesbaden verdreht, und die Kollegin sagte per SMS ab. Jetzt hatte Hornstein also ein Problem. Zuerst versuchte er, Eis zu essen, um sich von seiner Erregung abzulenken. Dann ging er in die Bahnhofsbuchhandlung und blätterte mehrere Bände über das Dritte Reich durch. Aber die Erektion blieb. Auch eine Golda-Meir-Biografie konnte ihm keine Erleichterung verschaffen. In der Praxis schloß er sich dann im

Röntgenraum ein und befriedigte sich dreimal selbst. Er hätte es noch fünfmal machen können. Kaum war er fertig, richtete sich dieses Viagra-Monster da unten schon wieder auf.

Als Hornstein nach Hause fuhr, begann es das erste Mal seit Wochen zu regnen. Es stürmte und donnerte, und die Temperatur fiel um ganze zehn Grad. War das seine Rettung? fragte Hornstein sich verzweifelt. Nein, war es natürlich nicht. Beim Aufschließen der Haustür kam er mit seinem riesigen Schmendrik gegen die Klinke, und die Tür sprang wie von selbst auf.

Hornsteins Frau Berele – eigentlich Barbara – bemerkte sofort die ungewohnte Veränderung an ihrem Mann. Sie schob ihn ohne zu zögern ins Schlafzimmer, und ungefähr zwei Stunden später gab sie wieder auf. »Also weißt du, Liebling«, sagte sie völlig außer Atem, »wenn du mich umbringen willst, geht das mit einer echten Waffe leichter.«

Am nächsten Morgen waren es draußen wieder fast vierzig Grad im Schatten. Und Hornsteins Ding stand immer noch wie eine Eins.

Till R. Lohmeyer
Sex bis an den Rand der Ekstase

Ich konnte während der ersten Tage der Expedition meine Befangenheit nicht ablegen. Meine Gespräche mit Gisèle beschränkten sich strikt auf das Berufliche. Ich wollte alle Zweideutigkeiten vermeiden, allen Gelegenheiten aus dem Weg gehen, und das gelang mir auch – mit einer Ausnahme.

Es war an jenem verhängnisvollen Tag, an dem das Unglück geschah. Maria war mit den anderen nach Pankrazia unterwegs, während ich – dem die Hysterie um das vermeintliche

Endemitengebiet zusehends auf die Nerven ging – ein kleines Bachtal in der Nähe unseres Camps erforschte. Mir schwebte vor, das mehrfach verästelte Tälchen, das sich in die Landschaft gegraben hatte wie der Fraßgang eines Borkenkäfers ins tote Fichtenholz, als Gesamtbiotop darzustellen: Ich wollte zeigen, wie sich das scheinbare Chaos aus Myriaden von Einzellebewesen, vom Affen über Vögel, Frösche, Käfer und Spinnen bis hin zu den Würmern und Strahlentierchen im Boden, vom mächtigen Baum über die Orchidee bis zum holzverzehrenden Pilz, bei näherer Betrachtung als wunderbar aufeinander abgestimmte, sich selbst erhaltende Lebensgemeinschaft entpuppt. Dazu benötigte ich natürlich die Hilfe der jeweiligen Experten, doch zunächst wollte ich mich allein mit der Topologie des Geländes vertraut machen.

Aber war es wirklich Zufall, daß ich in der Abgeschiedenheit dieses Tals Gisèle begegnete? Warum war sie nicht in Pankrazia? Warum stapfte sie in kahkifarbener Bluse, Jeans und Trekking-Stiefeln im gleichen Quellsumpf herum? Damals stellte ich mir die Frage nicht, heute beantworte ich sie mir so: Zufälle haben keine Absichten, sie ereignen sich und können verrückte Folgen zeitigen, aber sie fügen sich nur selten einem vorgezeichneten Willen (das wäre ein doppelter Zufall). Ich glaube inzwischen, die Begegnung war inszeniert; den letzten Beweis könnte freilich nur ein entsprechendes Bekenntnis Gisèles erbringen, doch Gisèle ist längst tot. Sie starb vor drei Jahren bei einem Autounfall in Graubünden.

Ob wir miteinander gesprochen haben, weiß ich nicht mehr. Ich glaube, es fiel kein Wort; was wir einander mitzuteilen hatten, sagten sich unsere Augen. Sie erinnerten einander, daß damals in Anatolien etwas begonnen hatte, was eben doch noch nicht zu Ende war. Wir hatten unsere Sexualität entdeckt und waren in vergleichsweise kurzer Zeit einen langen Weg miteinander gegangen: Sex bis an den Rand der Ekstase, Sex bis an die Schwelle der Liebe, Sex bis hin zur letzten Stufe vor der Erfüllung, dem kleinen Tod, wie es heißt, dem Kulminationspunkt allen menschlichen Lebens und Erlebens. Bis an die Grenze. Die Neugier darauf, was hinter der Grenze auf uns wartete, war geblieben.

Es fehlte nur noch dieses eine Mal, Krönung und Abschluß einer Beziehung, die aus vielerlei Gründen, über die wir uns wortlos einig waren, nicht zum Lebensbund geschaffen war. Die Problemlosigkeit der damaligen Trennung, das unverbindliche Auseinanderdriften, weil keiner von beiden in seiner gekränkten Eitelkeit das eine kleine Schrittchen zur Versöhnung gewagt hatte, hätten uns eine Lehre sein müssen – körperlich waren wir reif gewesen, innerlich Halbwüchsige mit noch arg verpickeltem Seelenleben.

Auf einer kleinen, sumpfigen Lichtung in Guatemalas Dschungel begegneten wir uns das erste und einzige Mal als Erwachsene, das hatte gefehlt. Wir holten nach, wozu es damals allen Hormongewittern zum Trotz nicht gekommen war. Wir erkannten einander wie Adam und Eva, nachdem der Apfel der Verklemmung endlich gefressen war. Vielleicht guckten die Schlangen zu – lange genug hatten wir Quem-Eleven damals ihre Intimitäten belauert. Wir stürzten in den Schlamm, und irgendwann, nach unbarmherzig zärtlicher und schweißtreibender, gärig-gieriger Rammelei ohne Rücksicht auf das empfindliche Uferbiotop war ein großes Rauschen in meinem Kopf, es blitzte irgendwo, ein Schatten huschte über uns hinweg, und ich verlor minutenlang das Bewußtsein.

Maxine Chernoff
Das Geräusch

– Ich kann das nicht ab, wenn du im Bett dies Geräusch machst.

– Was für ein Geräusch?

– Das Geräusch, das du machst, wenn du kommst.

– Was meinst du mit Geräusch?

– Ich kann das nicht beschreiben. So ein Geräusch machst du sonst nie.

– Was stört dich daran?

– Es macht mir Angst.

– Wieso soll ich dir Angst machen?

– Wahrscheinlich weil du in so einem innigen Augenblick ein so fremdes Geräusch machst.

– Das ist dann wohl mein inniges Geräusch.

– Aber es klingt nicht innig. Es klingt . . . irgendwie . . . brutal.

– Ich mach ein brutales Geräusch?

– Ja, so kann man das nennen.

– Mach mal das Geräusch, das ich mach.

– Kann ich nicht.

– Klar kannst du das. Du hast es doch im Ohr, oder?

– Das ist mir peinlich.

– Es ist dir nicht peinlich, mir das zu sagen, aber peinlich, mir das vorzumachen?

– Genau.

– Nun mach schon.

– Okay. So ähnlich wie »Ouuuuuuuuuuu-oh-hu-hu«.

– Und das klingt in deinen Ohren brutal?

– Genau.

– In meinen Ohren klingt das glücklich.

– Glücklich? Echt nicht.

– Was soll ich denn für ein Geräusch machen?

– Das weiß ich auch nicht. Ich wollte dir nur sagen, daß du ein Geräusch machst, das mich völlig rausbringt. Wenn ich das Geräusch höre, ist das für mich im Bett gelaufen.

– Ist doch Klasse.

– Wieso Klasse?

– Dann weißt du immer genau, wenn ich gekommen bin.

– Aber wenn ich noch weitermachen will?

– Weitermachen? Wir sind beide gekommen. Was willst du noch?

– Wenn ich dich küssen will, und du machst dies Geräusch?

– Versuchs doch einfach.

– Sofort?

– Wieso soll ich wollen, daß du mich küßt, wenn du nicht ausstehen kannst, was ich im Augenblick völliger Hingabe für ein Geräusch mache?

– Nicht ausstehen, mein ich ja gar nicht. Es löscht mich nur ab.

– Vielleicht solltest du mir dann den Mund zuhalten.

– Das würde alles nur noch schlimmer machen.

– Wieso schlimmer?

– Das würde so dumpf und traurig klingen, als wärst du in einem Kofferraum eingesperrt.

– Du hast es also lieber, wenn ich brutal klinge, als dumpf und traurig?

– Schon.

– Ich glaube, du liebst mich wirklich.

Michel Houellebecq
Swinger-Club

Noyon war eine schmutzige, uninteressante, gefährliche Stadt;
sie gewöhnte sich an, jedes Wochenende nach Paris zu kommen. Fast jeden Samstag gingen sie in einen Swinger-Club –
ins 2+2, *Chris et Manu*, ins *Chandelles*. Ihr erster Abend bei
Chris et Manu sollte Bruno in außerordentlich lebhafter Erinnerung bleiben. Neben der Tanzfläche waren mehrere Räume
mit seltsamer lilafarbener Beleuchtung; darin standen mehrere
Betten nebeneinander. Überall waren Paare, die vögelten, sich
gegenseitig streichelten oder leckten. Die meisten Frauen
waren nackt; manche hatten eine Bluse oder ein T-Shirt anbehalten oder sich damit begnügt, ihr Kleid hochzuziehen. Im
größten Raum befanden sich etwa zwanzig Paare. Fast niemand
sagte etwas; man hörte nur das Summen der Klimaanlage und
das Keuchen der Frauen, die kurz vor dem Orgasmus waren.
Er setzte sich auf ein Bett direkt neben einer großen Dunkel-
haarigen mit schweren Brüsten, die sich von einem etwa fünf-
zigjährigen Typen lecken ließ, der Oberhemd und Krawatte
anbehalten hatte. Christiane knöpfte seine Hose auf, begann,
ihn zu wichsen und sah sich dabei nach allen Seiten um. Ein
Mann näherte sich und schob ihr die Hand unter den Rock.
Sie hakte den Verschluß auf, und der Rock glitt auf den Tep-
pichboden; sie trug nichts darunter. Der Mann kniete sich hin
und begann sie zu streicheln, während sie Bruno wichste. Auf
dem Bett neben ihm stöhnte die Dunkelhaarige immer lauter;
er nahm ihre Brüste in die Hände. Er hatte einen Steifen wie
ein Stier. Christianes Mund näherte sich seinem Glied und sie
begann, mit der Zungenspitze die Furche und den Wulst seiner
Eichel zu kitzeln. Ein anderes Paar setzte sich neben sie; die
Frau, eine kleine Rothaarige von Anfang Zwanzig trug einen
Minirock aus schwarzem Kunstleder. Sie blickte Christiane an,
die Bruno leckte; Christiane lächelte ihr zu ·und schob ihr
T-Shirt hoch, um ihr ihre Brüste zu zeigen. Die andere schob

ihren Rock hoch und ließ ihre dicht behaarte, gleichfalls rot-haarige Möse sehen. Christiane nahm ihre Hand und führte sie zu Brunos Glied. Die Frau begann, ihn zu wichsen, während Christiane wieder mit ihrer Zunge näherkam. Mit einem Zucken unbeherrschbarer Lust ejakulierte er wenige Sekunden später auf ihr Gesicht. Er richtete sich ruckartig auf und nahm sie in die Arme. »Es tut mir leid«, sagte er, »tut mir wirklich leid.« Sie küßte ihn, drückte ihn an sich, und er spürte seinen Samen auf ihren Wangen. »Das macht nichts«, sagte sie zärtlich, »das macht überhaupt nichts. Sollen wir gehen?« schlug sie wenig später vor. Er stimmte traurig zu, seine Erregung war völlig abgeflaut. Sie zogen sich schnell wieder an und gingen gleich darauf.

*

Scheik Nafzawi
Über den Akt und seine Formen

Wisse, mein Vezier (Allah sei dir barmherzig!), wenn du in der Liebesumarmung volles Glück finden willst, so mußt du darauf bedacht sein, daß beide Teile beglückt und befriedigt werden. Du mußt mit ihr scherzen und kosen, bis du in ihren Augen lesen kannst, daß der Augenblick der Liebesbereitschaft gekommen ist, wie ich es im vorigen Abschnitt beschrieben habe.

Merkst du also, daß die Lippen der Frau beben, ihre Augen schmachten und ihr Atem tiefer und rascher wird, dann sehnt sie sich nach deiner Liebe.

Ist die Liebesumarmung zu Ende und willst du dich von der Frau lösen, so entferne dich nicht plötzlich, sondern sanft und behutsam. Hat sie empfangen, dann wird sie, wenn es Allah gefällt, einen Knaben gebären.

Weise Männer haben gesagt: »Wer seine Hand auf die Scham einer schwangeren Frau legt, soll sprechen: ›Im Namen Allahs! Ich bitte dich, aus dieser Empfängnis im Namen des Propheten einen Knaben hervorgehen zu lassen!‹ Dann wird durch Allahs Güte die Frau einen Knaben gebären.«

Man soll streng vermeiden, unmittelbar nach dem Akt Regenwasser zu trinken, denn das schwächt die Nieren.

Wer den Beischlaf wiederholen will, soll Wohlgerüche anwenden; das macht ihm die Frau gewogen und sichert den Erfolg.

Sehr soll man sich hüten, den Akt in der Art zu vollziehen, daß die Frau oben liegt, denn wenn von der Scheidenflüssigkeit nur ein Tropfen in die Rute dringt, so sind Harnröhrenentzündungen zu befürchten.

Nach dem Akt ist jede anstrengende Arbeit zu vermeiden, die auf die Gesundheit nachteilig einwirken könnte. Man soll sich vielmehr eine Weile der Ruhe hingeben. Auch soll die Waschung erst dann erfolgen, wenn vollständige Ruhe eingetreten ist, aber man soll überhaupt bei den Waschungen große Vorsicht anwenden, da auch sie viele Erkrankungen hervorrufen können.

Es gibt viele Arten, mit den Frauen zu verkehren; wir wollen jetzt diese betrachten.

Allah hat gesagt: »Die Frauen sind euer Feld. Geht auf euer Feld, wie es euch beliebt.«

Je nach eurem Belieben könnt ihr also Stellungen wählen. Bedingung ist nur, daß die Begattung an dem von der Natur dazu bestimmten Orte erfolge.

Erstes Verfahren: Die Frau liege auf der ebenen Erde und hebe die Schenkel in die Höhe. Du legst dich alsdann zwischen ihre Beine und vollziehst den Akt. Wenn du dich dabei mit deinen Zehen auf dem Boden wippend erhebst, kannst du eine taktmäßige Bewegung dazu machen.

Diese Stellung ist einem kräftigen Mann anzuraten.

Zweites Verfahren: Wenn ein Mann schwach gebaut ist, lege er die Frau ausgestreckt auf den Rücken, hebe ihre Beine, bis sie in die Höhe der Ohren kommen. Bei dieser Stellung quillt ihre Schamgegend hervor und nähert sich ihm.

Drittes Verfahren: Man lege die Frau auf das Lager und stelle sich zwischen ihre Schenkel, lege alsbald eines ihrer Beine auf eine Schulter, nehme das andere unter einen Arm und vollziehe dann den Akt.

Viertes Verfahren: Lege die Frau auf das Lager und ihre Beine auf deine Schultern; ihre heimlichen Teile sollen aber nicht den Boden berühren.

Fünftes Verfahren: Die Frau lege sich auf eine Seite, der Mann ebenfalls und vollziehe dann den Akt. Doch begünstigt der auf diese Art ausgeführte Beischlaf Rheumatismus und Rückenschmerzen.

Sechstes Verfahren: Die Frau kauere sich auf Knien und Ellbogen, als wollte sie ein Gebet verrichten. Dann springt die Scham zurück und es kostet einige Mühe, sie zu erobern.

Siebentes Verfahren: Die Frau liegt auf der Seite, der Mann legt sich zwischen ihre Schenkel und kauert auf seinen Füßen. Dann legt er eines ihrer Beine auf eine seiner Schultern, während sich das andere gegen seine Schenkel lehnt. Beim Akt soll sie dann mit Händen und Armen eng umschlungen und an die Brust des Mannes gezogen werden.

Achtes Verfahren: Die Frau soll auf dem Rücken liegen und ihre Beine übereinanderkreuzen. Der Mann setze sich in Reitstellung auf ihre Knie, so daß ihre Beine zwischen seinen Schenkeln sind.

Neuntes Verfahren: Das Gesicht – oder nach Geschmack auch der Rücken – der Frau sei durch eine kleine Erhöhung des Fußbodens gestützt, während die Füße auf der Erde ruhen und ihr Hinterteil hervorspringt. Ihre Scham liegt dann jedem Angriff frei.

Zehntes Verfahren: Die Frau lege sich nahe an einen erhöhten Diwan, dessen Holz sie ergreifen kann; der Mann nähert sich ihr von den Füßen her, hebt ihre Beine bis zur Höhe seines Nabels, wobei die Frau den Mann mit ihren Beinen drückt. Dann beginnt der Mann den Akt und ergreift selbst das Holz des Diwans; bei dieser Art zu verkehren, müssen die Bewegungen der beiden Partner genau im Takt zusammentreffen.

Elftes Verfahren: Die Frau liege auf dem Rücken, den Hintern auf ein Kissen stützend. Der Mann stellt sich zwischen ihre Schenkel und vollzieht den Akt, indem er darauf bedacht ist, seine rechte Fußsohle gegen ihre linke Fußsohle zu drücken.

Es gibt noch andere Verfahren als die hier beschriebenen, die z. B. bei den indischen Völkern gebräuchlich sind. Diese Völker haben aus der Liebe eine Kunst gemacht und sind viel weiter vorgedrungen als wir in den alten Ländern des rechten Glaubens.

Welches dieser Verfahren aber auch angewandt werden mag, es ist stets das eine zu bedenken, daß es ohne den Kuß und seine richtige Ausnützung niemals zu einer wahren Freude und Befriedigung kommen kann. Der beste Kuß ist der, welcher auf die feuchten Lippen gedrückt wird, begleitet von Saugen an Lippe und Zunge, bei dem besonders aus der Zunge ein süßer und frischer Speichel austritt. Der Mann kann bei der Frau das Hervortreten dieses Speichels durch ein leichtes Beißen hervorrufen. Dieser Speichel, der angenehmer als mit Wasser verdünnter Honig schmeckt, wird sich mit dem übrigen Speichel im Munde nicht vermischen. Wendet der Mann diese kleine List an, so bewirkt sie bei ihm ein Erbeben, sein Leib wird mehr erschauern, als hätte er im Übermaß köstlichen Wein getrunken.

Der auf die äußeren Lippen gegebene Kuß, der ein lautes Geräusch hervorruft wie der Laut, mit dem man die Katzen ruft, bereitet keinen Genuß. Er eignet sich nur, um Kindern und hohen Personen die Hand zu küssen.

Von solchen Küssen habe ich hier nicht gesprochen, sondern nur von jenen, von denen das Sprichwort sagt: »Ein rechter Kuß ist mehr wert als ein voreiliger Beischlaf.«

Ich habe darüber diese Verse geschrieben:

»Du hast mich auf die Hand geküßt.

Aber es ist mein Mund, auf den du deine Küsse drücken sollst!

O Frau, die ich anbete!
Einen schönen Kuß hast du mir gegeben,
Doch ist er verloren,
Denn niemals vermag die Hand des Kusses Wert zu schät-
zen.«

Man muß mich aber wohl verstehen: Ich meine, daß Küsse,
wenn es nur beim Küssen bleibt, keinen Sinn haben. Sie sollen
den eigentlichen Akt nur begleiten und ihn steigern.

Lily Brett
Schwindelig vor Lust

Rosa Cohen bewegte ihre Beine im Bett, bis sie die Beine ihres
Mannes berührten. Sie rutschte näher zu ihm und rieb ihre
Beine an seinen. Selbst im Schlaf fühlten seine Beine sich stark
an. Allan Richards war sehr stark. Er hatte starke Arme und
Beine. Er konnte Rosa ohne Anstrengung hochheben.

Einmal, als ihr die Füße weh taten, hatte er sie auf dem
Boulevard St. Germain in Paris drei Häuserblocks weit getragen. Sie hatte unterwegs die ganze Zeit gelacht. Sie war sich
vorgekommen wie ein kleines Kind. Sie konnte sich nicht
daran erinnern, als kleines Kind getragen worden zu sein.
Sogar als Kind hatte sie den Eindruck gehabt, dafür zu groß
zu sein.

Sie drückte sich in die Beuge von Allans Rücken. Er schlief.
Sie hatte sich oft gefragt, wie behaarte Beine sich so weich und
glatt anfühlen konnten. Sie preßte ihr Gesicht an seinen Rük-
ken. Er regte sich leicht. Sie schloß die Augen und atmete seinen
Geruch ein. Sie liebte seinen Geruch.

Minutenlang blieb sie so liegen. Ihr Körper fühlte sich
schwerelos an. Ihr war zumute, als funktioniere in ihrem Inne-

ren alles reibungslos. Als leisteten ihre Arterien und ihre Lunge und ihre Venen gute Arbeit. Reinigen, sortieren, wiederverwerten. Eine Symphonie der Harmonien. Sie fühlte sich voller Frieden. Sie wünschte, sie müßte sich nie wieder bewegen.

Aber sie mußte auf die Toilette. Sie wachte immer auf mit dem dringenden Bedürfnis zu pinkeln. Sie schlüpfte aus dem Bett und ging ins Badezimmer. Als sie zurückkam, lag Allan mitten im Bett. Sie wärmte sich an ihm. Sie legte ihre Hand auf seinen Bauch. Sein Bauch fühlte sich so gut an. Sie streichelte ihn, bewegte die Hand in kleinen Kreisen um den Bauchnabel, wieder und wieder.

Sie warf einen Blick auf die Uhr. Es war kurz vor halb acht Uhr morgens. In zwei Minuten würde ihr Radiowecker sich von allein einstellen. Sie hatten heute beide viel zu tun. Allan erwarteten im nächsten Monat zwei Ausstellungseröffnungen. Manche seiner Bilder waren noch nicht signiert, bei anderen war noch nicht einmal die Leinwand aufgespannt, und die Arbeiten auf Papier befanden sich noch beim Rahmenmacher.

Rosa wußte, daß sie den Tagesbeginn nicht hinauszögern durfte. Doch sie fühlte sich so wohl. Und Allan fühlte sich so gut an. Sie beugte sich über ihn und umfaßte seinen Penis mit dem Mund.

Als sie auftauchte, um Luft zu holen, sah Allan sie lächelnd an. »Das ist die allerschönste Art aufzuwachen«, sagte er. Er rollte sich auf sie und glitt in sie hinein. Er schmiegte seinen Mund um ihre linke Brust und steckte ihr tief in den Hintern, was sich anfühlte wie mehrere Finger seiner Rechten.

Sie fühlte sich erfüllt und vollgefüllt und festgehalten. Er vögelte sie langsam. Vor Lust war ihr beinahe schwindelig. Sie wußte, daß sie den Orgasmus nicht lange hinausschieben konnte. Sie versuchte, an etwas anderes zu denken, um ihn hinauszuschieben.

Sie fragte sich, wie viele Leute in New York zu dieser Tageszeit vögeln mochten. In New York redeten die Leute dauernd vom Vögeln. Gestern hatten sich in De Roberti's Café an der First Avenue zwei Männer um die dreißig über jemanden unterhalten, der Äpfel fickte. »Ja, am liebsten hat er seinen Schwanz in einen Apfel gesteckt«, wiederholte der Blondere der beiden immer wieder. Drei ältere Damen am Nachbartisch achteten nicht weiter auf dieses Gespräch. Rosa fragte Allan, ob der Apfel seiner Meinung nach roh oder gekocht war. »Wer weiß?« erwiderte Allan. Eine der Frauen beugte sich zu Rosa hinüber. »Ich nehme an, daß es sich um einen Bratapfel handelt«, sagte sie.

Als Rosa gerade dachte, sie könne es nicht länger hinausschieben, bewegte Allan sich schneller, und er begann sie mit kurzen Stößen zu vögeln. Beide kamen im gleichen Augenblick. Wenn sie und Allan gleichzeitig kamen, war Rosas Orgasmus intensiver und länger. Sie spürte gern, wie er sich in sie entlud.

Sie lagen da, feucht miteinander verbunden. Sie hielt seinen Kopf. »Ich liebe dich«, sagte sie. Es kam ihr vor wie ein Wunder, daß sie nach zwanzig Ehejahren noch immer Geilheit empfinden konnte. Daß sie ihren Mann immer noch liebte, fand sie weniger erstaunlich. Sie hatte nie etwas anderes erwartet. Was sie erstaunte, war die Fiebrigkeit, mit der sie ihn begehrte. Sie hatte noch immer das Gefühl, daß es ein Privileg war, ihm morgens beim Anziehen zuzusehen. Oft erregte es sie, ihn lediglich durch das Zimmer gehen zu sehen. Es war ein wahres Wunder.

Auch für andere war es ein wahres Wunder. Manche waren irritiert. »Hört auf, so eng aneinandergeschmiegt zu gehen!« hatte Susan White, eine Literaturredakteurin in Melbourne, die sie nur flüchtig kannte, ihnen vor einigen Jahren nachgerufen, als sie in der Lygon Street an ihr vorbeikamen. »Wenn ich euch sehe, wird mir übel!«

Julian Sandhurst hatte halb Melbourne erzählt, wie er Allan und Rosa in einem kleinen algerischen Restaurant in Paris beim Knutschen ertappt hatte. »Ich wußte gar nicht, daß sie in Paris waren«, sagte er, »und plötzlich saßen sie vor mir, in einen so tiefen Kuß versunken, als wären sie ein Pariser Pärchen. Was ist bloß los mit den beiden?«

Was war los mit ihnen? Im Caffé Dante an der Mac-Dougal

Street, wo Allan und Rosa oft zum Lunch waren, lief ein Schauer der Ungläubigkeit durch die drei maltesischen Kellnerinnen, als Zeke, Poppy und Kira einmal mit ihnen zum Lunch kamen. »Sind das Ihre Kinder?« fragte die jüngste Kellnerin. »Sie sind schon so groß!«

»Ja«, sagte Rosa, »Zeke studiert Jura, Poppy Kunst, und Kira geht noch aufs College.«

»Wir dachten, ihr beide wärt frisch verliebt«, sagte die Kellnerin. »Er schaut Sie immer so nett an. Es ist nicht normal, sich so zu benehmen, wenn man Kinder hat.«

Thomas Gsella
Hochzeitsnacht

Ausgezeichnet, ausgewechselt
Hat das Paar den Tag gedrechselt
Traute sich und tanzte dann
In die Nacht: als Frau und Mann

Unentschieden, unentschlossen
Weder lustlos noch verschossen
Trunken: fern von Freud und Kummer
Schob das Paar die Hochzeitsnummer

Auf den nächsten Tag und schlief
Als die Tochter »Mama!« rief
Wachte auf und hauchte: Morgen
Werden wir's uns schwer besorgen:

Dankeskarten, Postwertzeichen
Da! erstand in ihren weichen
Händen eine Erektion –
»Mama, komm!«

»Ich komm ja schon.«

Jules-Amédée Barbey d'Aurevilly
Liebe und Haß

Am nächsten Morgen um neun Uhr waren wir im Dorf von
Boulainvilliers, der Graf de Mareuil, der Graf de Cérisy, den
Mareuil hinzugezogen hatte, und ich. Auf dem Weg hatte mir
Mareuil erzählt, daß sich seine Ahnung bewahrheitet und daß
Sir Annesley ihn am gestrigen Abend gebeten habe, in seinem
Duell zu sekundieren. ›Auf meinen abschlägigen Bescheid hin,
wird er sich wahrscheinlich an irgend einen durchreisenden
Landsmann gewandt haben, denn er kennt niemanden in
Paris.‹

In dem Augenblick, als wir das eine Ende der Pappelallee,
die wir für unsere Begegnung gewählt hatten, betraten, tauchte
am anderen Ende die englische Kalesche von Sir Reginald
Annesley auf. In leichtem Trab gezogen von den beiden herrlichen Füchsen kam sie auf uns zu. Sir Reginald Annesley war
ein wirklicher Gentleman. Da es sich um ein Duell handelte,
hielt er auf äußerste Pünktlichkeit. Er stieg mit derselben
Behendigkeit aus seiner Kalesche, wie er es vor Tortoni getan
hätte. Zwei junge Leute begleiteten ihn.

›Dies sind meine Sekundanten, meine Herren‹, sagte er,
indem er uns höflich und würdevoll begrüßte und dem Grafen
de Mareuil die Hand reichte.

Und dies die meinen, Monsieur, antwortete ich, indem ich mit der Hand auf de Mareuil und de Cérisy wies.

Nun brauchten nur noch die Vorbereitungen für einen Kampf getroffen werden, dessen Notwendigkeit niemand von uns in Zweifel zog. Wir sollten uns auf Pistolen schlagen. Die Distanz zwischen uns wurde auf vierzig Schritte festgelegt; wir sollten aufeinander zugehen, und wir durften schießen, wann wir wollten, selbst aus allernächster Nähe.

Während die Schritte abgezählt wurden, hatte ich – halten Sie das für möglich, Marquise? – in dem zweiten Sekundanten Sir Reginalds die Malageserin erkannt!!! Ich ergriff den Grafen de Mareuil am Arm und zog ihn beiseite:

›Erinnern sie sich‹, sagte ich zu ihm, ›an das Duell zwischen dem Herzog von Buckingham und dem Herzog von Shrewsbury, bei dem die Herzogin, als Page verkleidet, das Pferd ihres Liebhabers hielt und sich damit aus dem Staub machte, als der arme Teufel von Gemahl am Boden liegen blieb? Dies hier ist die Entsprechung und das Gegenstück zu jenem berühmten Abenteuer! Hier haben wir ein spanisches Fräulein vor uns, das der hohen englischen Dame eine Lektion in Moral erteilen wird! Sehen Sie sie nur an!‹

›Verdammt noch mal, das ist die Malageserin!‹, rief Alfred de Mareuil verblüfft. ›Das wird immer unverständlicher! Welch teuflischen Haß haben Sie in dieser Frau zum Lodern gebracht? Das übertrifft jedes bekannte Maß; aber ich gestehe, es beginnt mich aufzubringen. Ja, bei meiner Ehre, ich kann noch so sehr in sie verliebt sein, eine solche Leidenschaftlichkeit macht sie nicht schöner. Es ist widerwärtig! Und Sir Reginald‹, sagte er weiter, ›willigt ein, seine Frau als Sekundantin in einer so ernsten Angelegenheit zuzulassen! Diese Engländer! Treiben sie ihre Exzentrizität nicht etwas weit? . . . Ich habe gute Lust, diesen Herren zu erklären, daß dies der Fall ist, und gegen die Ungehörigkeit der Anwesenheit einer Frau zu protestieren.‹

›Hüten Sie sich ja, das zu tun‹, antwortete ich. ›Gestern, als Sir Reginald mir vorschlug, den Kampf auf der Stelle auszutragen, habe ich denselben Gedanken gehabt; aber heute nicht mehr! Wir wollen diese Frau ergründen. Wir wollen bis zum Ende gehen. Wir wollen des Rätsels Lösung, wenn es eine gibt. Und da die Tochter des Toreros gierig auf Blut ist, soll sie es fließen sehen!‹

Als ich das sagte, sah ich sie an. Ich konnte meinen Blick nicht von ihr wenden. War dies eine letzte Illusion? Nein, noch nie war sie mir reizender erschienen. Alle Unregelmäßigkeiten, alle Härte, alle Magerkeit, die sie als Frau zeigte, verschwanden, wenn sie Männerkleider trug. Ihr schwarzsamtener, an der Taille zusammengegürteter Umhang zeichnete anmutig ihren sehnigen und geschmeidigen Oberkörper nach, der die bebenden Umarmungen der Liebe so sehr herausforderte, indem er ihnen widerstand. Von uns allen, die wir da waren, um zu töten oder um dem Tod zuzusehen, war sie mit ihrer wollüstigen Haltung und ihrem grausamen Gesichtsausdruck bestimmt am wenigsten erregt. Stiller Haß verhüllte ihr kühnes Gesicht wie eine Maske aus erloschener Lava. In ihren kleinen, zarten und ruhigen Händen hielt sie eine der Pistolen, die uns dienen sollten, und war damit beschäftigt, sie zu laden.

Das Duell dauerte nicht lange, Marquise! Auf ein Zeichen von Graf de Mareuil gingen Sir Reginald und ich aufeinander zu. Ich schoß als erster beim zehnten Schritt. Und da ich viel mehr meine Zauberin im Blick hatte als meinen Gegner, ging meine Kugel daneben und blieb in einem der Bäume am Weg stecken. Ich muß ihm in diesem Punkt Gerechtigkeit widerfahren lassen: Sir Reginald Annesley war von großmütigen Instinkten beseelt. In seinem vom Alkohol und vom Spiel verzehrten Blut, flossen noch ein paar edelmütige Tropfen. Er hatte sich mir genähert, mit herabhängender Hand, die Mündung seiner Pistole auf den Boden gerichtet. Als ich geschossen hatte, blieb er stehen, als verachte er es, den Vorteil zu nutzen, gefahrlos auf mich schießen zu können. Er zögerte und hielt seine Waffe weiterhin gesenkt.

›Schieß und töte ihn endlich!‹ rief die unversöhnliche Malageserin. ›Worauf wartest du?‹

Und ich, der ich nicht hinter diesem Mann zurückstehen

wollte, der mit Größe zögerte, ging geradewegs auf ihn zu, bot ihm meine Brust offen dar und zwang ihn so, seine Waffe zu heben, denn es hätte ihm widerstrebt, mich aus nächster Nähe zu töten. Der Sohn der ersten Freibeuter der Welt hatte sein Ziel noch nie verfehlt. Er kniff die Augen zusammen, schoß mit sicherer Hand und streckte mich vor seinen Füßen nieder.

Die Kugel hatte mich durchbohrt.

Ich weiß nicht, wie lange ich ohne Bewußtsein war, aber als ich wieder zu mir kam, befand ich mich in meinem Zimmer, von heftigem Fieber und unerträglichen Schmerzen befallen. Meine Sekundanten hatten mich nach Hause gebracht. Sie erwiesen mir eine liebevolle Zuwendung, die sich bis zur Ergebenheit steigerte, insbesondere der Graf de Mareuil, den ich auch wesentlich besser kannte als den Grafen de Cérisy. Während der Zeit, die ich auf meinem Marterbett verbrachte, besuchte er mich fast täglich. Es war unvermeidlich, daß ich ihm gegenüber die Malageserin erwähnte. Ihr Bild und der Gedanke an sie verließen mich nicht mehr. Nachts, wenn die Schmerzen, die mich am Schlafen hinderten, nicht zu groß waren, sah ich sie immerzu in ihren Männerkleidern. Ich hörte ihre wütende Stimme wie am Tag des Duells rufen: ›*Töte ihn, Reginald!*‹, und es erübrigt sich fast zu sagen, daß die Liebe unseren größten Stolz in Feigheit verwandelt! So viel Haß rief keineswegs meinen Haß hervor! Ich liebte meinen Peiniger. Oh, welche Qual, seinen Peiniger zu lieben! ›Mein Lieber‹, sagte de Mareuil zu mir, ›wir verlieren uns in diesem Abgrund. Bei aller Liebe, die ich für sie empfinde, hat sie mir bis zu dem Zeitpunkt, wo Sie getroffen wurden, Abscheu eingeflößt. Aber kaum lagen sie am Boden, hat sich die Frau in ihr wieder zu regen begonnen. Sie wurde so bleich, wie man sonst kurz vor dem Tod wird. Ich war zu sehr damit beschäftigt, Ihnen erste Hilfe zu leisten und Sie nach Paris zurückzubringen, um die Art der Gemütsbewegung, die sie erfaßte, zu erforschen oder zu erraten. War es zufriedengestellter Haß, Mitleid oder einfach die sich lösende nervliche Anspannung? . . . Ich weiß es nicht, aber auf alle Fälle hatte sie jenen Ausdruck finsterer und kalter

Wut verloren, der mich während des Kampfverlaufs so aufgebracht hatte.‹ Alfred de Mareuil fügte noch eine Menge anderer Dinge hinzu. Zum Beispiel, daß nach dem Duell mehrere Tage vergingen, ohne daß er sie sah, obwohl sich Sir Reginald recht zartfühlend bei ihm nach meinem Ergehen erkundigt hatte, und sie beide die intime Freundschaft, die schon so lange bestand, weiterhin pflegten. Als er sie dann wieder traf, hatte er dieselbe Frau wie immer vorgefunden. Sie schien die ungewöhnliche Rolle, die sie in diesem Duell spielte, dessen Anlaß sie gewesen war, vergessen zu haben. Er wagte, sie darauf anzusprechen, aber sie sagte einfach, so, als wäre dies eine Erklärung für ihr merkwürdiges Auftreten: ›Ich haßte ihn, das ist alles!‹ Und seine weiteren Fragen ließ sie unbeantwortet. ›Ich hoffe, daß er es Ihnen heimzahlt, Señora‹, entgegnete ihr de Mareuil; ›er verdankt Ihnen einen Pistolenschuß, der ihn den hübschesten Frauen seiner Zeit hätte rauben können. Der Verliebte wird, Gott sei Dank, nicht daran sterben, aber die Liebe könnte leicht daran sterben.‹ War es dem Grafen de Mareuil ernst mit diesen Worten? Wußte er nicht, daß der Kummer, den einem eine geliebte Person bereitet, ein Grund ist, sie noch mehr zu lieben, und daß große Leidenschaften von dem zu leben verstehen, was mittelmäßige Gefühle töten würde?

Diese Erfahrung machte ich nun. Von den heftigsten körperlichen und seelischen Leiden zerrissen, vergötterte ich die Malageserin, die alle diese Schmerzen verursacht hatte. Meine Verwundung war so gefährlich, daß ich mehr als zwei Monate lang zwischen Tod und Leben schwebte. Dabei befolgte ich die Anordnungen des Arztes mit dem blinden Gehorsam eines Mannes, der unbedingt wieder gesund werden will. Ich wollte gesund werden, um *sie* wiederzuehen. Das, was mir de Mareuil erzählte, konnte meinen Durst nach dieser Frau nicht stillen. Die Liebe, selbst wenn sie so ungestüm und zuckend war, wie ich sie empfand, hindert nicht den Gebrauch des Verstandes; im Gegenteil, sie verdoppelt seinen Einsatz. Der Haß dieser Spanierin war in zweifacher Hinsicht ein Problem: er stachelte einerseits die Neugier des Geistes an, andererseits vergrößerte er die Leidenschaft des Herzens. Dazuhin bemerkte ich bald, daß mein geneigter Freund de Mareuil auf meine Fragen nur zurückhaltend antwortete, was mich sehr beunruhigte. Ich begann, eifersüchtig zu werden. Ich gelangte zu der Überzeugung, de Mareuil sei es peinlich, angesichts unserer engen Beziehung zueinander, von einer Frau zu sprechen, die ihn inzwischen möglicherweise liebte und glücklich machte. Dieser Gedanke verstärkte meine übrigen Qualen. Es war eine andere, unheilbarere Wunde als die in meiner Brust, die von Tag zu Tag mehr vernarbte. Ich sehnte mich nach der Zeit, wo ich wieder ausgehen könnte. Ich stand auf und ging in meinem Zimmer herum, aber mehr erlaubte mir der Arzt nicht. Abends befiel mich immer ein Nervenfieber, das eher seelische als physische Ursachen hatte und das mich zwang, ins Bett zu gehen. An einem jener Abende hatte ich mich früh hingelegt; ich war müde und erschöpft und hatte nicht einmal mehr meinen Hausmantel ausgezogen, so sehr hatte ich mich beeilt, jenen Schlaf zu finden, den ich der Träume wegen liebte, die er mir immer brachte. Es war Anfang September. Die Hitze, die meine Heilung erschwerte, war erstickend. Die Sonne war schon untergegangen, aber die Nacht war noch fern. Ich schlief nicht lange. Etwas, das heißer war als die erdrückende Hitze, strich über meine geschlossenen Augen und weckte mich. Als ich sie öffnete . . . Ach, ich glaubte an eine Hallizunation meines geschwächten Kopfes! Ich sah klar und deutlich die Malageserin am Fußende meines Bettes sitzen, den Oberkörper über mich gebeugt und mit der Hand Halt neben meiner Schulter suchend. Ihr Gesicht berührte fast das meine, und es war zweifellos der Atem aus ihrem halbgeöffneten Mund gewesen, der meine Augenlider gestreift hatte. Sie saß unbeweglich, stumm und bleich da, abgemagert, verändert, fast unkenntlich, aber ihre Augen lebten wie immer –, diese Vampiraugen, die einem das Herz aus dem Leib saugten, wenn sie einen anblickten, und die zum erstenmal die meinen mit einer unbekannten Sanftheit suchten.

›Oh, mein Gott, immer dieser Traum!‹ rief ich aus, gleichzeitig erschrocken und glücklich, daß er so sehr dem Leben glich.

›Es ist kein Traum‹, sagte sie mit ihrer schönen Altstimme, die mir ebenfalls bestätigte, daß es kein Traum war, ›es ist Wirklichkeit, es ist Vellini.‹

Und, Marquise, sie war es tatsächlich, sie war bei mir! Sie saß an meinem Bettrand! Wie war sie dahin gekommen? Sie, Vellini, meine Feindin, diese grausame Frau, die mich hatte sterben sehen wollen?

Ich glaubte an irgendeine schreckliche List, an eine herzlose Ironie dieser rachsüchtigen und haßerfüllten Frau, die vielleicht meine Verwundung ausnutzen wollte, um gefahrlos der glühenden Leidenschaft zu spotten, die sie angefacht und enttäuscht hatte.

›Ah‹, dachte ich, ›Unkluge, du wagst dich in die Höhle des Löwen!‹

Ich setzte mich auf. Mein Gesicht verriet meine Gedanken nur zu deutlich. Sie durchschaute ihn.

›Bleiben Sie‹, fuhr sie fort, ›Ich habe schon gemacht, was Sie tun wollen. Die Tür ist doppelt verriegelt. Hier ist der Schlüssel.‹

Und sie hielt ihn mir hin, wie man dem Eroberer einer Stadt den Schlüssel dazu überreicht.

›Ich habe keine Angst, Ryno‹, sagte sie, indem sie entschlossen die Arme über der Brust kreuzte; ›ich habe mich lange gewehrt, aber ich bin besiegt. Ich ergebe mich nicht: Sie haben mich erobert; machen Sie mit mir, was Sie wollen.‹

Selbst in ihrer Unterwerfung war sie klar und kühn. Das war jedoch nicht genug ... Es gibt ein Glück, das so groß ist und so unerwartet kommt, daß man nicht weiß, wie man es aufheben soll, wenn es einem eines Tages vor die Füße fällt.

›Wie, sollten Sie mich etwa lieben?‹ antwortete ich ihr.

›Wie eine Wahnsinnige‹, unterbrach sie mich mit einer Leidenschaft, die auf mich den Eindruck plötzlich auflodernder Flammen machte. ›Zuerst habe ich Sie gehaßt. Aber mein Haß war damals schon Liebe. Als ich Sie vor Tortoni zum erstenmal sah, war die Frau, die Ihnen so kalt erschien, wie vom Blitz getroffen. Ich weiß nicht, was mich warnte, daß Sie mir gefährlich werden, und die stolze Vellini, die ihr Leben lang nur mit den Männern gespielt hatte, gefügig machen könnten. Ich erschrak so, daß ich Sie wie rasend zu hassen begann. Die Geringschätzung, die Sie mir entgegenbrachten, diese hochmütige Miene, die mir gerade wegen des Hochmuts mißfiel, imponierten mir gegen meinen Willen und setzten sich in meiner Erinnerung fest; was Graf de Mareuil mir von Ihnen und Ihrer Macht über die Frauen erzählte, vermehrte meinen Schrecken und meinen Haß – denn diese beiden Gefühle existierten in mir. Ich bin ein stolzer Mensch. Ihr Stolz verwundete und reizte den meinen. Als Sie mir dann anläßlich des Soupers bei de Mareuil von Ihrer Liebe sprachen, glaubte ich, dies sei der blasierte Einfall eines von den Frauen verwöhnten Mannes. Sie hatten mich häßlich gefunden, dennoch widerstand ich! Ich sah in dieser Annäherung nur ein Zeichen Ihrer Selbstsicherheit und den Ausdruck Ihrer Kraft und Ihrer Launenhaftigkeit. Später glaubte ich an Ihre Liebe. Aber als ich nicht mehr an Ihrer Leidenschaft für eine Frau zweifelte, die immerhin schon mehr als einen entflammt hatte, war ich glücklich ... ja, glücklich, Sie leiden zu lassen. Leide nur, du Stolzer, sagte ich mir; leide durch mich und für mich! Dieser Gedanke ließ mich nicht mehr los. Ich kostete ihn im Innersten meiner Seele aus. Ich floh Sie nur, um Sie noch mehr leiden zu lassen, dabei schützte ich mich vor Ihnen. Oh! Ich wollte ich selbst bleiben! Ich schürte den Haß in meinem Busen, wenn die Schlange schläfrig werden wollte. Ich übertrieb ihn, ich machte ihn größer, um der Liebe zu entkommen, von der ich bedroht wurde, – die ich in meinem Haß spürte! In meinem Haß, der sie nicht erstickte! Der sie nicht ersticken konnte! Ich war aufs höchste empört über diese Ohnmacht. Ich wollte mir durch mein Handeln beweisen, daß es nicht so sei. Deshalb bin ich zu dem Duell mitgekommen, dessen Opfer Sie wurden. Deshalb habe ich die Waffe geladen, die Sie verwunden sollte; deshalb habe ich gerufen: *Töte ihn Reginald ...!* Ich dachte, ich könnte die Macht, die Sie über mich besaßen und gegen die ich ankämpfte, in Ihrem Blut ertränken; ich brauchte niemanden mehr zu fürchten, wenn Sie tot wären. Aber ich hatte mich getäuscht. Ich war töricht. Als Sie unter der Kugel zusammenbrachen, fühlte ich, daß ich verloren war... Wenn Sie tot gewesen wären, hätte ich mich erdolcht...!

Wie im Fieber nahm ich sie in die Arme und bedeckte sie mit Liebkosungen.

›Ja, drücke mich an die Brust, deren Verwundung ich zuließ‹, sagte sie. ›Zeige mir durch die Kraft deiner Umarmungen, daß das Leben in dich zurückgekehrt ist, Ryno! Eine andere als ich, würde dir alles erzählen, was sie während vierzig langen Tagen gelitten hat. Ich nicht! Ich bin nur stolz, dich zu lieben! Hier, schau her, du kannst es ahnen‹ fügte sie hinzu, indem sie ihre Flechten, einen Schwall schwarzer, an den Schläfen kräftig gelockter Haare, hochhob, ›meine Haare sind ganz weiß geworden.‹

Trunken von diesen glühenden Worten unterbrach ich ihre Rede mit tausend Küssen.

John Cleland
Widerstreit der Leidenschaften

Nach dem Frühstück nahm mich Charlie – diesen Namen will ich künftighin meinem teuern Adonis geben – mit einem eigentümlichen Lächeln bei der Hand und sagte: »Komm, Liebste, ich will dir dein Zimmer zeigen, das eine herrliche Aussicht in den Garten hat.« Und ohne die Antwort abzuwarten, was mir sehr lieb war, führte er mich in einen luftigen hellen Raum, in dem an keine Aussicht als an die auf ein Bett zu denken war, das ganz aussah, als hätte es allein ihm das Zimmer empfohlen.

Charlie hatte schnell die Tür verriegelt, eilte auf mich zu, nahm mich in die Arme, hob mich auf und presste seine glühenden Lippen auf die meinen und legte mich zitternd, furchtsam, sterbend vor Begierde und in Tränen aufs Bett, wo seine Ungeduld ihm nicht Zeit liess, mich mehr zu entkleiden, als mein Halstuch aufzulösen, mein Oberkleid und die Schnürbrust.

Mein Busen war jetzt bloss und hob sich unter heftigem Herzschlag; seinen Augen bot sich ein Paar schwellender harter Brüste eines Mädchens von sechzehn Jahren, das eben erst frisch vom Lande gekommen und noch unberührt war; aber nicht ihre Weisse, ihre Form und ihre widerstrebende Härte konnten seine Hand fest halten, die frei umherschweifte; meine Röcke und mein Hemd waren bald aufgehoben und der stärkere Anziehungspunkt lag offen vor ihm; die Angst verursachte, dass ich ganz mechanisch meine Schenkel schloss, aber seine Hand stahl sich hinein, löste sie auseinander und eröffnete den Hauptangriff.

Während all dem lag ich offen seinen forschenden Augen preisgegeben, ruhig und ohne Widerstand, was ihn in seiner Meinung bestärkte, dass ich kein Neuling in diesen Dingen sei und weil er mich ja zudem aus einem öffentlichen Hause genommen hatte. Auch hatte ich nichts von meiner Jungfernschaft gesagt; hätte ich es getan, würde er sicher geglaubt haben, dass ich ihn für einen Dummen hielt, der diese Unwahrscheinlichkeit glauben sollte, dass ich noch im Besitze des verborgenen Schatzes wäre, nach dem die Männer so gierig aus sind und niemals finden, ohne ihn sofort zu vernichten.

Nun konnte er seine Ungeduld nicht länger meistern; er knöpfte sich auf und führte seinen Liebessturmbock dahin, wo er die Bresche vermeinte. Ich fühlte zum erstenmal dieses steife hornartige Werkzeug, das da gegen meine zartesten Teile losfuhr. Aber denken Sie sich sein Erstaunen, als er nach verschiedenen herzhaften Angriffen, die mir sehr weh taten, fand, dass er nicht im geringsten vorwärts kam.

Ich jammerte ein bisschen, aber mit aller Zärtlichkeit: »Ich kann's nicht aushalten – Sie tun mir weh!«... Er aber dachte, dass meine Jugend und die Stärke seiner Maschine – wenige konnten ihm in diesem Punkte den Rang streitig machen – dieser Schwierigkeit Ursache wären, und dass mich wahrscheinlich einer besessen hätte, der nicht so gut beschlagen gewesen wäre wie er; denn dass meine jungfräuliche Blume ungebrochen sein sollte, das kam ihm natürlich gar nicht in den Sinn und hielt er weder der Zeit noch der Mühe wert zu fragen.

Er machte einen zweiten Versuch, doch kam er auch dabei nicht weiter; er tat mir schrecklich weh; aber meine Liebe duldete ohne Seufzen; und aufs neue wiederholte er die vergeblichen Angriffe und fiel schliesslich vergehend neben mir aufs Bett, küsste mir die Tränen weg und fragte zärtlich, warum ich klage, und ob ich es von andern leichter ertragen hätte. Ich antwortete mit einer Naivheit, die überzeugen musste, dass er der erste Mann sei, der mir das antue.

Und Charlie glaubte, musste ja glauben, dass meine Jungfernschaft keine bloße Verstellung sei und so beruhigte er mich mit Küssen und bat mich, im Namen der Liebe ein wenig Geduld zu haben, und dass er mir so wenig Leides tun wolle als er sich selbst tun möchte.

Jetzt fing er seinen Angriff systematischer an: erst legte er ein Kissen unter mich, um seinem Ziel eine bessere Erhöhung zu geben, und ein anderes unter meinen Kopf, damit der bequem läge; hierauf breitete er meine Schenkel ganz weit auseinander, und dann legte er die Spitze seines Liebesschaftes an die Spalte, in die er den Eingang suchte; so klein war mein Sächelchen, dass er meinte, er sei am falschen Platz: er sah hin, befühlte und versicherte sich, dass er recht war. Und dann trieb er seinen Speer mit Ungestüm vorwärts und seine Steifigkeit brachte die Teile auseinander und gewann den Eingang. Als er dies merkte, trieb er seinen steifen Bolzen weiter zum Ziel, tiefer, tiefer drang er ein mit aller Kraft – und ich hätte laut schreien mögen vor Schmerzen. Aber ich wollte kein Aufsehen im Hause machen; ich hielt den Atem an, steckte meinen Unterrock, der etwas über meinem Gesichte lag, in den Mund

und biss vor lauter Schmerzen darauf. Endlich gab das zarte Ding seinem harten nach, und er drang tiefer in mich ein, und seiner selbst nicht mehr länger mächtig, brach er nun in einer Art von Wut alles vor sich nieder und stiess seinen Schwanz, rauchend von jungfräulichem Blute, bis an die Wurzel hinein ... Jetzt ... jetzt ... verliess mich meine Fassung ... ich schrie laut auf und ward ohnmächtig; und nachdem er's vollendet und ihn wieder herausgezogen hatte, da floss, wie er mir nachher erzählte, ein Strom von Blut aus der Wunde und über meine Schenkel hin.

Als ich wieder zu Besinnung kam, fand ich mich ausgekleidet und zu Bett in den Armen meines süssen Räubers, der zärtlich klagend über mir hing und in der Hand ein Stärkungsmittel hielt. Meine Augen schwammen in Tränen und wandten sich schmachtend nach ihm, schienen ihm seine Grausamkeit vorzuwerfen und ihn zu fragen, ob sie der Lohn für meine Liebe sei. Charlie war ich nun teurer als zuvor geworden – wegen seines Triumphes über meine Jungfernschaft, die er ja nicht erwartet und die ihm solches Vergnügen bereitet hatte. Nun war er so liebevoll und aufmerksam um mich beschäftigt, liebkoste mich und beruhigte mich in meinem leisen Klagen, das doch mehr Liebe noch als Schmerz ausdrückte. Und aller Schmerz verschwand in meinem Glücke, in meiner Liebe zu ihm, der nun der Herr meiner Seligkeiten und meines Schicksals war.

Emmanuelle Arsan
Berauscht

Emmanuelles Mann hat geduscht. Er geht ins Schlafzimmer, wo Emmanuelle nackt auf dem großen, niedrigen Bett hockt und auf ihn wartet. Sie schlingt die Arme um seine Hüften und nimmt sein Glied in den Mund. Kaum hat sie begonnen, daran zu saugen, schwillt es an und richtet sich auf. Emmanuelle läßt es zwischen ihren Lippen hin und her gleiten, bis es ganz hart ist. Dann fährt sie mit der Zunge über seine ganze Länge hin, neigt den Kopf, drückt die blauschimmernde Ader, die dicht unter der Haut liegt, zusammen, in die jetzt unter ihren Küssen das Blut drängt. Jean sagt, sie sehe aus, als knabbere sie an einem Maiskolben, und daraufhin beißt sie ihn ganz leicht mit ihren kleinen weißen Zähnen. Aber sogleich saugt sie zur Sühne die seidige Haut der Hoden sanft in ihren Mund, hebt sie mit ihren Händen hoch, läßt ihre Zungenspitze daruntergleiten, liebkost eine andere Ader, berauscht sich an dem heißen Blut, das sie unter der Berührung ihrer Lippen heftiger pulsieren fühlt, dringt in immer intimere Bereiche vor, tastet herum, kommt, geht, kehrt unvermittelt zur Spitze des Phallus zurück und stößt sich ihn tief in die Kehle, so tief, daß sie fast erstickt; und dann beginnt sie mit langsamen, unwiderstehlichen Pumpbewegungen, während ihre Zunge das immer noch tief in ihrer Kehle verharrende Glied umspielt und massiert.

Die Leidenschaft, mit der ihre Arme die Lenden ihres Mannes umschlingen, steigert sich, je länger sie an seiner Rute saugt und je stärker sich die Erregung ihrer Lippen und ihrer Zunge auf ihre Brüste und ihr Geschlecht überträgt. Sie fühlt, daß zwischen ihren zusammengepreßten Schenkeln der Saft ebenso reichlich hervorquillt wie der Speichel, mit dem sie in diesem Augenblick das zuckende Glied in ihrem Mund benetzt. Dann entlassen ihre Lippen den Penis einen Augenblick, um vor Wollust zu stöhnen. Ein Teilorgasmus bringt ihr Erleichterung, so daß sie ihre Fellatio fortsetzen kann, und sie fährt fort, die

Öffnung des Harngangs zärtlich mit ihrer Zunge zu betupfen. Dann schlingt sie erneut die bebende Brücke, die sie miteinander verbindet, in sich hinein.

Jean hält mit den Händen die Schläfen seiner Frau, aber nicht, weil er ihre Bewegungen lenken oder ihren Rhythmus bestimmen möchte. Er weiß, daß er nichts Besseres tun kann, als sich ihr anzuvertrauen und es ihr zu überlassen, ihrer beider Lust zu erhöhen. Wieder einmal wird die Besonderheit, die sie dieser Umarmung zu verleihen weiß, sich von früheren Umarmungen unterscheiden. An manchen Tagen besteht Emmanuelles Spiel darin, ihren Mann hinzuhalten: nirgends verweilend, sucht sie wie ein Schmetterling eine empfindsame Stelle nach der andern auf, entlockt der Kehle ihres Opfers Klagelaute, leises Stöhnen, die sie aber ungerührt lassen, läßt es zucken, keuchen, treibt es zur Raserei, um ihr Werk dann schließlich präzise und lebhaft zu vollenden. Heute jedoch möchte sie Spenderin einer gelasseneren Befriedigung sein. Ohne das bebende Glied zu fest zusammenzupressen, unterstützt sie das Saugen ihrer Lippen mit dem Druck ihrer Finger, mit regelmäßigen Handbewegungen, um das Glied auf sanfte Weise von seinem Samen zu befreien und es so vollständig wie nur möglich zu entleeren. Als Jean sich ergibt, schluckt sie die würzige Substanz, die sie tief aus seinem Innern hervorgeholt hatte, in langsamen Zügen; nur den letzten Strahl läßt sie auf ihrer verliebten Zunge schmelzen.

Sie selbst hat sich schon so sehr in ihren eigenen Orgasmus hineingesteigert, daß ihr Mann nur noch ihre Klitoris zwischen seine Lippen zu nehmen braucht, um ihrer Lust den Höhepunkt zu verschaffen.

»Gleich werde ich zu dir kommen«, sagt er.

»Nein, nein! Ich will dich noch einmal trinken! Versprich es mir! Versprich mir, daß du wieder in meinem Mund kommst. Oh! Noch einmal wirst du in meinen Mund fließen, sag ja, bitte! Das ist so herrlich, ich habe es so gern!«

Frank Schulz
Verquer in den Jeans

Sie hatte ihn an jemand erinnert. Er hatte allein am großen Tisch in der »Bürste« gesessen und hätte ihr die ganze Nacht zusehen können. Eigentlich wollte er nur zwei, drei Bier trinken und wieder zurückfahren, ins Bett gehen, schlafen. Er blieb sitzen, und nach dem dritten oder vierten verlor er die Fühlung zum Zwang seines Tagesablaufs. Während das feuchte Gift angenehm die versteiften Muskeln umspülte, bewunderte er die Körperbeherrschung der Indianerfrau. Sie läuft quer durch den Raum, von einer Ecke in die andere, die Treppe hinauf zu den Dartwerfern. Die engen Jeans, wie maßgeschneidert. Gute alte Musik dazu. Das war noch Musik, sowas. Dieses Geächze und kindische Gekreisch von Michael Jackson, nee. Und dies Gezappel dazu, das genauso gut von einem Trickzeichner erledigt werden könnte. Da kommt doch nix mehr rüber. Da war ja Rudi noch der größere Künstler – der konnte wenigstens gut furzen. Kolk grinste.

Er hob den Blick. Eine langhaarige Blondine in bauchnabel-kurzem T-Shirt hopste hin und her, auf und nieder, das T-Shirt war durch strapsartige Bänder mit dem Bündchen des kurzen Rocks verbunden, Strapse auch an den Overknees. Eine Hand-voll Männer tanzte im selben Rhythmus, sie trugen Hüte, dunkle Brillen. Als Zwischenschnitte eingeblendet, in Nahauf-nahme, ein hüpfender tiefer Bauchnabel, jeder Vierteltakt ein anderes Bild, eine andere Perspektive.

Kolk nieste zweimal, und ein drittes Mal. Er hörte die Töne, und er sah die Bilder, er seufzte und drehte an seinem Schnau-zer. Wie ein schweres Opiat sank Müdigkeit in seine Glieder. Sie hatte ein bißchen gelächelt, als er am Tresen zahlte, sie hatte einen leichten Bart. Die vögelt bestimmt mit dem Typen aus der Küche, dieser behaarte Arm in der Durchreiche. Er war durch die sanfte Nacht heimwärts geradelt – was heißt heimwärts, in die *Wohnung*. Stur, ohne rechts und links zu gukken, wo Kneipenschilder leuchteten, trat er in die Pedale, hin und wieder weit seitwärts die gerade Linie verlassend, um dann mit unvermittelten Schlenkern in die Bahn zurückzukehren. Der Dynamo jaulte im zyklisch unterbrochenen Gummidiskant, und der Lichtkegel der Lampe schwenkte von links nach rechts nach links. Er hatte gehofft, Rudi zu begegnen, der ihm die »Bürste« einmal gezeigt hatte.

In seiner Wohnung angekommen, hatte er sich auf den Balkon gesetzt, den er nachmittags aufgeräumt hatte, die alte Frühlingszeremonie. Mit ausrangierten Teppichfliesen ausgelegt, das Geländer geschmirgelt und entrostet. Grüne Farbe stand bereit. In einem Schub von Umtriebigkeit hatte er drei Blumenkästen verankert, Stiefmütterchen gekauft und gepflanzt. Den Sonnenschirm vom Boden geholt und den alten Sessel mit dem Aluminiumgestänge. Eine Marmorplatte, die er mal auf dem Sperrmüll gefunden hatte, auf eine alte Apfelkiste gelegt. Eine weitere, die im Winter wieder für Feuerholz verwendet würde, in die Lücke zwischen Sessel und Hauswand gezwängt. Eine alte Decke darübergeworfen. Arschgemütlich.

Kolk hatte den Kopf zurückgelegt gehabt. Er hatte den rechten Ellbogen auf die Kiste gestützt, ein Weinglas in der Hand. In der linken dampfte die Zigarette unter dem wie von aufgeplatzten Eiterblasen übersäten Balkonboden seiner Nachbarn über ihm, im dritten Stock, hinaus bis fast in den Himmel, auf dem leichte Fetzenwolken schwammen, einige wenige Sterne waren zu sehen. Die Linde gegenüber zischelte mit ihren Blättern, ungleichmäßig. Ihre Äste warfen lässig lange Schatten über die gegenüberliegenden Hauswände. Die Bogenlaterne brannte beinahe anheimelnd. Überwiegend Dieselmotorgeräusche, wenn überhaupt welche zu hören waren. Gegenüber kaum erleuchtete Fenster. Es mußte spät sein. Lediglich im Fenster der Blonden brannte noch Licht. Vorgestern hatte sie im Bikini auf dem Balkon gelegen, obwohl erst nach sieben

Uhr ein Schimmer der Abendsonne auf die Balkons des gegenüberliegenden Blocks fiel.

Unten in der Straße Stöckelschuhe. Kolk horchte auf. Stökkelschuhe. Klack, klack, klack ... Ach so – die Alte mit ihrem fetten Cocker. Ich kauf mir auch einen, wenn ich wieder zurückgehe, und er wird Joe heißen.

Er hatte vorhin Radio Hundertsex gehört, diese eine mit dem schleswigschen Akzent ... Thema Gruppensex. Sie mit ihrer Freundin in Paris und so, und am vorletzten Tag ging's mit den beiden Kellnern von diesem Hotelrestaurant ab. Klang ganz nett. So eine müßte man mal kennenlernen. Mann, wenn bloß der Wecker nicht wäre, jeden Morgen 4:30 miepmiepmiep 4:30 miepmiepmiep 4:30 miepmiepmiep ... Aber morgen, bis in die Puppen!

Schnaufend hievte sich Kolk aus dem Sessel, schob die Finger in die Taschen. Die Autos unten standen in schrägen Staffeln. Die Lindenherzblättchen um die riesenlakritzstäbchenförmige Lampe waren heller grün als die im Schatten. Jemand hustete, unten, oder um die Ecke, auf einem anderen Balkon. Das Wimmern eines zurücksetzenden Wagens.

Er war ins Schlafzimmer gewankt, im Dunkeln, hatte sich den Kopf am Türrahmen gestoßen. Er hatte sein Hemd mit beiden Händen vom Kragen an aufgerissen. Es gab ein unerwartetes Geräusch, dann eine Serie knipsender Laute. Er hatte sich die Knöpfe abgerissen, vergessen, daß er nicht das Jeanshemd mit den Druckknöpfen trug. Er kicherte vor sich hin, zog sich aus, legte sich ins Bett. Kurz bevor er einschlief, hatte sich der ruhige Hinterhof mit dem lustvollen Stöhnen einer Frau gefüllt.

Sabrina Salerno trat auf. Sie trug das, was man früher hot pants nannte, eine Lederjacke, Lederstiefel, ein rotes Top, auf ihren mächtig schlingernden Brüsten tanzte ein Kreuz an einer Kette. Ihre linke Hand, in der sie das Mikrophon hielt, war mit einem fingerlosen Handschuh bekleidet. Dunkle lange Haare hatte sie. Zwei blonde Girls, die sie begleiteten, in schwarzen Minikleidern.

Sabrina heißt die, das halt ich nicht aus. Kolk grinste. Vielleicht ist Frau Hausmann ihr ja ähnlich. Mensch, so eine mal vernaschen.

Kolk starrte auf die riesigen Brüste der Italienerin. Vielleicht war ja doch was dran an den Geschichtchen, die Bonni, der Playboy, ihm immer erzählte. Von willigen Hausfrauen, scharfen Töchtern und einsamen Sekretärinnen. Kolk hatte, auch als Eilzusteller, bisher nie solche Erlebnisse gehabt.

Navid Kermani
Von der Lust

Am Tresen hörte ich, wie zwei Kumpel sich über einen Dritten namens Wolli unterhielten, der nach Jahren unaufgeregter Ehe zu der Erkenntnis gelangt war, daß die größte Lust dort zu finden sei, wo sie nach allgemeinem Dafürhalten am wenigsten erwartet werde, nämlich am Ende eines anstrengenden Tages, nach einem Umzug etwa, der langen Autofahrt vom Urlaubsort in der Bretagne zurück an den Rhein oder einfach nur nach Harald Schmidt, wenn man sich außer für den Sinkflug ins Bett zu nichts mehr aufzuraffen fähig glaube, den Zwischenstopp im Bad daher auf das Wasserlassen beschränke und, endlich gelandet, feststelle, doch erst, und sei es vor Erschöpfung, in drei Minuten schlafen zu können. Habe man in den drei Minuten, in denen man sich an der Tatsache ergötzen dürfe, den Tag überstanden zu haben, auch noch das Glück, neben der eigenen, hinlänglich bekannten Frau zu liegen, schleiche sich oft noch vor Ablauf der ersten Sekundenrunde der Gedanke ins ermattete Gehirn, daß man keineswegs protestieren würde, wenn sie, bevor sie zu schnarchen anfange und also womöglich eine vierte und fünfte Minute der Schlaflosigkeit verursache, wenn sie sich zu einer Minimalvariante jener Tätigkeit aufraffte, für die die beiden ein Wort verwandten, das ich an dieser Stelle nicht zitieren möchte.

Ich stelle mir zum Beispiel vor, daß die zum Schnarchen neigende Frau Wollis, die übrigens Barbara hieß und bei den Kumpel bekannt zu sein schien, nach allgemeinem Dafürhalten, um den Ausdruck noch einmal aufzugreifen, nicht eben als aufreizend im erotischen Sinne gelten kann, zumal nicht nach einem Umzug oder einer Autofahrt von der Bretagne nach Köln oder auch nur nach Harald Schmidt; ich stelle mir außerdem vor, daß auch an Wollis Körper die besten Jahre längst vorübergezogen sind (ein Indiz für die Richtigkeit meiner Annahme ist der Hinweis, daß er sich seit Jahren nicht mehr beim sonntäglichen Aufmarsch der Thekenmannschaft hat blicken lassen); und daß Barbara und Wolli vielleicht früher einmal, aber jedenfalls nicht mehr heute eine Sexualität teilen, die als ausgefüllt oder entdeckungsfreudig zu bezeichnen wäre, sondern eben das, was nach Jahren selbst der aufgeregtesten Ehe von den Ambitionen gewöhnlich übrigbleibt, das stelle ich mir ebenfalls vor, da es den Kern der Wollischen Erkenntnis noch unverstellter zum Vorschein bringt, der Erkenntnis von der unvergleichbaren, auch in sexuell wie mental ambitionierteren Jahren nicht gekosteten Süße jenes Tröpfchens Lust, das im Zustand der größtmöglichen körperlichen wie lebenszyklischen Erschlaffung – und nur dann! – noch gerade eben aus dem Tag rinne. Darum ging es doch Wolli, um nichts anderes: daß der Tropfen, um sich bilden zu können, auf jene Erwartungslosigkeit angewiesen sei, die mit der Gelassenheit einhergehe, und ihm also die größte Lust erst in jenem Alter zuteil werden konnte, da er vorzeitig alle Versuche aufgegeben hatte, dem Leben noch etwas anderes als die Renovierung ihrer Wohnung in Riehl, den Urlaub in der Bretagne oder Harald Schmidt abzuringen, in jenen drei Minuten, da er nichts mehr wollte, als schnell noch die letzte Regung aus dem Körper zu pressen, aber nicht imstande war, mehr dafür zu tun, als einen Halbsatz oder nur ein bloßes Du zu stammeln oder die Hand

auf ihren hoffentlich noch nicht im Takt des Schnarchens auf- und absinkenden Bauch zu legen oder allenfalls noch ihre Hand zu ergreifen und sie mit letzter Kraft auf den eigenen, sogar nach eigenem Dafürhalten alles andere als athletischen Bauch zu führen, in jener Resignation, die sich deshalb für die zwei oder dann doch vier oder fünf verbliebenen Minuten vor dem Einschlafen, für die paar Jahre vor dem Alter als die reine Glückseligkeit entpuppt, weil nur sie, die Resignation, der Verzicht, die Aufgabe es erlauben, das Maß der für möglich erachteten Lust so weit zu beschränken, daß es tatsächlich gelingen kann, sie ganz und gar, ohne jeden Bodensatz der Sehnsucht, der Verheißung, des Ungenügens auszuschöpfen. Darum, um nichts anderes ging es Wolli, daß die große sexuelle Freiheit, von der gerade Leute seiner Generation einmal ge- träumt hatten, nichts anderes als die Freiheit von der Sexualität sei, eine Freiheit, die aber keineswegs – und das eben sei die Erkenntnis, von der die beiden Kumpel in ihren eigenen Worten spra- chen, die von den meinen, wie man sich denken mag, erheblich abwichen – die also keineswegs die Enthaltsamkeit zur Folge habe, sondern bloß die äußerste, von der Ermüdung nicht mehr zu unterscheidende Entspanntheit, jene glückliche Er- leichterung, den Tag überstanden und den Schlaf bereitstehen zu haben, wie sie Wolli nach einem Umzug, der Heimfahrt aus der Bretagne oder auch nur nach Harald Schmidt gleich einer Brise sanft, kaum merklich überkomme. Löse dann, im eigent- lich vollständig ermatteten Gehirn, eine einzelne, gerade eben noch wahrgenommene Regung des Begehrens den Gedanken aus, daß es doch gar nicht schlecht wäre, jetzt noch, und zwar mit Blick auf die Müdigkeit notgedrungen rasch, die Befrie- digung vervollständigen zu können, die man eben doch nicht vollständig spüre, wie man vor Beginn der drei oder fünf Mi- nuten fälschlich gedacht hätte, schlage das Behagen allzu leicht um, da es sich aufgrund der beschriebenen Ermattung nur in einer minimalen Regung äußern könne. Wenn aber Barbara diese Regung trotz ihrer eigenen körperlichen wie lebenszeit-

lichen Müdigkeit, bei vollständigem Bewußtsein seiner unendlich größeren, ja metaphysisch sich ausnehmenden, aktuellen wie überzeitigen Müdigkeit erkenne und annehme, wenn sie sein verschämt fragendes Gestammel amüsiert erwidere oder mit ihrem Bauch unter den seinen wandere, wenn sie sich für die verbliebenen, allenfalls vier oder fünf Minuten des Tages, sei es als Lohn für das Schleppen vieler Kisten, das unfallfreie Fahren aus der Bretagne zurück nach Köln oder einfach nur aus Barmherzigkeit, in die Fee verwandelt, die alle Fäden in der so gütigen wie wissenden Hand hält, wenn alles dies sich in den wenigen verbleibenden Sekunden des Tages in eine einzige Folge von Handlungen vereinige, ja dann, und nur und ausschließlich dann verwandele sich die glückliche Erleichterung in tiefe, tiefste Wollust, die aber die umfassende Lustlosigkeit voraussetze, von der die Rede war, das momentane wie endgültige Erschlaffen zweier Körper, die sich dennoch zugetan bleiben, die umfassende Vertrautheit des einen mit dem anderen, die aus dem notwendig gemeinsamen, aber nicht notwendig ausgesprochenen Verzicht auf alle Ambitionen folge.

IV NEBENSTELLEN

Ich mag nicht den Himmel, wenn es dort keine Frauen gibt. *Albrecht Dürer*

Man muß am Ende die Weiber nehmen wie die Skorpione, den Stich des einen heilt man mit dem Safte, den man dem anderen ausquetscht. *Gottfried Keller*

Ich möchte deshalb kein Frauenzimmer sein, weil ich es dann nicht mehr so lieben könnte. *Jean Paul*

Es kommt gewiss nicht bloß auf das Äußere einer Frau an. Auch die Dessous sind wichtig. *Karl Kraus*

Die Leute sagen, das seien gar nicht meine Brüste. So ein Quatsch, ich habe sie doch selbst gekauft. *Xuxa*

Außer in der Liebe ist die Frau langweilig. Man muß mit einer leben und schweigen. Oder mit allen schlafen und handeln. *Albert Camus*

Kein Mann ist je der Liebe einer Frau würdig.
James Joyce

Mein Lebensprinzip war immer: Frauen, bei denen ich keine Chance habe, finde ich gar nicht attraktiv. Das mindert den Leidensdruck gewaltig. *Herbert Feuerstein*

Ich glaube, die in sexueller Hinsicht interessantesten Frauen sind die Engländerinnen. Der Sex darf nicht gleich ins Auge stechen. Eine junge Engländerin mag daherkommen wie eine Lehrerin, aber wenn Sie mit ihr in ein Taxi steigen, überrascht sie Sie damit, daß sie Ihnen in den Hosenschlitz greift. *Alfred Hitchcock*

Vor vielen Jahren war ich hinter einer Frau her, nach zwei Jahren stellt sich heraus, daß sie genau denselben Geschmack hatte wie ich: Wir beide waren verrückt nach Mädchen. *Groucho Marx*

Gerda hat schon wieder einen neuen Bekannten. Ein Bekannter ist eine Beziehung, die nicht bei einem wohnt. Zieht er ein, ist er ein Verlobter. Frau K. kann ja nicht viel sagen, weil sie nach dem Krieg eine Beziehung namens Onkelehe geführt hat, deren Frucht schließlich Gerda war. Fehlt nur noch, dass Yvonne mit »was Kleines« ankommt, dann ist die dritte Generation komplett. Yvonnes Pappa war nämlich auch nur ein Verlobter.
Fanny Müller

Männer verlieben sich schneller, und Frauen verlassen einen schneller. Verlieben Sie sich auch leichter, wenn Sie richtig sauer sind? Das ganze Adrenalin im Blut macht mich so – so empfänglich. Übrigens haben eifersüchtige Frauen weniger Lust auf Sex. *David Eisermann*

Haben Sie zur Abwechslung wenigstens schlüpfrige Träume? Auf dem Land ist der Fehltritt ein Trost, wenn er auch in der Stadt eine schmutzige Sache ist.
Flaubert an die Goncourts

Man ist doch nicht gleich untreu, nur weil man mal ins Bordell geht. *»Edel & Starck«*

Der Akt des Betrügens definiert sich durch den Akt des Erwischtwerdens. *»Sex and the City«*

Schon die Vorstellung von ewiger Treue ist völliger Unfug. *Roger Vadim*

Ich glaube ehrlich, daß Ehebruch aus mir einen netten Menschen gemacht hat. *Jenny Eclair*

Wer mit einem Scheißdreck rammelt, er gewinne oder verliere, er gehet beschissen hinvon. *Martin Luther*

Ehebruch – die demokratische Form der Liebe.

H. L. Mencken

Männer sind untreu – aus dem gleichen Grund wie Hunde sich am Sack lecken – weil sie es können.

»Sex and the City«

Abends, in die dustern Budickerkeller und Destilln, wo ick die Zeitungen brachte, kroch ick unter die Tische rum und lutschte den ollen Kerls, die beis Kartenkloppen hockten, een ab. Die ließen sich jarnischt merken und haben janz eisern weiter jespielt, det Jeld hab ick mir aus de Westentaschen jelangt, meine Kunden wußten det schon. *Heinrich Zille*

Die Anziehung zwischen beiden war unmittelbar spürbar, und Nora, die um halb elf wieder im Finn's sein mußte, verschwendete keine Zeit. Zu Joyce' dankbarer Verwunderung knöpfte sie ihm die Hose auf, steckte die Hand hinein, schob sein Hemd beiseite und machte ihn mit einiger Geschicklichkeit zum Mann.

Brenda Maddox, Nora

Irgendwas ist doch immer bei uns 5 Tage lang alle 3 oder 4 Wochen die übliche monatliche Blutspende . . .

Molly Bloom

Treue ist nur der Zeitraum zwischen zwei Seitensprüngen. *Herrmann*

Katherine Mansfield
Nur ein Spiel

Ach, warum hatte sie es nicht klüger angestellt? – die Vorsehung hatte ihn geschickt – und sie hatte ihn zurückgewiesen.

»Wenn sich mir noch einmal solch eine Gelegenheit bietet, weiß ich, was ich zu tun habe.« Und statt des gewöhnlichen Mannes, der an der Tür mit ihr gesprochen hatte, malte sie sich ein strahlendes, lachendes Inbild von einem Mann aus, der sie wie eine Königin behandeln würde . . . »Nur eins könnte ich nicht ertragen – wenn er grob oder ordinär wäre. Aber das war er ja nicht – er war ganz offensichtlich ein Mann von Welt, und die Art, wie er um Verzeihung gebeten hatte . . . Ich vertraue völlig auf meine Ausstrahlung und Schönheit, und ich weiß, daß ich einen Mann dazu bringen könnte, mich so zu behandeln, wie ich es will . . .« In ihre Träume mischte sich der Duft – der süße Duft von Zigarettenrauch. Und dann fiel ihr ein, daß sie nicht gehört hatte, wie jemand die Steintreppe hinuntergangen war. War es möglich, daß der Fremde noch da war? . . . Der Gedanke war zu verrückt – das Leben spielte keine solchen Streiche – und doch – sie konnte seine Nähe förmlich spüren. Ganz leise stand sie auf, nahm vom Haken an der Tür einen langen, weißen Morgenrock, knöpfte ihn zu und lächelte verschmitzt. Sie wußte nicht, was geschehen würde. Sie dachte nur: »O was für ein Spaß!« und daß sie ein heiteres Spiel spielten, dieser Fremde und sie. Sehr behutsam drückte sie die Klinke hinunter, verzog ihr Gesicht und biß sich auf die Lippen, als das Schloß aufschnappte. Natürlich, da war er – er lehnte am Treppengeländer. Er drehte sich um, als sie auf den Flur schlüpfte.

»Tja«, murmelte sie und zog ihren Morgenrock fest um

sich, »muß wohl hinuntergehen und Holz holen. Brr! diese Kälte!«

»Es gibt kein Holz mehr«, ließ sich der Fremde vernehmen. Sie gab einen kleinen Überraschungsschrei von sich, dann warf sie den Kopf zurück.

»Sie schon wieder«, sagte sie verächtlich und nahm gleichzeitig seine fröhlichen Augen wahr und den frischen, würzigen Geruch seines gesunden Körpers.

»Die Wirtin hat lauthals verkündet, daß kein Holz mehr da ist. Gerade habe ich gesehen, wie sie fortging, um welches zu kaufen.«

»Lüge – Lüge!« hätte sie am liebsten gerufen. Er trat ganz nah an sie heran, beugte sich über sie und flüsterte: »Wollen Sie mich nicht bitten, meine Zigarette in Ihrem Zimmer zu Ende zu rauchen?«

Sie nickte. »Wenn Sie es wünschen!«

Während sie so zusammen auf dem Flur gestanden hatten, war ein Wunder geschehen. Ihr Zimmer hatte sich völlig verändert – erfüllt von mildem Licht und dem Duft von Hyazinthen. Sogar die Möbel erschienen ihr anders – aufregend. Erinnerungen an Kinderfeste schossen ihr schnell wie der Blitz durch den Kopf, wie sie Scharaden aufgeführt hatten und eine Gruppe das Zimmer verlassen hatte und wieder hereingekommen war, um das Wort darzustellen – genauso wie sie es jetzt tat. Der Fremde ging zum Ofen und setzte sich in ihren Sessel. Sie wollte nicht, daß er sprach oder ihr nahe kam – es genügte, ihn in ihrem Zimmer zu sehen, so selbstsicher und glücklich. Wie ausgehungert sie war nach der Nähe eines solchen Menschen – der nichts von ihr wußte – der keine Ansprüche stellte – sondern einfach nur lebte. Viola lief zum Tisch und legte die Arme um das Glas mit den Hyazinthen.

»So schön! So schön!« rief sie – steckte die Nase tief in die Blüten – und sog gierig den Duft ein. Über die Blätter sah sie den Mann an und lachte.

»Sie sind ein lustiges Ding«, sagte er träge.

»Warum? Weil ich Blumen liebe?«

»Mir wäre es lieber, wenn Sie andere Dinge liebten«, sagte der Fremde langsam. Sie pflückte ein kleines rosafarbenes Blütenblatt ab und lächelte es an.

»Wenn es Ihnen recht ist, werde ich Ihnen Blumen schikken«, sagte der fremde Mann. »Ich schicke Ihnen ein ganzes Zimmer voll, wenn Sie es wünschen.«

Seine Stimme erschreckte sie ein wenig. »Ach nein, besten Dank – diese eine reicht mir völlig.«

»Aber nicht doch« – mit neckischer Stimme. »Was für eine unsinnige Bemerkung!« dachte Viola, und als sie ihn wieder ansah, schien er überhaupt nicht mehr unbeschwert. Sie bemerkte, daß seine Augen zu eng beieinander standen und sie waren zu klein. Gräßlicher Gedanke, daß er sich als Dummkopf erweisen könnte.

»Was machen Sie so den ganzen Tag?« fragte sie hastig.

»Nichts.«

»Überhaupt nichts?«

»Warum sollte ich etwas tun?«

»Oh, Sie dürfen nicht glauben, daß ich solche Weisheit verurteile – es klingt nur zu schön, um wahr zu sein!«

»Was denn?« – er beugte sich vor. »Was klingt zu schön, um wahr zu sein?« Ja – es war nicht zu leugnen – er sah wie ein Dummkopf aus.

»Ich nehme nicht an, Sie verbringen Ihre Tage ausschließlich mit der Suche nach Fräulein Schäfer.«

»O nein« – er lächelte breit – »sehr gut! Herrjeh! Nein. Ich fahre häufig aus – mögen Sie Pferde?«

Sie nickte. »Ich liebe Pferde.«

»Sie müssen mit mir ausfahren – ich habe zwei prächtige Grauschimmel. Wollen Sie?«

»Hübsch würde ich aussehen, wenn ich mit meinem einzigen Hut hinter zwei Grauschimmeln hocken würde«, dachte sie. Laut: »Furchtbar gern.« Ihre rasche Einwilligung gefiel ihm.

»Wie wär's mit morgen?« schlug er vor. »Sie könnten morgen mit mir zu Mittag essen, und dann fahre ich Sie aus.«

Nun – dies war schließlich nur ein Spiel. »Ja, morgen habe ich nichts vor«, sagte sie.

Eine kurze Pause – dann klopfte der Fremde auf seinen Schenkel. »Warum kommen Sie nicht her und setzen sich?« fragte er.

Sie tat so, als habe sie nichts gesehen, und schwang sich auf den Tisch. »Ach, ich sitze hier ganz gut.«

»Aber nicht doch« – wieder die neckische Stimme. »Kommen Sie, setzen Sie sich auf mein Knie.«

»O nein«, sagte Viola energisch und war plötzlich sehr mit ihrem Haar beschäftigt.

»Warum nicht?«

»Ich möchte nicht.«

»Ach, kommen Sie schon« – ungeduldig.

Sie schüttelte heftig den Kopf. »Es würde mir nicht im Traum einfallen.«

Bei diesen Worten stand er auf und kam zu ihr herüber. »Freches kleines Kätzchen!« Er hob eine Hand, um ihr Haar zu berühren.

»Nicht«, sagte sie – und sprang vom Tisch. »Ich – ich finde, Sie sollten jetzt gehen.« Sie war jetzt wirklich erschrocken – und ihr einziger Gedanke war: »Ich muß diesen Mann so schnell wie möglich loswerden.«

»Sie wollen doch nicht etwa, daß ich gehe?«

»Doch – ich habe viel zu tun.«

»Zu tun. Was macht denn das kleine Kätzchen den ganzen Tag?«

»Alles mögliche!« Sie wollte ihn aus dem Zimmer stoßen und die Tür hinter ihm zuschlagen – Idiot – Dummkopf – grausame Enttäuschung.

»Was runzelt sie die Stirn?« fragte er. »Hat sie Sorgen?« Plötzlich ernst. »Ich meine – sagen Sie, sind Sie in finanziellen Nöten? Brauchen Sie Geld? Ich gebe Ihnen welches, wenn Sie wollen!«

»Geld! Jetzt ist Schluß – verlier nicht den Kopf!« – sprach sie zu sich selbst.

»Ich gebe Ihnen zweihundert Mark, wenn Sie mich küssen.«

»Pah, nette Bedingung! Ich will Sie aber nicht küssen – ich küsse nicht gern. Bitte, gehen Sie!«

»O doch – du küßt gern! – du küßt gern.« Er packte sie an den Oberarmen. Sie wehrte sich und stellte überrascht fest, wie wütend sie war.

»Lassen Sie mich los – sofort!« schrie sie – und er umschlang sie mit einem Arm und zog sie an sich – wie eine Eisenstange um ihre Hüfte war dieser Arm.

»Lassen Sie mich in Ruhe! Hören Sie? Sie gemeiner Mensch! Ich wollte so etwas nicht, als Sie in mein Zimmer gekommen sind. Wie können Sie es wagen?«

»Dann küß mich, und ich gehe!«

Es war zu blöd – sie wich dem dummen, lächelnden Gesicht aus.

»Ich küsse Sie nicht! – Sie Rohling! – Ich tue es nicht!« Irgendwie entschlüpfte sie seinen Armen und lief zur Wand – lehnte sich dagegen – atmete schnell.

»Gehen Sie!« keuchte sie. »Sofort, verschwinden Sie!«

Jetzt, wo er sie nicht berührte, hatte sie sogar Spaß daran. Sie war ganz begeistert von ihrer wütenden Stimme. »Daß ich mit so einem Mann überhaupt rede!« Eine zornige Röte überzog sein Gesicht – er bleckte die Zähne – wie ein Hund, dachte Viola. Er stürzte sich auf sie . . . drückte sie gegen die Wand – drängte mit dem ganzen Gewicht seines Körpers gegen sie. Diesmal konnte sie sich nicht befreien.

»Ich küsse Sie nicht. Nein, niemals. Hören Sie auf damit! Pfui! Sie sind wie ein Hund – Sie sollten Ihre Liebchen an Straßenlaternen suchen – Sie Tier – Sie Teufel!«

Er antwortete nicht. Mit dem Ausdruck äußerster Entschlossenheit drückte er sich noch fester an sie. Er sah sie nicht einmal an – stieß mit rauher Stimme hervor: »Sei still – sei still.«

»Grr! Warum sind Männer so stark?« Sie fing an zu weinen. »Gehen Sie weg – ich will Sie nicht, Sie Dreckskerl. Ich könnte Sie umbringen. O mein Gott! hätte ich doch ein Messer!«

»Sei nicht albern – komm und sei lieb!« Er zog sie zum Bett.

»Halten Sie mich für ein Flittchen?« fauchte sie, beugte sich schnell hinunter und vergrub ihre Zähne in seinem Handschuh.

»Au! Laß das – du tust mir weh!«

Sie ließ nicht los, und ihre innere Stimme sagte: »Gott sei Dank, daß mir das eingefallen ist.«

»Hör sofort auf – du Biest – du Miststück.« Er stieß sie von sich. Mit Freuden sah sie, daß Tränen in seinen Augen standen. »Du hast mir weh getan«, sagte er mit erstickter Stimme.

»Natürlich. Das wollte ich ja. Und ich tue Ihnen noch viel mehr weh, wenn Sie mich noch einmal anrühren.«

Der Fremde nahm seinen Hut. »Nein, danke«, sagte er grimmig. »Aber das hat ein Nachspiel – ich gehe zu Ihrer Zimmerwirtin.«

»Pah!« Sie zuckte die Schultern und lachte. »Ich werde ihr sagen, daß Sie mit Gewalt in mein Zimmer eingedrungen und über mich hergefallen sind. Wem wird sie mehr glauben? – mit dem Biß in Ihrer Hand. Suchen Sie lieber Ihr Fräulein Schäfer.«

Ein großartiges, berauschendes Glücksgefühl überflutete Viola. Sie funkelte ihn an. »Wenn Sie nicht sofort verschwinden, dann beiße ich Sie noch einmal«, sagte sie, und die Absurdität ihrer Worte brachte sie zum Lachen. Sogar als die Tür geschlossen war und sie ihn die Treppe hinuntergehen hörte, lachte sie noch und tanzte im Zimmer herum.

Guy de Maupassant
Marroca

Es war tatsächlich ein wunderbares Mädchen, von etwas tierischer Art, aber prachtvoll. Ihre Augen schienen immerfort vor Leidenschaft zu flammen; ihr halbgeöffneter Mund, ihre spitzigen Zähne, sogar ihr Lächeln hatten etwas wild Sinnliches, und ihre seltsamen, länglichen, keineswegs niederhängenden Brüste spitzten sich zu wie Birnen aus Fleisch; sie waren elastisch, als seien in ihrem Innern stählerne Sprungfedern, und sie verliehen ihrem Körper etwas Tierisches; sie machten aus ihr eine Art inferioren und prachtvollen Wesens, einer zu zügelloser, liederlicher Liebe vorbestimmten Kreatur; sie lösten in mir Vorstellungen von obszönen antiken Gottheiten aus, deren unbefangene Liebesbekundungen sich inmitten von Gras und Laubwerk vollzogen.

Und nie hat eine Frau in ihren Flanken ein so unstillbares Begehren getragen. Ihrem erbitterten Begehren und ihren Umschlingungen unter Geheul und Geschrei, unter Zähneknirschen, Krampfzuckungen und Bissen folgte fast auf der Stelle eine todestiefe Erschlaffung. Aber in meinen Armen wurde sie jäh wieder wach und war mit von Küssen geschwellten Brüsten zu neuen Verflechtungen bereit.

Ihr Geist war übrigens so unkompliziert wie zweimal zwei vier sind, und statt über Gedanken verfügte sie über ein tiefes, klingendes Lachen.

In ihrem instinktiven Stolz auf ihre Schönheit empfand sie Abscheu auch vor der leichtesten Verhüllung, und sie lief in ihr selbst nicht bewußter, kecker Schamlosigkeit in meinem Hause auf und ab und hin und her und trieb Possen. Wenn sie dann endlich liebessatt und erschöpft vom Schreien und Toben in meinen Armen auf dem Diwan in tiefen, ruhigen Schlaf sank, während die überwältigende Hitze ihre gebräunte Haut mit winzigen Schweißtropfen pünktelte, stieg aus den Achselhöhlen ihrer unter dem Kopf verschränkten Arme, aus allen ihren geheimen Falten der Raubtiergeruch auf, der dem männlichen Geschlecht so sehr behagt.

Manchmal kam sie abends noch einmal, wenn ihr Mann irgendwo seinem Dienst oblag. Dann machten wir es uns auf der Terrasse behaglich, kaum bedeckt von dünnen, wehenden orientalischen Geweben.

Wenn der große, alles erhellende Mond der warmen Länder in vollem Glanz am Himmel strahlte und die Stadt und den Golf mit seinem abgerundeten Bergrahmen beleuchtete, dann gewahrten wir auf allen anderen Terrassen etwas wie eine Heerschar schweigend daliegender Geistergestalten, die manchmal aufstanden, den Platz wechselten und sich unter der schmachtenden Lauheit des besänftigten Himmels abermals niederlegten.

Trotz der Helle der afrikanischen Spätabende bestand Marroca darauf, sich im klaren Mondschein wiederum nackt auszuziehen; sie kümmerte sich nicht um die, die uns vielleicht sehen konnten, und häufig stieß sie ungeachtet meiner Ängste und Bitten lange, hallende Aufschreie ins Dunkel, so daß in der Ferne die Hunde zu heulen anfingen.

Als ich unter dem über und über mit Sternen gesprenkelten Firmament schläfrig dalag, kniete sie sich auf meinen Teppich, näherte mir den breiten Mund mit den aufgeworfenen Lippen und sagte:

›Du mußt unbedingt zum Schlafen zu mir ins Haus kommen.‹

Ich begriff sie nicht. ›Wieso: zu dir ins Haus?‹

›Ja, wenn mein Mann weg ist, sollst du kommen und schlafen, wo er immer schläft.‹

Ich konnte nicht umhin, aufzulachen.

›Warum denn, da du doch hierher kommst?‹

Sie sprach weiter; sie redete mir dabei in den Mund hinein, so daß ich ihren warmen Atem ganz hinten in der Kehle spürte und ihr Hauch meinen Schnurrbart feuchtete: ›Damit ich eine Erinnerung habe.‹ Und dabei dehnte sie die ›r‹ so lang aus, daß es klang wie ein über Gestein kollernder Bergbach.

Ich verstand noch immer nicht, worauf sie hinauswollte. Sie schob mir die Arme unter den Hals. ›Wenn du nicht mehr da bist‹, sagte sie, ›dann werde ich daran denken. Und wenn ich meinen Mann dann umarme, dann ist es, als seist du es.‹

Und die ›r‹ erklangen, wenn sie sie aussprach, wie vertrautes Donnergrollen.

Gerührt und erheitert sagte ich leise:

›Du bist ja verrückt. Ich will lieber hier bei mir bleiben.‹ Ich empfand in der Tat nicht das leiseste Verlangen nach dem Beisammensein unter dem ehelichen Dach; dergleichen ist eine Mausefalle, in der sich stets Dummköpfe fangen lassen. Doch sie bat mich, sie flehte mich an, sie weinte sogar und sagte noch: ›Paß nur auf, wie ich dich lieben werrrrde.‹ Und das ›r‹ rollte wie der Wirbel eines zum Angriff trommelnden Tambours.

Ihr Wunsch kam mir dermaßen seltsam vor, daß ich ihn mir nicht zu erklären vermochte; als ich dann darüber nachsann, glaubte ich bei ihr einen tiefen Haß gegen ihren Mann zu wittern, die geheime Rache einer Frau, die den verabscheuten Mann mit Begeisterung hintergeht und ihn sogar noch im eigenen Haus hintergehen will, innerhalb seiner Möbel, innerhalb seiner Bettlaken.

Ich fragte sie: ›Wirst du von deinem Mann schlecht behandelt?‹

Sie verzog unmutig das Gesicht: ›O nein, sehr gut.‹

›Aber du liebst ihn doch nicht?‹

Sie schaute mich aus großen, erstaunten Augen an.

›Doch, ich habe ihn sehr, sehr lieb; aber nicht so wie dich, mein Herrz.‹

Jetzt verstand ich überhaupt nichts mehr, und als ich es zu erraten versuchte, drückte sie eine der Liebkosungen auf meinen Mund, um deren Macht sie wußte, und flüsterte dann: ›Nicht wahr, du kommst?‹

Allein ich weigerte mich. Da zog sie sich sofort an und ging.

Acht Tage lang ließ sie sich nicht blicken. Am neunten Tage erschien sie wieder, blieb mit ernstem Gesicht in meiner Schlafzimmertür stehen und fragte:

›Kommst du heute abend und schläfst bei mir? Wenn du nicht kommst, gehe ich.‹

Acht Tage sind eine lange Zeit, mein Lieber, und in Afrika waren jene acht Tage gleichbedeutend mit einem Monat. Ich rief ›ja‹ und breitete die Arme aus. Sie warf sich hinein.

Nach Einbruch der Dunkelheit erwartete sie mich in einer benachbarten Straße und führte mich.

Sie bewohnten in der Nähe des Hafens ein kleines, niedriges Haus. Ich durchschritt zuerst eine Küche, in der das Ehepaar zu essen pflegte, und gelangte dann in das gekalkte, saubere Schlafzimmer; an den Wänden hingen Fotos von Verwandten; auch Papierblumen unter Glasstürzen fanden sich. Marroca schien wie von Sinnen vor Freude; sie hüpfte und sagte in einem fort: ›Jetzt bist du bei uns, jetzt bist du bei uns.‹

Ich benahm mich in der Tat, als sei ich zu Hause.

Freilich muß ich zugeben, daß ich ein bißchen gehemmt und sogar unruhig war. Als ich in dieser unbekannten Wohnung zögerte, mich eines gewissen Kleidungsstücks zu entledigen, ohne das ein ertappter Mann ebenso linkisch wie lächerlich wirkt und außerstande ist, irgend etwas zu unternehmen, riß sie es mir vom Leibe und trug es ins Nebenzimmer, zusammen mit meiner übrigen Garderobe, dieses Futteral der Männlichkeit.

Schließlich gewann ich meine Selbstsicherheit wieder und bewies sie ihr nach Kräften, so daß wir nach zwei Stunden durchaus noch nicht an Ruhe dachten, als heftiges Pochen an der Tür uns zusammenfahren ließ und eine laute Männerstimme rief:

›Marroca, ich bin es!‹

Sie sprang aus dem Bett: ›Mein Mann! Rasch, kriech unters Bett!‹ Kopflos suchte ich nach meiner Hose; aber sie schubste mich keuchend: ›Rasch doch! Rasch doch!‹

Ich legte mich platt auf den Bauch und glitt ohne einen Laut unter das Bett, in dem ich mich so wohl gefühlt hatte.

Dann ging sie in die Küche. Ich hörte sie einen Schrank auf- und wieder zumachen; dann kam sie zurück und brachte etwas mit, das ich nicht sehen konnte, das sie aber energisch irgendwohin legte, und als ihr Mann ungeduldig wurde, antwortete sie laut und ruhig: ›Ich kann die Streichhölzer nicht finden‹, und dann plötzlich: ›Ach, da sind sie ja; ich mache dir auf.‹ Und das tat sie. – Der Mann kam herein. Ich sah nur seine Füße, riesengroße Füße. Wenn das übrige ihnen an Ausmaßen entsprach, mußte er ein Koloß sein.

Ich hörte Küsse, einen Klaps auf nacktes Fleisch, ein Auflachen; dann sagte er im Marseiller Akzent: ›Ich hatte mein Portemonnaie vergessen, siehst du, deshalb mußte ich wiederkommen. Aber ich hatte geglaubt, du schliefest fest.‹ Er ging an die Kommode und kramte eine ganze Weile darin; und da Marroca sich, als sei sie todmüde, aufs Bett gelegt hatte, ging er wieder zu ihr und versuchte wohl, sich ihr zu nähern, denn sie wies ihn mit ärgerlichen Worten und einer Geschoßgarbe wütend gerollter ›r‹ von sich.

Die Füße waren so unmittelbar neben mir, daß mich eine tolle, blöde, unerklärliche Lust ankam, ganz behutsam darauf zu tupfen. Ich verkniff es mir jedoch.

Da ihm sein Vorhaben nicht gelang, schnappte er ein. ›Du bist heute aber mal gemein‹, sagte er. Aber er zog die Konsequenzen. ›Wiedersehen, Kleines.‹ Noch ein Kuß knallte; dann machten die plumpen Füße kehrt, ließen mich beim Weggehen ihre Benagelung sehen, gingen ins Nebenzimmer, und die zur Straße führende Tür klappte zu.

Ich atmete auf!

Langsam kroch ich aus meinem Schlupfwinkel heraus, beklommen und jämmerlich, und während die noch immer nackte Marroca einen Freudentanz aufführte, schallend lachte und in die Hände klatschte, ließ ich mich schwerfällig auf einen Stuhl fallen. Aber sogleich fuhr ich wieder hoch; unter mir hatte etwas Kaltes gelegen, und da ich genausowenig am Leibe trug wie meine Spießgesellin, war die Berührung mir durch und durch gegangen. Ich drehte mich um. Ich hatte mich auf ein kleines Beil zum Holzspalten gesetzt; es war messerscharf. Wie war es hierher gekommen? Bei meinem Kommen war es mir nicht aufgefallen.

Marocca hatte mein Hochfahren gesehen; ihr blieb vor Erheiterung die Luft weg, sie stieß Schreie aus, hustete, hielt sich mit beiden Händen den Bauch.

Ich fand diese Freude unangebracht und ungehörig; wir hatten auf eine dumme Weise unser Leben aufs Spiel gesetzt; mir lief es noch kalt den Rücken hinab, und dies irrsinnige Lachen beleidigte mich ein bißchen.

›Und wenn dein Mann mich nun gesehen hätte?‹ fragte ich. Sie antwortete: ›Ganz ungefährlich!‹

›Wieso? Ganz ungefährlich? Du bist mir die Rechte! Er hätte sich doch bloß zu bücken brauchen; dann hätte er mich entdeckt.‹ Sie lachte nicht mehr; sie lächelte nur noch und sah mich mit ihren großen, starren Augen an, in denen bereits wieder neues Begehren keimte.

›Er hätte sich nicht gebückt.‹

Ich ließ nicht locker. ›Zum Kuckuck auch! Er hätte doch bloß seinen Hut hinfallen zu lassen brauchen; dann hätte er ihn wieder aufheben müssen, und dann ... Ich war in einer schönen Situation in meinem Kostüm!‹

Sie legte mir ihre runden, kräftigen Arme auf die Schultern, und leiser, als wolle sie mir sagen: ›Ich vergöttere dich!‹ brachte sie hervor: ›Dann wäre er nicht wieder aufgestanden.‹

Ich sah sie verständnislos an:

›Wieso denn?‹

Sie kniff boshaft ein Auge zu, streckte die Hand nach dem Stuhl aus, auf den ich mich hatte setzen wollen, und ihr weisender Finger, das Fältchen in ihrer Wange, ihre halbgeöffneten Lippen, ihre spitzigen, hellen, reißenden Zähne: all das deutete auf das kleine, zum Holzspalten dienende Beil mit der scharfen, blitzenden Schneide hin.

Sie tat, als wolle sie es packen; dann zog sie mich mit dem linken Arm an sich, preßte ihre Hüfte an die meine und deutete mit dem rechten Arm die Bewegung an, mit der ein kniender Mann geköpft wird ...!

Und dergleichen, mein Lieber, versteht man hier unter ehelicher Pflicht, Liebe und Gastfreundschaft!

David Huggins
Voll unter Kontrolle

So beschämend es ist, es läßt sich nicht drum herum reden, daß ich Emma Bowring gevögelt habe, und zwar einen Tag nachdem ich beschlossen hatte, daß ich den Rest meines Lebens mit Sara zusammensein wollte. Ich könnte sagen, daß ich Angst hatte, Emma würde mich mit Marks Verschwinden in Verbindung bringen. Ich könnte sagen, daß ich durch den Sex einen psychologischen Vorteil ihr gegenüber zu erlangen hoffte, damit sie dann aufhören würde, mich wegen Phil zu löchern. Ich könnte auch sagen, daß ich einfach vorübergehend den Verstand verlor, und alles das wäre wahr. Wahr ist aber auch, daß ich erregt war, als Emma ihre kleine Zunge in meinen Mund steckte. Ihre Lippen waren dünner als Saras, und ich weiß noch, daß sich das seltsam anfühlte. Dann ließ Emma die Druckknöpfe an ihrem Trikot aufspringen und zog es sich über die linke Brust, und ich sah die Wölbung ihres Nippels durch den weißen Stoff ihres Sport-BHs. Ich sonderte einen erstickten Laut ab, als Emma ihre Titte freilegte, sie mit der Hand umfaßte und knetete. Gegen meinen Willen wollte ich an ihrem Nippel saugen. Ihrem ironischen Lächeln entnahm ich, daß Emma noch alles voll unter Kontrolle hatte.

Sie krallte sich mit ihren lackierten Nägeln an meine Unterhose, bis mein Schwanz, eine elastische Senftopfüberraschung, ins Freie schnellte, woraufhin sie ohne jeden Anspruch auf Finesse daran zu hantieren begann. Ich hob sie hoch, und sie wickelte, sich an mich pressend, ihre Beine um meine Taille. Die Jeans auf Knöchelhöhe schlotternd, schwankte ich sechs oder sieben Schritte weit mit ihr zum Tisch. Mit knapper Not gelang es mir, sie auf die Tischkante zu plazieren, bevor wir zusammenbrachen. Emma warf sich zurück auf die Platte und schälte sich aus ihren Leggings.

»Worauf wartest du, Andy? Eine offizielle Genehmigung?«

Ich schob meinen Schwanz in sie hinein, und sie hakte ihre

Beine um meinen Rücken und zog mich an sich heran. Ich legte los. Sie hielt mich mit ihren Beinen fest. »Du darfst nicht in mir kommen«, sagte sie.

Ihr Bauchnabel war so tief wie die zugeknotete Öffnung eines Luftballons.

»Okay«, sagte ich.

»Versprochen?«

Ich nickte, und sie schob mich mit den Beinen von sich. Sie drehte sich um und legte sich bäuchlings auf den Eßtisch, sich an dessen Kante festhaltend. Während ich mich niederkauerte, um sie von hinten zu nehmen, fragte ich mich allerdings auch, was zum Teufel ich da eigentlich mache.

»Zieh mich an den Haaren«, stöhnte sie.

Verwundert tat ich wie geheißen, zerrte mit jedem Stoß an ihren dicken Locken. Sie forderte mich auf, fester zu ziehen. Ich sah aus dem Fenster auf das graue Stückchen London, dann blickte ich hinunter auf meinen Schwanz, wie er in Emma hinein- und herausglitt und fühlte mich wie ein müder Akrobat. Da war ein weißer Streifen an ihrem Steißbein, und ich kam zu dem Schluß, daß das die Stelle sein mußte, an der der direkte Kontakt mit der Sonnenbank der Tätigkeit der UV-Strahlen in die Quere gekommen war. Emma hatte die auf den Bermudas erworbene Bräune künstlich aufgemöbelt, denn der Rest ihres Körpers zeigte sich in gleichmäßigem Karamel. Ich vögelte sie jetzt schneller, und schon bald spürte ich, wie meine Schenkel naß wurden. Für einen Moment dachte ich, sie hätte sich bepinkelt, aber es fühlte sich nicht nach Urin an. Es war dickflüssiger, klebriger.

»O Gott! Nicht aufhören!« rief sie. »Das ist immer so.«

Es war, als wäre ein Brunnen angesprungen da unten, und es spornte mich an, wie einen Lachs, der flußaufwärts hüpft. Dann packte sie meine Hüften, grub ihre Nägel tief ein. Ich schrie auf vor Schmerz, und sie stieß mich zurück, aus sich heraus.

»Hat mein Trikot was abgekriegt?« fragte sie über die Schulter. »Hol doch mal die Küchenrolle, ja?«

Ich schüttelte verblüfft den Kopf. Sie tastete auf ihrem Rücken nach einem Spermaband, das nicht vorhanden war. »Ich bin gar nicht gekommen«, sagte ich.

Jenny Eclair
Sex, Sex, Sex

Sie waren wirklich schlimm. Einmal war unanständig genug, aber sie taten es immer wieder, Danny und Anna, Anna und Danny. Fieberhafter, wilder Sex am helllichten Tag und kein Wort darüber. Wenn Danny Anna auf der Straße begegnet wäre, hätte er nie vermutet, was für ein Luder sie war. Aber das war sie, diese Mrs. Cunningham war ein geiles Miststück.

Einmal hatte er sie gefragt, wie alt sie ist. »Fast vierzig«, hatte sie grinsend geantwortet. Es machte ihm nichts aus. Im Gegenteil, ältere Bräute waren dankbarer, gaben sich mehr Mühe.

Danny kannte sich aus. Als er vierzehn war, kam die Brieffreundin seiner Schwester aus Stockport zu Besuch. »Stockport!« schnaufte Danny verächtlich, »nicht Stockholm? Was willst du mit einer Brieffreundin in Stockport?«

Brenda kam also mit dem Bus aus Greater Manchester angereist und noch bevor sie drei Nächte bei ihnen gewesen war, hatte sie ihn entjungfert – ganz still und leise, während Dannys kleiner Bruder im Bett unter ihnen schlief. Es dauerte nicht lange: Als es vorbei war, hatte seine Schwester, die sich im Bad zum Ausgehen fertig machte, noch immer ihre elektrischen Lockenwickler im Haar. Trotz Pickel und schalem Atem, er würde Brenda immer dankbar sein.

Noch jahrelang klebte das Kaugummi an seinem Bettpfosten, das sie aus dem Mund genommen hatte, um ihm den

Zungenkuss beizubringen. Nachdem sie heimgefahren war, tastete er ab und zu danach, nur um sich zu vergewissern, dass es wirklich passiert war. Ja, Danny mochte ältere Frauen, obwohl man natürlich irgendwo die Grenze ziehen musste ...

Anna war nicht nur älter, sie war eine Luxusbraut – ein zusätzlicher Bonus. Luxusbräute waren ganz wild auf Sex: Sie dachten sich Spiele aus, kauften teure Geschenke, redeten im Bett Klartext (manchmal auf französisch) und ließen sich gelegentlich in den Arsch ficken.

Carlene ließ sich überhaupt nicht ficken, so dass Danny nichts anderes übrig blieb, als sich ab und zu im ehelichen Bett einen runterzuholen, während seine begeisterte Frau sich schlafend stellte. Danny weigerte sich, sich ins Badezimmer zu verziehen. Es war sein Haus, er konnte wichsen, wann und wo immer er wollte. Danny hatte die Theorie, dass Sperma verdarb, wenn es zu lange in den Hoden blieb.

Es war nicht Carlenes Schuld: Sie vermisste ihre Mutter und seit Teds Geburt vor achtzehn Monaten war ihr schlecht, deshalb aß sie Zwieback und trank literweise Cola und ließ ihre sexy Klamotten im Schrank, auf die Danny so stolz war. Danny war enttäuscht. Er wollte, dass seine Kumpel scharf darauf waren, mit ihr ins Bett zu gehen, was einige auch getan hatten, aber nur mit seiner Erlaubnis, und nur einmal hatte er die Kamera mitlaufen lassen. Armer Danny: Seine einst vollbusige bessere Hälfte verwelkte vor seinen Augen. Zu Weihnachten wollte er ihr Silikonbrüste schenken. Damit würde sie sich besser fühlen.

Bis dahin gab es ja Anna. Anna, die im Rosa Haus auf ihn wartete.

Anna bereitete sich auf ein Stelldichein mit Danny vor. Während ihr Liebhaber bei McDonalds in der Walworth Road aß, epilierte und deodorierte sie sich und schwankte zwischen dem schwarzen BH mit roter Spitze und dem roten mit schwarzer Spitze. Sie entschied sich für Letzteren – weil der dazugehörige Slip sauber war. Sie zog enge Levis und ein weißes Hemd an –

sie wollte nicht zu bemüht wirken –, dann übte sie vor dem Spiegel sexy Posen. Die Jeans saß ziemlich eng. Der verdammte Chris und seine Fixierung auf Enchiladas: Gestern hatten sie mexikanisch gegessen, und sie konnte spüren, wie die Bohnen in ihren Gedärmen gärten. Konzentriert ließ sie einen mächtigen, ohrenbetäubenden Furz fahren, so dass sie fast die Klingel überhört hätte. »O Gott, o Gott.« Hastig versprühte sie Thierry Muglers »Angel« und galoppierte nach unten. Ganz ruhig, Anna, nicht laufen.

»Was ist es diesmal, Mrs. Cunningham?« fragte Danny.

»Die Waschmaschine, der Wasserhahn klemmt.«

»Das sollte ich mir mal ansehen.«

Anna folgte ihm die Treppe hinauf. Sie musste sich beherrschen, ihm nicht an den Hintern zu fassen.

Sie gingen durch das Schlafzimmer ins angrenzende Badezimmer. Es roch immer noch etwas nach »Angel«, jedoch ohne Unterton, wie Anna mit Erleichterung feststellte. Er hatte seinen Werkzeugkoffer dabei und erst nachdem er ihn auf den Fliesen abgestellt und die Tür geschlossen hatte, atmete sie auf. Danny lächelte wie ein junger Wolf. Diverse Frauen hatten dieses Lächeln kommentiert. Mit dem Wolfslächeln sah er sie unter seinem langen dunklen Pony hervor an, hakte einen Finger in eine Gürtelschlaufe ihrer Levis und zog sie an sich. »Wer ist ein ungezogenes Mädchen?« Ich, ich, ich, wollte Anna schreien und gleichzeitig lachen, aber sie beherrschte sich. Zwischen Farce und Fantasie liegt ein schmaler Grat. In wenigen Sekunden war Annas weißes Hemd auf dem Boden und Dannys Hosenschlitz geöffnet. In einem Cartoon wäre sein Schwanz mit einem lauten Plopp aus der Calvin gesprungen.

Er musste ihren Kopf nicht hinunterdrücken, sie kniete auf dem Boden, bevor er »Fellatio« sagen konnte. Ganz ruhig, Anna. Sie war zu gierig, nahm Danny ganz in den Mund, zu viel, zu schnell. »Schling nicht so, Anna«, (die Stimme ihrer Mutter). Anna spürte einen Brechreiz und schmeckte Enchiladas – o nein, was, wenn sie sich auf seinen Schwanz erbrach? Entspann dich, alles wird gut. Sie wusste schließlich, was sie tat.

Sie öffnete kurz die Augen und sah sich im Spiegel, wie ein Kind, das an einem Lolli lutscht, während ein Mann, dessen Nachnamen sie nicht kannte, sie an den Haaren festhielt.

Während Anna sich also von einem Klempner, der seine Ts nicht artikulierte, zärtlich ohrfeigen ließ, schloss Chris seine Kaffeebohnendeals ab. Das war kein Job für einen übergewichtigen Mittvierziger: Eines Tages, dachte er, würde er vor Stress kollabieren. Für Leute in seiner Branche war es nicht ungewöhnlich durchzudrehen. »Erinnerst du dich noch an Simkins? Traurige Geschichte. Arbeitskollege, Kumpel, reizende Frau, zwei kleine Töchter, Haus auf dem Land, guter Kerl, achtundvierzig Paracetamol, drei Tage später war er tot – Nierenversagen, war bis zum Schluss bei Bewusstsein.« Verdammt… Die Panik kam in Wellen. Chris wollte nur noch nach Hause.

Zum Glück blieb er, wo er war. Danny ging um drei Uhr, doch vorher gab Anna ihm noch einen Scheck über sechzig Pfund. Na, wenn es sie beruhigte. Danny steckte ihn ein. Er musste schließlich Geld für Carlenes 80DD-Körbchen auftreiben.

Anna ging wieder nach oben, wischte den verschmierten Lippenstift ab und räumte auf. Jetzt, wo Danny fort war, konnte sie furzen wie sie wollte, sie sang und furzte und furzte und sang. Später waren sie bei den Metcalfs eingeladen. Der nächste Sommerurlaub musste besprochen werden. Als die Kinder aus der Schule kamen, fragte Pandora, warum sie zu Hause sei. »Ich war beim Zahnarzt«, sagte ihre Mutter aufgekratzt. Sie musste sich wirklich originellere Ausreden einfallen lassen.

Als Chris nach Hause kam, saß sie in der Badewanne. Sie hatte die Tür abgeschlossen, sie wollte ihre Ruhe, um den Nachmittag Revue passieren zulassen. Doch Chris klopfte ständig an die Tür: »ANNA, IST MEIN GRAUER PULLOVER TROCKEN? ANNA, WILLST DU DIE GANZE NACHT DA DRIN BLEIBEN, ICH WÜRDE NUR GERN DUSCHEN, WAR EIN VERDAMMT HARTER TAG, Börsencrash im Mittleren Osten, wahnsinnige Kopfschmerzen, wahrscheinlich ein Blutgerinnsel, das auf mein Gehirn zukriecht, nicht tödlich, wahrscheinlich werde ich nur blind und inkontinent, sterben werde ich nicht, keine Chance. O gütiger Gott, die Kordhose ist eingelaufen. ANNA, DIE KORDHOSE IST EINGELAUFEN, WAS HAST DU DAMIT GEMACHT? An mir kann es nicht liegen, so viel kann ich nicht zugenommen haben, nicht in zehn Tagen. Ich esse weniger als ein Hamster. Fettarme Milch, Vollkornbrot, was soll's, heute Abend ist Schluss mit der Diät, heute lange ich ordentlich zu. Ich nehme mir zwei-, drei-, viermal nach und zu Hause gibt es dann noch Käse und Cracker und Cornflakes, wenn mir danach ist. ANNA, HÖRST DU MIR ZU. ICH GLAUBE, ICH HABE EINEN GEHIRNTUMOR. Mein rechter Arm kribbelt schon den ganzen Nachmittag und ich bekomme die Hose nicht zu, HILF MIR, ANNA!«

Hinter der fest verschlossenen Tür schnitt Anna Grimassen. Oh, verzieh dich, Chris, du Affe, hau einfach ab und setz dich mit deiner Thrombose in die Ecke, braver Junge. ICH WA-SCHE MIR DIE HAARE, da ist Sperma drin, Dannys Saft, reines Protein, ha – da kann ich mir die Haarkur schenken. Er sollte es in Flaschen abfüllen, ich würde ihm helfen, BIN GLEICH DRAUSSEN, hmm, der gebräunte, muskulöse Danny, ein Schwanz wie ein Aal, Sommersprossen auf dem Rücken, Knutschknutsch, wunde Lippen, komm bald wieder, Danny, komm und fick mich bald wieder, Danny, ha, komm in meinem Mund und meinem Haar, ICH HABE SIE NICHT ANGERÜHRT, war zu beschäftigt, hatte Besseres zu tun. Sag's noch mal, schlag mir ins Gesicht, nenn mich dreckiges Flittchen, schreib meinen Namen an die Toilettentür, WARTE, ICH KOMME. Schön wär's.

Während die Cunninghams und die Metcalfs Jos berühmte Jakobsmuscheln mit Ingwer und Nudeln aßen, war Danny wieder in Nunhead. Er langweilte sich. Carlene tat, als sei sie im Ehebett eingenickt. In einem Arm hielt sie die drei-jährige Roxanne, im anderen den kleinen Ted. Arme Carlene, sie glühte und ihr linker Arm war unter Roxannes schwerem verschwitzten Kopf eingeschlafen, nur der Rest wollte nicht zur Ruhe kommen. Danny saß unten, trank eine Dose Bier und sah den Fantasy Channel. Im Moment lief ein flotter Vierer, aber das war nicht sein Ding, er fand Kerle abtörnend. Danny sah es nicht gern, wenn andere Männer sich besser amüsierten als er selbst. Schließlich stellte er den Fernseher aus, schlich nach oben und zwängte sich in Roxannes kleines Bett. Unter der Teletubbie-Decke roch es nach Seife und Urin und wo immer er seinen Kopf hinlegte, waren Barbiepuppen.

Joris-Karl Huysmans
Sündige Ausschweifungen

Um seinen Gedanken eine andere Richtung zu geben, versuchte er es mit entspannender Lektüre und probierte, in der Absicht, sich das Gehirn abzukühlen, die Nachtschattengewächse der Kunst, las jene für Genesende und sich unwohl Fühlende, die durch krampfauslösendere oder phosphathaltigere Werke ermüdet würden, so reizvollen Bücher, die Romane von Dickens.

Aber diese Bände brachten eine andere Wirkung hervor, als er sich erwartet hatte: diese keuschen Liebenden, diese protestantischen Heldinnen, deren Kleidung bis zum Hals geschlossen war, liebten sich in Himmelshöhen, beschränkten sich darauf, die Augen zu senken, zu erröten und vor Glück zu weinen, während sie sich die Hände drückten. Die übertriebene Reinheit löste eine entgegengesetzte Reaktion aus; kraft der Gesetzmäßigkeit der Gegensätze sprang er von einem Extrem ins andere, erinnerte sich an flirrende, pikante Szenen, dachte an die menschlichen Praktiken der Liebespaare, an

Mischküsse und Taubenküsse, wie das kirchliche Schamgefühl Küsse nennt, die zwischen die Lippen eindringen.

Er unterbrach seine Lektüre, entfernte sich von dem prüden England und beschäftigte sich mit kleinen sündigen Ausschweifungen und aufgeilenden Vorspielen, die von der Kirche verurteilt werden; eine heftige Erregung ergriff ihn; die Impotenz seines Gehirns und seines Körpers, die er für endgültig gehalten hatte, schwand dahin; die Einsamkeit trug das ihre zu seiner nervlichen Zerrüttung bei; einmal mehr war es nicht die Religion, die ihn verfolgte, sondern die Tücke der Handlungen und Sünden, die sie verdammt; der übliche Gegenstand ihrer Beschwörungen und Drohungen hatte ihn im Griff; die sinnliche Seite, die seit Monaten empfindungslos gewesen war, wurde zunächst durch die enervierende fromme Lektüre angestoßen, erwachte dann und richtete sich auf in einer durch die englische Scheinheiligkeit ausgelösten Nervenkrise, und diese Wiederbelebung seiner Sinne versetzte ihn in vergangene Zeiten zurück, so daß er in Gedanken in seinen alten Kloaken watete.

Er erhob sich und öffnete wehmütig den mit Glimmersteinen übersäten Deckel einer Dose aus vergoldetem Silber. Sie war mit violetten Bonbons gefüllt; er nahm einen heraus und während er ihn mit den Fingern betastete, dachte er an die merkwürdigen Eigenschaften dieses mit Zucker bereiften Naschwerks; einst, als seine Impotenz eindeutig zu sein schien, als er ohne Bitterkeit, ohne Bedauern und ohne erneute Begierden zu empfinden an die Frau dachte, legte er einen dieser Bonbons auf die Zunge und ließ ihn zerschmelzen, und plötzlich erwachten mit einem unendlich süßen Gefühl völlig erloschene und erschlaffte Erinnerungen an ein verflossenes wüstes, wollüstiges Leben.

Diese von Siraudin erfundenen und unter der lächerlichen Bezeichnung »Pyrenäenpillen« bekannten Bonbons bestanden aus einem Tropfen Sarcanthusparfüm und einem Tropfen weiblicher Essenz, die in einem Zuckerstück kristallisiert waren; sie drangen in die Mundpapillen ein und weckten Erinnerungen an durch seltene Essigsorten opalisiertes Wasser und tiefe, von Düften durchtränkte Küsse.

Für gewöhnlich lächelte er, wenn er dieses Liebesaroma roch, diesen Hauch von Liebkosungen, der ihm einen Zipfel Nacktheit ins Gehirn rief und für eine Sekunde den einst angehimmelten Duft bestimmter Frauen wiederbelebte; heute jedoch wirkten sie nicht mehr unterschwellig, beschränkten sich nicht mehr darauf, das Bild ferner und verworrener Ausschweifungen erstehen zu lassen; im Gegenteil, sie zerrissen die Schleier und stellten ihm die unabweisbare und brutale körperliche Realität vor Augen.

An der Spitze des Defilees der Mätressen, die die Süße dieses Bonbons in untrüglichen Strichen zu zeichnen half, blieb eine stehen; sie zeigte lange, weiße Zähne, eine samtige, ganz rosige Haut, eine feingeschliffene Nase, Mäuseaugen und blonde, kurzgeschnittene Haare.

Es war Miss Urania, eine Amerikanerin mit einem strammen Körper, sehnigen Beinen, Muskeln aus Stahl und Armen aus Gußeisen.

Sie war seinerzeit eine der renommiertesten Zirkusakrobatinnen gewesen.

Des Esseintes hatte sie während langer Abendvorstellungen aufmerksam verfolgt; die ersten Male sie ihm so erschienen, wie sie war, das heißt, kräftig und schön, aber er verspürte nicht den Wunsch, sich ihr zu nähern; sie hatte nichts, das sie der Begehrlichkeit eines Übersättigten empfahl, und dennoch kehrte er immer wieder in den Zirkus zurück, angelockt durch irgend etwas, das er nicht benennen konnte, angetrieben durch ein schwer zu beschreibendes Gefühl.

Nach und nach begannen sich eigenartige Vorstellungen zu regen, während er sie beobachtete; in dem Maße wie er ihre Geschmeidigkeit und ihre Kraft bewunderte, gewann er den Eindruck, in ihr vollziehe sich eine künstliche Geschlechtsveränderung; die anmutigen Affenpossen, die mutwilligen Scherze des weiblichen Wesens verwischten sich immer mehr, und an ihre Stelle traten die gewandten und starken Reize eines männlichen Wesens; mit einem Wort, nachdem sie zunächst Frau gewesen war, nachdem sie geschwankt hatte, nachdem sie sich dem Androgynen genähert hatte, schien sie sich nun zu entscheiden, sich festzulegen, ganz ein Mann zu werden.

So wie ein kraftvoller Kerl sich zu einem zarten Mädchen hingezogen fühlt, so, dachte Des Esseintes, müßte dieser weibliche Clown eigentlich eine schwache, weiche, schwunglose Kreatur wie ihn lieben; wenn er sich betrachtete, wenn er Vergleiche anstellte, gewann er den Eindruck, er seinerseits werde immer weiblicher, und er begehrte mit großer Entschiedenheit, diese Frau zu besitzen und sehnte sich wie ein bleichsüchtiges Mädchen nach dem ungeschlachten Herkules, dessen Muskelkraft ihn in einer Umarmung zermalmen konnte.

Dieser Geschlechtertausch zwischen Miss Urania und ihm hatte ihn erregt; wir sind füreinander bestimmt, bekräftigte er; zu dieser plötzlichen Bewunderung für die brutale Kraft, die er bisher verabscheut hatte, gesellte sich außerdem die unerhörte Anziehungskraft der Gosse, der gemeinen Prostitution, die die groben Zärtlichkeiten eines Zuhälters gerne teuer bezahlt.

Während er noch zögerte, die Akrobatin zu verführen und den Boden der Realität zu betreten, falls dies möglich sein sollte, bestärkte er sich in seinen Träumen, indem er seine eigene Gedankenfolge auf die ahnungslosen Lippen der Frau übertrug und seine Absichten dadurch verwirklichte, daß er sie in das unbewegliche und starre Lächeln der auf dem Trapez herumwirbelnden Komödiantin legte.

Eines schönen Abends entschloß er sich, die Logenschließerin vorzuschicken. Miss Urania hielt es für angebracht, ihm nicht zu willfahren, ehe er ihr nicht den Hof machte; nichtsdestoweniger zeigte sie sich wenig spröde, denn sie wußte vom Hörensagen, daß Des Esseintes reich war und daß sein Name behilflich war, Frauen in die Gesellschaft einzuführen.

Aber sobald seine Wünsche erhört worden waren, war seine Enttäuschung grenzenlos. Er hatte sich die Amerikanerin stumpfsinnig und brutal wie einen Jahrmarktsringer vorgestellt, unglücklicherweise war ihre Dummheit durchaus weiblich. Gewiß, es fehlte ihr an Erziehung und Takt, sie besaß weder gesunden Menschenverstand noch Geist, und bei Tisch bewies sie eine animalische Gier, aber alle kindlichen Gefühle der Frau hatten sich in ihr erhalten; sie plapperte und kokettierte wie ein junges, in Albernheiten verliebtes Mädchen; es gab keine Anverwandlung männlicher Gedanken in ihrem weiblichen Körper.

Dazuhin zeigte sie im Bett eine puritanische Zurückhaltung und keine jener rohen Gewalttätigkeiten eines athletischen Menschen, die er sich gewünscht und vor denen er sich zugleich gefürchtet hatte; sie erlag nicht, wie er sich einen Moment lang erhoffte, den Aufwallungen ihres Geschlechts. Wäre er der Leere ihrer Begierden wirklich auf den Grund gegangen, dann wäre er vielleicht auf die Neigung zu einem verletzlichen, zarten, ihrem Temperament völlig entgegengesetzten Wesen gestoßen und hätte eine Vorliebe nicht für ein Mädchen, sondern für einen lustigen Schwachmatikus, für einen lächerlichen, mageren Clown entdeckt.

Des Esseintes schlüpfte zwangsläufig wieder in seine vorübergehend in Vergessenheit geratene Männerrolle; seine Eindrücke von Weiblichkeit, von Schwäche, von gleichsam erkauftem Schutz, ja selbst von Angst verloren sich; eine Täuschung war nicht mehr möglich; Miss Urania war eine gewöhnliche Mätresse und rechtfertigte in keiner Weise die zerebrale Neugier, die sie erweckt hatte.

Obwohl der Zauber ihres frischen Fleisches und ihrer großartigen Schönheit Des Esseintes zunächst erstaunt und gefesselt hatten, suchte er in aller Eile, dieser Beziehung zu entkommen und beschleunigte den Bruch um so mehr, als seine vorzeitige Impotenz sich angesichts der frostigen Zärtlichkeiten und der prüden Schlaffheit dieser Frau verstärkte.

Und doch war sie die erste, die in der ununterbrochenen Parade der wollüstigen Erinnerungen vor ihm Halt machte; aber wenn sie sich letzten Endes tiefer in sein Gedächtnis eingeprägt hatte als eine Menge anderer, deren Reize weniger trügerisch und deren Vergnügungen weniger beschränkt gewesen waren, so lag dies vor allem an ihrem kräftigen, gesunden Tiergeruch; ihre überbordende Gesundheit war der Gegenpol zu jener parfümdurchtränkten Blutarmut, deren zarten Nachgeschmack er in den köstlichen Bonbons von Siraudin wiederfand.

Wie ein wohlriechender Gegensatz behauptete sich Miss Urania verhängnisvoll in seinem Gedächtnis, aber fast im selben Augenblick kehrte er, vor den Kopf gestoßen durch dieses unvermutete Auftauchen eines natürlichen und wilden Aromas, zu den zivilisierten Ausdünstungen zurück und dachte unvermeidlich an seine anderen Mätressen; sie drängten sich wie eine Herde in seinem Gehirn, aber aus allen ragte nun die Frau heraus, deren Monstrosität ihn monatelang so sehr befriedigt hatte.

Es war eine kleine, dürre Brünette mit schwarzen Augen und pomadisiertem, wie mit einem Pinsel am Kopf festgekleistertem, über der einen Schläfe von einem Knabenscheitel zerteiltem Haar. Er hatte sie in einem Café-Concert kennengelernt, wo sie als Bauchrednerin auftrat.

Zum Erstaunen der Zuschauer, die sich bei diesen Vorführungen unbehaglich fühlten, ließ sie nacheinander Kinder aus Pappe sprechen, die, aufgereiht wie eine Panflöte, auf Stühlen saßen; sie unterhielt sich mit den fast lebendigen Puppen, im Saal summten Fliegen um die Kronleuchter, und man hörte das Rascheln des schweigenden Publikums, das verwundert darüber war, daß es so still dasaß, und das sich instinktiv in seine Sitze zurückzog, während imaginäre Wagen auf ihrem Weg vom Eingang zur Bühne an ihm vorbeirollten.

Des Esseintes war ·fasziniert gewesen; eine Menge Ideen keimten in ihm auf; zu allererst beeilte er sich, die Bauchrednerin, die ihm gerade wegen des Kontrasts zu der Amerikanerin gefiel, mittels Banknoten für sich zu gewinnen. Diese Brünette schwitzte präparierte, ungesunde und berauschende Wohlgerüche aus und glühte wie ein Krater; trotz all ihrer Verführungskünste waren Des Esseintes Kräfte innerhalb weniger Stunden erschöpft; aber seine Bereitwilligkeit, sich von ihr ausnehmen zu lassen, schwand dadurch in keiner Weise, denn das Phänomen interessierte ihn mehr als die Mätresse.

Inzwischen waren die Pläne, die er entworfen hatte, ausgereift. Er entschloß sich, bisher nicht realisierbare Vorhaben zu verwirklichen.

Eines Abends ließ er eine kleine Sphinx aus schwarzem Marmor, in der klassischen Haltung, mit ausgestreckten Tatzen und steifem, aufgerichtetem Haupt, bringen, ebenso wie eine Chimäre aus mehrfarbigem Ton, die eine sich sträubende Mähne schwenkte, wild mit den Augen blitzte und mit ihrem strähnigen Schweif ihre wie Blasebälge aufgeblähten Flanken fächelte. Diese Tiere stellte er einander gegenüber an den beiden Enden des Zimmers auf, löschte die Lampen und fachte die Glut im Kamin an, die den Raum schwach erhellte und die im Dunkel verschwimmenden Gegenstände größer erscheinen ließ.

Dann streckte er sich auf einem Sofa neben der Frau aus, deren unbewegliches Gesicht vom Schein eines brennenden Holzscheits getroffen wurde.

Mit fremdartigen Tönen, die er sie vorher lange und geduldig hatte wiederholen lassen, belebte sie die beiden Monster, ohne dabei die Lippen zu bewegen und ohne sie anzusehen.

Und in der Stille der Nacht begann das wunderbare Zwiegespräch zwischen der Chimäre und der Sphinx, geführt von kehligen und tiefen, heiseren, dann schrillen und wie übermenschlichen Stimmen.

– »Hier, Chimäre, halt ein!«

– »Nein, niemals!«

Gewiegt von der wunderbaren Prosa Flauberts, hörte er keuchend das schreckliche Duo, und Schauder durchliefen ihn vom Nacken bis in die Füße, als die Chimäre den feierlichen, magischen Satz ausstieß:

– »Ich suche neue Düfte, üppigere Blumen, unerprobte Wonnen.«

Ach, diese Stimme sprach zu ihm, geheimnisvoll wie eine Zauberformel; ihm, gerade ihm, erzählte sie von ihrer fieberhaften Suche nach dem Unbekannten, von ihrem unerfüllten Ideal, von ihrem Bedürfnis, der fürchterlichen Realität des Daseins zu entkommen, die Grenzen des Denkens zu überschreiten, sich in den Nebeln jenseits der Kunst vorwärts zu tasten, ohne je Halt unter den Füßen zu finden! – Das ganze Elend seiner eigenen Bemühungen wühlte sein Herz wieder auf. Sanft umschlang er die schweigende Frau an seiner Seite und flüchtete sich wie ein trostsuchendes Kind in ihre Nähe, ohne die mißmutige Miene der Komödiantin zu bemerken, die sich gezwungen sah, bei sich zu Hause, in ihren Mußestunden, ohne Bühne, eine Szene zu spielen und ihren Beruf auszuüben.

Ihre Beziehung bestand weiter, aber Des Esseintes versagte immer häufiger; der Aufruhr seines Gehirns brachte das Eis seines Körpers nicht mehr zum Schmelzen, seine Nerven gehorchten nicht mehr seinem Willen; die lächerlichen leidenschaftlichen Anwandlungen der Greise beherrschten ihn. Da er fühlte, daß er in der Nähe dieser Mätresse immer unentschlossener wurde, nahm er seine Zuflucht zu dem wirkungsvollsten Aufputschmittel der altgewordenen und unzuverlässigen Männlichkeit, zur Angst.

Während er die Frau in den Armen hielt, brüllte eine heisere Säuferstimme hinter der Tür: – »Willst du wohl öffnen? Ich weiß genau, daß du mit einem Hurenbock zusammen bist, warte nur, du liederliches Weibsstück!« – Ebenso, wie jene Wüstlinge, die sich durch die Furcht, im Freien, am Flußufer, in den Tuilerien, in Bedürfnisanstalten oder auf einer Bank in flagranti ertappt zu werden, aufgeilen, fand er vorübergehend seine Kräfte wieder und stürzte sich auf die Bauchrednerin, deren Stimme fortfuhr, außerhalb des Zimmers zu lärmen, und er empfand bei diesem Überfall, bei diesem panischen Verhalten eines Mannes, der sich in Gefahr sieht und in seinem schändlichen Tun unterbrochen und zur Eile getrieben wird, unerhörte Jubelgefühle.

Unglücklicherweise waren diese Sitzungen von kurzer Dauer; trotz der übertriebenen Preise, die er ihr bezahlte, entließ ihn die Bauchrednerin, und warf sich noch am selben Abend einem Kerl an den Hals, dessen Ansprüche weniger kompliziert und dessen Lenden sicherer waren.

Er hatte ihr nachgetrauert, und bei der Erinnerung an ihre Kunstgriffe schienen ihm die anderen Frauen bar aller Süße; selbst die verdorbenen Reize der Jugend erschienen ihm nun schal; seine Verachtung für ihre eintönigen Grimassen wuchs derart, daß er sich nicht mehr entschließen konnte, sie zu ertragen.

Giacomo Casanova
Treulosigkeit

Ich finde es lächerlich, wenn ich gewisse Frauen die Männer treulos nennen und sie der Unbeständigkeit anklagen höre. Sie hätten dazu Grund, wenn sie nachweisen könnten, daß wir in dem Augenblick, da wir ewige Treue schwören, die Absicht hätten, sie ihnen nicht zu halten. Leider lieben wir, ohne die Vernunft zu Rate zu ziehen, und sie mischt sich auch dann nicht ein, wenn wir aufhören zu lieben.

D. H. Lawrence
Quell des Lebens

Er war die Treppe noch nicht ganz hinaufgestiegen, als er unten rasche Schritte hörte, die Haustür wurde geschlossen und versperrt, er hörte Ursulas Stimme und dann den verschlafenen Ausruf ihres Vaters. Im Nu eilte er hinauf bis zum oberen Treppenabsatz.

Auch hier stand eine Tür einen Spaltbreit offen, das Zimmer war leer. Während er sich wie ein Blinder mit den Fingerspitzen an der Wand entlangtastete, ging er raschen Schritts weiter, stets in der Befürchtung, daß Ursula die Treppe heraufkommen könnte, und stieß schließlich auf eine weitere Tür. Dort lauschte er mit seinen übernatürlich geschärften Sinnen, mit äußerster Wachheit. Er hörte, wie sich jemand im Bett bewegte. Das mußte sie sein.

Ganz sachte, wie jemand, der nur über einen einzigen Sinn, den Tastsinn, verfügt, drehte er den Knauf des Schnappschlosses. Es klickte. Er hielt inne. Die Bettdecke raschelte. Sein Herz stand still. Dann zog er den Schnapper noch weiter zurück und stieß ganz sanft die Tür auf. Sie schleifte ein wenig, als sie nachgab.

»Ursula?« vernahm er Gudruns ängstliche Stimme.

Schnell öffnete er die Tür ganz und ließ sie hinter sich wieder zugleiten.

»Bist du es, Ursula?« ertönte Gudruns ängstliche Stimme. Er hörte, wie sie sich im Bett aufsetzte. Im nächsten Augenblick würde sie schreien.

»Nein, ich bin's«, sagte er, während er sich weiter vorantastete. »Ich bin es – Gerald.«

Sie saß regungslos in ihrem Bett, starr vor Staunen. Sie war viel zu erstaunt, viel zu überrascht, um Angst zu haben. »Gerald?« wiederholte sie über alle Maßen verblüfft. Er hatte den Weg zum Bett gefunden, und seine ausgestreckte Hand berührte blindlings ihre warme Brust. Sie zuckte zurück.

»Laß mich Licht machen«, sagte sie und sprang aus dem Bett.

Er blieb wie angewurzelt stehen. Er hörte, wie sie die Streichholzschachtel nahm, hörte die Bewegungen ihrer Finger. Dann sah er sie im Schein des brennenden Streichholzes, das sie an die Kerze hielt. Das Licht strahlte im Raum hell auf, dann, als die Flamme sich auf die Kerze herabsenkte, wurde es zu schwachem Dämmerschein, bis diese richtig brannte.

Sie sah ihn an, wie er ganz nah auf der anderen Seite des Bettes stand. Er hatte die Mütze tief ins Gesicht gezogen, sein schwarzer Mantel war bis unters Kinn zugeknöpft. Sein Gesicht wirkte fremd, schien zu leuchten. Er war unwiderstehlich wie ein übernatürliches Wesen. Als sie ihn ansah, wußte sie es. Sie wußte, daß etwas Schicksalhaftes in der Luft lag, und sie mußte es akzeptieren. Dennoch mußte sie ihn herausfordern. »Wie bist du hier heraufgekommen?« fragte sie.

»Ich bin die Treppe heraufgestiegen – die Haustür stand offen.«

Sie sah ihn nur an.

»Ich habe auch diese Tür nicht zugemacht«, sagte er. Schnell ging sie durchs Zimmer und schloß leise die Tür und sperrte sie ab. Dann kam sie wieder zurück.

Sie war wunderschön mit dem erschrockenen Blick ihrer Augen und den geröteten Wangen, ihrem kurzen dicken Zopf, der ihr über den Rücken hing, und ihrem langen, schönen weißen Nachthemd, das ihr bis zu den Füßen reichte.

Sie sah, daß seine Stiefel ganz lehmverschmiert waren, sogar seine Hose war lehmverkrustet. Und sie fragte sich, ob er den ganzen Weg herauf Fußspuren hinterlassen hatte. Er war eine seltsame Erscheinung, wie er so in ihrem Zimmer an dem zerwühlten Bett stand.

»Warum bist du gekommen?« fragte sie etwas mißmutig.

»Weil ich wollte«, antwortete er.

Das konnte sie auch in seinem Gesicht lesen. Es war Schicksal.

»Du bist so schmutzig«, sagte sie zärtlich, trotz ihres Ekels.

Er blickte auf seine Füße.

»Ich bin durch die Nacht gelaufen«, sagte er. Aber er war in einer regelrechten Hochstimmung. Sie schwiegen. Er stand auf der einen Seite des zerwühlten Bettes, sie auf der anderen. Er hatte noch nicht einmal die Mütze abgenommen.

»Und was willst du von mir?« fragte sie ihn herausfordernd.

Er wandte den Blick ab und sagte nichts. Wären da nicht seine außergewöhnliche Schönheit und diese mystische Anziehungskraft seines markanten, eigenartigen Gesichts gewesen, sie hätte ihn einfach weggeschickt. Aber sein Gesicht war so wunderbar und noch so unentdeckt. Er faszinierte sie, wie makellose Schönheit sie faszinierte, er zog sie in seinen Bann wie Nostalgie, wie Sehnsucht.

»Was willst du von mir?« wiederholte sie mit einer ihr selbst fremd klingenden Stimme.

Er nahm mit einer befreienden Geste seine Mütze ab wie in einem Traum und ging zu ihr hinüber. Aber er konnte sie nicht berühren, da sie barfuß vor ihm im Nachthemd stand und er so schmutzig und durchnäßt war. Ihre weit aufgerissenen Augen blickten ihn fragend an und stellten ihm diese alles entscheidende Frage.

»Ich bin gekommen – weil ich einfach kommen mußte«, sagte er. »Warum fragst du?«

Sie sah ihn zweifelnd und staunend an. »Ich muß dich fragen«, sagte sie.

Er schüttelte kaum merklich den Kopf »Es gibt keine Antwort darauf«, sagte er, merkwürdig geistesabwesend.

Er war von einer wundersamen, fast göttlichen Aura umgeben, einer Aura von Schlichtheit und naiver Unmittelbarkeit. Er erinnerte sie an eine Erscheinung, an den jungen Hermes.

»Aber warum bist zu mir gekommen?« fragte sie hartnäckig.

»Weil – es so sein muß. – Wenn es dich auf der Welt nicht gäbe, dann gäbe es auch *mich* nicht auf der Welt.«

Sie stand da und sah ihn mit großen, weit aufgerissenen Augen an, voller Staunen und Verzweiflung. Seine Augen blickten unentwegt in die ihren, und er schien unbeirrbar zu sein in einer seltsam übernatürlichen Beharrlichkeit. Sie seufzte. Sie war verloren. Sie hatte keine Wahl.

»Willst du nicht deine Stiefel ausziehen?« sagte sie. »Sie müssen ganz durchnäßt sein.«

Er ließ seine Mütze auf einen Stuhl fallen, knöpfte seinen Mantel auf, wobei er das Kinn anhob, um die Kragenknöpfe aufmachen zu können. Sein kurzes kräftiges Haar war zerzaust. Er war so herrlich blond, wie Weizen. Er zog seinen Mantel aus.

Schnell streifte er auch sein Jackett ab, lockerte seine schwarze Krawatte und löste seine Manschettenknöpfe, die jeweils mit einer Perle verziert waren. Sie lauschte, schaute ihm zu, hoffte, daß niemand das Rascheln des gestärkten Leinens hören würde. In ihren Ohren knallte es wie Pistolenschüsse.

Er war gekommen, um eine Rechtfertigung bei ihr zu finden. Sie ließ zu, daß er sie umarmte, sie eng an sich drückte. Bei ihr erfuhr er unendliche Erleichterung. In sie goß er all die aufgestaute Dunkelheit und den quälenden Tod, und er war wieder wie geheilt. Es war herrlich, großartig, es war ein Wunder. Dies war das immer wiederkehrende Wunder seines Lebens, und diese Erkenntnis ließ ihn in eine Ekstase der Erleichterung und des Staunens versinken. Und sie, restlos ergeben, empfing ihn wie ein Gefäß, das mit seinem bitteren Todestrank gefüllt war. Sie hatte nicht die Kraft, ihm in diesem entscheidenden Augenblick zu widerstehen. Die schrecklich zermürbende Gewalt des Todes erfüllte sie, und sie empfing ihn in ekstatischer Ergebenheit unter gewaltigen, heftigen Schmerzen.

Während er sich ihr mehr und mehr näherte, tauchte er tiefer in ihre einhüllende weiche Wärme ein, eine herrliche belebende Hitze, die sein Blut durchdrang und ihm neues Leben schenkte. Er hatte das Gefühl, sich aufzulösen und in ihr zur Ruhe zu kommen wie in einem kraftspendenden Bad. Es schien, als sei das Herz in ihrer Brust eine zweite, unbesiegbare

Sonne, in deren Schein und in deren belebende Kraft er immer tiefer und tiefer eintauchte. All seine abgetöteten und geborstenen Adern heilten sanft, als das Leben neu durch sie pulsierte, sich unmerklich in ihn hineinstahl, als wären es die allmächtigen Strahlen der Sonne. Sein Blut, das sich zurückgezogen zu haben schien, flutete wieder heran, zuversichtlich, edel und kraftvoll.

Er fühlte, wie seine Gliedmaßen, mit Leben erfüllt, wieder stärker und geschmeidiger wurden, sein Körper an ungeahnter Stärke gewann. Er war wieder ein starker und ganzer Mann. Und er war ein Kind, so getröstet und geheilt und voller Dankbarkeit.

Und sie, sie war der große Quell des Lebens, er betete sie an. Mutter und Spenderin allen Lebens war sie. Und er, Kind und Mann, wurde von ihr empfangen und geheilt. Sein Körper war fast leblos. Aber die wundersamen weichen Strahlen aus ihrer Brust ergossen sich über ihn, über sein versengtes, zerstörtes Gehirn wie eine heilende Lymphe, wie ein sanfter, wohltuender Lebenssaft, so vollkommen, als würde er wieder im Mutterleib schwimmen.

Sein Gehirn war verletzt, versengt, das Gewebe geradezu zerstört. Er hatte gar nicht gewußt, wie schlimm verletzt er war, wie das Gewebe, das ganze Gewebe seines Gehirns, durch die ätzende Flut des Todes Schaden genommen hatte. Jetzt, als die heilende Lymphe ihrer Strahlen durch ihn strömte, erkannte er, wie zerstört er war, wie eine Pflanze, deren Gewebe durch den Frost von innen heraus geplatzt ist.

Er vergrub seinen kleinen, harten Kopf zwischen ihren Brüsten und drückte ihre Brüste mit den Händen an sich. Und sie zog seinen Kopf mit bebenden Händen an sich, während er so hingegossen dalag und sie bei vollem Bewußtsein war. Die liebliche, schöpferische Wärme durchflutete ihn wie ein fruchtbarer Schlummer im Mutterleib. Ach, wenn sie ihm nur diesen Strom lebenspendender Strahlen zuteil werden ließ, er wäre geheilt, er wäre wieder ein vollständiger Mensch. Er hatte Angst, sie würde ihn zurückstoßen, bevor es vollbracht wäre.

Wie ein Kind an der Brust klammerte er sich fest an sie, und sie konnte ihn nicht wegstoßen. Und seine versengte, zerstörte Schutzhülle verlor ihre Spannung, wurde wieder weich, alles, was versengt und steif und zerplatzt war, gab wieder nach, wurde weich und geschmeidig, pulsierte in neuem Leben. Er war unendlich dankbar, dankbar wie Gott gegenüber, wie ein Kleinkind an der Mutterbrust. Er war froh und dankbar wie in einem Delirium, als er spürte, wie der erfüllende, unbeschreibliche Schlaf ihn überwältigte, der Schlaf völliger Erschöpfung und Heilung.

Aber Gudrun war hellwach, bei vollkommenem Bewußtsein der Zerstörung anheimgefallen. Sie lag regungslos da, und ihre weit aufgerissenen Augen blickten starr in die Dunkelheit, während er in tiefen Schlaf gesunken war, die Arme noch immer um sie gelegt.

Es schien ihr, als könne sie hören, wie Wellen an einem verborgenen Ufer anbrandeten, weite, langsame, düstere Wellen, die im Rhythmus des Schicksals anbrandeten, so monoton, daß es den Eindruck von Ewigkeit erweckte. Dieses endlose Anbranden der langsamen, finsteren Wellen des Schicksals hielt sie fest wie einen Besitz, während sie dalag und mit dunklen, weit aufgerissenen Augen in die Dunkelheit starrte. Sie konnte so weit schauen, bis in die Ewigkeit – und dennoch sah sie nichts. Sie war wie gelähmt und doch bei vollem Bewußtsein – aber wessen war sie sich bewußt?

Dieser Eindruck höchster Verzweiflung, als sie wie gelähmt dalag und in die Ewigkeit starrte und alles bis ins letzte Detail bewußt wahrnahm, ging vorüber und ließ sie mit einem unbehaglichen Gefühl zurück. Sie hatte so lange regungslos dagelegen. Sie bewegte sich und wurde unsicher. Sie wollte ihn anschauen, ihn sehen.

Aber sie wagte es nicht, Licht zu machen, weil sie wußte, daß ihn das aufwecken würde, und sie wollte ihn nicht aus seinem vollkommenen Schlaf reißen, von dem sie wußte, daß er ihn ihr verdankte.

Sie löste sich ganz behutsam aus seiner Umarmung und

richtete sich ein wenig auf, um ihn anzuschauen. Ein schwacher Lichtschein schien das Zimmer zu erhellen. Sie konnte gerade noch seine Gesichtszüge ausmachen, während er diesen vollkommenen Schlaf schlief. Sie schien ihn in dieser Dunkelheit so deutlich wahrnehmen zu können. Aber er war weit weg, in einer anderen Welt. Ach, sie hätte vor Qual aufschreien mögen, so weit weg war er, und der Vollkommenheit so nah, in einer anderen Welt. Sie schien ihn anzuschauen wie einen Kieselstein, der in großer Tiefe im klaren dunklen Wasser liegt. Und sie war hier zurückgelassen worden mit all den Qualen ihres Bewußtseins, während er ganz tief in dieses andere Element, in diese sorglose, ferne, lebendig funkelnde Schattenwelt eingetaucht war. Er war schön, weit weg und der Vollkommenheit so nah. Sie würden niemals zusammensein. Ach, diese furchtbar unmenschliche Entfernung, die stets zwischen ihr und dem anderen Wesen liegen würde!

Sie konnte nichts anderes tun, als still dazuliegen und es zu erdulden. Sie empfand eine überwältigende Zärtlichkeit für ihn und einen dunklen, unterschwelligen, eifersüchtigen Haß, weil er so vollkommen und unverwundbar in dieser anderen Welt war, während sie gepeinigt wurde von quälender Schlaflosigkeit, wie eine Ausgestoßene in der Dunkelheit.

Sie lag da mit einem regen, aufs äußerste geschärften Bewußtsein, einem geradezu erschöpfenden Überbewußtsein. Die Kirchturmuhr schlug die Stunden, wie ihr schien, in rascher Folge. Unter der Anspannung ihres regen Bewußtseins hörte sie es überdeutlich. Und er schlief, als wäre die Zeit nur ein Augenblick, ein unveränderlicher und unwandelbarer Augenblick.

Sie war erschöpft und müde. Dennoch mußte sie in diesem Zustand lebhaften Überbewußtseins ausharren. Ihr kam einfach alles in den Sinn – ihre Kindheit, die Zeit als junges Mädchen, all die vergessenen Erlebnisse, all die unerkannten Einflüsse und all die Geschehnisse, die sie nicht verstanden hatte, all das, was sie betroffen hatte, und ihre Familie, ihre Freunde, ihre Liebhaber, ihre Bekannten, einfach alle. Als zöge sie einen glitzernden Strang der Erkenntnis aus dem Meer der Dunkelheit, zog und zog und zog ihn herauf aus den bodenlosen Tiefen der Vergangenheit und hatte noch immer das Ende nicht erreicht, es nahm und nahm kein Ende, sie mußte diesen Strang glitzernden Bewußtseins immer weiter einholen, ihn schillernd aus den endlosen Tiefen des Unbewußten heraufziehen, bis ihre Glieder schmerzten, sie müde und erschöpft war, kurz vor dem Zusammenbruch, und doch war es noch nicht geschafft.

Ach, wenn sie ihn nur wecken dürfte! Sie wälzte sich unruhig hin und her. Wann würde sie ihn aufwecken und fortschicken dürfen? Wann durfte sie ihn stören? Und sie verfiel wieder in das rege Tun ihres mechanischen, niemals endenden Bewußtseins.

Aber der Zeitpunkt rückte näher, zu dem sie ihn wecken durfte. Es war wie eine Erlösung. Die Kirchturmuhr hatte vier geschlagen, da draußen in der Nacht. Gott sei Dank, die Nacht war fast vorüber. Um fünf mußte er gehen, und sie wäre erlöst. Dann konnte sie sich entspannen und wieder ihren angestammten Platz einnehmen. Im Augenblick fühlte sie sich von den Regungen seines in höchster Vollendung schlafenden Körpers bedrängt wie ein glühend heißes Messer von einem Schleifstein. Er erschien ihr geradezu monströs, wie er so neben ihr lag.

Die letzte Stunde war die längste. Und doch war sie schließlich vorüber. Ihr Herz hüpfte vor Erleichterung – ja, da war der langsame, laute Schlag der Kirchturmuhr – endlich, nach dieser Nacht der Ewigkeit.

Sarah Sands
Lust an Männern

Patti mochte Politiker und schlief mit so manchen von ihnen nach einem guten Dinner im Connaught. Zu ihren Gunsten muss gesagt sein, dass sie nach und nach immer wählerischer wurde. Doch es gab immer einen Favoritenkreis im Zentrum der Macht, dem ihr besonderes Augenmerk galt.

»Die Eingeborenen werden unruhig«, pflegte sie zu bemerken, wenn sie wieder einmal eine Verabredung mit Sally absagte, erheitert über das missbilligende Glucksen am anderen Ende der Leitung.

Mit zunehmender beruflicher und wirtschaftlicher Unabhängigkeit gestattete sie es sich mitunter, Männer aus purer Lust am Abenteuer zu bezirzen. Aber auch da ließen sich die persönlichen mit den beruflichen Interessen ergänzen. Männer konnten unerwartet nützlich sein. Private Räume öffneten sich für sie, geheime Dokumente verschwanden aus versperrten Schubladen. Die Arbeit wurde zu einem herrlich spannenden Spiel.

»Ist das nicht komisch, Sal, du bist Feministin, ich dagegen bin einfach ein Kerl«, sagte sie damals, als sie beim Tee in Sallys geschniegeltem Garten saßen. Sallys Ehemann, Gordon, versuchte sich auf das Schneiden seiner Hecke zu konzentrieren, während Patti mit Singsangstimme über ihre sexuellen Eskapaden schwadronierte. Die Freundin seiner Frau war ihm äußerst unheimlich, und er zog es vor, sie aus sicherer Entfernung zu beobachten. Pattis Liste von Auswahlkriterien, was Männer betraf, schloss weder Anstand noch Freundlichkeit ein, doch ihr Schleppnetz war von solcher Reichweite, dass sie sogar diesen Qualitäten hin und wieder begegnete. Es gab da zum Beispiel einen Minister, den die Presse gern als altmodischen englischen Heroen hochlobte. John Partridge hatte buschiges, aber streng gescheiteltes Haar und ein kantiges Kinn. Sein Vater war Jagdflieger im Zweiten Weltkrieg gewesen, und

John wohnte dem Gedenkgottesdienst zum Veteranentag stets in einem wunderbar geschnittenen Kaschmirmantel bei, mit einer Miene, die von Stolz und Trauer zeugte. Er war mehrfach von seinem Amt zurückgetreten, weil er die Verantwortung für die Fehler von Untergebenen übernommen hatte. Sein kleines Privatvermögen erlaubte es ihm, in würdevoller Verachtung über der kleinlichen Geldgier seiner Kollegen zu stehen. Er war nicht besonders klug, aber auf konventionelle Weise gut aussehend, und seine anerkannte Rechtschaffenheit sicherte ihm die Sympathie der Wähler. Zu der Zeit, als er Patti begegnete, wurde er in den Medien bereits als zukünftiger Premierminister gehandelt.

Ihr Zusammentreffen – aus seiner Sicht rein zufällig, von Patti jedoch seit Wochen geplant – ereignete sich bei einem Dinner inmitten einer Gruppe politischer Philosophen. John bemerkte Patti sofort, aber was ihn bewog, ihre Nähe zu suchen, war eine erstaunliche Serie an Übereinstimmungen zwischen ihnen. Offenbar teilte sie seine Bewunderung für einen unmodernen Sozialphilosophen, und dann zitierte sie auch noch, wie von ungefähr, seinen Lieblingsdichter. Sogar seine heimliche Liebe zur Botanik fand Widerhall bei ihr, und sie bekannte ihre Sehnsucht, die windgepeitschten schottischen Inseln zu besuchen, die er besonders schätzte. Er war überrascht, aber bald überzeugt, dass sich unter ihrer großstädtischen Kultiviertheit eine unbändige Leidenschaft für die Natur verbarg. Am Ende des Abends küsste er sie auf ihre kühlen, seidigen Wangen, nicht ohne Angst, sie könnte von dieser Zudringlichkeit gekränkt sein.

Je mehr er von Patti sah, desto geheimnisvoller erschien sie ihm. Natürlich hatte er Gerüchte von ihrem wilden und grausamen Betragen gehört, tat es aber als eifersüchtigen Klatsch ab. John war stolz auf Pattis Wortwitz, auch wenn er ihm nicht immer ganz folgen konnte. Er war geblendet von ihrer Sexualität, die er erst entfesselt zu haben glaubte. Er war nachsichtig gegenüber ihrer Kaufsucht, die er rührend mädchenhaft fand.

Auch war er gerührt von der Tatsache, dass sie wenig Freunde hatte, trotz ihrer Geselligkeit. Kurz, er liebte sie. Von Zeit zu Zeit musste er sie für ihren Übermut schelten, der sich meist in Form von Herausforderungen äußerte. In staatlichen Belangen zeigte sie nicht immer den gebührenden Respekt. Es war albern von ihr, wichtige Dokumente mit Kritzeleien zu verunstalten, und er billigte es auch nicht, dass sie für jedes Kabinettsmitglied einen bösartigen Spitznamen erfand.

Es gab da einen bestimmten Zwischenfall, den er lieber vergessen hätte. Patti hatte immer wieder gedrängelt, ihr den Sitzungssaal des Kabinetts einmal außerhalb der Amtsstunden zu zeigen; eines Abends hatte er schließlich nachgegeben. Infolge etlicher kodierter Telefonate und eingeforderter Gefälligkeiten wurde ihm Zugang gewährt.

Patti schritt gravitätisch in dem Raum umher und karikierte die kriecherischen Versuche jedes einzelnen Ministers, die Zustimmung des Premiers zu erlangen. John blieb ängstlich an der Tür stehen und flüsterte ihr zu, sie sollten jetzt besser wieder gehen, der Premierminister könne jeden Augenblick aus dem Rathaus zurückkehren.

Zu seiner Verblüffung hatte Patti sich dann in lüsterner Pose auf den Tisch gelegt und behauptet, Tabuverletzung sei die einzig annehmbare Liebeserklärung. Johns Gesicht war verzerrt vor Entsetzen und Geilheit. Hinterher hatte er ihr die Leviten gelesen. »Um Gottes Willen, Patti, so etwas darf nie wieder passieren. Ich werde dich verlassen müssen, wenn du nicht lernst, dich anständig zu benehmen.«

»Schade, ich hatte schon die Kathedrale von Westminster im Auge«, grinste Patti. John tat ihre Bemerkung als bloße Trotzköpfigkeit ab, überzeugt, dass sie voller Reue war.

Einen Monat später heiratete das Paar. Der *Evening Standard* bezeichnete es als die glanzvollste Hochzeit des Jahres: Patti in Grace-Kelly-Weiß, die Partridge-Familie, aus Wiltshire angereist, vollzählig in der rechten Bankreihe vertreten, eine bunte Menge an Prominenten, um die leeren Plätze auf der Linken zu füllen. Brautjungfern gab es keine, trotz Pattis ständig beteuerter Kinderliebe. Schulterzuckend meinte sie, sie selbst sei Waise, und sie fände es unfair, Johns doch recht pummelige Nichten der öffentlichen Neugier auszusetzen.

»Kinder sind so sensibel in dem Alter«, erklärte sie ihm, und er fügte sich ihrer höheren Weisheit.

John sagte, mit einer Frau wie Patti an seiner Seite würde er die Kraft haben, seinem Land zu dienen. Sein Haus in der Lord North Street, stilvoll umdekoriert, wurde der Schauplatz einiger denkwürdiger Soireen. Patti hatte ein instinktives Gespür für Politik und seufzte tief über Britanniens Verstrickungen im Ausland, während sie sich in die Sofakissen zurücklehnte. Aber die Herzen ihrer Gäste gewann sie durch gewisperte Komplimente, die sie wie Partygeschenke an der Tür austeilte. »Der Schlusssatz in Ihrer Rede hat wirklich gesessen.« – »Eine Schauspielerin hat Sie neulich so gelobt. Herrje, wer war das noch gleich?« – »Was ist das für ein Wappen auf Ihrem Ring?« John freute sich immer darauf, am Ende des Abends allein mit seiner Frau zu sein und ihre bissigen Witze über seine Kollegen zu hören, während er den Arm um ihre Taille schlang und ihren daunigen Schwanenhals küsste. Allzu bald jedoch fand er das Licht im Schlafzimmer schon gelöscht, bis er das Haus abgeschlossen hatte, und hörte nur noch Pattis gleichmäßige Atemzüge. »Patti?«, rief er zögernd ins Halbdunkel, bevor er sich traurig auf die Bettkante setzte und unbeholfen seine Schuhe auszog. Er bekam zu spüren, dass Patti es ganz und gar nicht schätzte, geweckt zu werden. Das Bett war ein Symbol der Verlockung, aber auch der Ablehnung. Patti schien ihre Ehe weitgehend zu verschlafen. Er hatte sie in der Nacht verloren, und noch schmerzlicher fühlte er sie auch am Tag von ihm wegdriften. Sie verließ den Raum, ehe er seine Sätze beenden konnte. Nach wenigen Monaten schon blieb sie ganze Tage lang abwesend.

Müde kam er nach langen Parlamentsdebatten spätabends heim und fand das Haus leer und dunkel vor. Patti versäumte Wahlbezirksversammlungen und vergaß sogar, zu einem Bankett im Palast zu erscheinen. Der Premierminister erkundigte sich anzüglich nach Pattis Befinden, worauf John wie immer erwiderte: »Alles bestens.«

Eines Abends kam er niedergeschlagen heim, nachdem er eine wichtige Rede über den Verteidigungsetat vermasselt hatte. Die Opposition hatte seine statistischen Zahlen in der Luft zerrissen und sich schief gelacht über seinen Versprecher: »Die Marine hat die Pfiffe, die wir verdienen.«

Er goss sich einen Whisky ein und starrte wehmütig in das Gasfeuer. Auf dem Kaminsims lehnte ein Briefumschlag, auf den in schwarzer Tinte gekritzelt war: *John, bitte lesen.* In dem Brief stand, kurz und bündig:

> *Lieber Brummbär, ich fürchte, ich verlasse dich.*
> *Kuss, Patti.*

»Das ist das Problem mit deiner Generation, immer so politisch korrekt«, sagte Patti zu Alexandra, als sie zusammen in den Aufzug traten. »Es bringt doch nichts, diese Rede zu halten, wenn du nicht ehrlich deinen eigenen Standpunkt vertrittst. Liberalen Konsens haben wir hier schon mehr als genug.«

»Aber ich bin doch gar nicht qualifiziert, den Leuten hier die Meinung zu sagen!« Alexandra klammerte sich verschreckt an ihren Starbuck-Kaffee. »Ich weiß nur, dass die Kollegen echt nett scheinen und ein gutes Team abgeben, das Management aber offenbar völlig in männlicher Hand ist. Und ich wollte eigentlich nur der Hoffnung Ausdruck geben, dass hier Platz für jemand wie mich ist, ich meine, als Frau und, nun ja, Farbige.«

Alexandra war viel kleiner als Patti, und in ihrem grauen Kostüm sah sie aus wie ein Teenager in Schuluniform.

Patti hatte plötzlich ein Bild von Alex vor Augen, wie sie eselsohrige rosa Schreibhefte und ein tintenfleckiges Federmäppchen aus ihrer Schultasche auf einen stilvollen, aber achtlos ramponierten Küchentisch ausleerte. Einen Moment lang sah sie sich selbst, ein Geschirrtuch in der Hand, über Alex' Schulter gebeugt, um sie bei einer verzwickten Aufgabe zu beraten. Sie wollte Alex auf die Sprünge helfen, wenn sie nicht gerade versuchte, sie unterzubuttern.

»Du glaubst, du hast *Glück*, hier gelandet zu sein, weil du weiblich und korrekt multikulturell bist? Nein, also wirklich nicht. Du hast höchstens Glück, dass du obendrein zufällig noch Talent hast. Junge Frauen wie du brauchen sich keine Sorgen zu machen, ob sie ankommen. Du musst nur dafür sorgen, dass es aus Gründen geschieht, die nichts mit deinem Geschlecht oder deiner Hautfarbe zu tun haben. Und ich würde sagen, da kannst du nie sicher sein, bis du die Fünfzig überschritten hast und keiner mehr auf dein Aussehen achtet.«

Patti lächelte bitter und geleitete Alex hinaus in den fünfzehnten Stock.

Henry Miller
Mutter und Tochter

Die Hochzeitsreise hatte vielversprechend begonnen.

Morgens lagen wir noch stundenlang im Bett. Die Sonne strömte durch die offenen Fenster, die Vögel sangen wie verrückt, und in der Küche brutzelten auf bloßen Anruf der Schinken und die Eier in der Pfanne. Die Eifersucht, welche die Mutter, ohne es zu wollen, während ihres Aufenthalts bei uns in der Tochter erweckt hatte, schien verschwunden. Die Tochter gab sich jetzt mit ganzem Herzen der Fickerei hin, als wenn der Umstand, wieder unter dem elterlichen Dach zu sein, ihr eine lang erwartete Absolution verschafft hätte. Für eine so prüde Ziege, wie sie war, ließ sie wirklich die Zügel locker. Manchmal hatte ich das Gefühl, daß sie sich mir an den Hals warf, nur um ihrer Mutter zu beweisen, daß sie eine ebenso große sexuelle Anziehungskraft besäße wie jedes andere weibliche Wesen, ihre Mutter eingeschlossen. Sie flirtete sogar eifrig mit den Freunden ihrer Mutter, einer kleinen Gruppe fescher Kavaliere, die immer um ihre Mutter herumscharwenzelten, wenn diese nur mit dem kleinen Finger winkte. Sie schien vergessen zu haben, daß ich ihre Mutter schon einmal ins Auge gefaßt und für gut befunden hatte. Sie wurde so sorglos, daß sie mich hin und wieder stundenlang mit ihrer Mutter allein ließ, während sie in der Stadt umherstrolchte.

Das Unvermeidliche trat natürlich ein. Eines Morgens, als sie uns allein gelassen hatte, kam es der Mutter in den Sinn, ein Bad zu nehmen. Ich saß, noch in meinem Schlafanzug, im Wohnzimmer und überflog lässig die Morgenzeitung. Es war ein warmer, sonniger Tag, die Vögel trillerten wie wild. Ich konnte die Mutter in der Badewanne plätschern hören, wobei sie in dieser bezaubernden schwarzen Art vor sich hinsummte, die mein Blut in Wallung brachte. Meine Gedanken konzentrierten sich so stark auf sie, daß meine Hände anfingen zu zittern. Plötzlich hörte ich sie nach einem Badetuch rufen. Ich holte es, rieb sie von oben bis unten ab, nahm sie dann auf die Arme und trug sie ins Schlafzimmer. Ich brauche es kaum zu sagen: sie war ein wunderbares Schwanzstück.

Nun waren die Flitterwochen erst richtig im Zuge. Ich tanzte wie ein verliebter Zeisig umher, behüpfte zuerst die Tochter und dann die Mutter. Alles ging eine Weile wie geschmiert, und jeder war in bester Stimmung. Über Nacht schien die Tochter dann plötzlich eifersüchtig geworden zu sein. Sie bestand jetzt darauf, daß wir sofort nach Hause fuhren. Ich zeigte natürlich keine große Begeisterung dafür. Das Quengeln und Streiten begann von neuem und wurde immer bissiger.

Wir stritten so heftig miteinander, daß wir uns schließlich entschlossen, uns zu trennen. Jeder von uns sollte seinen eigenen Weg gehen. Wir verließen das Haus gemeinsam, sagten uns am Ende des Häuserblocks Lebewohl und schlugen verschiedene Richtungen ein.

Joseph von Westphalen
Die Taxifahrerin

Am nächsten Tag würde ich früh aufstehen und viel arbeiten müssen. Das Konzert dieser italienischen Geheimtip-Gruppe aber wollte ich mir deswegen nicht entgehen lassen. Um nicht in Versuchung zu kommen, lange zu bleiben und einen Drink nach dem anderen zu schlucken, nahm ich kein Portemonnaie mit, sondern steckte einen 50er ein. Das würde reichen für die Eintrittskarte, zwei Gläser Wein und die U-Bahn-Fahrt nach Hause.

Dann aber war die Musik berauschend, die Stimme der sizilianischen Sängerin war so verwegen, dass ich ihre etwas stämmige Figur vergaß, augenblicklich Musikproduzent sein und ihr einen Plattenvertrag anbieten wollte. Weil sich das nicht so einfach machen lässt, trank ich statt zwei dann doch vier oder fünf Gläser und blieb länger sitzen, in der vagen Hoffnung, dem wunderbaren Weib ein Kompliment zu machen und dafür einen dieser entnervten Blicke zu kassieren, der allen Träumen die Luft rauslässt und einen beruhigt abziehen lässt.

Um zwei fuhr keine U-Bahn mehr, und für ein Taxi reichte das Geld nicht. Ich kam mir verjüngt vor. Wie in seligen Studentenzeiten anderthalb Stunden durch die Stadt laufen, das konnte nicht schaden. Trostlose Viertel bei Nacht sind romantischer als ein Sonntagsspaziergang. Macht man viel zu selten. Die Sängerin hatte mein Lob mit einem Lächeln quittiert, das noch aufregender war als ihr feuriger Gesang. Innige Gedanken an sie würden mich auf dem Nachhauseweg begleiten. Bis morgen früh musste ich das rasante Weib allerdings vergessen haben, weil ich einen einigermaßen seriösen Kommentar über Ausländer und ihre Integrationsprobleme zu schreiben hatte, und wenn mich die Sehnsucht nach einer Frau plagt, geraten mir die politischen Argumente durcheinander.

Gerade wollte ich meine Nachtwanderung beginnen, als mir mein Zahnarzt entgegenkam, der auch in dem Konzert gewesen war und keine U-Bahn mehr bekommen hatte. Er schlug vor, ein Taxi zu nehmen und die Fahrtkosten zu teilen. Ich sagte, teilen kommt nicht in Frage, er würde mir schon genug Geld für das läppische Entfernen der Rotweinrückstände auf meinen Beißern abknöpfen. Okay, dann zahlt er allein. Wir hielten ein Taxi an, eine Frau am Steuer. Näheres konnte ich nicht erkennen, der Zahnarzt stieg vorn ein. Beim Losfahren sagte die Taxifahrerin beeindruckend vehement: »Du Arschloch!« Ich dachte, mein angetrunkener Zahnarzt hätte ihr die Hand aufs Knie gelegt, aber sie meinte einen Taxifahrerkollegen, der ihr das Wenden auf der Straße schwer machte.

Die Taxifahrerinnen, mit denen ich es bisher zu tun gehabt hatte, waren auf unauffälligere Weise derb gewesen. Breite Handgelenke, eine steife Kunstlederjacke, ein verdächtiges, aber nicht nachweisbar rechtsradikales Schweigen und ganz leise eine grauenvolle Musik aus dem Radio tragen dazu bei, dass man diese Frauen rasch wieder vergisst. Nun aber war ich an ein Exemplar geraten, das diesem Klischee absolut nicht entsprach.

Ich konnte von hinten nicht viel mehr sehen als den rechten Unterarm der Taxifahrerin und die Hand am Lenkrad. Schöner Arm, schöne Hand, schöne Haut, schön braun. Am Daumen funkelte ein silberner Ring, und zwar so, dass ich mich sofort fragte, warum nicht alle Frauen breite Silberringe am Daumen tragen. Ich fragte mich auch, warum die sizilianische Sängerin nicht solche Arme und Hände gehabt hatte, und bemühte mich in dem Gespräch mit dem Zahnarzt, möglich geistreich zu sein. Wer unsichtbar hinten sitzt, kann nur mit Worten punkten. Nach sechs Euro war der Zahnarzt zu Hause, stieg aus, kramte und hielt einen 20er ins Wageninnere. »Kann nicht wechseln«, sagte die Taxifahrerin. »Hab kein Geld«, sagte ich. Es half ihm nichts: Er musste mich mit ihr und seinem Schein weiterfahren lassen. Ich blieb hinten sitzen, um es ihm nicht noch schwerer zu machen, und nannte mein Ziel am anderen Ende der Stadt: »Fahren Sie mich, bis das Geld rum ist, den Rest laufe ich.« Sie fuhr los und fragte mich, ob sie mir einen Witz erzählen könne, den sie sich selbst ausgedacht habe. Aber gern! Darauf sie:»Mann betrachtet Frau. Frau sagt: Ich bin froh, keinen so großen Busen zu haben, das ist mir zu viel Verantwortung,« Ich wartete. Mehr kam nicht. Ich musste lachen, nicht schallend, aber hörbar amüsiert, und fragte mich, was eine Taxifahrerin mit einem so auffallenden Daumenring bewegen mochte, Fahrgästen mitten in der Nacht Witze über Busen zu erzählen. In dieser schmutzigen Welt dürfte es genug Männer geben, die das als Anmache deuten und lästig werden. Zeig mal, wie es bei dir aussieht, Puppe! War sie eine Karatelady, die Männer reizen und sie dann mit silbernen Handkantenschlägen klein machen wollte? Oder schätzte sie mich als harmlosen Spießer ein? Oder als Gentleman? Ehe ich sie fragen konnte, fragte sie mich, ob ich Jude oder Rechtsanwalt sei. Warum? Weil bisher nur Juden und Rechtsanwälte über den Witz gelacht hätten. Ich erweiterte ihre Erfahrung. Dass ich Schriftsteller war, akzeptierte sie.»Dann musst du mir den Witz erklären«, sagte sie. Schriftsteller duzte sie offenbar.

Ich tat mein Bestes: Zu viel Verantwortung trägt man nicht gern, mit dem Busen ist es wohl auch so. Ein großer Busen sieht aus wie ein Versprechen: Achtung, ich bin eine Sexbombe. Verständlich, dass eine Frau nicht immer Lust hat, diese Erwartung zu wecken, geschweige denn zu erfüllen.

Mit der Erklärung war sie zufrieden. Ich wollte noch sagen, dass man den Witz auch auf einen Mann übertragen könne, der auf den skeptischen Blick der neuen Geliebten zwischen seine nackten Beine mit eben diesen Worten reagiert: Ein größerer Schwanz sei ihm zu viel Verantwortung. Aber das wollte sie nicht hören. Stattdessen reichte sie mir ein aufgeschlagenes Buch nach hinten, knipste das Innenlicht an und bat mich, ihr das Ende eines Kapitels vorzulesen, es sei gerade so spannend. »Ist mir zu viel Verantwortung«, sagte ich, weil ich nicht verraten wollte, dass ich bereits in einem Alter war, in dem man Lesebrillen ebenso braucht wie mitzunehmen vergisst. Da nahm sie das Buch, klemmte es mit dem Silberdaumen ans

Lenkrad und las das Kapitel laut zu Ende, wie um mir zu zeigen, dass sie beim Fahren lesen könne. »Wie findest du das?«, fragte sie. »Könnte von einem jüdischen Rechtsanwalt sein, das Buch.« Die Antwort ließ sie gelten.

Plötzlich hielt sie an. Die 20 Euro waren abgefahren. Sie griff zu Stift und Block. »Ich brauche keinen Beleg«, sagte ich. »Ich will mir deinen Namen aufschreiben«, sagte sie, »vielleicht kaufe ich mir ein Buch von dir.« Beim Aussteigen erst sah ich ihr Gesicht. Eine Farbige. Ich schwöre: Naomi Campbell ist ein Hascherl dagegen. »Ich wusste nicht, dass Models auch Taxi fahren«, sagte ich. Sie reagierte auf meine in ein Kompliment verpackte Frage mit einem ziemlich harten Kopfschütteln. Dann sagte sie: »Ich bin eine Professionelle.« Und nach einer Pause: »Taxifahrerin.« Dann der geheimnisvolle Zusatz: »Ich fahre nur nachts.«

In der nächsten Zeit trieb ich mich, sooft es ging, in der nächtlichen Stadt herum, nie ohne gefülltes Portemonnaie und Lesebrille, denn Königin Naomi II. würde diesmal ein Buch von mir dabeihaben, und ich würde ihr so lange daraus vorlesen, bis alles Geld verfahren wäre . . . Ich winkte ständig freie Taxis herbei, tischte grantigen Fahrern und hässlichen Fahrerinnen eine Lügengeschichte von meiner in einem von einer Schwarzen mit silbernem Daumenring gefahrenen Taxi verlorenen Brieftasche auf und hörte mir reaktionären Unflat über Negerinnen am Steuer an. Anstrengend, nach verlorenen Frauen zu suchen. Dennoch: Tausendundeine Nacht lang würde ich mein Glück versuchen.

25. 2. 1668 in Seething Lane traf ich die junge Mrs. Daniel und hielt an; sie war bei meinem Haus gewesen, hatte aber niemanden angetroffen und sagte, sie habe mich dieses Jahr als ihren Valentinsschatz gezogen; also ließ ich sie in die Kutsche steigen und wollte mit ihr ans andere Ende der Stadt fahren, um sie mit hinaus zu nehmen; da ich mich aber erinnerte, daß ich am Nachmittag mit meiner Frau ausgehen sollte, *hazer* ich sie nur *para tocar* meinen Schwanz *con* ihrer Hand, was *hazer* mich *hazel* wir fuhren dann zu einer Putzmacherin an der Ecke Bishopsgate und Leadenhall Street, und dort schenkte ich ihr acht Paar Handschuhe und schickte sie dann weg;

8.5. Auf dem Heimweg bei Mondschein hatte ich die ganze Zeit *mi mano abaxo la jupe de* Knepp *con* viel *placer* und Freiheit; als ich aber danach versuchte, sie *con mi cosa zu tocar*, wehrte sie sich, doch glaube ich nicht, daß sie viel dagegen hatte, ich war aber etwas ärgerlich, als ich leer ausging.

18. 8. . . . Heute abend *yo hazer* Deb *tocar mi* Ding mit ihrer Hand, nachdem *yo in lecto* war – mit großem Genuß.

13. 10. . . .; zu Hause ließ ich mir von meiner Frau vorlesen und dann von Deb die Haare kämmen; hierbei hatte ich das Vergnügen, *para* ihre *cosa* und drumherum anzufassen, fast ohne Widerstreben; dann zu Bett.

25. 10. . . . Abends aß Will Batelier mit uns; danach ließ ich mir von Deb das Haar kämmen, was mir den größten Ärger aller Zeiten einbrachte, denn als meine Frau plötzlich hereinkam, umarmte ich das Mädchen *con* der Hand *sub su* Röcken; ich hatte wirklich die *main* an ihrer Muschi. Ich war wie vom Schlag gerührt, das Mädchen ebenso, und versuchte, meine

Frau abzulenken, aber ihre Stimme versagte, und sie wurde wütend, und als ihre Stimme zurückkehrte, war sie sehr aufgebracht; ich sagte wenig und ging zu Bett; meine Frau sagte auch wenig, schlief aber die ganze Nacht nicht, sondern weckte mich gegen zwei Uhr morgens unter Tränen…; ich wußte aber nicht, wieviel sie gesehen hatte, und sagte daher nichts. Nach vielen Tränen und Vorwürfen, ich sei untreu und ziehe ihr ein gewöhnliches Dienstmädchen vor, reizte ich sie nicht, sondern versprach, gut und liebevoll zu ihr zu sein, und bat um Verzeihung für alles Unrecht, was ich ihr angetan habe – bis sie schließlich beruhigt schien und gegen Morgen etwas schlief.

14. 11. … Abends nach Hause zum Essen, danach schlief ich mit großem Genuß mit meiner Frau. Ich muß hier bemerken, daß ich mit meiner *moher* seit diesem Zerwürfnis öfter geschlafen habe als in den zwölf Monaten zuvor – und wohl mit mehr Genuß für sie als in unserer ganzen vorigen Ehezeit.

18. 11. Ich ließ mich nicht von meiner Vernunft leiten, sondern mußte sie noch abends sehen; darum fuhr ich, als es dunkel war, zu ihr, nicht weit von meinem Schneider; sie kam in die Kutsche, und *yo besar* sie und *tocar* ihr Ding, aber *ella* wollte nicht und sträubte sich so ernsthaft, daß ich es für echt hielt; aber trotzdem ließ *yo* sie *tener mi cosa* in ihrer *mano*, während *mi mano sobra* ihrem *pectus* war und so *hazer* mit großem Vergnügen. Ich gab ihr aber so guten Rat, wie ich konnte, auf ihre Ehre zu achten, Gott zu ehren und keinen Mann *para haver con* ihr tun zu lassen, was *yo* getan hatte – das versprach sie.

7. 2. 1669. Schließlich beruhigte ich meine Frau aber so, daß wir uns völlig aussöhnten und zeitig zu Bett gingen, wo ich sehr angenehm *con* ihr *hazer* und aus Versehen zum ersten Mal den *digito en* ihr Ding steckte, was ihr sehr gefiel; ich bete aber zu Gott, daß sie nicht meint, ich hätte das schon mal getan – oder daß sie Gefallen daran findet. So *para* Schlafen.

Gespreizte Beine

Eines Nachts kam ein halbes Dutzend Damen; wir erkannten an ihren Manieren und Gesprächen, daß es Damen waren, denn da gerade keine Kutschen vorbeifuhren, hörten wir sie deutlich. »Kann uns jemand sehen?« fragte die eine. »Nein«, antwortete eine andere, »beeil dich.« Wir hörten das übliche Rascheln wie von Laubwerk, und sogleich ergoß sich ein mächtiger Strom; dann hockten sich zwei weitere nebeneinander hin. Aller Gefahr zum Trotz blendete ich die Laterne auf. Über uns befanden sich zwei hübsche kleine weiße Ärsche mit geöffneten Mösen, sie gehörten ganz jungen Mädchen und waren kaum behaart; dann mußten die Frauen wohl ängstlich geworden sein, denn sie bewegten sich. »Beeilt euch, seid nicht dumm, es kommt niemand«, sagte eine Stimme. Wieder ein Rascheln, die Blende ging auf, und das Licht leuchtete nach oben: was für einen dicken runden Hintern, was für eine große schwarzbehaarte Möse sahen wir nun, und einen Wasserstrahl wie aus einem Feuerwehrschlauch. »Oh, da kommt ein Licht von unten«, sagte die eine. Der Hintern schoß hoch, während noch immer Pisse herablief, die Röcke fielen, und alle waren fort wie der Blitz.

Ein andermal hörten wir zwei Paar Schritte über uns, die einen die schweren Schritte eines Mannes. »Sei doch nicht dumm, er wird nichts erfahren«, sagte ein Mann sehr leise. »Ach nein – nein, ich trau mich nicht«, antwortete eine Frauenstimme, die Füße gingen mit leisem Rascheln zu einem anderen Gitter. Henry und ich folgten ihnen unten. »Tu's doch, hier kommt keiner her, keiner kann uns sehen«, sagte der Mann noch leiser. »Ach, ich hab solche Angst!« sagte die Frau. Nun gab es ein wenig leises Handgemenge, dann schien alles ruhig, bis auf ein wenig Fußscharren. »Sind sie da?« fragte Henry aus dem Gewölbe. Ich stieß ihn an, damit er still sei, öffnete die Blende nur ein klein wenig und hielt die Lampe so hoch ich konnte.

Wir wurden reich belohnt. Genau über unseren Köpfen standen zwei Paar Füße, das eine weit auseinander, und an seiner Rückseite hingen Frauenkleider nur teilweise herab; davor waren die Hosen eines Mannes, dessen Knie ein wenig zwischen die Beine der Frau geschoben waren, und weiter oben hing ein Hodensack herunter, der fast den Blick auf den Bauch und die Öffnung verdeckte, in der der Schwanz steckte. Die gespreizten Beine, zwischen denen sich die Eier bewegten, erlaubten uns jedoch, den näher am Arschloch gelegenen Rand der Möse zu sehen. Die Bewegung der Eier zeigte, wie heftig der Mann fickte, es muß jedoch einen Größenunterschied gegeben haben, und er war entweder sehr groß oder sie sehr klein, denn von Zeit zu Zeit änderte sich die Position seiner Knie und Beine. Er hielt einen Moment inne, als wolle er eine neue, bequemere Stellung einnehmen, dann gingen die Stöße weiter. So wie ihre Kleider herabhingen, mußten seine Hände auf ihrem nackten Hintern liegen, denn sie enthüllten ihre Beine bis zum Bauch oder bis dahin, wo seine Hose ihn verdeckte, oder wo ihre Kleider über seinen Arm herabfielen.

Einmal schienen ihm die Kleider der Frau im Weg zu sein, denn es gab eine Unterbrechung, sein Schwanz kam fast ganz heraus, seine Füße bewegten sich, und sie spreizte die Beine weiter. Er brauchte die Hand nicht, um ins Ziel zu treffen, sein langer, steifer Pfahl mit der roten Spitze war in Richtung ihres Polochs gerutscht, aber kaum hatten sie ihre neue Haltung eingenommen, verschwand er wieder in ihrer Möse. Die Eier wackelten heftiger denn je hin und her, schneller, immer schneller, die Beine der Frau schienen zu zittern, wir hörten eine Art Schrei, wie aus einem kurzen Stöhnen und einem Schrei gemischt, und eine Frauenstimme sagte: »Ach, sei nicht so laut«, dann kam ein Zucken und ein Zittern der Beine und alles schien ruhig.

Beim ersten Öffnen der Blende war ich sehr vorsichtig gewesen, da ich fürchtete, sie könnten herunterschauen und es sehen; aber heute glaube ich, sie waren so erregt, daß sie es nicht einmal bemerkt hätten, wenn von unten die Sonne ge-

schienen hätte. Um besser zu sehen, schob ich die Blende weiter auf und hielt die Laterne nach und nach immer höher, bis
der Trichter, durch den das Licht kam, nahe am Gitter war. Ich
hielt sie mit ausgestrecktem Arm, und natürlich so, daß ich
selbst am besten sehen konnte. Henry sah nicht so gut, obwohl
er nah bei mir stand und unsere Köpfe sich fast berührten.
»Halt sie mehr so!« flüsterte er erregt. Ich tat nichts. Gerade da
sagte die Frau: »Beeil dich doch, ich hab solche Angst!« Der
Schwanz glitt heraus – ich sah es. Im selben Augenblick zerrte
Henry an meiner Hand, um die Laterne so zu drehen, daß er
besser sehen konnte. Ich hielt sie bloß mit den Fingerspitzen,
direkt unter den Füßen des kopulierenden Paars. Durch sein
Zerren fiel sie herunter und krachte auf den Boden, gerade als
die Frau sagte: »Beeil dich, ich hab solche Angst!« Als es krachte,
wurde ein gewaltig scheinender Schwanz herausgezogen und
hing herab, eine Hand faßte ihn, und die Unterröcke fielen um
die Beine herab. Mit einem lauten Schrei der Frau stürzte das
Paar fort, und ich bin sicher, es verging eine lange Zeit, ehe sie
ihre Geschlechtsorgane wieder mit dem Rücken an einer
Mauer und über einem Gitter befeuchten ließ.

Sophie Andresky
Der perfekte Mann

Da seh ich ihn plötzlich, mitten im Winterschlussverkauf, in
einer Boutique. Der perfekte Mann, ein Traum. Zwei Köpfe
größer als ich, muskulös, schlank, dunkle, fast schwarze Haare,
glänzend und auf idealer Länge, kurz unter den Ohrläppchen,
als Friseurin seh ich so was, den Nacken ganz sauber geschnitten, schmal der Hals, nicht so, dass Kopf und Hals gleich breit
sind wie ein Flaschenkorken, das hasse ich, schöne Schlüssel-

beine im Ausschnitt seines Pullovers. O Herrin, dachte ich, der kann sogar Pullover tragen, die wenigsten Männer können das mit Anstand, die sehen darin aus wie eine ausgestopfte Socke. Der nicht. Der Pulli spannte da, wo er sollte, und saß locker, wo er sollte. Ich war begeistert. Und diese Augen! Tiefblau, und dichtere Wimpern als meine. Wenn das Licht richtig fiele, würden sie lange Schatten werfen auf die Wangenknochen. Ein Gesicht wie gegossen. Und dieses Prachtexemplar, bei dem ich nur noch »haben, haben, haben« dachte, stand ganz ungerührt neben einem Verkäufer, der um ihn herumwieselte, die Arme voller Klamotten, und dabei mit den Armen ruderte wie bei einem Regentanz. Ich sprach den Verkäufer zuerst an. Ich war zu schüchtern, mir den Traummann direkt zu krallen. »Darf ich Ihnen den jungen Mann entführen«, fragte ich, und als er mich überrascht ansah, erklärte ich ihm das Problem mit Manfred. Es kostete schon einige Überredungskünste, aber schließlich hatte ich mein Ziel erreicht.

Da steht er jetzt ganz ruhig in meinem Wohnzimmer, schweigend, keine Verlegenheitsgespräche, das hat er nicht nötig. Ich schon. Ich rede. Ich bin nervös. Seit ich ihn gesehen habe, denke ich daran, mich vor seinen traumschönen Augen auszuziehen, und damit fange ich jetzt auch gleich an. Was soll ich lange drumherum reden, deshalb sind wir doch beide in meiner Wohnung. Dass ich seinen Namen nicht weiß, erhöht die Spannung nur.

Ich setze mich auf die Kante meines Couchtisches. Ich knöpfe meine Bluse auf. Dass er gleich, voll bekleidet, wie er ist, dort in der Türfüllung stehen und meine Brüste sehen wird, erregt mich schon, aber ich will, dass er noch viel mehr sieht. Ich hake meinen BH auf und lasse ihn fallen, beuge mich vornüber und zeige ihm, wie meine Brüste in meinen Händen liegen, weich und voll, und er lächelt. Ich weiß, dass ihm das gefällt. Aber er ist ein Genießer. Er will bis zum Ende zusehen. Das kann er haben. Ich schlängle mich aus meinen Nylons und meinem Slip und bleibe einen Moment in meinem Minirock sitzen, dann kommt der ganz besondere Augenblick, wo ich die

Hände hinter mir aufstütze und die Knie anziehe. Er kann jetzt mitten hineinsehen durch das dunkle Gekräusel in meine Spalte. Ich schließe die Augen, fühle, wie sein Blick zwischen meine Schenkel schlüpft und hineingesaugt wird ins Feuchte. Natürlich würde er sich jetzt am liebsten gleich die Hose vom Leib reißen, zu mir stürzen und mich durchbohren, aber er will etwas anderes. Und ich fühle genau, was. Ich lege mich zurück auf den Tisch und ziehe die Knie so weit an, wie ich nur kann. Dann drehe ich mich auf die Seite, winkle das untere Bein an und strecke das obere in die Luft. Ich bin ganz offen, und ich kann gar nicht anders, ich muss mich jetzt anfassen. Ich lange hinunter zum Puschel, der an den Rändern ordentlich rasiert ist, wie sich das für eine Friseurin gehört. Und vor den Augen dieses Traummanns berühre ich mein Fell, streiche durch die feuchten, knisternden Härchen, teile die Spalte und gleite auf und ab. Ich lecke über meine Lippen, flüstere: »Gleich machst du es mir, gleich besorgst du es mir.« Ich bin so nass, dass meine Finger von selbst tiefer glitschen. Ich würde es gerne noch hinauszögern, mich ihm von allen Seiten zeigen, auf ihn zugehen und mich an ihm reiben, aber ich halte es nicht mehr aus. Ich stöhne, soll Manfred in der Wohnung drunter mich doch hören, das ist mir egal. Ich schreie laut, alles ist mir jetzt egal.

Danach lümmel ich mich noch eine Weile nackt auf der Couch und rauche. Ich bin sehr zufrieden und lächle den Traummann an. Der steht da in der Türfüllung, ein Meter neunzig teuerstes Schaufensterpuppenplastik, und lächelt zurück. »Honorio« werde ich ihn nennen. Und treu wird er mir immer sein. Dass er nie was sagt: na und, dann sagt er auch nichts Falsches. Außerdem: Nobody is perfect.

V SCHNITTSTELLEN

Herr Triepfer mag zwei Dinge sehr:
Sowohl Geschlecht als auch Verkehr.
Zwei Dinge mag Herr Triepfer nicht:
Sublimation und Triebverzicht.

Axel Marquardt

Sünde ist ein unabdingbares Element des Fortschritts.
Oscar Wilde

Erotik? Sexualersatz. *Walter Serner*

Adventszeit kann wie Sexualität was sehr Schönes sein.
Ulrich Holbein

Jede Frau sieht beim Orgasmus wunderschön aus, egal ob sie einen hat oder nicht. Männer dagegen sehen aus wie Gewichtheber mit Verstopfung. Was hat Gott sich dabei nun wieder gedacht? *Jürgen von der Lippe*

Balzac vögelte gern, solange es zu keiner Ejakulation kam. Er glaubte, das Sperma käme direkt aus dem Gehirn. Als es einmal dennoch passierte, rief er:»Jetzt habe ich ein Buch verloren.« *Brüder Goncourt*

Wenn im Fernsehen schon ständig kopuliert wird, dann willst du wenigstens zu Hause deine Ruhe haben.
Ildikó von Kürthy

Die Liebe zu zwei Frauen ist weder obszön noch gemein noch besonders triebhaft oder lüstern. Sie ist im Gegenteil völlig normal (und normalisierend), sie ist eine bedeutsame Vertiefung aller Lebensbelange. Ich vergleiche sie oft mit der Elternliebe. Niemand hat je gefordert, dass wir nur die Mutter oder nur den Vater lieben dürfen.

Wilhelm Genazino

Ich verstehe nicht, wie man homosexuell sein kann. Das Normale ist doch schon unangenehm genug.

Egon Friedell

Ich habe nichts gegen Inzest – solange es in der Familie bleibt. *Wolfgang Schweiger*

Liebe ist Mist, und ich der Hahn, der drauf steigt und kräht. *Ernest Hemingway*

Die einzige Entwicklung bei der Liebe in den vergangenen 6000 Jahren ist die Zigarette danach. *Amos Oz*

Eifersucht entsteht immer mit der Liebe zugleich, aber sie vergeht nicht immer mit ihr. *La Rochefoucauld*

Die Ehe ist doch eine Institution zur Lähmung des Geschlechtstriebes, also eine christliche Einrichtung, Abraham und Odysseus litten nicht an ihr. Für den Mann gibt es doch nur die Illegalität, die Unzucht, den Orgasmus, alles, was nach Bindung aussieht, ist doch gegen seine Natur. *Gottfried Benn*

Den Ehelosen quält die Fleischeslust. Den Verehelichten sein Weib. *Innozenz III.*

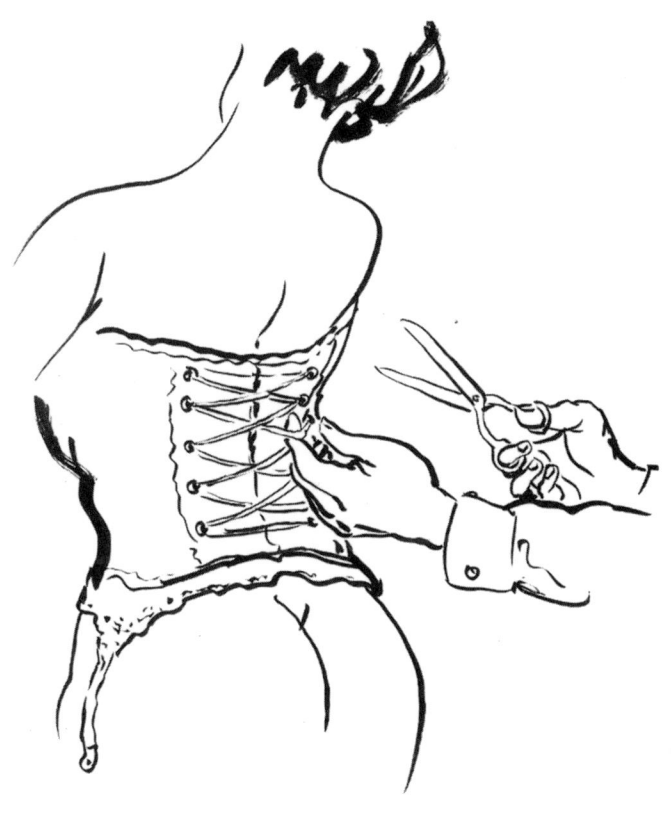

Jenny Eclair
Wohlerzogen

Alice legt Wert darauf, »daß sich die ganze Familie am Ende des Tages zu einer gemeinsamen Mahlzeit hinsetzt«. Wie es sich »für wohlerzogene Menschen gehört«. Wir sind schließlich »keine Wilden«. Bei Alice heißt es »Ellbogen vom Tisch« und »Darf ich bitte anfangen«.

»Ich war heute ein sehr wohlerzogener Junge«, denkt Guy, während er eine Flasche Tomatensauce aus dem Schrank holt, »wenn man die Umstände berücksichtigt.«

Ein Fick auf der Behindertentoilette steht auf Alice' Liste der Dinge, die wohlerzogene Menschen tun, wohl kaum an erster Stelle. Um ehrlich zu sein, weiß Guy nicht, was Alice mehr erzürnen würde – der Akt der fleischlichen Untreue oder die Tatsache, daß er in einer Kabine für Rollstuhlfahrer stattfand.

»Also ehrlich, Guy, dafür gibt es keine Entschuldigung, das ist purer Egoismus.«

Böse Peanut, eigentlich ist es ihre Schuld. Als er heute morgen zur Arbeit kam, hockte sie auf dem Empfangstresen von Lexington Sound und aß eine Banane, also bitte.

Und als sei das nicht genug, trug das gerissene kleine Luder auch noch ein T-Shirt, auf dem Guys Mission für diesen Morgen stand (sollte er die Herausforderung annehmen). Eine deutliche Botschaft in weißen Buchstaben auf rosarotem Grund: »Fcik mich bis ich fruz!«

Und das hatte er – nicht daß sie gefurzt hätte, das wäre auch nicht sehr romantisch gewesen beim ersten Date. Nicht daß es wirklich ein Date war. Sondern? überlegt Guy, während er die Gabeln links und die Messer rechts legt (Alice nimmt es mit den Tischmanieren sehr genau) – eine »Begegnung«, bei der ein Austausch von Körperflüssigkeiten stattgefunden hatte?

Natürlich hatte er ein Kondom benutzt. Peanut war ein süßes Ding, eine Kylie-große Venus mit dem Gesicht einer Cupie-Puppe, aber wer wußte, wo sie sich schon rumgetrieben hatte? Ihre Kunstfertigkeit ließ darauf schließen, daß sie keine Anfängerin war, beileibe nicht.

Manche Frauen, spekuliert Guy, waren offenbar auf der Sexschule. Wie sie den Rücken neigen, sich die glänzenden Lippen lecken, dem leisen Stöhnen ein hohes Quietschen und dann ein Wimmern folgen lassen und dann mit künstlichen Nägeln über einen schweißnassen Oberkörper fahren, verrät sie. Der Kopfmensch Guy hakt auf seiner Liste ab, was genau passiert ist, wer was bei wem gemacht hat.

Ein erster Kuß mit Bananengeschmack, gefolgt von einem Finger in ihrem Schlüpfer, einem offenen Reißverschluß, heißem Atem an seinem Schwanz. Der Kopfmensch Guy erinnert sich an den chronologischen Ablauf der Ereignisse bis zur Penetration, doch danach verlassen sie ihn. Der Bauchmensch Guy hat irgendwann gegen elf Uhr die Führung übernommen, als sein Hirn sich in einem mächtigen Orgasmus auflöste, bei dem er fast den Handgriff aus der Wand riß. Danach hatte sie ihren Rock zurechtgerückt, einen winzigen Fetzen rosa Spitze aufgehoben und gesagt: »Mr. Jamieson, das war nett.«

Nett! Es waren die besten zehn Minuten seines Lebens gewesen. Während er hinaus schwebte, seine Eier herrlich leicht, den Alibi-Kalender in der Tasche, hatte sie ihm einen Luftkuß zugeworfen. Und er hatte ihn aufgefangen (peinlich, im Nachhinein). Erst als er wieder in seinem Büro war, entdeckte er den winzigen Fetzen rosa Spitze in seiner Jackettasche. Es dauerte eine Sekunde, bis er begriff, daß es ein Tanga war!

Alice trägt keine Tangas. »Zahnseide für den Po«, sagt sie und steckt ihren Hintern lieber in Stützschlüpfer.

Peanuts Tanga liegt nun in Guys Schreibtischschublade. Er hatte ihr sofort eine SMS geschrieben:»cu morgen in der Mittagspause? – gx.« Die Antwort kam wenige Sekunden später: »Hol mich um 1 ab px«.

Als er später mit Penny, seiner Assistentin, den Terminkalender für die Woche durchgegangen war, hatte er Peanuts Bleistiftnotiz gesehen, die auf dem blaßblauen Papier seines Smythson Organizers 2004 kaum lesbar war. »Peanut vögeln«, hatte sie geschrieben.

»Ah.« Guy reagierte wie ein Vater auf das erste selbst gemalte Bild seines Kindes, und statt es auszuradieren, riß er die ganze Seite aus seinem Kalender und legte sie zu ihrem Schlüpfer. Den Rest des Tages war er auf Autopilot, erledigte Telefonate, ging zu Meetings, aß Fischküchlein, arbeitete an einem Pitch für einen Werbespot, schickte Peanut einen Blumenstrauß.

»Was soll auf der Karte stehen, Sir?«

»Äh, mmh, Küsse reicht.«

»Kein Name?«

»Nein, kein Name. Sie weiß schon, von wem die sind.«

»Danke, Sir, und wenn Sie schon mal dabei sind, wollen Sie Ihrer Frau auch gleich ein paar Blumen schicken?«

Natürlich sagte sie das nicht, aber ihr Tonfall suggerierte es.

»Ich hab eine Affäre«, flüstert er vor sich hin. »Ich hab eine Geliebte mit Größe 36, makelloser Haut und Schmollmund.«

»Jungs!« Alice ruft die Kinder zu Tisch. »Wascht euch die Hände, Abendessen.«

Guy gießt sich ein Glas Rotwein ein. Er muß sich zusammen reißen. »Verhalt dich ganz normal, paß auf, was du tust«, ermahnt er sich. »Konzentrier dich auf das Abendessen mit deiner Familie, deiner Frau und deinen Söhnen.«

Katherine Mansfield
Halb verrückt vor Liebe

Sonntagabend.

Hier bin ich, halbtot vor Kälte, halbtot vor Müdigkeit. Ich kann nicht schlafen, denn das Ende ist mit einer solchen Plötzlichkeit gekommen, daß selbst ich, die ich es so lange und so deutlich geahnt hatte, erschrocken & erschüttert bin. Sie ist müde. Gestern abend verbrachte ich in ihren Armen, und heute hasse ich sie – was recht eigentlich bedeutet, daß ich sie anbete, daß ich nicht in meinem Bett liegen kann, ohne den Zauber ihres Körpers zu spüren. Was bedeutet, daß das Sexuelle mir nicht wichtig ist. All die sogenannten sexuellen Impulse fühle ich bei ihr weit stärker als je bei einem Mann. Sie verzaubert mich, bannt mich, und meine Anbetung gilt ihrem äußeren Selbst, ihrem vollkommenen Körper. Ich habe das Gefühl, wenn ich meinen Kopf auf ihre Brust lege, dann fühle ich, was das Leben sein kann. All meine Sorgen, all die kleinlichen Ängste sind wie fortgewischt. Fort sind die Erinnerungen an Caesar & Adonis, fort ist die schreckliche Banalität meines Lebens. Nichts bleibt, nur ihre schützenden Arme. Und natürlich habe ich noch vor einer Woche all dies ertragen können, weil ich nicht gewußt habe, was es bedeutet, wirklich zu lieben & geliebt zu werden, leidenschaftlich anzubeten – aber jetzt habe ich das Gefühl, sollte sie mir versagt sein, muß ich – geht meine Seele auf die Straße und fleht den nächstbesten Passanten um Liebe an, bittet & bettelt um ein wenig von dem kostbaren Gift. Ich bin halb verrückt vor Liebe zu ihr. Nichts bedeutet mir zur Zeit mehr als sie – nicht einmal meine Musik. Und nun geht sie. Ahnung ist zur Gewißheit geworden – die Seifenblase stammte nur aus dem Wunderland. Aber es ist das letztemal, daß ich so etwas mitmache – das letztemal – ich ertrage es nicht mehr. Meine Seele stirbt dabei, ich spüre es jedesmal stärker. Denn die Wunde, die man davonträgt, ist jedesmal neu, das Messer schlägt neue Wunden und reißt alte wieder auf.

Neben mir brennt die ruhige Flamme der Kerze – golden und wie eine Blüte – doch wenn ich nur lange genug hier sitze, wird sie kleiner werden und flackern & erlöschen. So ist das Leben, und so ist, vor allem, die Liebe – ein unbestimmtes, flüchtiges, vergängliches Ding, & der schauerliche & schreckliche Pessimismus starrt mir in die Augen, & ich klammere mich an alte Illusionen. Ich bin verliebt in Regenbögen & Kristallgläser. Der Regenbogen verblaßt & das Glas ist in tausend kleine Diamanten zersprungen. Wohin sind sie zerstreut – über die unendliche Weite des Himmels, in alle Winde – fort – – –

In meinem Leben – so viel Liebe in der Phantasie, in der Realität 18 öde Jahre. Nie ein reiner, spontaner zärtlicher Impuls. Adonis war – wenn ich nur ganz ehrlich bin – nichts als eine Pose. Und jetzt kommt sie – und an sie geschmiegt, mich an ihre Hände klammernd, ihr Gesicht an dem meinen, bin ich Kind, Frau und mehr als nur halb Mann.

Von der Kupplerin
und dem Mädchen der Lust

»Was sollen wir denn tun, o Mutter? Weil der verfluchte Schöpfer sich gar hart wider uns bezeigt, erwerben wir nichts Wesentliches, selbst wenn wir unseren Leib als Ware den Kaufenden ausbreiten. Darum erweise mir deine Gunst, o Mutter, nenne mir die Männer, die ich ausnutzen kann, und die Mittel, die ein Mädchen der Lust anwenden muß, um der Liebespfeile Menge auf sie abzusenden.«

Zu Malati, die solchermaßen redete, sprach Vicarala, die Kupplerin, nachdem sie der Schöngestalteten liebkosend den Rücken gestreichelt hatte, die herrlichen Worte:

»Diese deine Last der Haare schon, die dem von verzehrender Liebe emporgestiegenen Rauchgewirbel gleicht, wird dir die Liebhaber zu Sklaven machen, o Schöne.

Dieser dein herrlicher Blick, o Schlankleibige, der schön ist durch sein süßes Lächeln, wird, unterstützt von dem reizend anmutigen Spiel der langsam sich bewegenden Brauen, die da festen Willens sind, dir unterwerfen.

Schon die Lieblichkeit deiner Augen erzeugt gewißlich höchstes Liebesverlangen im Herzen der Begehrenden.

Schon deine schimmernde Zahnreihe, deren Wunder dem leuchtenden Blitzesbande gleicht, ruft heißesten Liebesfeuerschmerz in den Männern hervor.

Schon dein Geplauder, o Anmutige, das den Gesang des Kokila übertrifft, entströmt dir als ein zaubergewaltiger Spruch, der alle Dirnenjäger an dich fesselt.

Schon dein gewölbtes Brüstepaar, die Wohnung Kamas, o Windungsreiche, verschafft dir Genüsse. Dich anderer Mittel zu bedienen, ist zwecklos.

Schon dein Armepaar, schlank sind sie und schön wie Lotosstengel, rundlich gewölbt und Goldspangen-geschmückt, wird in allen Liebe erzeugen, o du Schlanke.

Schon deine Hüften, kundig des Liebesgottes Befehlen zu folgen, versetzen, ob sie gleich so zart sind, die Beleibten in das zehnte Liebesstadium, welches der Tod ist.

Schon die Reihe deiner Bauchhaare, die wie die Bogensehne des aus dem Willen Gebotenen erglänzt, läßt die jungen Männer von Liebespfeilspitzen kläglich versehrt werden.

Schon deine breite Scham, reizend wie eine Fläche goldenen und silbernen Gesteins, o Jugendblühende, ist ein zwingender Zauber, der selbst der heiligen Askese den Untergang bereitet, o Schöne mit den Schenkeln, die Elefantenrüsseln gleichen.

Schon dein Schenkelpaar, das Pisangstämmen vergleichbar ist und das Herz beseligt, sprich, o Schöne, wem wäre es nicht hochwillkommen, sein Liebesfeuer darin erlöschen zu lassen!

Wer auf Erden trägt nicht nach deinen lieblichrunden Beinen Verlangen, die wie Goldranken an dir, der Jugend Wunschbäume, haften, auf daß er der Liebe Frucht pflücke?

Wessen Herz hängt nicht, o meine Schöne, an deinem herrlichen Füßepaar, das die Röte des Granatapfels übertrifft, das den Reiz der Landlotos in den Schatten stellt?

Dein lieblicher Gang, o Anmutreiche, beschämt den Elefantenfürsten, verlacht den Schwan, versetzt der Jünglinge Herzen in wirbelnde Wallung.

Trotzdem höre, o Weib mit der dünnen Leibesmitte, mir Aufmerksamkeit leihend, wenn du Verlangen danach trägst, was ich dir in Übereinstimmung mit meiner Klugheit darlege.

Sofort und zuerst mache dir mit der größten Sorgfalt den Sohn eines dem Könige dienenden Bhatta zu eigen, wenn du, o Schlankleibige, darauf sinnst, daß Reichtum über die Maßen in deine Gewalt komme.

Der Bhattasohn, selber Herr eines nahen Dorfes, während sein Vater stets beim Heere weilt, wird unausbleiblich ein Wunschedelstein sein, der alles herbeischaft, was man nur immer ersehnt.

Wozu der vielen Worte: Hat sich die Liebe in dem Erben des Bhatta entfaltet, so mußt du, o Schöne, wenn er in dein Haus kommt, ihm also dienen: Von ferne mußt du dich gegen ihn erheben, dich vor ihm verneigen und ihm deinen eigenen Sitz anweisen. Und mit dem Saum deines Gewandes mußt du seine Füße abwischen.

Nachdem du ihm die Achselhöhlen, den Bauch und die Schultern wie das Brüstepaar ein wenig wie unbeabsichtigt gezeigt hast, eilst du schnell aus deines Liebhabers Augenbereiche.

Nun soll er in das mit einem Ruhelager ausgestattete, von Lampen erstrahlende, von Blumen und Räucherwerk herrlich durchduftende, durch einen ausladenden Baldachin entzükkende Schlafgemach eingeführt und von deiner Mutter, o Magd mit der schweren Scham, nachdem sie ihn voller Ehrerbietung begrüßt hat, angelegentlich mit solchen ausgezeichneten Reden bewillkommnet werden:

›Heute sind meine Bittgebete in Erfüllung gegangen, heute ist unser Lieblingsgott erfreut, weil die Zierde der Guten unser Haus schmückt.

Heute endlich, o Wunder, hat die Mühe des Bogenspannens bei dem Blumenpfeiligen Frucht getragen, da er die Vereinigung füreinander geschaffener junger Leute zustandegebracht hat.

Ihren Fuß auf das Haupt des ganzen Hetärenvolks setzend, soll die mit Liebesglück Begabte jetzt die Fahne des ehelichen Glücks schwingen;

Töchter nur sind preisenswert, denn durch sie erlangt man Schwiegersöhne, wie du einer bist. Pfui über die durch eines Sohnes Geburt erfreute Welt!

Die durch ihre natürliche Liebe dir zugefallene Malati ist dir anvertraut worden; handle du so, daß die Arme nicht der Schmerzen Wohnung wird, die aus einem Leid entstehen, das du ihr zugefügt.‹

Weiche, sauber gewaschene, von Räucherwerk durchduftete Gewandung und zierlichen Schmuck sollst du anlegen; sauge dann Rauchwirbel vom Räucherwerk ein, siehe voll zärtlicher Neigung, voll Scham, Bangigkeit und Verlangen drein, lasse ein weniges von deinem Leibe sehn, unterhalte ein zärtliches, hin und wieder etwas scherzhaftes Geplauder und weile, o Schlankleibige, in deines Buhlen Nähe.

Wenn dann die Mutter hinausgegangen, das Schlafgemach von der Dienerschaft verlassen ist und dein Buhle sich an dich drängt, mußt du für Augenblicke spröde tun.

Wenn er nun, auf die Lustvereinigung sinnend, dich voller Ungestüm an sich reißt, dann wehrst du dich etwas gegen seine Zärtlichkeit und krümmst deinen Leib um ein weniges zusammen.

Hat die Lustvereinigung einen Anfang gefunden, so zeigst du, o Tochter, in fortschreitendem Maße ungestüme Liebeserregung und gibst ihm schonungslos, bar der Verstellung, deine Glieder preis.

Das Glied, welches er zu schlagen, das er zu sehen, das er zu zerkratzen begehrt, mußt du ihm voll Hitze entziehen und dann wieder darbieten. Während du kurze, heiße Seufzer der Abmattung ausstößt, während dein Körper von aufgesträubten Härchen starrt, und die Glieder alle in Schweiß getaucht sind, stößt du zum höheren Leidenschaftsentflammen der Männer qualvolles Zähneknirschen, beim Pressen verschiedene unartikulierte Kehllaute, beim Zerkratzen mit den Nägeln schlürfende Töne und bei Schlägen heftiges Wimmern hervor.

Die süßen Töne des Kokila, der Wachtel, des Schwans, der Taube, des Pferdes mußt du, o Mädchen mit der wohltönenden Stimme, zur passenden Frist mit den Lauten, die du von dir gibst, aus Wonne an der Liebeslust nachahmen.

›Presse mich nicht allzusehr, nicht zu sehr! Gib mich einen Augenblick frei, loser Erbarmungsloser! Ich vermag's nicht zu ertragen!‹ so mußt du in stammelndem, undeutlichem Silbenfall zu deinem Buhlen sprechen.

Anhänglichkeit, Willfährigkeit, Sprödigkeit, breite Üppigkeit, Kraftlosigkeit mußt du während der Lustvereinigungen zeigen, nachdem du selber deines Liebhabers Eigenart erkannt hast.

Ungehöriges, unverständiges, die Besonnenheit ganz außer acht lassendes, in wildem Benehmen dahinflutendes Tun und Treiben übst du, wenn des Vergnügens wilde Erregung gewachsen ist.

Nicht achtend der Nagelwunden, die Augen ein weniges geschlossen, in allen Gliedern schlaff geworden, so verharrst du am Schlusse des Liebhabergeschäfts. Plötzlich am Ende der angeblichen Betäubung verhüllst du deine Hinterbacken, stellst dich, als erliege dein Körper, lächelst, bist verlegen, blickst mit ermüdet trägen Augen.

Hat die Liebeslust ein Ende gefunden, so spülst du dir an abgesondertem Ort den Mund aus, wäschst dir Hände und Füße, setzt dich für einen Augenblick auf einen Sitz, um die Haare zu ordnen, beströmst deine Zähne mit duftdurchtränktem Wasser und besteigst dann wieder, den Buhlen ungestüm und fest am Halse umarmend, das Lager.«

Fanny Müller
Chippendales

Rita, meine frühere Arbeitskollegin, hatte aus obskuren Quellen, die sie mir nicht nennen wollte, zwei Karten »für umsonst« für die »Chippendales« besorgt. Ich sagte ihr, daß ich mir aus Möbelausstellungen nichts mehr mache, seit ich neulich bei einer war, in einem Entspannungssessel festgeklemmt lag, während mein Begleiter die Hände rang und rief: »Bitte, bitte, jetzt nicht sterben!«

Es sei aber gar keine Ausstellung, sagte Rita, sondern eine Überraschung. Und ich solle mich auf keinen Fall aufbrezeln, obwohl es eine Ladys night sei. Das war aber dann auch gar nicht nötig, weil das die anderen 2000 Ladys schon gemacht hatten, die den Saal 2 im Hamburger Congress-Centrum füllten. Allein über die Schuhe könnte ich schon Seiten und Seiten schreiben. Ich selbst trug solche, von denen die Nichten immer sagen, daß sie sich darüber wundern, wie ich mich damit noch in die Öffentlichkeit traue.

Die Plätze waren nicht numeriert. Zuerst saßen wir hinter einem Club von acht Damen, setzten uns aber wieder um, weil die schon eine halbe Stunde vor Beginn mit präsexuellen Kreischübungen anfingen. Jetzt saß vor uns eine Truppe von überirdisch schönen Geschöpfen, die aber alle sehr tiefe Stimmen hatten. Insgesamt war viel Leder und Satin und wuscheliges Blondhaar vertreten. Und Figuren! So was hat es früher nicht gegeben. Ich fragte Rita, was die ihrer Meinung sonst wohl so machten. Sie sagte: »Disco, Fitness-Studio, Büro.«

Dann fing es an. Sie werden schon erraten haben, daß jetzt schwer body-gebuildete amerikanische Männer auftraten, die sangen und tanzten und sich dabei auszogen. Der Gesang war Playback, eine Choreographie nicht auszumachen, und beim Ausziehen blieb zum Schluß immer noch eine kleine Unterhose übrig. In der Pause, als Rita auf dem Klo war, unterhielt ich mich mit zwei Ladys aus Schwerin, die meinten, das sei auch besser so. Bei diesen ganzen Anabolika würde ja – die eine spreizte den kleinen Finger ab – und überhaupt *ihr* Freund, der würde da Gewichtigeres auf die Waage bringen ... Ihre Freundin bestätigte das; sie schienen wirklich sehr eng miteinander befreundet zu sein.

Nach der Pause ging es dann weiter. Die Jungs hatten sich wirklich Mühe gegeben, Frauenträume auszuloten. Mal kamen sie als Handwerker – es ist bekannt, daß Frauen auf Klempnern mit Riesenäxten stehen –, mal als Rocker – was gibt es Schöneres, als Männer mit nacktem Popo auf einer Panhead Bewegungen machen zu sehen, die an sich nicht dahin gehören; mal durften wir zuschauen, wie einer aus der Abteilung »Lonesome Cowboy« zunächst ein Sofakissen verführte, dann verzweifelt unter die Dusche stürmte und diese sowie die Duschwand vergewaltigte. Und alles in einem Höllentempo. Kreisch-kreisch-kreisch. »Möchtest du so was zu Hause haben?« schrie ich Rita zu. »Gott bewahre«, schrie sie zurück, »in zwei Sekunden von Null auf fünftausend Umdrehungen? Herzlichen Dank!« Mittlerweile fieberte ich bereits dem Ende der Vorstellung entgegen, weil ich die Hoffnung fallen gelassen hatte, daß das Ganze irgendwann noch einen Sinn ergeben würde. Aber Rita war unerbittlich, und wir mußten die Herren noch einmal in Marineuniform anschauen, die sie aber die ganze Zeit anbehielten – es ist bekannt, daß Frauen auf Uniformen stehen –, und dann war Schluß. Aber erst nachdem sie alle noch einmal den Arm zu einem Gruß erhoben hatten, der meiner Ansicht nach seit 1945 verboten ist.

Es war aber doch nicht ganz Schluß, denn Rita bestand darauf, daß wir ins Foyer gingen, wo auf der einen Seite T-Shirts und Kalender verkauft wurden, und auf der anderen Seite konnte man sich mit den Darstellern fotografieren lassen. Rita zog mich ganz nach vorne und sagte: »Jetzt paß mal auf. Gleich weißt du, warum die Schnecken sich so aufgedonnert haben.« Tatsächlich war die Party noch nicht zu Ende. Die Herren grinsten wie nichts Gutes in die Kamera und flüsterten den Ladys was ins Ohr; nämlich ihre Zimmernummer. Natürlich nicht allen; sie mußten schon die richtigen Argumente mitbringen. Als eine dran war, die so überzeugende Argumente hatte, daß sie fast vornüber fiel und es auch gar nicht nötig hatte, irgendeine Art von Gesichtsausdruck vorzutäuschen, flüsterte ich Rita zu: »Glaubst du, daß die überhaupt englisch kann – ich meine, ob die überhaupt *sprechen* kann?«

»Die Sprache der Liebe ist nonverbal«, sagte Rita.

Was? – Liebe? – Na gut, in der BILD-Zeitung steht auch immer: ». . . dann mußte sie den Einbrecher lieben . . .«

»Und wieso haben wir überhaupt für teures Geld studiert?« bohrte ich nach.

»Keine Ahnung«, erwiderte Rita, »wir müssen komplett meschugge gewesen sein.«

Oder auch nicht.

Salome Wilde
Oma Perlenkette

Meine unvergeßlichste Erinnerung? Oh, das ist leicht. Setzt euch her, kleine Schmuckstücke, dann erzähle ich euch eine Geschichte.

Das Leben im Schmuckkästchen kann ganz schön öde sein, wenn man nicht oft herauskommt, und »besondere Anlässe« wie Hochzeiten und Beerdigungen reißen es auch nicht raus. (Diamantbrosche mag sich damit brüsten, den Gouverneur gesehen zu haben, aber die Geschichte ist so alt, daß sie sich nicht mal mehr erinnern kann, welche Farbe das Kleid hatte, an das sie gesteckt war.) An manchen Tagen gäbe ich viel darum, ein Amethystring oder sogar eine Krawattennadel zu sein. Trotz des Respekts, laßt euch sagen: Oma Perlenkette zu sein, ist nicht leicht.

Doch ihr wolltet meine Abenteuer hören und nicht die Klagen eines alten Mädchens. Ich könnte euch erzählen, wie ich einmal heruntergefallen bin und zwei Wochen unter dem Sitz des Town Cars lag, wo ich mit Kaugummipapier und Fusseln plauderte, doch ich sehe an euren Gesichtern, daß euch das nicht interessiert. Ungeduldige Juwelchen: ihr könnt es kaum erwarten, hier herauszukommen und von Ohrläppchen zu baumeln oder an Fingern tief in stickige Spalten zu tanzen, wie ihr es euch in euren prickelndsten Träume ausmalt. Ach, ich erinnere mich gut an jene Zeit, und daran, wie wenig Hoffnung ich – als so kostbare Kette – hatte, je zur rechten Zeit am rechten Ort zu sein. Doch schließlich kam meine große Chance, wie auch eure kommen wird – und das schon bald, ihr verruchten kleinen Klunker.

Es war an einem herrlichen Frühlingsnachmittag, und ich glühte vor Erwartung, obwohl ich seit Ewigkeiten nicht aus dem Schmuckkästchen herausgekommen war. Ostergottesdienste, die mich zu Tode langweilten, junge Damen zu Abschlußbällen begleiten: das Leben war ganz anders, als meine Freunde, die Armreifen-Fünflinge, es mir versprochen hatten. Doch an diesem einen strahlenden Maimorgen veränderten sich meine Erwartungen und mein Leben von Grund auf. Ich wurde zärtlich über einen engen hellblauen Pulli geschlossen, der die Augen der Herrin betonte, und los ging's. Im Wagen – ein enges, unbekanntes Fahrzeug, das nach Zitronen duftete – spielten ihre Finger mit mir und zwirbelten meine Perlen aufs belebendste. Ich sprach einen großen Goldring auf einem unbekannten haarigen Finger an, der sich um das Lenkrad krümmte, und er sagte mit lauter kehliger Stimme, daß er nicht sicher sei, aber schon ahne, wohin die Reise ging, und daß er die Herrin definitiv schon mal gesehen habe. Er sagte, er habe sich mit Ehering unterhalten, die er aber für eine »verklemmte Ziege« hielt. Ich ignorierte die haarsträubende Beleidigung unserer verehrten *Grande Dame* (schließlich ist sie die einzige, die nie im Schmuckkästchen schläft), doch als ich mich umsah, bemerkte ich, daß sie nicht an ihrem Platz war. Stellt euch das vor! Ehering war nicht an ihrem Platz am Finger: Die Welt stand Kopf!

Ich versuchte zu begreifen, was vor sich ging, doch weil die sanften, blassen Finger der Herrin nicht aufhörten, an mir herumzuspielen, war ich ganz benebelt. Ohne Vorwarnung hielt der Wagen an und wir stiegen aus. Die Sonne schien und ließ mich stolz in vollem Glanz erstrahlen. Mir schwirrte der Kopf vor Lust und Wonne. Bei Goldrings »Aufgepaßt, Süße, das wird ein Spaß« wurde mir allerdings etwas mulmig. Noch ehe ich meine Fassung wiederfand, betraten wir ein dunkles, muffiges Zimmer.

Goldring deutete an, er kenne dieses Zimmer gut und hatte »schon einiges« hier gesehen. Ich versuchte so zu tun, als wüßte ich nicht, wovon er sprach. Doch natürlich begriff ich. Ehe ich eine schlagfertige Antwort parat hatte oder auch nur empört schnaufen konnte, wurde ich gegen das Oberhemd des Mannes geschmettert, der die Herrin an seine Brust quetschte. Ich flüsterte: »Was ist hier los?« zu einem benachbarten Knopf, doch ich verstand seinen Dialekt nicht. Die beiden Körper zermalmten mich zwischen sich, und obwohl die undurchdringliche Dunkelheit mich ängstigte, fing ich an, die leisen Laute, die sie von sich gaben, den Rhythmus ihrer Körper und das nachlässige Hin und Her zu genießen. Nie zuvor war ich so benutzt worden: stets war man mir mit Respekt begegnet. Schon als ich zum ersten Mal aus dem Schmuckkästchen genommen und um den Hals der Herrin gelegt worden war, hatte ich gewußt, daß ich zu Höherem berufen war und den Schein wahren mußte. Selbst als sie mich in die Schachtel zu den herrlichen kleinen Ornamenten und Kostümstücken vor eurer Zeit zurücklegte, wußte ich, daß ich etwas Besonderes war. Und plötzlich wurde ich überhaupt nicht mehr beachtet. Niemand, den mein feiner, durchscheinender Glanz interessierte. Nie zuvor in meinem Leben fühlte ich mich geringer geschätzt, nie zuvor aber auch erregter als in jenem kleinen, dunklen, stickigen Zimmer, zwischen zwei Körper gepreßt. Die Hitze ihrer fremden Leidenschaft machte mich ganz schwindelig.

Ich dachte, ich werde ohnmächtig, als Goldrings Besitzer mich mit seinen dicken Fingern vom Hals der Herrin entfernte. Er war alles andere als behutsam. Doch ich kann nicht leugnen, daß es mich erregte. Ich hörte Goldfinger von seinem Platz am Finger seines Besitzers kichern, und ich spürte, wie ich rot wurde, und kicherte ebenfalls. Ich alberne Perlenschnur!

Kurz glaubte ich mich im Mittelpunkt des Interesses, doch ich wurde bitter enttäuscht, denn dieselben Hände ließen mich achtlos zu Boden fallen. Als ich dumpf auf den modrigen Teppich aufschlug, war meine Stimmung dahin. Die Herrin und ihr sonderbarer Bettgenosse entschwanden aus meinem Blickfeld. Eine Ewigkeit verging, während ich so da lag, vergessen, unter dem Haufen ihrer abgelegten Kleider, und dem rauhen Stöhnen und abgehackten Satzfetzen lauschte.

Einsam und verlassen sehnte ich das Erlöschen ihrer Glut herbei, wenn ich – wie ich hoffte – meinen Platz um die schlanke Kehle der Herrin wieder einnehmen würde, und wir zu den vertrauten Bildern und Gerüchen unseres Zuhauses und des Schmuckkästchens zurückkehrten. Endlose Minuten verstrichen, während ich dort lag, begraben unter parfümiertem Pulli, zerknittertem Hemd, Hose, Rock, Strumpfhose. Ich wußte nicht, was mich mehr ärgerte, daß sie mich nicht mitspielen ließen oder daß sie meine Schönheit und meinen Kostbarkeit mißachteten.

Ich muß kurz eingenickt sein, denn ich wachte davon auf, daß der Mann mich grob gepackt hatte und über den Boden schleifte. »Jetzt bist du fällig, Mädel«, sagte Goldring augenzwinkernd, doch ich hatte keine Ahnung, was er meinte. Selbst wenn er der Ring eines kultivierteren Gentlemans und kein galvanisiertes Etwas mit einem falschen Saphir als Herz gewesen wäre – weder er noch irgend jemand anders hätte mich auf das vorbereiten können, was mich erwartete.

Die Herrin, nackt und auf allen Vieren auf dem Bett, protestierte halbherzig, als der Mann mich vor ihren Augen baumeln ließ und mich dann die Wölbung ihres Rückens entlang strich, bis hinunter zu ihrem Gesäß. Ich war zutiefst schockiert, sie in dieser Position zu sehen. Wie konnte sie nur! Und wie konnte sie nur zulassen, daß ich Teil dieser Ungehörigkeit wurde! Trotz meines stillen Protests fand ich mich in der Schwebe zwischen Scham und Hingabe wieder. Ich wußte wohl, daß es mir nicht gefallen durfte, so behandelt zu werden, und doch genoß ich es. Wenn die Herrin nicht gekränkt ist, warum sollte ich es dann sein?

Doch über ihren nackten Körper gestreift zu werden, war längst nicht der Höhepunkt meiner Rolle in diesem sonderbaren Szenario. Nachdem ich einige Male ihren Rücken entlang gewandert war, konzentrierte sich der Mann darauf, mich zwischen ihren Pobacken hin und her zu ziehen. Sie wand sich und stöhnte, während ich selbst immer glänzender und wärmer wurde. Und dann wurden seine Bewegungen ruppiger: er benutzte mich, um ihr Hinterteil zu schlagen. Immer wieder sauste ich durch die Luft und landete unsanft auf ihrem Fleisch. Ich verlor die Orientierung, mir wurde übel, und ich war überzeugt, daß ich jeden Moment kaputt gehen würde. Bestimmt würde ich zerrissen und meine Perlen im ganzen schmuddeligen Zimmer verteilt. Nie würde ich meine Schmuckfamilie und -freunde wiedersehen.

Irgendwie hielt ich. All die Minuten oder Stunden – ich hatte jedes Zeitgefühl verloren – bat die Herrin kein einziges Mal, er möge aufhören, mich zu missbrauchen, und er selbst verschwendete keinen Gedanken an meine Empfindlichkeit. Stattdessen hörte er mit der Peitscherei auf und begann, meinen Verschluß an ihren Anus zu drücken. Haltet die Luft an, süße Bagatellen. Besser ihr lernt schon jetzt, daß es keinen Ort des menschlichen Körpers gibt, den wir, die wir aus dem Schmuckkästchen kommen, nicht irgendwann kennenlernen. Und ich lernte diesen Ort in- und auswendig kennen, als er erst eine, dann noch eine und dann noch eine und dann noch eine meiner Perlen in den Raum hinter der finsteren Runzel drückte, während die Herrin aufschrie, bis ich sie nicht mehr hören konnte. Ich wurde in die enge Unterwelt gepreßt, feucht und reich an wilden und würzigen Düften. Am Ende waren nur noch mein Verschluß und ein Stück Seidenfaden draußen. Ich spürte, wie sich ihr Körper um mich schloß und seine Hand sanft an der Kette zog, was mich daran erinnerte, daß ich nicht verloren war. Ich war dankbar für diese kleine Geste, denn ich verlor allmählich meine Sinnesschärfe, während ich mich ganz dem feuchten, stillen Ort überließ. So in aller Einsamkeit zusammengepfercht sah ich das Leben mit anderen Augen: ich war nicht besser als der billigste Modeschmuck, nicht schlechter als der perfekteste Diamant. Wir sind alle nur hier, um Vergnügen zu bereiten, meine leuchtenden Lieblinge, ob als grell zur Schau gestellter Überfluß oder subtile Demonstration von Reichtum, ob allen sichtbar oder versteckt in unserem Schmuckkästchen, ob um Hälse und in Körperöffnungen: nichts, was unter unserer Würde wäre, nichts, was über unsere Horizont ginge. Das erfuhren die Herrin und ich an jenem Tag am eigenen Leib.

Wie ich da wieder heraus kam, fragt ihr? Nun ja, was eingeführt wird, muß irgendwann auch wieder herausgezogen werden, meine kostbaren Kollegen. Und das wurde ich, Perle für glitzernde Perle.

Anne-Marie Villefranche
Schnelle Nummer

»Nein, in Bourges ...«

»Dort war ich noch nie.«

»Es ist das letzte Kaff. Ich bin weggegangen, weil ich es nicht mehr ausgehalten habe. Was ist mit dir?«

»Meine Familie hat immer hier gelebt, ich studiere an der Sorbonne.«

Sie goß Kaffee in zwei ungleiche Tassen und gab ihm eine.

Es war eine dünne schwarze, bittere Brühe, aber nach der vergangenen Nacht schmeckte sogar das.

»Trink das und verschwinde«, sagte sie, »ich will wieder ins Bett gehen.«

»Ich schlage vor, wir trinken unseren Kaffee und gehen dann beide ins Bett«, meinte er.

»Irgendwo hast du wohl dein eigenes Bett, in das du gehen kannst.«

»Darum geht's nicht, oder?«

»Was meinst du?«

»Ich meine einfach, daß ich lieber hier mit dir im Bett liegen möchte, Sophie. Ich möchte dich lieben.«

»Was zum Teufel glaubst du, bin ich?« brauste sie auf. »Eine schnelle Nummer für jeden, dem es gerade einfällt? Du denkst, ich bin 'ne Hure, was?«

»Lieber Gott, nein«, sagte er und versuchte sie zu beruhigen, »du bist ein attraktives und intelligentes Mädchen, das ich in der Wohnung eines Freundes kennen gelernt habe. Es ist doch nur natürlich, daß ich von dir angezogen bin.«

»Ihr Männer seid alle gleich«, sagte sie verbittert, »du willst ein Mädchen abtapsen und über sie herfallen. Aber nicht mit mir! Ich bin immer wieder darauf reingefallen, aber inzwischen hab ich dazugelernt.«

»Gut gesagt«, stimmte Gérard zu, »solche Männer sind zu verachten. Sie haben keinen Respekt vor den Frauen, nicht ein bißchen.«

»Warum solltest du so anders sein?«

»Ich bin Dichter, ein Mann mit Feingefühl . . .«

Er hatte etwas Falsches gesagt.

»Erzähl mir nichts von Dichtern! Dreckige kleine Schmierer, die nie im Leben wirklich gearbeitet haben und es auch nicht vorhaben. Das letzte Exemplar, das ich traf, und das sich Dichter nannte, hatte Läuse.«

»Mademoiselle Sophie«, sagte Gérard sehr förmlich, »ich bitte um Entschuldigung, mich erdreistet zu haben, Ihre Zeit und Gastfreundschaft beansprucht zu haben. Wenn Sie mir einen Moment zum Anziehen gewähren, werde ich mich aus Ihrem Appartement zurückziehen.«

»Appartement – dieses miese kleine Loch? Du bist ein Komiker, kein Dichter.«

Gérard zog seine Schuhe an und ging zum Spiegel, um sich die Krawatte zu binden. Er schüttelte sein Jackett in der Hoffnung, einige der Falten, die es beim Schlafen bekommen hatte, wegzubringen. Er war äußerst höflich.

»Ich bitte tausendmal um Entschuldigung, aber hätten Sie eine Kleiderbürste, die ich benutzen dürfte, um mich wieder auf der Straße zeigen zu können?«

»Kleiderbürste! Wo glaubst du eigentlich, daß du bist? Im *Ritz*? Warte eine Minute, ich will sehen, was ich tun kann.«

Sie putzte ihn mit den Händen ab, um einige der Fusseln von ihrem Bett, die an seinem Anzug klebten, zu entfernen. »Das ist ein hübsches Jackett«, sagte sie, »wo hast du es gekauft? Ich würde sagen, in einem der großen Einkaufshäuser.«

»Es wurde eigens für mich angefertigt.«

»Man hat dir wohl nicht zu hart zugesetzt, obwohl du Student bist. Schau, es tut mir leid, daß ich dich angeschrien habe.«

»Das ist ohne Bedeutung.«

»Du hast eine nette Art zu sprechen. Haben sie dir das an der Sorbonne beigebracht?«

»Nein, zu Hause.«

»Es klingt, als ob dein Zuhause ein gutes Stück besser war als das meine. Setz dich eine Minute – wie wäre es mit noch einem Tropfen Kaffee?«

»Das wäre sehr nett von dir.«

»Du bist kein richtiger Dichter«, sagte Sophie über die Schulter, während sie mit den Kaffeetassen beschäftigt war. »Du spielst nur den Dichter, während du studierst, nicht wie das Gesindel, das du in den Cafés triffst. Was bist du, wenn du mit dem Studium fertig bist?«

»Ein Dichter«, meinte er entschlossen.

»Ja, aber ernsthaft, was wirst du für deinen Lebensunterhalt tun?«

»Mein Vater wird meinen Eintritt in sein Geschäft arrangieren.«

»Bleistifte anspitzen? Ist es das, was du willst?«

»Nicht diese Art Arbeit«, sagte er rasch.

»Ich nehme an, du meinst einen gutbezahlten Job an der Spitze«, sagte sie und überreichte ihm eine halbe Tasse Kaffee.

»Meinst du wirklich, daß ich attraktiv bin, oder hast du das nur so hingesagt?«

»Ich sage niemals Dinge, die ich nicht meine.«

»Du warst nicht auf eine schnelle Nummer aus?«

»Ich sagte dir doch, ich respektiere Frauen. Für mich sind sie Personen, die man schätzen und anbeten soll.«

»Ist das wirklich wahr? Wie schaut dieses Schätzen denn bei dir aus?«

»Zieh dich aus, Sophie. Zeig mir deinen wunderbaren Körper, und ich will ihn anbeten, bis du dich wie eine Göttin fühlst.«

»Vorsicht, du beginnst wie ein Dichter zu reden.«

»Nicht alle Dichter sind Tiere, versichere ich dir.«

»Die, die ich getroffen habe, waren nicht viel besser.«

»Da gibt es nur einen Weg für dich, um das herauszufinden, meine ich.«

»Ich ziehe mich aus, und du springst mich an, ist es das?«

»Das ist es auf keinen Fall, das verspreche ich dir. Vertraue mir – du kannst mir jederzeit sagen, daß ich aufhören soll, wenn ich etwas tue, was dir nicht gefällt.«

»Ich habe das schon mal gehört.«

»Diesmal ist es wahr.«

»Ich muß verrückt sein, dir überhaupt zuzuhören«, sagte sie.

Dennoch öffnete sie ihren alten Morgenmantel und ließ ihn auf den kahlen Fußboden fallen, zog ihr Hemd über den Kopf und stand nackt vor ihm. Gérard blieb auf dem Bett sitzen und sah sie an. Sie hatte einen langen Hals auf eckigen Schultern, die so breit waren wie ihre Hüften. Obwohl sie noch jung war, hatten ihre Brüste die Straffheit verloren und waren ein wenig schlaff. Aber der gut entwickelte Hügel zwischen ihren Beinen faszinierte ihn. Unter einem strähnigen Büschel dünnen Haars klafften die Schamlippen, von den inneren übervollen Lippen nach außen gedrängt, auseinander.

»Gut, du hast jetzt eine Menge gesehen«, sagte sie, »sag etwas.«

»Du bist ein einzigartiges menschliches Wesen, Sophie. Was ich sehe, bist du, die keiner anderen Person auf dieser Erde gleicht. Du bist kein weibliches Ding, das für einige Augenblicke der Lust benutzt werden kann, sondern ein lebendiges und atmendes Wesen, das verstanden und geliebt werden muß.«

»Das ist nett, ich hoffe, du meinst es auch so.«

Gérard schlüpfte aus Jackett und Krawatte und kniete vor dem stehenden Mädchen nieder, um ihren Bauch und die geheimen Stellen zwischen ihren Schenkeln zu küssen. Er berührte sie mit seiner Zunge, bis sie seufzte, und ihre Hände umfaßten seinen Kopf, um ihn näher an sich zu drücken. Nach wenigen Augenblicken durchjagte ein langer Schauer ihren Körper von Kopf bis Fuß und ihre Fingernägel gruben sich in Gérards Kopfhaut.

»Du mußt verstehen, daß du ein eigenständiges Wesen bist, Sophie, nicht der Besitz irgend eines anderen.«

»Das stimmt«, stimmte sie enthusiastisch zu, »mach es mir noch einmal.«

Er legte sie auf das zerwühlte Bett und saugte an ihren Brustwarzen, zuerst leicht, dann heftiger, und seine Hände massierten ihren bebenden Bauch. Diesmal dauerte es länger, bevor sich ein Schauer ihres Körpers bemächtigte und sie die Augen verdrehte. Bevor sie Zeit hatte, sich zu erholen, verlegte Gérard seine Aufmerksamkeit weiter nach unten und steckte zwei Finger tief in ihren heißen Schoß.

»Du bringst mich um«, murmelte sie, »hör nicht auf.«

»Dein Körper ist für die Liebe gemacht, Sophie.« »Ich kann nie genug kriegen – woher weißt du das?«

Seine Finger brachten sie erneut zu einer rasenden Befreiung. »Was hast du nur für einen Vorteil gegenüber den Männern«, sagte er, »ich bin beinahe neidisch.«

»Ich konnte darin nie einen Vorteil finden«, sagte sie, als er mit jeder Hand eine ihrer warmen Brüste streichelte, sie rhythmisch knetete und drückte, bis sie wieder die Augen verdrehte.

»Du weißt genau, wie du mich behandeln mußt, Gérard. Zieh dich aus und laß sehen, was du alles hast.«

Als er nackt am Bett stand, sagte sie: »Kein schlechter Zinken. Leg dich hin und laß ihn mich fühlen.«

Flink machte sie sich über ihn her, nahm ihn fast ganz in den Mund und spielte mit ihrer Zunge an ihm. Er war gezwungen, sie zurückzuhalten, weil er fürchtete, sie könnte seine Quellen zu schnell entleeren. Um sie weiter zu beschäftigen, drehte er sie auf den Rücken und berührte sie wieder mit den Fingern zwischen den Schenkeln.

»Ich komme . . .« stöhnte sie. »Ah . . .«

Er spielte lange mit ihr, wie ein Mann, der einen riesigen Fisch an der Angel hat, und brachte sie langsam zur Ruhe, bis sie erschöpft still lag, Gesicht und Körper schweißbedeckt. »Ich bin ziemlich fertig«, sagte sie, »steck ihn um Gottes willen endlich hinein.«

Gérard lag über ihr, und mit einem einzigen Ruck stieß er den gut vorbereiteten Weg bis ganz nach oben.

»Nun, Sophie, habe ich dich als menschliches Wesen behandelt?«

»Du hast mich umgebracht«, flüsterte sie, »es ist wunderbar. Mach mit mir, was du willst.«

Er nahm sie beim Wort. Äußerst erregt davon, sie so oft zum ekstatischen Höhepunkt gebracht zu haben, brauchte er nicht lange. Selbst jetzt bebte und stöhnte sie noch zweimal, bevor er selbst den Punkt in einem Sturm von krampfartigen Bewegungen erreichte, die ihn so umwerfend überrollten, daß sein Schambein gegen das ihre stieß.

Kaum war er von ihr hinuntergestiegen, war Sophie eingeschlafen. Er zog sich leise an und verließ sie, um einen Wagen zu finden, der ihn zu einem Bad und einem Frühstück nach Hause brachte. Es war immer noch nicht später als halb neun

Uhr morgens. Danach hatte er eine wichtige Arbeit vor, sein neues Gedicht zu komponieren. In seinem Kopf bildeten sich bereits die Formulierungen.

Philip Larkin
Nachhilfestunde

»Komm herein«, flötete Hilary. »Komm herein, Liebes.« *Mademoiselle de Maupin* fiel mit dem Gesicht voran auf den Teppich, als Hilary aufstand, um Mary Beech zu begrüßen, deren schlanke Gestalt soeben in der Tür erschienen war.

»Hallo«, sagte Mary schüchtern.

»Diesmal *mußt* du aber einen Keks nehmen«, sagte Hilary und hielt ihr die Dose hin. »Kümmere dich nicht um deine Zähne – du kannst sie noch mal putzen, wenn du zurückkommst. Nimm einen mit Schokolade«, drängte sie, als Mary zögerlich in die Dose lugte.

»Das sollte ich eigentlich nicht tun«, murmelte Mary, nahm aber trotzdem einen Keks, wobei sie so schüchtern lächelte, daß die Ältere hastig in ihren eigenen Keks biß, um ihre Erregung zu verbergen. Mary setzte sich auf das Sofa und legte ihre Bücher vorsichtig auf die Lehne.

»Zieh doch deinen Morgenmantel aus, wenn du magst«, forderte Hilary sie beiläufig auf »Es ist fürchterlich stickig heute abend. Mich stört es nicht.«

Gehorsam stand Mary auf und entledigte sich ihres wollenen Morgenmantels, den Hilary nahm und an der Tür aufhängte. Mary brachte ihren Schlafanzug in Ordnung und setzte sich wieder: Sie griff nach ihren Büchern.

Aber Hilary hatte es nicht eilig, mit der Arbeit zu beginnen. Lässig lümmelte sie auf der anderen Armlehne und futterte einen Keks. Ihr Rock war hängengeblieben und gab den Blick auf ihre seidenumhüllten Beine bis hoch zu den straffsitzenden Strumpfhaltern frei.

»Erzähl mir etwas über dich«, sagte sie. »Ich weiß so wenig. Wo kommst du her?«

Mary sagte es ihr; und durch weiteres Nachfragen brachte Hilary allerlei Einzelheiten über Marys Zuhause, ihre Familie und ihre Hobbys in Erfahrung. Hilary war es zufrieden, zuzuhören und nur hier und da ein Wort einzuwerfen. Bald schon verlor Mary ihre Schüchternheit und sprach ungezwungen über Botanik, Hockey und andere Interessen. Hilary fühlte sich gleichzeitig gelangweilt und erfreut, gönnerhaft und endlos bescheiden, gelassen und auf schuldbewußte Art erregt. Erst aß sie einen Keks, dann eine Praline, dann einen weiteren Keks. All diese Leckerbissen teilte sie mit Mary und behielt das junge Mädchen während der ganzen Zeit so fest im Blick, daß ihr Geist von Marys Bild förmlich durchtränkt wurde. Es waren nicht Marys gelbbraune Haare und ihre grauen Augen, ihre sommersprossige Haut oder ihr ernster Mund, die sie so sehr entzückten – es war die Vollendung der frühen Jugend, die Mary mit ihrer ganzen Person verkörperte. Wie schon oft zuvor dachte Hilary, daß es auf der Welt nichts Schöneres gab als ein vierzehnjähriges Schulmädchen: Der ganze ungeschminkte Zauber beruhte auf dem frühen Erblühen einer stillen Schönheit mit weicher, seidener Haut, bändergeschmücktem Haar, bedruckten Kleidern, Söckchen und vernünftigem Schuhwerk sowie einer ernsthaften Sicht auf eine Welt, die aus wenig mehr als jungen Hunden, Pferden, ein paar schlichten Ideen und dem Zurückbringen von Mamis Büchern in die örtliche Leihstelle bestand. Daß jemand die sechs Jahre ältere Variante in irgendeiner Hinsicht für überlegen halten konnte, haute Hilary schlichtweg um: Das hieß, eine bemalte Wilde vorzuziehen, die mit Armreifen und Pelzen behängt war, bis zum Rand angefüllt mit weiblichen Listen, Schlichen und anderen Unredlichkeiten, die alle auf dasselbe erniedrigende sexuelle Ende zielten – einem Geschöpf vorzuziehen, dessen Leben in seiner Reinheit so schlicht und vollkommen war, daß ihm gar nichts anderes blieb, als gleichsam zerschmettert zu werden. Marys Augen verweilten liebevoll auf dem flaumigen Haar an Hilarys muschelförmigen Ohren, auf ihren nackten weißen Knöcheln, die aus den wollenen Hausschuhen ragten, und auf der Kordel des Schlafanzuges, die sie fest um ihre Taille geknotet hatte. Allzu schnell war eine halbe Stunde verflogen, als Mary lachend einen Bericht über ihr vorletztes Pony abbrach und sagte:

»Aber wir arbeiten nicht gerade viel, stimmt's? Ich hätte dich nicht dermaßen langweilen sollen. Es tut mir leid.«

»Du langweilst mich überhaupt nicht«, sagte Hilary und erhob sich. »Aber wenn du willst, können wir jetzt ein bißchen arbeiten. Ich finde, daß du gewaltige Fortschritte gemacht hast, sogar in der einen Woche, die wir miteinander arbeiten. Das ist mein Ernst.«

»Du erklärst immer alles so deutlich«, sagte Mary errötend. Hilary wählte eines der Bücher aus ihrem Regal – wohl etwas schwieriger, als Mary bewältigen konnte. »Laß es uns hiermit versuchen«, sagte sie. »Du hast zwar kein eigenes Exemplar, aber das macht nichts. Mal sehen, was du daraus machst. Schau her.«

Sie setzte sich neben Mary und zog sie näher zu sich heran, damit sie ihr über die Schulter sehen konnte. Hilary spürte das Haar, das sie an ihrem Hals kitzelte, und die sanfte Wärme ihres Atems, als Marys Körper – nur mit dem dünnen Schlafanzug bekleidet – sachte näher rückte. Hilary legte einen Arm auf die Rückenlehne des Sofas.

»Kannst du das übersetzen?« erkundigte sie sich. »Ich helfe dir bei den Vokabeln.«

Sie hörte zu, während Mary recht ordentlich über drei Seiten holperte – allerdings mußte Hilary ihr häufig die Vokabeln soufflieren. Die Leselampe warf einen Lichtkegel auf die aufgeschlagene Seite, und ihre beiden Köpfe beugten sich darüber. Um sie herum, innerhalb und außerhalb der Schule, war alles in tiefe Dunkelheit gehüllt. Mary las weiter, während sie mit einer Hand die Seite geöffnet hielt. Ihre Stimme war tief und melodiös. Wenn ihr ein Wort nicht geläufig war, hörte sie auf; wenn eine Konstruktion sie vorübergehend überforderte, füllte sie die Pause nicht mit »ähs«, sondern hielt so lange inne, bis sie dahintergekommen war. Im hellen Licht sah Hilary den zarten Flaum auf ihren Armen und Wangen. Mary war so ernsthaft, niedlich und liebenswürdig, so schön, aufregend und nahe, daß Hilary es für eine unverzeihliche Sünde hielt, die Gunst der Stunde, des Ortes und des Verlangens nicht für ein Eingeständnis der Liebe zu nutzen, die sie für die Jüngere empfand. Ihr Herz begann schneller zu schlagen, und ihre Kehle zog sich zusammen. Mary, die spürte, daß Hilary nicht zuhörte, fragte:

»Soll ich weitermachen?«

»Versuche der Erzählung zu folgen, indem du sie dir selbst vorliest«, sagte Hilary. Ihr schwirrte der Kopf. In dem gewissenhaften Bestreben, ihre Selbstbeherrschung aller lästigen Leidenschaft zum Trotz zu bewahren, war diese durch eine seltsame Gedankenübertragung zwischen ihr und Mary fast schon verlorengegangen. Ihr Geist und die ganze Szenerie waren so sehr mit Mary angefüllt, daß sie sich zu der Annahme hinreißen ließ, der leibhaftigen Mary könnten ihre Empfindungen unmöglich verborgen geblieben sein. Sie hatte das Gefühl, sie müsse nur ein Zeichen geben und schon würden all ihre Träume wahr werden, schon würde Mary sich ganz nach ihren Wünschen verhalten. Durfte sie alles aufs Spiel setzen und das Zeichen geben? Durfte sie es wagen, ihre Lippen auf dieses kastanienbraune Haar zu senken, auf diese Lippen, die sich in stiller Konzentration auf eine Erzählung Guy de Maupassants bewegten? Und wenn sie es wagte, würde Mary sich ihr dann lächelnd zuwenden und den Kuß erwidern? Würde das Buch unbeachtet zu Boden gleiten? Hilary hob ihre Hand zu einer Liebkosung – und ließ sie sinken. Sie öffnete den Mund zum Sprechen – und schloß ihn wieder. Was sollte sie tun? Oh, was sollte sie tun?

Seltsamerweise war es Mary, die den ersten Schritt tat. Nach ungefähr fünf Minuten begann ihr Kopf herabzusinken, und ihre Augen fielen zu. Sie lehnte sich etwas stärker gegen Hilary. Langsam entspannte sich ihr Kopf und sank auf Hilarys rechte Schulter; das Gewicht ihres angelehnten Körpers nahm zu. Mit einer furchtbaren und frohlockenden Empfindung in der Magengrube machte sich Hilary klar, daß Mary *fest schlief.* Der Druck ihres kaum bekleideten Körpers und ihre völlige Bewußtlosigkeit waren wie Stroh in den Flammen ihrer Leidenschaft. Sanft verlagerte sie Marys Körper, so daß dessen ganzes Gewicht auf Hilary ruhte und ihre nichtsahnenden, im Schlaf leicht geöffneten Lippen sich wenige Zentimeter entfernt von Hilarys eigenen Lippen befanden. Langsam senkte Hilary ihren Kopf, bis Marys Lippen die ihren berührten und ihrer beider Münder sich zum leichtesten aller Küsse trafen. Aber ach, es war ein Kuß zweier Welten, und Hilary wagte nicht, das Erwachen der schlafenden athletischen Schönheit zu riskieren, die mit solch berauschender Wärme an ihr lehnte. Allenfalls sanft berühren durfte sie Marys weiche, gleichwohl elastische Lippen. Aber der Atem, der sich mit dem ihren vermischte, machte sie so offenkundig trunken, daß sich die Stärke ihrer Leidenschaft innerhalb weniger Sekunden verdoppelte. Die Wirklichkeit war verschwunden, ein Traum hatte die Herrschaft übernommen. Mit ihrer freien Hand knipste sie das Licht aus. Mary atmete friedlich weiter, und Hilarys Hand wanderte suchend über ihren Körper, während sie ihr schlafendes Gesicht küßte. Ihre Hand zog Marys Schlafanzug beiseite, damit sie deren nackte Schulter küssen konnte. Als sie auf einen Knopf stieß, warf sie alle Vernunft über Bord und öffnete erst diesen, dann den nächsten. Dunkelheit umfing ihre Augen; das Hämmern ihres Herzens hallte in ihren Ohren wider; einzig der Tastsinn überzeugte sie davon, daß sie keiner köstlichen Täuschung unterlag. Ihre Lippen fanden Marys Haarband, und ihre Zähne zogen spielerisch an dessen Ende, um es zu öffnen.

Vielleicht war es dies, vielleicht war es aber auch eine Sylphe, die über Mary wachte und ihr einflüsterte, daß etwas Ungutes im Gange war, jedenfalls erwachte Mary mit der Plötzlichkeit eines Tauchers, der die Wasseroberfläche durchbricht. Erwacht aber war sie, bewegte sich plötzlich in Hilarys Umklammerung und rief bestürzt:

»Was ... Hilary ...«

»Mary ...« begann Hilary verzweifelt, aber es war nutzlos: Mary sprang vom Sofa auf. Die Dunkelheit und der Zustand ihres Schlafanzuges hatten ihr auf das deutlichste klargemacht, was vor sich gegangen war.

»Hilary!« rief sie mit völlig veränderter Stimme.

»Mary ... ich ...« Dieses eine Mal war Hilary sprachlos. Sie schaltete das Licht wieder ein und sah gerade noch, wie eine rosenrote Mary die Tür aufriß und verschwand, ohne sich um ihre Bücher zu kümmern, die verstreut auf dem Sofa lagen, oder um die Pralinenschachtel, die auf den Boden gefallen war. Beredt hing ihr Morgenmantel an der Tür.

»Mary!« rief Hilary erneut, sprang auf und folgte ihr hastig. Als sie auf dem Gang ankam, sah sie Marys Bein in der Schlafanzughose gerade noch um die Ecke verschwinden; sie eilte hinterher. Aber Mary rannte, als ob alle Hunde Aktäons auf ihren Fersen wären: Nie war sie mit größerer Schnelligkeit gelaufen, wenn sie den Ball geschickt über das Spielfeld gelenkt hatte. Schwer atmend hielt Hilary am Eingang zum Korridor der vierten Klasse inne, die Hände zu Fäusten geballt. Diese verdammte Närrin, diese verdammte, verdammte kleine Idiotin. Gottverdammnis! Was für eine schreckliche Eiseskälte! Damit hatte sie alles ins Schlüpfrige gezogen. Hysterischer kleiner Trottel! Ich hätte es nicht überstürzen dürfen, entschied Hilary, als sie sich zum Gehen wandte – ich hatte es zu eilig. Oh, verdammt und verflucht! Als ob Mary eine Zigeunerin im Heufeld gewesen wäre. Kleiner Dummkopf! Ich hätte zwanzigmal so langsam vorgehen müssen, dachte Hilary: Sie ist im Dunkeln erwacht, und die Angst hat den Rest erledigt. Am liebsten hätte Hilary sich selbst getreten. Sie hatte alles verdorben, geradewegs in Stücke gerissen. Nie wieder würde sich eine solche Gelegenheit ergeben, und nun hatte sie alles durcheinandergebracht, zunichte gemacht und ruiniert ... Oh, VERDAMMT!

G. *Donville*
Treffpunkt Klo

»Lucette«, sagte eines Abends Madame de Tigny, »erzähl mir ein bißchen von deinen Streichen im Pensionat. Da ich dich so aufgeklärt sehe, mußt du dich mit deinen kleinen Freundinnen sicher allerlei Ausschweifungen hingegeben haben!«

»Das stimmt, Tante. Als meine Eltern mich ins Pensionat gaben, war ich sechzehn und noch völlig unschuldig, wenigstens in meinem Tun. In Gedanken freilich war ich schon recht unkeusch. Daran war der Anblick schuld, den mir eines Tages meine schöne Mama unwissentlich bot. Es war der Ursprung meiner Verderbtheit. Du weißt ja, daß mein Vater sich nicht im geringsten genierte, Mama zu betrügen. Sie tröstete sich, indem sie die zärtlichsten und wollüstigsten Beziehungen zu einer ihrer Freundinnen, zu Simone de Recourt, unterhielt. Ich war schrecklich neugierig darauf, warum sie sich wohl stundenlang einschlossen.

Und eines Tages hatte ich mich in ihrem Zimmer versteckt und habe kein bißchen von den eigenartigen Szenen versäumt, die sie vor meinen Augen aufführten.

Aufs höchste überrascht war ich, als ich sah, wie sich die beiden Damen abwechselnd die hübschen Röcke über den bezaubernden Höschen hochschlugen und sich gegenseitig den nackten Popo versohlten. Danach zogen sie einander unter tausend Zärtlichkeiten aus. Sie behielten nur ihre Hemden und ihre entzückenden Höschen an, und dann überließen sie sich auf dem großen Diwan leidenschaftlich anderen verliebten Kämpfen, die mir die Röte ins Gesicht trieben . . .!

Aber ihre wollüstigen Worte und ihre zärtlichen Seufzer ließen mich die Wonnen, die sie sich verschafften, voll und ganz begreifen . . . so daß ich mit heftig erregten Sinnen und mit den wildesten Vorstellungen im Herzen das Zimmer verließ.

Als ich nun ins Pensionat kam, hatte ich daher nicht die geringste Mühe, zu verstehen, was die dort benützten Ausdrücke
›streicheln‹ und ›sich streicheln lassen‹ bedeuteten ... und daß
sie etwas ganz Bestimmtes bezeichneten ... etwas, das jeden
Gedanken an platonische Freundschaft zwischen den ›Streichelnden‹ und den ›Gestreichelten‹ ausschloß.

In der Praxis war es eine liebliche Engländerin, Maud, aus
der Klasse der Großen, die meine Schulung übernahm. Gleich
bei meiner Ankunft machte sie mir schöne Augen, und als sie
sah, daß ich darauf einging, bat sie mich eines Tages ganz
unverblümt, sie zu streicheln. Hingerissen von ihrer blonden
Schönheit und heftig gereizt von der Idee, unter ihre Röcke zu
kriechen, sagte ich sofort ›Ja‹.

Leider wurden wir sehr überwacht, und es gab nur zwei
Plätze, wo die Schülerinnen beider Abteilungen sich treffen
konnten: die Beichtkapelle und ... die Klos! Diese waren für
beide Gruppen bestimmt, die ›Großen‹ und die ›Mittleren‹ –
und ich gehörte zu den letzteren –, und es war ganz leicht, sich
abends während der Schularbeiten dort zu begegnen. Man
brauchte nur den Zeitpunkt auszumachen.

Voller Ungeduld wollten wir beide nicht bis zur nächsten
Beichte warten, wo ich ihr weit bequemer hätte verschaffen
können, was sie haben wollte, und zwar nach dem Beispiel von
anderen Großen, die sich so zwischen die Bänke knieten, daß
sie leicht ihre zärtlichen Spielereien unter den Röcken verborgen halten konnten. Wir trafen uns also an einem anderen Ort,
und ich war dabei wegen meiner Unwissenheit ganz aufgeregt ... sie aber noch mehr, wie sie mir später zugeben mußte.

Kaum war der Riegel vorgeschoben, da flüsterte sie:

›Wir haben nicht viel Zeit, kleine Lulu! Schnell, knie nieder!‹

Dann hob sie sich beide Röcke hoch und zog meinen Kopf
unter ihr Kleid. Dann fühlte ich mich in der Wärme ihrer
Röcke, und meine Freundin wies mich von oben her an, so daß
meine Lippen plötzlich auf ein seidiges Fellchen stießen. Diese
Minute steht mir unauslöschlich in Erinnerung. An diesem

Abend war es recht kalt, und es war entzückend für mich, mein Gesicht in diese duftende Wärme zu versenken ... während Maud drängend raunte: ›Küß mich, mein Schatz!‹

Beide Hände um ihre Kniekehlen geschmiegt, küßte ich die seidige Haut ihrer unvergleichlich weichen Schenkel. Als ich aber zu zögern schien, führten mich durch die Röcke hindurch zwei Hände mit sanftem, aber festem Druck ...!

Ich wußte ganz genau, wo ich war, als meine Freundin wenige Augenblicke später ihre Röcke fallen ließ und mich an sich zog.

›Gib mir deinen Mund, Kleine!‹

Mir wurde ganz schwindlig in ihren Armen ... aber sie schob mich von sich. ›Schnell wieder zurück jetzt! Fürs erste Mal hast du deine Sache gut gemacht, kleiner Neuling. Bist du zufrieden?‹

›O ja!‹ hauchte ich leidenschaftlich.

›Würdest du's noch mal machen?‹

›O ja! Ja!‹

›Na schön. Also, morgen. Da werde ich dir auch zeigen, wie man die Finger dabei benützt.‹

Bei unserer zweiten Verabredung war sie auf die perverse Idee verfallen, eine elektrische Taschenlampe mitzubringen. Ohne die geringste Scham ließ sie mich nun bewundern, was ich am Abend zuvor geküßt hatte. Und dann bekamen meine Hände ihren ersten Unterricht ... Als alles vorbei war, befiel Maud ein dringendes kleines Bedürfnis, und sie setzte sich dazu nieder.

Oh, wie mir diese indezente Stellung gefiel! Von wilder Neugier gepackt, ergriff ich die Lampe und ließ den Licht-strahl unter das aufgeschürzte Kleid fallen. Welcher Wonne-taumel befiel mich, als ich nun aus diesem Blickwinkel alles sah, was das kokette Höschen mit den gestickten Volants mir bot. Und dann ... über das hinaus, was ich vorher so sehr bewundert hatte ... zeigten sich im Hintergrund, von der Weiße des Unterrocks abgehoben, zwei anbetungswürdige Mondviertel ... zwischen denen mein unanständiger Blick

haften blieb. Muß ich's erst sagen? Die wollüstigen Liebeskämpfe, denen sich meine liebe Mama mit Madame de Recourt hingegeben, hatten mich über die Möglichkeiten lustvollen Genusses belehrt, die dieser Teil unseres Körpers bot!
Die fast wütende Liebesglut, mit der die beiden Freundinnen
sich in diesen köstlichen Gefilden streichelten und küßten,
hatte bewirkt, daß ich auf einmal die ganze Wollust begriff, die
diese Stelle geheimster Sünde ausstrahlen mußte.

Daher hatte ich denn sogleich nur einen einzigen Gedanken, nur ein einziges Verlangen, als Maud mich so lieb meine
Blicke dorthin versenken ließ: diese Stelle zu liebkosen, zu
küssen, wie ich es Simone de Recourt im mütterlichen Schlafzimmer hatte tun sehen. Mich packte eine tolle Erregung bei
der Vorstellung, daß es geschehen könnte. Und ich senkte den
Kopf noch tiefer, um besser sehen zu können . . .

›Du verdorbenes Ding‹, flüsterte Maud, und versuchte mich
wegzudrängen, ›was suchst du bloß da?‹

›O Maud, wie hübsch dein Popo ist!‹

Sie blickte herab. ›Bist du aber unanständig, Schatz!‹

Daß sie mich mit einer so zärtlichen Anrede bedachte,
ermutigte mich so, daß ich zu sagen wagte:

›Morgen, Maud, morgen . . . Wirst du dich dann da von mir
küssen lassen?‹

›Pfui, bist du unanständig! . . . Halt doch die Lampe still!
Sonst wird man uns hier noch überraschen!‹

Das sagte sie aber nur so hin, denn der kleine Lichtstrahl
rührte sich gar nicht und blieb fest auf das süße Nestchen
gerichtet. Ich beharrte also:

›Möchtest du's nicht, Maud? Morgen? Sag doch!‹

›Bist du aber lasterhaft‹, sagte sie endlich. ›Wir werden
sehen . . .‹

An dieses zuletzt gegebene halbe Versprechen erinnerte ich sie
am nächsten Tag, kaum daß wir uns eingeriegelt hatten.

›Du hast wirklich Lust, mich da zu streicheln?‹ fragte sie
verwundert.

Mir war klar, daß man sie zum erstenmal darum bat. Aber die vorangegangenen kleinen Zärtlichkeitsbeweise mußten so süß gewesen sein, daß sie nun den gleichen Gedanken hegte wie ich. Das wenige, das ich am Tag zuvor erblickte, rief bei mir eine wilde Lust hervor, mehr zu sehen und diesem hinreißend schönen Hinterteil mit meinen Liebkosungen zu huldigen.

›Laß mich nur machen‹, sagte ich. ›Du kannst mich ja aufhalten, wenn es dir nicht gefällt.‹

Ich ließ sie sich umdrehen und schob meinen Kopf unter ihre Röcke, die ich über mich herabfallen ließ. Meine Arme umschlangen ihre Schenkel über dem zarten Batist, und meine Nase drängte sich in den Schlitz ihres Höschens, nachdem ich das Hemd gelüftet hatte.

Aaaah! Welch verwirrende Düfte fand ich da... vor allem an den Rändern der Öffnung. Ich war derartig berauscht von dem erlesenen Duft, daß ich jede Zurückhaltung aufgab. Und mein Kuß wagte das Ärgste, die ausgesuchteste Indiskretion...«

»Ich hoffe, deine Freundin wußte alles zu schätzen, was du für ihr Glück tatest?«

»Sie schätzte es so sehr, daß sie, nachdem sie die erste Überraschung überwunden hatte, sich meinem Vorhaben darbot, so gut sie irgend konnte. Ich verharrte dort mehrere Minuten und genoß leidenschaftlich dieses göttliche Fleisch, das unter meinen Lippen bebte. Und dabei hörte ich durch die Röcke hindurch ihre Seufzer, die die unsagbare Wonne ausdrückten, die meine Freundin empfand.

Wie begriff ich jetzt den Rausch, in den sich Mama und Madame de Recourt versetzten, wenn sie sich so küßten!

›Oh‹, sagte Maud ein paar Minuten später, ›noch nie habe ich eine so süße Lust gespürt. Du bist wirklich eine anbetungswürdige... Liebeskünstlerin! Aber, sag mal, wer hat dich bloß solche Raffinessen gelehrt?‹

Ich erzählte ihr kurz, was ich zu Hause belauscht hatte.

›Nein!! Deine Mama und eine Freundin? Ist das die Möglichkeit!‹

›Jawohl! Und das war ganz hübsch unanständig, den Anblick der zwei schönen rosigen Popos zu genießen, die sich in den geöffneten Schlitzen ihrer Spitzenhöschen boten!‹

›Und ... sie küßten sich so?‹

›Natürlich! Sehr lange sogar, kann ich dir versichern!‹

Aber die Erinnerung an die zurückliegende schlüpfrige Szene im Verein mit dem mir bevorstehenden Augenblick steigerten meine Begierde. Und ich flüsterte Maud meinen Wunsch zu, von neuem zu beginnen. Sie verstand sofort, noch ehe ich ausgesprochen hatte, und sagte: ›Ja! Ja! Komm! Schnell!‹

Diesmal hatte ich meine reizende Liebste nicht erst zu bitten brauchen. Von selbst drehte sie mir den Rücken zu, hob sich die Röcke hoch und zog ihren Hosenschlitz auseinander. Dann ließ sie ihre Röcke über meine Schultern fallen ...«

Erica Jong
Ich will dir etwas zeigen

Die Priesterin lauschte andächtig. Dann erhob sie sich. »Komm!« sagte sie. »Ich will dir etwas zeigen.«

Sie führte mich durch den Hof ins Haus, wo ihre Frauen mit Weben beschäftigt waren. Wir gingen durch die Bäder und die Speiseräume und zuletzt eine schmale, feuchte Treppe hinunter. Dort im Keller des Hauses stand ein großer, kunstvoll behauener Sarkophag aus Stein, in dem sie eines Tages beigesetzt werden wollte. An der Wand lehnte ein lebensgroßes Abbild ihres Gesichts, das als Maske für ihre Mumie gedacht war. Von einem der größten Künstler bemalt, sollte es für alle Zeit ihre Jugend erhalten, so wie die Konservierungsmittel der Einbalsamierer ihr Fleisch erhalten sollten. Der Sarkophag war offen. Sie stieg hinein. Ich blieb verwirrt stehen. Was erwartete sie von mir? Sie lugte schelmisch hinaus und winkte mir, ihr zu folgen.

Der Sarg war größer, als er aussah. Der Platz reichte gerade für zwei Personen. Wir legten uns zusammen hin, so dass unsere Körper sich überall berührten.

»Wir werden lange tot sein«, sagte Isis, wobei sie mit ihren Seidenfingern zärtlich über mein Gesicht fuhr. Ihr Körper roch nach Lotos, Jasmin und Myrrhe. Sie sog meine Zunge in ihren Mund und streichelte meinen Körper mit ihren kühlen Händen. Sie berührte die Spitzen meiner Brustwarzen, die ihr schon freudig entgegenstiegen. Sie lutschte mit ihrem süßen Mund daran.

Dann ging sie langsam tiefer zum Nabel und ließ die Zunge darin kreisen, bis ich schier verging. Sie streichelte meine Schenkel, und Verlangen durchströmte mich. Ich hatte mich noch nie im Leben so sehr wie ein leeres Gefäß gefühlt, das danach lechzte, gefüllt zu werden.

»Es gibt außer Sesostris viele Dinge, die du mir schenken kannst«, sagte Isis, während sie ihren Mund an meine heiße Mitte führte. Sie umspielte mit der Zunge das Knöpfchen, das dabei steif und fest wurde. Dann schob sie einen schlanken Finger in mein zerfließendes Inneres und begann rhythmisch zu reiben, bis ich kam wie der Nil, wenn er über die Ufer tritt. Ein warmer, erdiger Geruch erfüllte den Sarkophag, und mir war, als schwebten meine Beine im Äther.

»Wir sind auf dem Mond gelandet«, sagte die Priesterin der Isis. »Schauen wir, ob wir zur Sonne zurückkommen.«

Dann zeigte sie mir, wie sie gern angefasst werden mochte. Ihr war die sachteste Berührung am liebsten, ein sanft stimulierendes Liebkosen, bei dem sich ihr die Härchen auf den Armen aufstellten. Sie hatte eine unglaublich geschickte Zunge, und wie sie mich damit erregte, so machte ich es ihr nach. Ich machte ihr alles nach. Meine Zunge wurde ihre Zunge. Umgekehrt zusammenliegend, befriedigten wir uns gegenseitig, als ob uns die ganze Ewigkeit gehörte.

Charles Baudelaire
Lesbos

Mutter latinischer spiele, und griechischer wonnen ·
Lesbos wo küsse bald freudig bald schmachtend gelind
Frisch wie die reifen pasteken und heiss wie die sonnen
Zierde der ruhmvollen tage und nächte sind.
Mutter latinischer spiele und griechischer wonnen!

Lesbos wo küsse wie wasser des wildbaches schnellen
Der ohne bangen in grundlose schluchten lief ·
Dann sich windet in pochenden schluchzenden wellen
Stürmisch und heimlich emsig wimmelnd und tief ·
Lesbos wo küsse wie wasser des wildbaches schnellen.

Lesbos wo sich die Phrynen einander begehren ·
Wo noch kein seufzer der antwort entbehrend verrann ·
Du die nicht minder wie Paphos die sterne verehren ·
Wo die Venus die Sappho beneiden kann.
Lesbos wo sich die Phrynen einander begehren.

Lesbos du erde der heissen erschlaffenden nächte!
Mädchen vor ihren spiegeln – o heillose sucht –
Hohlen augen verleitet durch heimliche mächte
Spielen mit ihres frauentums reifender frucht ·
Lesbos du erde der heissen erschlaffenden nächte.

Möge des alten Plato strenge sich stossen!
Dir wird verziehn durch der küsse unendliche zahl ·
Herrin von milden gebieten von lieblichen grossen
Und von beständiger freuden verfeinerter wahl.
Möge des alten Plato strenge sich stossen!

Dir wird verzeihung auf grund deiner ewigen qualen
Fürder strebenden geistern als strafe geschickt ·
Ferne von uns verlocken sie lächelnde strahlen
Traumhaft am horizont anderer himmel erblickt.
Dir wird verzeihung auf grund deiner ewigen qualen.

Wer von den göttern o Lesbos wagt dich zu richten
Und wer verurteilt dein mühegebleichtes gesicht
Eh er die sintflut erwogen mit goldnen gewichten
Die aus thränen bestehend zum meere bricht?
Wer von den göttern o Lesbos wagt dich zu richten?

Was bedeuten die sätze des guten und schlechten?
Hehre mädchen · ihr zierde der inselwelt·
Euer glaube ist einer der grossen und echten ·
Liebe hat himmel und hölle in schatten gestellt.
Was bedeuten die sätze des guten und schlechten?

Um das geheimnis der knospenden mädchen zu singen
Hatte mich Lesbos auf erden vor allen bestimmt ·
Mich schon von kind auf bekannt mit den finsteren dingen
Heller gelächter drin schmerzliche thräne schwimmt –
Um das geheimnis der knospenden mädchen zu singen.

Seitdem seh ich hinaus am leukadischen riffe
Wie ein posten mit sichrer durchdringender schau
Täglich und nächtig auf böte und kähne und schiffe ·
Ihre gestalten erzittern von weitem im blau.
Seitdem seh ich hinaus am leukadischen riffe

Um zu erfahren des meeres nachsicht und milde.
Und unter seufzern am dröhnenden klippenring
Landest du auf des vergebenden Lesbos gefilde ·
Angebetete leiche der Sappho die ging
Um zu erfahren des meeres nachsicht und milde!

Sappho · die männliche · liebende seele und dichter ·
Schöner als Venus durch tötlicher blässe schein ·
Blaues auge besiegten unheimliche lichter
In einem düsteren kreise gerieft von der pein
Sapphos · der männlichen · liebende seele und dichter ·

Schöner als Venus sich über die erde erhebend
Hat sie mit heiteren sinnes schätzen beglückt ·
Mit ihrer blonden jugend strahlen belebend
Greisen Okeanos den seine tochter entzückt ·
Schöner als Venus sich über der erde erhebend.

Sappho · am tag ihrer lästerung beute der toten ·
Als sie durchbrach des erfundenen brauches gewalt
Und ihre schönheit zur äussersten ernte erboten
Rohem arm, der mit hochmut das opfer vergalt
Sapphos · am tag ihrer lästerung beute der toten.

Seit jener stunde ergeht sich Lesbos in klagen ·
Trotz aller ehren die ihm nun das weltall erzeigt
Lauscht es bei tag und bei nacht dem getöse der plagen
Das von den öden gestaden den himmel ersteigt ·
Seit jener stunde ergeht sich Lesbos in klagen.

Jean Charles Gervaise de Latouche
Unerklärliche Geräusche

Eines Tages, da man mich in der Schule vermutete, war ich in
einem kleinen Zimmer geblieben, in dem ich schlief. Eine einfache Wand trennte es von dem Zimmer Ambroisens, dessen
Bett an der Wand stand, an der ich schlief. Ich schlief; es war
entsetzlich heiß, nämlich Hochsommer. Plötzlich wurde ich
durch heftige Stöße geweckt, die ich an die Wand schlagen
hörte. Ich konnte mir das Geräusch nicht erklären; es wiederholte sich. Ich legte das Ohr an die Wand und hörte erregte
und zitternde Laute, Worte ohne Sinn und halb ausgesprochen. »Ah!... langsam, meine liebe Toinette, mach nicht so
schnell!« – »Ah, du Schelm, du tötest mich vor Lust...
Schnell!... Ah, schnell!... Ah, ich sterbe!«

Überrascht, solche Ausrufe zu hören, deren Erregtheit ich
fühlte, setzte ich mich auf. Kaum wagte ich zu atmen. Wenn
man mich da bemerkt hätte, mußte ich alles befürchten; ich
wußte nicht, was ich denken sollte; ich war sehr erregt. Meine
Unruhe machte bald der Neugierde Platz. Ich hörte von
neuem das nämliche Geräusch, und ich glaubte unterscheiden
zu können, daß ein Mann und Toinette abwechselnd die Worte
ausstießen, die ich schon gehört hatte. Meinerseits die gleiche
Aufmerksamkeit. Die Begierde, zu erfahren, was in jenem
Zimmer vor sich gehe, wurde schließlich so lebhaft, daß sie alle
meine Furcht erstickte. Ich entschloß mich, in Erfahrung zu
bringen, was da vor sich ging; ich glaube, ich wäre deshalb
gerne in das Zimmer von Ambroise eingetreten, was auch
immer hätte passieren können. Ich wurde dieser Mühe über-
hoben; sorgsam an der Wand tastend, ob ich nicht irgendein
Loch in ihr fande, fühlte ich eins, das klein und durch ein
großes Bild verdeckt war. Ich machte es frei und mir Licht.
Welches Schauspiel! Toinette, nackt wie ihre Hand, lag ausgestreckt auf dem Bett, und der Pater Polycarpe, Vorsteher des
Klosters, der erst seit einiger Zeit da war, nackt wie Toinette,

machte ... Was? Das, was unsere Ureltern taten, als ihnen der liebe Gott befahl, die Erde zu bevölkern. Die aber taten das unter weniger schlüpfrigen Umständen.

Dieser Anblick rief bei mir eine Überraschung hervor, die mit Freude vermischt war und mit einem lebhaften und prickelnden Gefühle, das ich nicht beschreiben könnte. Ich fühlte, daß ich mein Leben dafür gegeben hätte, an der Stelle des Mönches zu sein, daß ich ihn beneidete! Daß mir sein Glück ungeheuerlich erschien. Ein ungeahntes Feuer jagte durch meine Adern, mein Gesicht war gerötet, mein Herz klopfte zum Zerspringen; ich hielt meinen Atem an und den Speer der Venus, der von einer Kraft und Steifheit war, daß ich die Wand damit hätte zusammenschlagen können, wenn ich nackt ein wenig fest dawider gestoßen hätte. Der fromme Pater beendigte seinen Ritt, zog sich von Toinette zurück und ließ sie so ganz meinen verzehrenden Blicken ausgesetzt. Sie hatte Augen wie eine Sterbende; ihr Gesicht war vom tiefsten Rot bedeckt; der Atem war ihr ausgegangen; die Arme hingen ihr schlaff herab; ihre Brust hob und senkte sich mit erstaunlicher Schnelligkeit; sie zuckte von Zeit zu Zeit mit dem Hintern, indem sie sich streckte und tiefe Seufzer dabei ausstieß. Mit unbegreiflicher Schnelligkeit überflogen meine Augen alle Teile ihres Körpers; es blieb auch nicht einer übrig, auf den ich im Geiste nicht tausend brennende Küsse geheftet hätte. Ich preßte meine Lippen auf ihre Brüste, auf ihren Leib und auf den köstlichsten Ort, von dem sich meine Augen nicht mehr losreißen konnten. Plötzlich riß ich die Augen auf ... Das war ... Ihr versteht mich. Was hatte diese Schelmin für Reize für mich! Ach, diese liebliche Färbung! Obwohl mit einem leichten weißen Schaum bedeckt, verlor es für mich nichts von der Lebhaftigkeit seiner Farben. An dem Vergnügen, das ich bei seinem Anblicke empfand, erkannte ich in ihm das Zentrum der Wollust. Es war von einem dichten, schwarzen und gekräuselten Haarbüschel beschattet. Toinette hatte die Beine gespreizt. Es schien, als ob ihre Unsittlichkeit mit meiner Neugierde verbunden wäre, um meinen Blicken keinen Wunsch zu versagen.

Der Mönch hatte seine Kraft zurückgewonnen und kam, um sich von neuem zum Kampfe zu stellen. Er schwang sich mit frischem Eifer auf Toinette, aber seine Kräfte straften seine Courage Lügen. Müde, sein Roß unnützerweise anzutreiben, sah ich, wie er sein Instrument aus der Muschel Toinettes bleich und mit niedergeschlagenen Augen herauszog. Toinette war aufgebracht über seinen Rückzug, faßte den Schwanz an und begann ihn zu schütteln. Der Mönch erschauerte wie verrückt und schien das Vergnügen, das er empfand, nicht länger ertragen zu können. Ich beobachtete alle ihre Bewegungen, ohne anderen Führer als die Natur, ohne jede andere Belehrung als das Beispiel. Neugierig darauf, zu erfahren, was diese krampfhaften Bewegungen des Paters hervorrief, suchte ich bei mir selbst deren Ursache. Ich war überrascht, ein unbekanntes Vergnügen zu fühlen, das sich unbemerkbar vergrößerte, bis ich erschöpft auf mein Bett fiel. Die Natur machte unglaubliche Anstrengungen, und alle Teile meines Körpers schienen zu dem Vergnügen des Gliedes beizutragen, das ich streichelte. Endlich kam jener weiße Saft, von dem ich einen so gründlichen Niederschlag bei Toinette gesehen hatte. Ich kam aus meiner Ekstase heraus und machte mich wieder an das Loch in der Wand; es war zu spät, der letzte Schuß war gefallen, der Kampf war beendigt. Toinette kleidete sich wieder an, der fromme Pater war schon in seinen Kleidern.

Umberto Eco
Nonita

Nonita. Blume meiner Jugend, Unruhe meiner Nächte. Werde ich dich je wiedersehen? Nonita. Nonita. Nonita. Drei Silben, wie eine Negation aus Süße: No. Ni. Ta. Nonita, mögest du mir in Erinnerung bleiben, bis dein Bild Finsternis ist und dein Ort Grab.

Ich heiße Umberto Umberto. Als die Sache geschah, unterlag ich glühend dem Sieg der Jugend. Nach Aussage derer, die mich kannten (nicht derer, die mich jetzt sehen, Leser, abgemagert in dieser Zelle, während der erste Anflug eines Prophetenbartes mir die Wangen verhärtet), nach Aussage derer, die mich zu jener Zeit kannten, war ich ein strammer Ephebe mit einem Schatten von Melancholie, den ich vermutlich den meridionalen Genen eines kalabrischen Ahnen verdanke. Die Mädchen, die ich kannte, begehrten mich mit der ganzen Heftigkeit ihres blühenden Leibes und machten mich zur tellurischen Unruhe ihrer Nächte. Doch ich entsinne mich kaum jener Mädchen, denn ich war grausige Beute einer ganz anderen Leidenschaft, und meine Blicke streiften kaum ihre Wangen, wenn sie im Gegenlicht golden erglänzten von einem seidigen und transparenten Flaum.

Ich liebte, geneigter Leser, und zwar mit der Tollheit meiner eifernden Jahre, ich liebte jene, die du mit zerstreuter Fühllosigkeit »die Alten« nennen würdest. Ich begehrte aus tiefster Tiefe meiner blutjungen Fasern jene Geschöpfe, die schon gezeichnet sind von der Strenge eines unerbittlichen Alters, gebeugt vom schicksalsschweren Gewicht ihrer achtzig Jahre, grausig ausgehöhlt vom begehrenswerten Gespenst der Vergreisung. Um sie zu bezeichnen, diese der Mehrheit unbekannten Frauen, denen die schlüpfrige Indifferenz der habituellen *usagers* rescher fünfundzwanzigjähriger Friulanerinnen keine Beachtung schenkt, werde ich, Leser – auch hierin beherrscht von den Anfällen einer ungestümen Gelehrtheit, die mir jede

Geste der Unschuld verwehrt –, einen Ausdruck verwenden, den für treffend zu halten ich nicht verzage: pärzchen, *parquettes*.

Ihr, die ihr über mich richtet (*toi, hypocrile lecteur, mon semblable, mon frère*), was wißt ihr schon von der morgendlichen Jagdbeute, die sich im Sumpf dieser unserer unterirdischen Welt dem listenreichen Liebhaber kleiner Parzen bietet! Ihr, die ihr nachmittags durch die städtischen Anlagen streift auf eurer banalen Jagd nach soeben erblühten Mädchen, was wißt ihr von der verstohlenen, einsamen, grinsenden Jagd, die der Liebhaber kleiner Parzen zwischen den Parkbänken alter Gärten betreiben kann, im weihrauchgeschwängerten Dunkel der Kirchen, auf den Kieswegen stiller Friedhöfe in der Vorstadt, sonntags an den Ecken der Altersheime, vor den Toren der Nachtasyle, in den psalmodierenden Reihen der Heiligenprozessionen, bei den Wohltätigkeitsveranstaltungen, auf der Lauer in einem amourösen, überaus engen und leider erbarmungslos keuschen Hinterhalt, um aus der Nähe jene vulkanisch zerfurchten Gesichter zu sehen, jene wäßrigen, vom Star getrübten Augen, das Zittern der ausgedörrten Lippen, eingezogen in die erlesene Höhlung eines zahnlosen Mundes, zuweilen benetzt von einem schimmernden Strom ekstatischen Speichels, die knotigen Hände nervös im schlüpfrigen und provozierenden Tremolo eines unendlich langsam gebeteten Rosenkranzes!

Kann ich dir jemals, freundlicher Leser, das verzweifelte Schmachten nach jener flüchtigen Augenbeute vermitteln, das spasmische Beben bei gewissen kaum wahrnehmbaren Kontakten, eine flüchtige Ellenbogenberührung im Gedränge der Trambahn (»Pardon, Madame, wollen Sie sich nicht setzen?« Oh, satanischer Freund, wie wagtest du es, den feuchten Dankesblick anzunehmen und das knappe »Vielen Dank, junger Mann« – du, der du lieber an Ort und Stelle deine bacchantisch wüste Komödie der Besitzergreifung inszeniert hättest?), das leichte Streifen eines venerablen Knies, *strisciando* von deiner Wade berührt zwischen zwei Sitzreihen in der nachmittäglichen Leere eines Vorstadtkinos, oder – sporadischer Augenblick engsten Kontaktes – das verhalten zärtliche Drücken des knochigen Arms einer Greisin, der du mit beflissener Pfadfindermiene über die Straße halfst!

Die Wechselfälle meines naßforschen Alters bescherten mir freilich auch andere Begegnungen. Wie ich schon sagte, ich hatte einen gewissen Charme mit meinen gebräunten Wangen und den zarten Zügen eines von morbider Virilität befallenen Mädchens. Ich ignorierte durchaus nicht die Liebe der Heranwachsenden, doch ich unterzog mich ihr wie einer Pflichtübung, um meinem Alter Genüge zu tun. Ich entsinne mich eines Abends im Mai, kurz vor Sonnenuntergang, als ich im Garten einer aristokratischen Villa – es war im Varesischen, unweit des roten Sees der sinkenden Sonne – im Schatten eines Busches mit einer entkleideten, ganz von Sommersprossen bedeckten Siebzehnjährigen lag, die sich in einem wahrhaft beängstigenden Rausch von Liebesgefühlen befand. Und gerade als ich ihr lustlos den ersehnten Merkurstab meiner schwellenden Wundertätigkeit überließ, sah ich, Leser, erriet ich gleichsam in einem Fenster der Beletage die Gestalt einer altersschwachen Amme, krumm vorgebeugt, im Begriff, sich die formlose Masse eines schwarzen Baumwollstrumpfes vom Bein zu streifen. Der plötzliche Anblick jenes geschwollenen Gliedes, gezeichnet von Krampfadern und gestreichelt vom ungeschickten Auf und Ab der alten Hände in ihrem Bemühen, das Knäuel des Strumpfes aufzurollen, erschien mir (oh, meine begehrlichen Augen!) wie ein gräßliches und beneidenswertes Phallussymbol, umschmeichelt von einer jungfräulichen Geste. Und im selben Moment, erfaßt von einer durch die Distanz noch verstärkten Ekstase, explodierte ich röchelnd in einem Erguß biologischer Einwilligung, den das Mädchen (unvorsichtiges Küken, wie ich dich haßte!) stöhnend aufnahm wie einen Tribut an den eigenen unreifen Zauber.

Hast du je begriffen, du mein törichtes Werkzeug aufgeschobener Lüste, daß du damals die Speise vom Tisch einer anderen naschtest, oder ließ die dumpfe Eitelkeit deiner unreifen Jahre mich dir als ein feuriger, unvergeßlicher, sündenfroher

Komplize erscheinen? Tags darauf abgereist mit der Familie, schicktest du mir nach einer Woche eine Postkarte mit der Unterschrift »Deine alte Freundin«. Ahntest du die Wahrheit, wolltest du mir deinen Scharfblick durch den gezielten Gebrauch dieses Adjektivs enthüllen, oder war es nur der jargonhafte Ausfall einer Gymnasiastin im Krieg mit den üblichen philologisch geschraubten Briefflóskeln?

Wie starrte ich seither zitternd auf jenes Fenster, stets in der Hoffnung, die gebrechliche Silhouette einer Greisin im Bade zu sehen! Wie viele Abende saß ich halbversteckt unter Bäumen, meiner gewohnten Ausschweifung hingegeben, die Augen unverwandt auf die hinter einem Vorhang erkennbare Schattengestalt einer zarten Muhme vor einem Teller mit Brei geheftet! Und dann die fürchterliche Enttäuschung, jäh und blitzartig (*tiens donc, le salaud!*), wenn die Gestalt sich dem Trug der chinesischen Schatten entzog und am Fenster erschien als das, was sie war: eine nackte Tänzerin mit strammen Brüsten und den ambraschimmernden Hüften einer andalusischen Stute!

So verbrachte ich Monate und Jahre friedlos auf der vergeblichen Jagd nach verehrungswürdigen Pärzchen, nimmermüde einer Suche ergeben, die, ich weiß es, ihren unzerstörbaren Ursprung aus dem Augenblick meiner Geburt bezog, als eine alte, zahnlose Hebamme (Resultat der vergeblichen Suche meines Vaters, der zu jener Nachtstunde keine andere gefunden hatte als diese, die schon mit einem Fuß im Grabe stand!) mich aus dem viskosen Gefängnis des Mutterschoßes befreite und mir im Licht des Lebens ihr Gesicht offenbarte – das unsterbliche Gesicht einer *jeune parque.*

Ich suche hier keine Rechtfertigungen vor euch, die ihr mich lest (*à la guerre comme à la guerre*), doch ich möchte hier wenigstens erklären, wie schicksalhaft die Koinzidenz der Ereignisse war, die mich zu jenem Siege führte.

Das Fest, zu dem man mich eingeladen hatte, war eine schale Petting-Party von jungen Mannequins und kaum der Pubertät entwachsenen Studenten. Die geschmeidige Wollust jener willigen Mädchen, die lässige Art, wie sie im Ungestüm einer Tanzfigur ihre Brüste in offenen Blusen darboten, widerte mich an. Schon wollte ich fluchtartig jenen Ort des banalen Handels mit noch intakten Leisten verlassen, als ein schriller, fast kreischender Ton (und finde ich je den passenden Ausdruck für die schwindelerregend hohe Frequenz, das heisere Abklingen der schon ermatteten Stimmbänder (*l'allure suprême de ce cri centenaire?*), als die bebende Klage einer uralten Frau die Versammlung in Schweigen stürzte. Und im Türrahmen sah ich sie, sah das Gesicht der fernen Parze meines pränatalen Schocks, umgeben vom wallenden Enthusiasmus der lasziv-weißen Haare, den zusammengefallenen Körper, der sich eckig unter dem Stoff der glatten schwarzen Bluse abzeichnete, die dürren, längst unerbittlich krumm gewordenen Beine, die zarte Linie ihrer verletzlichen Schenkel unter der altmodischen Schamhaftigkeit des verehrungswürdigen Rockes.

Das fade Mädchen, das uns eingeladen hatte, rang sich demonstrativ eine Geste der Höflichkeit ab, hob die Augen zum Himmel und sagte: »Meine *Nonna* ...«

Vladimir Nabokov
Lolita

Lolita, Licht meines Lebens, Feuer meiner Lenden. Meine Sünde, meine Seele. Lo-li-ta: die Zungenspitze macht drei Sprünge den Gaumen hinab und tippt bei Drei gegen die Zähne. Lo. Li. Ta.

Sie war Lo, einfach Lo am Morgen, wenn sie vier Fuß zehn groß in einem Söckchen dastand. Sie war Lola in Hosen. Sie war Dolly in der Schule. Sie war Dolores auf amtlichen Formularen. In meinen Armen aber war sie immer Lolita.

Auch mein Bruder Franz vögelte mich in diesem Jahr ein paarmal. Er hatte nicht aufgehört, an Frau Reinthaler zu denken, konnte ihrer jedoch nicht habhaft werden.

Zufällig sah ich sie in dieser Zeit am Vormittag auf den Boden gehen. Ich rief sofort Franz vom Hof herauf und teilte ihm die Gelegenheit mit. Er kam, wagte es aber nicht, auf den Boden zu gehen. Ich redete ihm zu, daß sich Frau Reinthaler von Herrn Horak vögeln lasse, daß sie gewiß bereit sein werde, ihn zu nehmen, ich malte ihm aus, was sie für schöne Brüste habe – er traute sich nicht. Frech, wie ich war, erbot ich mich, ihn zu begleiten. Wir trafen Frau Reinthaler, wie sie oben ihre Wäsche vom Strick abnahm.

»Küß die Hand, Frau Reinthaler«, sagte ich bescheiden.

»Grüß euch Gott, was macht denn ihr da?« fragte sie.

»Wir kommen zu Ihnen . . .«

»So, was wollt ihr denn von mir?«

»Vielleicht können wir Ihnen ein bissel was helfen«, meinte ich heuchlerisch.

»Na, na, ich dank euch schön.« Sie legte eben ein Leintuch zusammen. Ich schlich mich an sie heran und griff ihr plötzlich an die Brust. Ich spielte mit ihr und ließ sie auf- und abschnellen. Franz stand da und schaute auf diesen Busen und ließ kein Auge davon.

Frau Reinthaler preßte mich an sich und fragte: »Was machst denn da?«

»Das ist so viel schön«, schmeichelte ich ihr.

Sie wurde feuerrot und schielte nach Franz und lächelte. Und Franz wurde ebenfalls rot, lächelte dumm, aber wagte es nicht, sich zu nähern.

Ich fuhr ihr unter die Bluse und holte die nackte Dutel heraus, und sie ließ es geschehen und sah auf Franz, während sie sagte: »Was machst du denn?«

Da flüsterte ich ihr zu: »Der Franzl möcht so gern . . .«
Ich spürte, wie sich ihre Brustwarze momentan aufrichtete.
Trotzdem fragte sie: »Was möcht er denn . . .«
»Na, Sie wissen schon . . .« flüsterte ich ihr zu.

Sie lächelte und ließ sich von mir die Brust entblößen, die voll und weiß unter der roten Bluse hervorkam.

»Ich kann ja aufpassen«, sagte ich, und damit sprang ich von ihr fort. Ich gab Franz einen Stoß, daß er geradewegs gegen die Brust der Frau Reinthaler flog. Dann stellte ich mich auf den Vorboden, und wie ich früher im Keller aufgepaßt hatte, damit niemand die Frau Reinthaler störe, während sie von Herrn Horak gestemmt wurde, paßte ich jetzt hier auf dem Boden auf, damit die Frau Reinthaler nicht gestört werde, wenn sie meinen Bruder bedient.

Es war, wenn ich mich recht besinne, die erste Kuppelei meines Lebens. Es sei denn, man will annehmen, daß ich meine Mutter an den Ekhardt verkuppelt habe, indem ich ihm von ihren unbefriedigten Nächten erzählte. Und nimmt man's genau, so muß man wohl zugeben, dieser Ekhardt ist wohl erst durch diese Geschichte auf die Idee gekommen, meiner Mutter mit seinem Lausewenzel zwischen die Beine zu fahren, und er hätte sich wahrscheinlich ansonsten begnügt, die Tochter in ihren beiden noch unvollkommenen Löchern auszubohren.

Franz stand also mit seinem Gesicht, wo ich ihn hingeschleudert hatte, an der nackten Brust der Frau Reinthaler. Sie drückte ihn an sich und fragte ihn: »Was willst du denn, Kleiner?«

Er antwortete nicht, aber er konnte auch nicht antworten, denn sie hatte ihm ihre Brustspitzen in den Mund gegeben wie einem Säugling, und Franz leckte oben an dieser süßen Beere, die immer größer wird statt kleiner, je mehr man von ihr genießt. Und von seinen Lippenbewegungen, von seiner Zunge begann es die Frau aber am ganzen Leib zu reißen. Es durchfuhr sie, und man konnte merken, daß sie nun bald der Worte überdrüssig sein werde.

Ich dachte nicht weiter daran, aufzupassen, sondern beteiligte mich an dem Spiele, das nun anfing. Frau Reinthaler legte sich auf ihren großen, hochgefüllten Wäschekorb, hob die Röcke auf und ließ ihren schwarz behaarten Schlund sehen, so daß ich meinte, mein Bruder werde nun per Kopf darin verschwinden. Dann zog sie den Buben zu sich und versorgte seinen Kleinen mit einem Ruck in ihre Bauchtasche, die quatschend zuschnappte.

Franz begann wie eine Taschenuhr zu ticken, so genau und so präzise, und Frau Reinthaler fing zu lachen an: »Ach, das kitzelt ja ... wie gut das kitzelt ...« Sie lachte und lachte, und lag ganz bewegungslos: »Wie gut er das kann ...« meinte sie zu mir, »macht er das oft ...?«

»Ja«, sagte ich.

»Und macht er's immer so g'schwind ...?«

»Ja«, erklärte ich ihr, »der Franzl vögelt immer so schnell ...«

Dann aber kniete ich nieder, nahm ihren Kopf und tat, wie mir Ekhardt getan, ich leckte und kitzelte sie mit der Zunge im Ohr.

Sie gurrte mit heiserer Stimme vor Wollust.

»Vögel nicht so schnell, Bubi«, bat sie Franz, »ich will auch stoßen ... wart ... so ... siehst du ..., so geht's noch besser.«

Sie regulierte den Takt von Franzls Bewegungen und schupfte ihn nun mit ihrem repetierenden Hintern, daß der Wäschekorb krachte.

»Ach ... es kommt mir ... ach, das ist gut ... ach, das halt ich nicht aus ... wenn die Pepi mich noch so im Ohr schleckt ... da kommt's mir gleich wieder ... nein ... Kinder ... was seid ihr für Kinder ...ach ...«

»Du, Bubi«, sagte sie plötzlich mitten im Keuchen, »warum nimmst du denn das Duterl nicht in den Mund ...?«

Franz nahm ihre strotzende Brust und leckte an der Warze, als wollte er daraus trinken.

Sie schrie auf: »Aber ... du hörst ja zu vögeln auf ... du hörst ja auf ... und mir kommt's grad ... vögel doch! So ... fester, schneller ... ja ... gut ... so ist's gut ... Jesses, jetzt läßt er die Brust aus ... warum läßt du denn die Brust aus?«

Franz hatte es noch immer nicht gelernt, beides zugleich zu tun. Deshalb ließ ich das Ohr der Frau Reinthaler los und kam ihm zu Hilfe, indem ich die schöne volle Brust der Frau Reinthaler nahm. Auch die zweite Dutel holte ich ihr heraus, und über ihrem Kopf liegend, küßte ich sie bald rechts, bald links, wobei ich spürte, wie der heiße Atem zwischen meine Beine hin strich, denn ich lag gerade mit der Fut über ihrem Gesicht. Sie hatte mir die Röcke zurückgestreift und fuhr mir mit der Hand an die Spalte, und sie traf mit ihrem Finger den rechten Punkt so gut, daß es mir sehr wohltat und ich meinte, ich werde auch gevögelt.

Ganz gleichzeitig kam es uns drei. Frau Reinthaler keuchte vor Wonne: »Ach, meine lieben Kinder... ach, wie gut ist das... ach, Franzl... ich spür, wie du spritzen tust... und du, Peperl... du bist auch ganz naß geworden... ach...!«

Dann lagen wir eine Weile ganz matsch übereinander und mochten wohl auch wie ein Wäsche- oder Kleiderbündel ausgesehen haben.

Frau Reinthaler, die emporschnellte, warf Franz und mich zur Seite. Sie richtete sich zusammen, war sehr rot und schämte sich plötzlich. »Nein... so was... diese Kinder...« murmelte sie. Dann lief sie fort, vom Boden herunter.

Lot und seine Töchter

Lot zog aus Zoar, und blieb auf dem Berge mit seinen beiden Töchtern; denn er fürchtete sich, zu Zoar zu bleiben; und blieb also in einer Höhle mit seinen beiden Töchtern. 31Da sprach die älteste zu der jüngsten: Unser Vater ist alt, und ist kein Mann mehr auf Erden, der uns beschlafen möge nach aller Welt Weise; 32So komm, laß uns unserm Vater Wein zu trinken geben, und bei ihm schlafen, daß wir Samen von unserm Vater erhalten. ₃₃Also gaben sie ihrem Vater Wein zu trinken in derselben Nacht. Und die erste ging hinein, und legte sich zu ihrem Vater; und er ward's nicht gewahr, da sie sich legte, noch da sie aufstund. ₃₄Des Morgens sprach die älteste zu der jüngsten: Siehe, ich habe gestern bei meinem Vater gelegen. Laß uns ihm diese Nacht auch Wein zu trinken geben, daß du hinein gehest, und legest dich zu ihm, daß wir Samen von unserm Vater erhalten. ₃₅Also gaben sie ihrem Vater die Nacht auch Wein zu trinken. Und die jüngste machte sich auch auf, und legte sich zu ihm; und er ward's nicht gewahr, da sie sich legte, noch da sie aufstund. ₃₆Also wurden die beiden Töchter Lots schwanger von ihrem Vater. ₃₇Und die älteste gebar einen Sohn, den hieß sie Moab. Von dem kommen her die Moabiter bis auf diesen heutigen Tag. ₃₈Und die jüngste gebar auch einen Sohn, den hieß sie das Kind Ammi. Von dem kommen die Kinder Ammon bis auf den heutigen Tag.

Laura Shaine Cunningham
Sex ist das Gegenteil von Tod

In ihrer jüngsten sexuellen Eskapade (so konnte man es wohl nennen) erkannte sie das Muster wieder, das damals mit Gordon Gold begonnen hatte. Seit drei Monaten beobachtete sie einen ziemlich gutaussehenden Mann, der seine Wäsche im Keller von Gebäude A wusch. Wegen Mira war Nina praktisch ständig im Waschraum, und so begegnete sie dem überraschend attraktiven und offenbar alleinstehenden Mann häufiger.

Und sie mußte zugeben – sie hatten einander in der ersten Minute erkannt … Seine Libido war ebenso stark wie ihre – vielleicht hatten sie die Pheromone des anderen gerochen oder einfach das Interesse im Blick gesehen, als sie die frisch gewaschenen Handtücher auf dem Tisch im Waschraum stapelten. Jedenfalls hatte Nina gespürt, wie sich die vertrauten Schleusentore öffneten, als er sie ansah. Er war, wie sie früher gesagt hätte, ein süßer Typ. Er war nicht besonders groß, aber an seiner Körperhaltung, an seinem Gang sah man, daß er durchtrainiert war. Er erinnerte sie an ein Tier, ein geschmeidiges Raubtier. Er hatte goldene Haut, und sein braunes Haar war mit goldenen Strähnen durchzogen, als sei er in der Sonne gewesen. Für jemanden im Confederated Hill Project war er exotisch, und aus seinen Kleidersäcken schloß Nina, daß er eine Art Traveller war und hier vielleicht nur sein billiger Ankerplatz.

Sie warf einen verstohlenen Blick auf seine Kleidung – er trug Boxershorts aus Baumwolle, ein gutes Zeichen. Er schien keine traditionelle Kleidung zu besitzen, oder er gab sie in die Reinigung. Er wusch nur T-Shirts, Jeans, die Boxershorts, Socken, einige weiße Hemden und Hosen zum Schnüren. Er trug eine Kette mit etwas, das aussah wie ein Henkelkreuz, das ägyptische Symbol des Lebens.

Sie hatten geplaudert, befangen, denn darunter fand eine andere Konversation statt. Sie hatte Recht: Er war ein Traveller. Er gab Yoga-Seminare. Er hatte das Apartment 24P von seiner Großmutter geerbt. Nina hörte fast nichts von dem, was er sagte, seine Augen waren hellblau, sein Blick unverwandt. Seine Stimme war leise, tief und weich, er rollte seine Rs, fast guttural. »Wirrrst du noch eine Weile hier sein?« fragte er.

Er lud sie auf einen Kräutertee in seine Wohnung ein. Seine Absichten waren eindeutig – »Ich habe von dir getrrrräumt«, sagte er, während er die vermutlich alten Laken seiner Großmutter zusammen legte (abgenutztes Polyester mit rissigen elastischen Ecken). »Es war eine Vision . . .«

Sie war rot geworden. »Ehrlich?« fragte sie.

»O ja«, sagte er. »Aber ich habe nicht geschlafen.«

Dann war es still im Waschraum, bis auf einen aufgeregten Waschgang in der vordersten Maschine.

»Ich lehre auch tantrischen Sex«, sagte er, ohne ihren Blick loszulassen. »Du weißt schon.« Er ließ ihr keine andere Möglichkeit. Wenn sie 24P betrat, dann nicht nur wegen des Tees. Er erzählte ihr, er habe eine Vision von ihrer Vereinigung gehabt, und bat sie, ganz in Weiß zu kommen ... Naturfaser... und vorher nichts zu essen.

Er entpuppte sich als ein Celestial-Seasonings-Typ. New Age. Nina wäre vielleicht nicht darauf eingegangen, wenn sie nicht in genau dieser Situation gewesen wäre – doch Sex war das Gegenteil von Tod, wie Tennessee Williams sagte.

Sie betete den Rosenkranz der Gegenargumente: Geschlechtskrankheiten, sofortige Reue (nach fünfzehn Minuten, wenn zwei Menschen nebeneinander lagen, die Unterhosen um die Knöchel geschlungen, und sich fragten, was nur in sie gefahren war), mögliche psychische Störungen (mögliche? Schon beim ersten Blickkontakt starrte er sie so intensiv an, daß ihr unheimlich wurde). Als er seinen Namen sagte, mußte Nina ein Kichern unterdrücken: »Saftsack?« wiederholte sie. »Du heißt Saftsack?«

Sein Name stellte sich als exotische Form von »Saftsack« heraus – Zhirac. Nina wußte, daß es nicht sein richtiger Name sein konnte. Sie vermutete, daß er eigentlich Jerry hieß, daß er einer dieser jüdischen Zen Buddhisten war, die sich nach östlicher Tradition neu erfanden.

Nina wußte Bescheid, wußte, das Zhirac wahrscheinlich keine Rolle in ihrem Leben spielen würde, doch als sich seine blauen Augen in sie bohrten, hörte sie eine telepathische Botschaft: tantrischer Sex. Ihr konnte Schlimmeres passieren. Vor zehn Jahren hatte ihr ein anderer Pseudo-Yoga-Anhänger im Bett großen Genuß verschafft.

Sie beschloß also, sich darauf einzulassen, während ihre Unterhaltung zu dem Wie und Wann abdriftete. Nina hatte jede Schüchternheit abgelegt. Sie wußte, daß sie mit ihm ins Bett gehen würde. Sie beide wollten und brauchtes es. Sie beide waren in Gebäude A gestrandet, einer Zitadelle des Alterns, mit Warnhinweisen gepflastert: Das Leben ist kurz. Man wird alt und stirbt.

Sie war also nicht unangenehm berührt, als er ihr gestand, daß er enthaltsam lebte, aber meinte, das sei »für sein spirituelles Wachstum nicht länger zweckmäßig«. Sie hatte keine Ahnung, warum sie in dieser Sekunde eine Vision hatte – doch sie sah ganz deutlich seinen Penis, der an eine Möhre erinnerte.

So lange er noch funktioniert, dachte Nina, als sie sich darauf einließ, in weißer Baumwollkleidung in seine Wohnung zu kommen. Auch er wolle fasten, sagte er, um ihre »Vereinigung« auf einer höheren Bewußtseinsebene zu erleben.

Daß sie sich heimlich über ihn lustig machte, schmälerte nicht ihr Verlangen. Er war ein Idiot, aber ein Idiot mit dem Körper einer goldenen Statue. Sie roch schon das *Kama-Sutra*-Öl auf seinem Körper. In der Wohnung würde Sitar-Musik laufen und Matratzen auf dem Boden liegen. Sie hatte Erfahrung mit dieser Sorte Mann. Sie hatte Seemeilen auf Wasserbetten zurückgelegt. Sie würden Spaß haben, wenn sie darüber hinweg sah, daß er sich als ernsthaften Meister der erotischen Kunst betrachtete. Sie fragte sich, ob er ein gutes »Lingam« hatte oder ob es sich tatsächlich als Möhre herausstellen würde, zu schmal und spitz für sie.

Was ihr »Yoni« anging, so hatte sie keine Zweifel. Der andere selbsternannte östliche Sex-Eleve hatte ihr »Yoni« gepriesen und war unglaublich lange Zeit in ihr hart geblieben, so lange, daß sie um seine Gesundheit fürchtete. Nach Anbruch der zweiten Stunde (im Ernst) und als Nina nach dem vibrierenden Ausklingen eines dritten Orgasmus Lust auf etwas anderes kriegte (etwas zu trinken? etwas zu essen?), hatte sie gesagt: »Du kannst jetzt wieder normal atmen«, und der Typ hatte geseufzt, und es war, als sei alle Luft aus ihm gewichen. Sie hatte gespürt, wie sein Penis erschlaffte wie ein langer Luftballon. Zhirac war bestimmt ähnlich.

Sie konnte sich nicht vorwerfen, daß sie zu dem Stelldichein erschienen war. Es war alles so doof, sie mußte einfach gehen. Sie hatte so viele Nächte dagelegen, dem Babyfon gelauscht und das eigenen Leben mit dem ihrer Mutter zu Ende gehen spüren. Jeder an ihrer Stelle wäre gegangen.

Wie hatte sie ahnen können, was sie erwartete? Sex steckte voller Überraschungen, manchmal waren sie auch unangenehm. Denk nicht darüber nach, befahl Nina sich, und erzähl um Himmels Willen niemandem, was passiert ist. Niemals darfst du deinen Freundinnen von dieser ultimativen Erniedrigung berichten.

Ulrich Holbein
Flache Orgasmen, tiefer Humor
und vice versa

Fachleute unterscheiden kosmischen und genitalen Orgasmus, welch zweiterer wiederum in den clitoralen, multiplen, flachen, lustlosen und nicht zuletzt den Präcoxorgasmus zerfällt, nicht zu vergessen den Beinahe-Orgasmus – und auf der anderen Seite Flachlandhumor (Piep piep piep, Guildo hat euch lieb), Reklamehumor (Alles Müller oder was?), BILD-Zeitungshumor (Wenn sie ausstieg, rammte er ihr ein Messer in den Rücken – schwerverletzt), Ulknudel-Gegröl (Hella von Sinnen), unfreiwilliger Humor (Weihnachtsgrippe billig abzugeben), Jandl-Humor (Ottos Mops kotzt), Eichborn-Humor (Kleines Arschloch und Hitler besichtigen Hiroshima und kochen mit Biolek), Rattelschneck- und Titanic-Humor (Deutschland wählt: Ein neues Gesicht für Angela Merkel), historische Kohlwitze (Kohls Lieblingsinstrument? Der Essensgong!), Gernhardt-Humor (Der Tag, an dem mich Unseld übersah), Volksmundhumor (statt »Ich küsse Ihre Hand, Madame« – »Ich mach's dir mit der Hand, Madame«), Muscel-shirt-Aufschriften (Sag dem Orgasmus: ich komm gleich), Zwerchfellatio-Humor aus Kalau (let's go gen Italien, in den Mutti- und Vatikan), Rühmkorf-Humor (im TABU werden allen Feinden nur ganz flache Orgasmen gewünscht). Alle diese Humorarten kamen ursprünglich aus dem von Gottfried Keller sogenannten »weltumplätschernden Humor« hervor und finden selten zum Orgasmus, schon deshalb nicht oft, weil laut Schopenhauer im Vorfeld der Balz zwar viel gescherzt wird, bei der Kopula dann aber der Humor purem tierischem Ernst das Feld räumt. Kaum anders gesagt: Humor und Sex haben viele gemeinsame Interessen. Mindestens so viele wie Asexualität und Humorlosigkeit. Obwohl Sex, auf Beutelsau-, Eichelwurm- und stutiger Hengst-Ebene, ohne Humor auskommt, also Jahrmilliarden lang Vortritt hatte, kann der genau wie Liebe recht spät hinzugetretene Humor, falls es sich um tiefen Humor handelt, viel tiefer sein als flache Orgasmen, und vice versa. Beide, Humor und Sex, neigen zur Geselligkeit. Für sich allein im Kämmerlein wiehern und ächzen bloß Eigenbrötler und Selbstauslöser – selbst ist der Mann, außer er hat eine Frau. Beide Phänomena kommen ohne Schlüsselreize nicht in Gang. Beide produzieren positive Gefühle, sind aber an seltsame physiologische Vorgänge gekoppelt, Zwerchfelle und Nebenhoden, ohne die nichts läuft – beide Male wird nämlich sehr Körperliches freigelegt, ja entblößt: hier die Zahnleiste, dort was anderes. Gelächter pflegt stoßweise abgearbeitet zu werden. Der Unterschied zwischen lächeln und prusten könnte mit dem zwischen streicheln und rammeln harmonieren. Auf den Schluß zu braucht man bloß »Piep!« zu machen, und alles grölt und stimmt, bis hin zu so kitzligen Dingen wie Genitaltraktkontraktionen und Totlachkrampf. One-night-Stands ähneln Witzen, über die jeder keinesfalls 2 x lachen möchte. Ausgebliebene Orgasmen stehn so dumm da wie umzingelte, aber unverstanden gebliebene Witze. Wobei die Schattenseiten des Sexus mit den Vorteilen von Humor oft ganz gut können, nur halt nicht jeder Humor übergangslos an irgendwelchen Schamhaaren herbeigezogen werden will, nach dem Prinzip: »Feierlich wette ich eine Kiste Vibratoren –«. Und wobei manch ein Pimmel-Haha-Humor (Warum sind Gurken besser als Männer? Gurken sind anschließend nicht verheiratet) als Erholung von allseits übel grassierender, nicht minder niederdrückender Humorlosigkeit eigentlich hellauf zu begrüßen wäre, nur gibt es halt Leute, die sich auf Sex oder Humor nur unter der Bedingung einlassen, daß man-frau hierbei auch mal stöhnen oder klönen kann. Wenn nur nicht der Humor ständig und überall der Bereitschaft zu lachen störend im Weg stünde und man vor lauter Coitus nicht zum Vorspiel kommt, noch nie über »Hegel und den Humor« disputiert hat, sondern eher Dirk Bach und anderen Festivals des Humors zu entfleuchen vorhat. Hauptsache, via Beethovens »groteskem Humor« kommt eine wackere Minderheit turmhoch über Hitlistenführer Heino zu stehn!

Dabei könnte Humor etwas so Beseelendes sein, und Sex etwas Berauschendes, ein wundersam über das eigene Nicht-Niveau Hinausführendes, schier ein orgastisch Sprengendes, olympisches Gelächter pur. Nie wieder bloß humorvoll und geil sein wollen – wär das schön! Nämlich nie wieder Kishon und Kinsky alias Casanova verwässern! Nie wieder dem Schicksalsmotto unterliegen: »Wer nichts als Humor und Sex hat, hat keins von beiden.«

Jenny McPhee
Sexleben

Ned hatte ihr immer eingetrichtert, dass einer ihrer größten Fehler als Journalistin die Unfähigkeit war, ihr Sexleben zu nutzen, um den Erregungsquotienten ihrer Artikel zu erhöhen. Einmal, nachdem sie mit ihm geschlafen hatte, hielt er ihr einen kleinen Vortrag. »Als Journalist«, sagte er, »musst du alles einsetzen, was du hast. Du musst deine Skrupel in den Griff bekommen. Und ich meine nicht nur die gängigen. Ich meine deine komplizierten, neurotischen, sentimentalen Skrupel, die überall lauern und dir im Weg stehen. Nimm mich, zum Beispiel. Du hast eine Affäre mit mir, die du für verwerflich hältst, weil ich verheiratet bin, also redet dein schlechtes Gewissen dir ein, ich sei die große Liebe deines Lebens, was nicht stimmt, und vergrößert deine Schuldgefühle und deine Verwirrung. Ich benutze dich, indem ich dich meine Artikel schreiben lasse, was du gleichermaßen schmeichelhaft und unanständig findest, doch du lehnst es ab, mich im Gegenzug ebenfalls zu benutzen und sabotierst so deine eigene Karriere. Du stehst dir selbst im Weg, Marie. Ich sage nicht, dass du dich ändern sollst. Ich sage, nutze deine Vorteile.«

Damals hatte Marie gedacht, Ned wolle auf typisch männliche Art seine Verantwortung für ihre Affäre herunterspielen. Doch während Marie und Maud durch die Native American Hall gingen, vorbei an dreistöckigen Totempfählen, in die absurde Fratzen geschnitzt waren, dachte sie zum ersten Mal, dass Ned vielleicht Recht hatte. Sie hatte eine Affäre mit einem verheirateten Mann, *weil es damals das Beste für sie war* – nicht weil sie sich unglücklich in den falschen Mann verliebt hatte. Da er verheiratet war, konnte sie die Beziehung genießen, ohne sich um die Zukunft zu sorgen – wozu sie neigte –, und sich auf ihre neue Karriere konzentrieren. Und dass er ein guter und erfahrener Journalist war, dessen Ego es schmeichelte, den Mentor und Konkurrenten zu spielen, war Teil der Abmachung. Seine Artikel zu schreiben war eine Art Lehre. Wie Ned selbst immer ironisch sagte: »Schreiben lernt man nur, indem man schreibt.« Obwohl Marie an jeder Entscheidung zweifelte, die sie je getroffen hatte, wurde ihr klar, dass nichts gewonnen war, wenn sie die Verantwortung dafür leugnete.

VI AUSSTELLEN

Es gibt kein Argument für die Unterdrückung der obszönen Literatur, das nicht in unvermeidlicher Folge zur Rechtfertigung aller anderen Beschränkungen, die der Freiheit des Geistes auferlegt wurden, dienen würde oder bereits gedient hätte. *D. H. Lawrence*

Wenn es keine Bücher gäbe, wären die Menschen dem Sex hilflos ausgeliefert. *Wiener Buchhandlung*

Meine sexuellen Vorlieben könnte man wahrscheinlich pornografisch nennen. Ich mag es hart, so wie in Pornofilmen. Ich glaube, ich war schon mit drei pervers veranlagt. Ich habe Frauen gern unter die Röcke geguckt.
Lisa Marie Presley

Was für den einen Pornographie ist, mag für einen andern das Gelächter des Genies sein. *D. H. Lawrence*

Hoffentlich wird eines schönen Tages sich jemand damit verteidigen, daß sein Werk a) pornographisch ist, b) ernsthaft und c) wertvoll für Gesundheit und Leben der Republik. *Norman Mailer*

Für manche Frauen bedeutet Erröten lediglich, daß die Seele ein wenig Rouge auflegt. *André Maurois*

Schön, wenn man die Frau fürs Leben gefunden hat. Schöner, wenn man noch ein paar mehr kennt.
Woody Allen

Französische Huren: man kann sich die Liebe gradweise bestellen. Erster Grad: 5 Franken. Dann sind sie gewissermaßen Jungfrauen, die sich duldend und leidend in's Unvermeidliche ergeben; sie werden auf gelinde Weise genothzüchtigt. Zweiter Grad: 10 Franken. Nun werden sie Ehefrauen, die noch nicht zu lange verheiratet sind und die den Mann gut zu stimmen suchen, weil sie einen Shawl zu erküssen wünschen. Sied-Grad: 15 Franken. Dann sind sie Alles, was sie seyn sollen.

Friedrich Hebbel

Es gibt keinen Genuß, der sich nicht auf Prostitution zurückführen ließ. *Charles Baudelaire*

Mich dürstet nach Vergewaltigung – wer es auch sei.
Alma Mahler-Werfel-Gropius-Kokoschka-Schindler

Lieber etwas weniger Moral
und etwas äußere Oberschenkel. *Gottfried Benn*

Wie die Liebe zum Geld die Wurzel allen Übels ist, so ist die Schamhaftigkeit die Wurzel allen Elends.
Stephen Fry

In Kleinigkeiten wundern wir uns nicht über die Geschmacksunterschiede, sobald es sich aber um die Wollust handelt, geht der Lärm los. *Marquis de Sade*

Ich mache Sex nur noch, um meine Kopfschmerzen loszuwerden. *Wolf Wondratschek*

Es gibt nur drei Abnormalitäten: die Abstinenz, den Zölibat und die späte Ehe. *Alfred Kinsey*

Selbst in der Tugend ist der letzte Zweck unseres Trachtens die Wollust. *Michel de Montaigne*

Daß verhohlene Geilheit und Prüderie gemeinhin auf einem Holze wachsen, ist eine nicht erst durch Sigmund Freud bekannt gewordene Allerweltswahrheit.
Peter Rühmkorf

In der Literatur geht es vor allem um Sex und weniger ums Kinderkriegen. Im Leben ist es genau umgekehrt.

David Lodge

Wenn eine andere Generation den Menschen aus unseren empfindsamen Schriften restituieren sollte, so werden sie glauben, es sei ein Herz mit Testikeln gewesen. Ein Herz mit einem Hodensack.

Georg Christoph Lichtenberg

Leb wohl, ich küsse Dich dorthin, wohin ich Dich küssen werde, wohin ich Dich küssen wollte; ich lege meinen Mund darauf, ich dränge mich über Dich. Tausend Küsse. O gib mir welche! gib mir welche!

Gustave Flaubert

Nelly Arcan
Die Geilste

Es fiel mir leicht, mich zu prostituieren, denn ich habe immer gewußt, daß ich anderen gehöre, einer Gemeinschaft, die einen neuen Namen für mich aussucht, die bestimmt, wer mich wann besuchen darf, die mir jemanden vorsetzt, damit er mir sagt, was ich zu tun habe und wie ich es machen soll, was ich sagen darf und wo ich zu schweigen habe, ich wußte immer, wie ich es anstelle, um die Kleinste oder die Geilste zu sein, und zu jenem Zeitpunkt arbeitete ich bereits als Bedienung in einer Bar, in der auch Huren verkehrten, aber auch Freier, Freier, die mir etwas mehr Trinkgeld gaben, als nötig gewesen wäre, und die mich dadurch nötigten, ihnen ein bißchen mehr Aufmerksamkeit zu schenken, als nötig gewesen wäre, und so hat sich mit der Zeit auf natürliche Weise eine gewisse Zweideutigkeit eingeschlichen, mehrere Monate lang haben sie mit mir gespielt und ich mit ihnen, bevor ich mich zu dem Weg entschloß, zu dem ich mich so stark hingezogen fühlte, und wenn ich heute darüber nachdenke, kommt es mir so vor, als hätte ich gar keine andere Wahl gehabt, als wäre ich schon zur Hure geweiht gewesen, als wäre ich schon Hure gewesen, bevor ich es geworden bin, ich mußte nur die englischsprachige Tageszeitung aufschlagen und die Seiten mit den Hostess-Anzeigen finden, ich mußte nur das Telefon nehmen und die Nummer der wichtigsten Agentur in Montreal wählen, die, wie es in ihrer Anzeige heißt, nur die besten Hostessen nimmt und nur die beste Klientel hat, das heißt, bei der die jüngsten Frauen arbeiteten und die reichsten Männer verkehrten, männlicher Reichtum und weibliche Jugend sind schon immer unzertrennlich gewesen, das weiß ja jeder, und da ich noch sehr jung war, wurde ich mit Begeisterung genommen, man kam sogar, um mich zu Hause abzuholen, und steckte mich sogleich in ein Zimmer, wo ich fünf oder sechs Freier hintereinander empfangen habe, Anfängerinnen seien immer sehr gefragt, erklärte man mir, sie müssen nicht einmal besonders hübsch sein, ein einziger Tag in diesem Zimmer hat gereicht, und ich hatte das Gefühl, mein ganzes Leben lang nichts anderes gemacht zu haben. Mit einem Schlag war ich um Jahre gealtert, aber ich habe auch sehr viel Geld verdient, ich habe Freundinnen gewonnen, mit denen man gemeinsame Sache machen konnte, das war möglich, und gleichzeitig fürchtete ich mich davor, denn es gründete auf gemeinsamem Haß, dem Haß auf die Freier, doch sobald wir uns außerhalb der Prostitution bewegten, wurden wir wieder zu ganz normalen Frauen, gesellschaftlich unauffällig und Feindinnen.

Ksemendra

Zeit des Genießens

In meinen frischen Jugendjahren kam früher einmal der Sohn eines Brahmanen, mit Namen Çankaravâhana, zum Liebesspiele in mein Haus. Als ich diesen Keuschheitsschüler erblickt hatte, der gleichsam aus Enthaltsamkeit des Liebesgenusses überaus kräftig und gesundheitsstrotzend in zarter Jugend mir gegenüberstand, dachte ich voller Bestürzung:

»Ein saftiger Bursche ist der, und lang ist die Nacht, ich aber bin von den Liebhabern schon derbe angefaßt worden, darum muß ich darauf sehen; daß ich ihn vom Liebesspiele zurückhalte, wenn ich's vermag!«

Und als ich so lange überlegt hatte und die Zeit des Genießens schon nahe war, verbrachte ich die erste Nachtwache mit diesen und jenen Gesprächen und unermüdlich plaudernd.

Doch unaufhörlich wiederholte er: »Laß ab davon. Was willst du noch mehr reden? All das hab' ich schon dort und hier vernommen. Der Schlaf will sich mir auf die Augen senken!«

Und wie mein Redeknäuel abgewickelt war, stieß ich, um das Liebesspiel mit ihm abzuwenden, einen Kolikanfall heuchelnd, Schmerzensschreie aus.

Er aber, der von Natur schon ein Einfaltspinsel war, vertraute in seiner Verblendung auf die Wahrheit meiner Worte und rieb mir überall die Glieder, auf daß die Kolik schwinde. Und während er des Eifers voll meine Glieder sachte rieb, verging einem Augenblicke gleich wie aus Gefälligkeit leise, leise die Nacht.

Als es aber licht wurde, dachte ich, während ich ihn um das Liebesspiel brachte:

»Den saudummen Jammerkerl habe ich mit der Kolik angeführt! Der Junge, der so dumm wie ein Schafbock ist, hat mir den vierfachen Nachtlohn gereicht. Nach dem Rechte der Ausschließung vom Liebesspiel fordert er ihn gewißlich wieder zurück. Dann muß er zuerst einen kleinen Vorgeschmack von der Lustvereinigung irgendwie bekommen; hat er den Rest der Wollust gehabt, wie sollte er da nach seinem Rechte verlangen dürfen!«

Nach solchen Erwägungen hub ich mit schwindender Nacht den Liebeslustgenuß an und küßte ihn wie aus Liebe, um den Kaufpreis einstreichen zu dürfen. Als er die Kuppel der Liebe bestiegen hatte, wandte ich mit verstelltem Liebesgespräch ein Verfahren an, das auf seine Beglückung abzielte.

»Ach du Süßer! Deine Glieder fühlen sich an als ob man Amrita berühre. Ganz deutlich habe ich es nun im Augenblicke verspürt. Als du mit deinem geheimen Gliede diesen meinen Berg der Liebeslust berührtest, ist, ich weiß nicht wie und wohin, meine Kolik verschwunden. Um meiner guten Taten in früherem Leben willen bist du heute zu mir gekommen.«

Nachdem er also meine Rede vernommen hatte, füllten seine Augen plötzlich sich mit Tränen, mitten im Liebesspiel hörte er von Kummer überwältigt auf, im Herzen sehr von Reue gequält, schlug er mit der Faust auf die eigene Brust und Stirn und rief: »Wehe, o weh des Unglücks! Ich bin verloren!«

Sprach er dann also zu mir:

»Früher wußte ich nicht, daß die Vereinigung mit meinen Gliedern den Weibern wie ein Edelstein, ein Zauberspruch oder ein Kräutlein die Kolik vertreibt. O ich Armer an Tugendverdienst! Meine Mutter, die mir eine Mutter der Zärtlichkeit war, ist, o meine Schöne, an langwährender Kolik des Todes gestorben. Hätt' ich dies sichere Heilmittel gekannt, so wäre mir armen Narren nicht die Trennung von der Mutter beschert worden!«

So sprach er, weinte, rief: »Ich bin betrogen worden!« und lief von hinnen, gleichsam ein hornloser Ochse, der nur durch seine Menschengestalt Zweifel aufkommen ließ, daß er nicht wirklich ein Hornvieh sei.

Pietro Aretino
Der Hurenberuf

Nanna: Das Hurengewerbe ist also kein Beruf für 'ne Dumme; und darum habe ich's, die ich Bescheid weiß, es mit dir gar nicht so eilig. Es genügt nicht, die Röcke hochzuheben und zu sagen: »So! Meinetwegen kann's losgehen!« Man muß was anderes können, sonst macht man Bankrott am selben Tage, wo man die Bude eröffnet. Nun wollen wir zum Mark kommen: Es wird sich so machen, sobald man hört, daß du den Betrieb eröffnet hast, daß viele zuerst bedient sein möchten, und da werde ich einem Beichtvater gleichen, der eine aufgeregte

Menge zu beschwichtigen hat, so viele ›Pst! pst!‹ werden mir von den Abgesandten, von diesem und jenem in die Ohren getuschelt werden, und du wirst immer von einem Dutzend vorausbestellt sein, so daß wir wünschen möchten, die Woche hätte so viele Tage wie ein Monat. Ich sehe mich schon in meiner Rolle, wie ich einem Diener des Herrn soundso antworte: »Es ist ja wahr, meine Pippa hat sich ihr Blümchen pflücken lassen – der liebe Gott mag wissen, wie das zugegangen ist! Dieser Kuh, der Kupplerin, dieser Spitzbübin, der werde ich's schon heimzahlen; meine Tochter ist ja reiner als eine Taube – die hat keine Schuld daran, und – auf Nannas Wort! – sie hat's nur ein einziges Mal getan! Ich müßte ja eine wahre Barbarin sein, mein eigenes Kind so herzugeben. Aber Seine Gnaden hat mich so völlig bezaubert, daß ich's nicht über die Lippen bringe, dem Herrn nein zu sagen. Gleich nach dem Ave-Maria wird meine Pippa bei ihm sein.« Im Augenblick nun, wo der Bote sich gerade wieder trollen will, um die Bestellung auszurichten, da mußt du durchs Haus gelaufen kommen; tu, als ob deine Flechten aufgegangen seien, und laß die Haare über den Nacken herabfallen. Und wenn du in das Zimmer trittst, so erhebst du dein Gesicht ein wenig, so daß der Lakai einen schnellen Blick auf dich werfen muß.

Pippa: Wozu ist das gut?

Nanna: Das ist gut, weil alle diese Burschen ihre Herren begaunern und beschwindeln. Der, von dem ich spreche, wird zu seinem Herrn springen, um sich bei ihm lieb Kind zu machen, und wird ihm ganz atemlos und aufgeregt sagen: »Gnädiger Herr, ich habe mir soviel Mühe gegeben, daß es mir gelungen ist, das Mädchen zu sehen; Zöpfe hat sie, die gleichen Goldfäden, zwei Augen, die's mit denen eines Falken aufnehmen können. Und noch eins: ich habe so ganz beiläufig von Euch gesprochen, um zu beobachten, welchen Eindruck Euer Name machen würde; wahrhaftig, ich glaube, das ist eine, die man mit einem Seufzer in Brand stecken kann.«

Pippa: Welchen Vorteil können mir denn solche Schnäcke bringen?

Nanna: Sie werden dem, der Lust nach dir hat, eine sehr gute Meinung von dir beibringen; die Stunde, die er auf dich warten muß, wird ihm so lang vorkommen wie tausend Jahre. Was meinst du, wie viele Esel es nicht gibt, die sich schon verlieben, wenn sie bloß 'ne Zofe das Lob ihrer Herrin singen hören, und denen das Wasser im Munde zusammenläuft, bloß weil diese Lügnerinnen und Schelminnen ihre Herrschaft über den grünen Klee loben!

Pippa: Dann sind, wie's scheint, die Zofen von derselben Sorte wie die Bedienten?

Nanna: Schlimmer noch! Nun, du gehst also zu dem reichen Herrn, den ich hier als Beispiel herausgreife, ins Haus, und ich begleite dich. Bist du bei ihm angekommen, so wird er dir entgegengehen, entweder bis oben an die Treppe oder gar bis an die Haustür. Du bringst deine Kleider in Ordnung, die sich unterwegs vielleicht ein bißchen verschoben haben, und hältst dir hübsch stramm die Arme an den Leib. Einen flüchtigen Blick wirfst du auf die Gesellschafter des Herrn, die, wie sich's gehört, sich ein wenig zur Seite halten, dann heftest du bescheiden deine Blicke in die seinigen, machst ihm eine parfümierte Reverenz und bringst deinen Gruß an, wie es – so sagt die Perugina – die Frauen und Wöchnerinnen zu machen pflegen, wenn die Verwandten ihres Mannes oder die Gevattern ihr die Hand schütteln.

Pippa: Dabei werde ich aber vielleicht rot werden.

Nanna: Aber das wäre ja reizend! Denn die Schminke, die die Schamhaftigkeit über die Wangen eines jungen Mädchens breitet, raubt den Männern die Herzen.

Pippa: Das ist ja dann gut.

Nanna: Wenn die Zeremonien gebührend erledigt sind, wird der Herr, mit dem du die Nacht zu schlafen hast, zuallererst dich an seiner Seite niedersitzen lassen, und wenn er dich an der Hand zu deinem Platze führt, wird er auch mir einige Freundlichkeiten sagen. Ich aber werde, um die Aufmerksamkeit aller Gäste auf dein Gesicht zu lenken, fortwährend mit den Augen an deinem Antlitz hängen, als ob ich ganz betäubt sei ob deinen Schönheiten. Und da wird er denn gar bald sagen: »Madonna, Eure Mutter hat ganz recht, daß sie Euch anbetet, denn andere Frauen bekommen Kinder, sie aber hat einen Engel zur Welt gebracht?« Und sollte er etwa, nachdem er solche Worte gesprochen hat, sich zu dir neigen, um dich aufs Auge oder auf die Stirn zu küssen, so wende dich sanft ihm zu und stoße einen Seufzer aus, den aber kaum nur er alleine hören kann. Und wenn es dir möglich wäre, dabei das Erröten hervorzubringen, wovon wir vorhin sprachen, so hättest du ihn sofort an deiner Angel.

Pippa: Wirklich, ja?

Nanna: Aber ganz gewiß!

Pippa: Warum?

Nanna: Darum, weil der Seufzer und das gleichzeitige Erröten Zeichen der Verliebtheit sind, und ein Beweis, daß du dich in ihn zu vergaffen beginnst. Und da alle anderen sich natürlich zurückhalten, so wird der Herr, der die nächste Nacht den Genuß von dir haben soll, anfangen sich einzubilden, du seist ganz verschossen in ihn, und das wird er um so leichter glauben, je mehr du ihn mit deinen Blicken verfolgst. Während er nun fortwährend mit dir plaudert, wird er dich ganz allmählich in eine Ecke ziehen, und da wird er mit den süßesten und allergewähltesten Worten das Gespräch auf Liebe und solchen Firlefanz bringen. Da mußt du ihm denn treffend zu antworten wissen; gib dir rechte Mühe, mit sanfter Stimme ein paar Worte zu sagen, die nicht nach dem Puff riechen. Inzwischen wird die Gesellschaft, die derweil mit mir gescherzt hat, sich an dich heranmachen wie Nattern, die sich durchs Gras heranschlängeln, und lachend und witzelnd wird dir der eine dies, der andere jenes sagen. Da paß dann gut auf, und magst du nun sprechen oder magst du schweigen – das Sprechen und das Schweigen müssen in deinem Munde schön erscheinen. Wenn du dich zu diesem oder zu jenem zu wenden hast, so sieh ihn nicht mit geilen Blicken an, sondern so, wie Mönche keusche und ihren Gelübden gehorsame Nonnen ansehen. Und nur den Freund, der dir Tisch und Bett gibt, beglücke mit sehnsüchtigen Blicken und schmachtenden Worten. Und wenn du lachen willst, so brülle nicht nach Hurenart laut auf, wobei du die Kinnbacken auseinander reißest, daß man dir bis hinten in den Rachen hinuntersieht – nein! sondern lache so, daß kein einziger Zug deines Gesichtes dadurch verunschönt wird. Im Gegenteil, verschöne es durch ein Lächeln, durch einen Augenaufschlag, und laß lieber einen Zahn fallen als ein häßliches Wort. Schwöre nicht bei Gott oder bei den Heiligen, versteife dich nicht darauf, etwas zu bestreiten: »Nein, so ist's nicht gewesen.« Erzürne dich nicht über Bemerkungen, wodurch diese Art Herren unsereins so gern ein bißchen in Harnisch bringen. Denn eine, die jeden Tag mit einem andern Hochzeit feiert, die muß ihren Schmuck nicht in samtenen Kleidern sehen, sondern im liebenswürdigen Wesen, und muß in jeder Gebärde die Dame hervorkehren. Und wenn du dann zu Tisch gerufen wirst, so sei immer die erste, dir die Hände zu waschen und an deinen Platz zu gehen; setze dich aber erst, nachdem es dir mehr als einmal gesagt ist, denn wer sich selbst erniedrigt, der wird erhöhet werden.

Pippa: So werd ich's machen.

Nanna: Wenn dann der Salat kommt, so stürze dich nicht darauf wie die Kuh aufs Heu, sondern nimm ganz klein-winzige Bißchen und mache dir kaum die Fingerspitzen fettig, indem du sie zum Munde führst. Und den Mund senke nicht auf den Tisch nieder, wie wenn du das Essen damit vom Teller schnappen wolltest, wie man's so manche Schlampe machen sieht, sondern sitze voller Majestät da und strecke mit anmutiger Gebärde die Hände aus; wenn du zu trinken wünschest, so nicke dem aufwartenden Lakaien zu; wenn aber die Karaffen auf der Tafel stehen, so bediene dich selber. Und fülle nicht das Glas bis zum Rande, sondern nur ein bißchen höher als bis zur Hälfte, setze voll Anmut die Lippen an und trinke niemals ganz aus.

Pippa: Wenn ich nun aber großen Durst habe?

Nanna: Einerlei. Trinke trotzdem wenig, damit man dich nicht als Schlemmerin und Trunkenboldin verschreit. Kaue auch nicht die Speisen mit offenem Munde, indem du auf widerwärtige und unappetitliche Art dabei schmatzest, sondern mach es so, daß du kaum zu essen scheinst. Während du issest, sprich sowenig wie möglich, und wenn dich nicht etwa andere fragen, so fange nicht von selber an zu schwatzen. Und wenn einer der Gäste, der die Speisen vorlegt, dir einen Hühnerflügel, ein Stück Kapaunen- oder Rebhuhnbrust anbietet, so nimm es mit einer Verbeugung, sieh aber dabei deinen Liebhaber an; dadurch bittest du ihn um Erlaubnis, ohne ausdrücklich ein Wort zu sagen. Und wenn du mit dem Essen fertig bist, so rülpse nicht – um Gottes willen!

Pippa: Wenn mir nun aber doch mal unversehens ein Rülpser entführe?

Nanna: Brrr! Da würden nicht nur die Ekligen, es würde die Ekelhaftigkeit selber Ekel vor dir haben.

Pippa: Wenn ich nun alle Eure Lehren und noch mehr beobachte, wie wird's dann weiter kommen?

Nanna: Da wirst du den Ruf erlangen, die tüchtigste und anmutigste Kurtisane von der Welt zu sein, und ein jeder wird sagen, wenn er über dich mit einem anderen spricht: »Verlaßt Euch drauf, der Schatten von Signora Pippas alten Schuhen ist mehr wert als dieunddie und jeneundjene in Schuhen und Kleidern!« Und alle, die dich kennen, werden deine Sklaven bleiben und werden überall von deinen Vorzügen predigen; und du wirst ebenso begehrt sein, wie man die andern flieht, die sich wie Spitzbübinnen und Landstreicherinnen benehmen. Und denke, wie stolz ich dann auf dich sein werde!

Pippa: Was muß ich denn machen, wenn wir mit dem Essen fertig sind?

Nanna: Unterhalte dich ein kleines Weilchen mit deinem Nachbarn; verlaß aber ja nicht den Platz neben deinem Anbeter. Wenn's Bettzeit ist, läßt du mich nach Hause gehen, du selbst aber sagst respektvoll: »Gute Nacht, meine Herrschaften!« Und hüte dich mehr als vorm Feuer, daß man dich nicht pissen sieht oder hört, auch geh nicht auf den Abtritt und benutze nicht dein Taschentuch, um dich abzuwischen; denn alle diese Sachen würden den Hühnern übel machen, die doch an jedem Scheißdreck herumpicken. Wenn du aber mit ihm hinter verschlossener Tür in der Kammer bist, sieh dich fleißig um, ob du nicht irgendein Handtuch oder ein Häubchen entdeckst, das dir passen könnte; bitte nicht darum, aber lobe die Handtücher und die Häubchen.

Pippa: Zu welchem Zweck?

Nanna: Damit der Hund, der auf die Hündin will, dir das eine oder andere zum Geschenk anbiete.

Pippa: Und wenn er sie mir anbietet?

Nanna: Drück ihm 'nen Kuß auf, mit 'nem kleinen Zungenschlag, und nimm an.

Pippa: Das werde ich machen.

Nanna: Während er sich dann mit Kuriergeschwindigkeit zu Bette begibt, ziehst du dich ganz sachte aus und murmelst dabei einige Worte zu dir selber, die du noch ab und zu mit einem Seufzer untermischst; auf diese Weise kann er nicht umhin, dich zu fragen, sobald du dich ihm zur Seite legst: »Worüber seufzet Ihr denn, liebe Seele?« Dann presse noch einen Seufzer hervor und sage: »Euer Gnaden haben mich behext!« Und mit diesen Worten umschlinge ihn ganz fest und küsse ihn und küsse ihn immerzu, so stark du nur kannst, dann schlag ein Kreuz, wie wenn du's beim Eintreten ins Zimmer vergessen hättest, und wenn du kein Gebet oder sonst was Ähnliches sagen willst, so bewege ein bißchen die Lippen, damit es so aussieht, als ob du betest wie eine, die das in allen Lebenslagen zu tun gewöhnt ist. Nun wird der Kerl, der in seinem Bett schon auf dich wartete wie einer, der mit einem Wolfshunger sich zu Tische gesetzt hat, ehe noch Brot und Wein aufgetragen sind – nun wird der Kerl, sage ich, dir mit den Händen die Brüste streichen und wird sein Gesicht in sie vergraben, wie wenn er daraus trinken wollte, dann wird er den Bauch tätscheln und so allmählich sich zu deinem Mäuschen hinunterarbeiten; und nachdem er sie ein bißchen befingert hat, wird er anfangen, dir die Lenden zu betätscheln, und dann kommen die Hinterbäckchen dran, die eigentlich unser Unglück sind, denn sie ziehen unwiderstehlich die Hand an, sag ich dir; und nachdem er sie ein bißchen beklopft hat, wird er dir sein Knie zwischen die Beine schieben, um zu versuchen, ob du dich nicht umdrehst; indessen wird er es dieses erste Mal nicht wagen, dich geradezu darum zu bitten. Da bleibe mir aber fest, und sollte er etwa anfangen zu winseln und das Püppchen zu spielen und sonderbare Manieren zu zeigen, so dreh dich auf keinen Fall um.

Pippa: Und wenn er mir nun Gewalt antut?

Nanna: Man tut keiner Gewalt an, Närrin!

Pippa: Aber was ist denn weiter dabei, ob er mir's ein bißchen weiter vorne oder hinten macht?

Nanna: Äffchen! Du sprichst wirklich wie 'ne Närrin, die du bist. Sag mir schnell, was ist mehr wert: ein Julius oder ein Dukaten?

Pippa: Jetzt versteh ich: Das Silber ist nicht so viel wert wie das Gold.

Nanna: Richtig! Und jetzt fällt mir ein famoser Streich ein.

Pippa: Sagt ihn mir doch!

Nanna: Ein wirklich famoser, ein ganz ausgezeichnet famoser!

Pippa: Bitte, bitte, Mamachen!

Nanna: Wenn er dir also das linke Bein zwischen die Schenkel schiebt, um dich zu seiner Bequemlichkeit umzudrehen, so befühle ihn, ob er nicht irgendwelche Kettchen am Arm oder Ringe am Finger hat; und während der Brummer um dich herumschnurrt wegen der Versuchung, in die ihn der Duft des Bratens bringt, sieh zu, ob er sich seine Sachen wegnehmen läßt. Wenn ja, so laß ihn machen; sobald du ihm sein Geschmeide abgenommen hast, wirst du ihn ganz leicht nach allen Regeln der Kunst anführen; läßt er sich aber nichts wegnehmen, so sage ihm geradeheraus: »Wie? Euer Gnaden befassen sich mit solchen häßlichen Sachen von hinten?« Wenn du das sagst, wird er's auf vernünftige Art mit dir machen, und wenn er auf dich hinaufgeklettert ist, dann tu deine Schuldigkeit, meine Tochter, tu deine Schuldigkeit, Pippa; denn die Liebkosungen, mit denen wir den Ringelstechern helfen, daß sie fertig werden, die sind ihr Ruin; die Süßigkeit, die wir ihnen verabfolgen, bringt sie um. Und dann: Eine Hure, die damit gut umzugehen weiß, die ist wie ein Posamentierer, der seine Waren teuer verkauft; man kann wirklich nur einem Posamentenladen die Scherze, Spiele und Belustigungen vergleichen, die eine ausgelernte Hure verabfolgt.

Michalis Pantelouris
Goldenes Dreieck

Eigentlich ist es der Moment, auf den ich mich hätte freuen sollen. Als die Prostituierte die Lobby betritt, weiss ich nicht, wie ich mich zu erkennen geben soll. Die Hand heben? Und was, wenn sie es nicht ist. Sie sieht aus, wie sie gesagt hat, dass sie aussehen würde, aber so sehen viele aus. Blond, eher fein, ein Deux-pièces, das im Zweifel auch im Büro gehen würde, vielleicht besser ohne das Décolleté und vor allem ohne die Spitzen im Décolleté, aber sonst, kein Problem. Schön sogar, wirklich schön. Ja. Aber was, wenn ich sie anspreche, und sie ist es nicht? Glaubt mir diese hier dann, dass ich ein Blind Date habe, oder weiss sie sofort Bescheid? Oder, hallo, was, wenn diese hier eine Prostituierte ist, aber nicht meine, und wir gehen los, so wie man manchmal vor einem Restaurant ins falsche Taxi steigt, weil zwei Tische gleichzeitig welche gerufen haben. Ich bin nervös.

Natürlich geht es um Sex, irgendwie, vielleicht sogar vor allem, wie sich ja bei Männern irgendwie alles um Sex dreht, wenn man den Psychoanalytikern glauben darf. Wenn die Frau hereinkommt, wenn sie geht, wenn sie lächelt, wenn sie spricht, wenn sie eine Hand auf meinen Arm legt, wie sie riecht, ihre Berührung, das Blitzen in ihren Augen, die Gesten, die aufregende Übereinkunft, dass wir gleich miteinander sehr intime Dinge tun werden, die wir mit sehr vielen Menschen nicht tun, obwohl wir sie sehr viel besser kennen – es geht natürlich um Sex, um bezahlten Sex in diesem Fall, in seinen vielen Variationen. Ein Mann kann für fünfzig Franken Sex an der nächsten Strassenecke bekommen, so etwas wie die Bratwurst-Version, in der Bude an der Langstrasse, oder er kann Hunderte und Tausende Franken dafür bezahlen, die Gourmet-Version, die Drei-Sterne-zwanzig-Hauben-Version. Eine Art Bratwurst mit Fleisch vom Kobe-Rind muss das sein, gestopft mit Trüffeln und gereicht mit einem Pétrus. Was muss das für Sex sein? Gibt es diese Unterschiede? Gibt es in dem Markt der sexuellen Dienstleistung tatsächlich die Ferraris, die das Zehn- und Zwanzigfache der Konkurrenz wert sind?

In der Realität geht sie wie jemand, der es gewohnt ist, dass man ihm ausweicht. Sie sieht mich durch den ganzen Raum an, ohne auf ihre Füsse zu achten, wie ich es tun müsste. Ich weiss nicht, wie sie mich erkannt hat, jetzt, heute denke ich, ich habe wahrscheinlich die Hand ein bisschen gehoben, als sie in die Lobby getreten ist, so »hier drüben, hier bin ich«, wie ein Schüler, der vielleicht die richtige Antwort ahnt, aber nicht ganz sicher ist. »Hallo«, sagt sie, und ihre Stimme ist einen Hauch dünner und einen Hauch weniger selbstbewusst als der Rest des Auftritts, »ich bin Diana.« Sie sagt das sexy, und ich werde nachher versuchen, zu erklären, was daran sexy war. Aber vorher das: Sie hat nicht gesagt, sie hiesse Diana. Sie hat einen andern Namen gesagt, von dem ich annehme, aber nicht sicher weiss, dass es nicht ihr richtiger ist. Ihr Name ist also geändert, weil ich das fair finde, schliesslich wusste sie nicht, dass ich diese Geschichte schreiben wollte. Ich kann nicht mit Sicherheit sagen, dass sie nicht Diana heisst. Es wäre ein extremer Zufall, aber möglich. Der Zufall ist ungefähr so gross wie der, dass sie und ich uns in der unbezahlten Realität getroffen hätten und irgendwie miteinander im Bett gelandet wären. Diana spricht praktisch perfektes Schweizerdeutsch. Sie sei aus Russland gekommen, sagt sie, zum Studieren, aber sie will offensichtlich nicht weiter darüber reden. Als ich frage, was sie studiert, sagt sie: »Du siehst ein bisschen aus wie mein Professor, mein Schatz!« Ich sage ihr, ich liebe Russland, und sie sagt: »Ich hätte gern, wenn es mehr Sonne hätte.« Und all das sagt sie so, dass mir erst jetzt auffällt, dass sie mir nicht zugehört hat.

Bei der Escort-Agentur, bei der ich Diana, wie sagt man, bestellt habe (sagt man bestellt, kann das sein?), habe ich gesagt, ich möchte mit ihr essen gehen. Das war mein Code für »Ich möchte eine, mit der man auch reden kann«, aber in der Escort-Agentur tat man am Telefon ganz lässig so, als wären alle Mädchen da tagsüber Professorinnen und würden nur aus Liebe zur Sache abends noch mit Leuten wie mir vögeln. »Eine stilvolle und charmante Begleitung für jeden Anlass«, hat mir die Frau versprochen, »die Diana zum Beispiel, das ist ganz eine Süsse, sehr elegant und dabei total natürlich.« Ich nehme an, dass das ihr Code für irgendetwas war, ich habe ihn nicht verstanden. Aber Diana sagte: »Na, Schatz, gehen wir etwas essen?«, und das war nicht natürlich, aber verlockend, weil es charmant war und trotzdem keinen Widerspruch duldete. Das unterscheidet wahrscheinlich teure Huren von billigem Sex: Du bezahlst sie nicht für eine Dienstleistung wie eine Putzfrau, sondern du engagierst einen Profi für dein Sexualmanagement. Du bist zwar immer noch der Shareholder, aber wie deine Jahresbilanz zustande kommt, das überlässt du der Expertin. Für Männer, die den ganzen Tag Befehle geben, mag das befreiend sein. Geil ist es sicher.

Ein paar Namen sind berühmt geworden: Christine Keeler zum Beispiel, die Anfang der sechziger Jahre gleichzeitig mit dem englischen Kriegsminister und einem KGB-Spion verkehrte und so zum Sturz der Regierung Macmillan beitrug. Ist es zu erklären, warum ein Minister sich mit einer jungen Hure einlässt? Oder Heidi Fleiss, die »Hollywood Madame«, die Filmstars die Mädchen für ihre Orgien lieferte. Filmstars, die ohnehin jede Nacht zehn Frauen ins Bett kriegen würden, oder hundert, oder wie viele sie eben wollen. Charlie Sheen war auf dem Höhepunkt seiner Karriere, und es gab wenig junge Frauen, die nicht alles für ihn getan hätten, und die wenigen lebten ganz sicher nicht in Kalifornien. Aber er gab 15000 Dollar die Nacht für Nutten aus. Ist das zu erklären? Was ist so toll an ihnen? Was ist der Luxus an Luxusnutten?

Diana bestellt keinen Champagner, sondern Wodka Tonic. Sie behandelt mich, als wäre sie total verliebt. »Wie stellst du dir deinen Abend vor, mein Schatz?« Dabei fasst sie mir an die Wange und hält mir ihr Décolleté hin. Sie riecht gut, ich kenne das Parfüm nicht, wenn es überhaupt eines ist, aber den Geruch kenne ich. Stripperinnen riechen so, wahrscheinlich ist es irgendeine ganz billige Körpermilch, von der mal irgendeine Frau bemerkt hat, dass sie bei Männern niederste Instinkte auslöst. Sie reibt ihr Bein an meinem, nur Schienbein an Schienbein. Ich hatte ein ganz kleines bisschen erwartet, mit einer teuren Prostituierten könnte man über Malerei reden oder über Architektur, aber sie geht auf meine Hinweise nicht ein, und irgendwie habe ich keine echte Lust darauf.

Im wahren Leben ist das eine ausgefuchste Situation: Ein Mann und eine Frau an der Bar, die durch Charme und Baucheinziehen versuchen, den anderen ins Bett zu locken. Wobei vor allem der Mann lockt und die Frau überlegt, ob sie sich locken lässt. Aus Männersicht haben Frauen es leichter, weil sie es in der Hand haben, was passieren wird. Mit Diana und ihren Kolleginnen ist es anders. Ich habe es in der Hand. Leichter wird es dadurch nicht, im Gegenteil: Wenn man weiss, dass alle Wünsche in Erfüllung gehen, ist man sehr vorsichtig damit, Wünsche zu äussern. »Mein Schatz«, sagt sie, »hast du erotische Träume?« Sie sagt das in einer Bar, so leise, dass hoffentlich nur ich es höre, aber ich meine, hallo? »Klar hab ich, klar«, wer denn nicht?

Bei den Agenturen, die teure Frauen und Mädchen vermitteln, sucht man solche, die Spass daran haben, am Geld natürlich, aber auch an dem angeblich so häufigen Reisen (es gibt keine Zahlen darüber, aber natürlich schwören Agenturchefs, dass viele Geschäftsreisende Mädchen wochenendweise mit nach Monte Carlo nehmen und Scheichs die Mädchen für Wochen nach Dubai einfliegen, für 10 000 Euro, cash auf die Hand, plus Spesen). Vor allem aber sollen die Mädchen Spass am Sex haben, »erotisch aufgeschlossen sein«, heisst das bei einem der »Escort-Services« im online abrufbaren Bewerbungsbogen. Diana sieht aus, als würde sie riesig glücklich sein, mit mir hier an dieser Zürcher Hotelbar zu sitzen. Sie wirkt auch so, als hätte sie wahnsinnigen Spass daran, mich ein bisschen heiss zu machen. Aber ich weiss, dass Frauen so etwas spielen können.

Natürlich war ich schon mal in einem Bordell, jeder Mann war das, statistisch gesehen (ich war schon zweimal, insofern könnte es statistisch gesehen sein, dass Ihr Mann die Wahrheit sagt, wenn er behauptet, er war noch nie, aber es ist unwahrscheinlich). Ich bin in Hamburg aufgewachsen, und hier auf der Reeperbahn wird man als Mann alle paar Meter von einem Mädchen angehalten, das in bestimmtem Ton sagt: »So, du kommst jetzt mal mit! Das wird dir gut tun.« Oft sind die Mädchen so schön, dass man denkt: »Mein Gott, warum muss die das tun?« Wahrscheinlich ist das männliches Denken. Die Mädchen tun genau das, was man mit Schönheit anfangen kann: Sie verkaufen sie. Ich weiss nicht, ob noch irgendjemand ernsthaft glaubt, die Mädchen machten das aus Spass.

Die deutsche Paradegeschichte vom Aufstieg und Fall einer Hure ist die Geschichte von Rosemarie Nitribitt, dem »Mädchen Rosemarie«, die es in den Wirtschaftswunderzeiten der fünfziger Jahre in die oberen Kreise der Frankfurter Gesellschaft schaffte und zu ihren legendären Gelagen in einem schwarzen Mercedes 190 SL Cabrio mit roten Ledersitzen vorfuhr, dem Symbol für alles, was jemals gut war an Deutschland. Über ihr Leben ist wenig bekannt, obwohl es zwei Filme und einen Roman darüber gibt, denn es wurde erst nach ihrem Tod bekannt. Am 1. November 1957 fand man sie erschlagen und erwürgt in ihrer Wohnung. Ihr Mörder konnte sich der Gerechtigkeit wohl für immer entziehen. Das war der Fall. Der Aufstieg: Sie stammte aus ärmlichen Verhältnissen, galt als schwererziehbar, landete in Heimen und verkaufte ihren

Körper früh (als die Polizei sie das erste Mal wegen Prostitution auflas, brachte man sie zurück ins Kinderheim). Am Ende ihres Lebens hatte sie es zu einem schicken Auto gebracht. Und die reichsten und angesehensten Familien der Stadt wurden im Zuge der Mordermittlungen vernommen, darunter die Krupps.

Es ist eine sehr deutsche Geschichte, die überall spielen könnte: Mit Hilfe des Körpers von ganz unten nach vermeintlich ganz oben, Frauen machen das als Geliebte oder Huren und Männer als Boxer oder Gangster. Aber dazu braucht es gewisse Qualitäten. Bei Boxern sind die klar. Bei Gangstern mehr oder weniger. Und bei Geliebten oder Huren?

Diana trinkt noch einen. Sie hat es, und das leuchtet mir im selben Moment ein, in dem es mir auffällt, überhaupt nicht eilig, mit mir auf mein Zimmer zu gehen. Sie ist lustig. Sie lacht immer wieder, aber nicht aufdringlich. Ich habe eine Website gesehen, auf der angeblich Fotos von ihr waren, allerdings war das Gesicht nicht zu sehen, insofern weiss ich es nicht ganz sicher, jedenfalls: Den Bildern nach ist ihr Schamhaar komplett rasiert. Ich könnte schwören, dass sie Strapse trägt. Dann fällt mir auf, dass ich sie fragen kann. »Trägst du Strapse?« – »Natürlich, mein Schatz!« Wahrscheinlich waren wir an diesem Abend die Einzigen, die diese beiden Sätze kausal hintereinander gesagt haben. Natürlich trägt sie Strapse. Es ist ihr Job. Als sie sexy sagte: »Ich bin Diana«, da war es ihr Job. Ihr Job ist, ein Geschenk an mich zu sein, aber eben nicht nur ein Körperteil wie bei einem schnellen Fick im Kreis 4, sondern eine ganze Frau, die ganze, unregierbare Frau, wie eine echte, mit dem einzigen Unterschied, dass sie mit dir schläft, wann du willst. Dass sie Spass will, wenn nicht für sich, dann in jedem Fall für dich, und den Unterschied merkst du nicht, weil sie so gut ist. Es ist eine Welt mit umgekehrten Vorzeichen. Normalerweise besteht der Sex-Appeal einer Frau darin, dass sie schwer zu haben ist, nur du könntest sie vielleicht knacken. Diese hier kann jeder haben, sie hat Spass daran. Nur, du musst dafür bezahlen.

Nach drei Drinks in anderthalb Stunden habe ich Diana gefragt, ob sie beleidigt sei, wenn ich nicht mehr mit ihr schlafe. Sie sagte nein, das ist okay. Das fand ich auch wieder nicht toll.

Kweli Walker
Schüchtern!

Heute nacht ist die Nacht, auf die ich gewartet habe. Heute nacht ist die Nacht, in der ich den schüchternen Mann wiedersehe. Ich hatte ihn zuvor schon gefragt, ob er etwas ganz Spezielles wolle, und er hatte sehr schnell »Ja« gesagt. Seine Stimme ist leise, aber so tief, daß sie durch mich hindurch zu grollen scheint. Meistens nickt er, oder er schüttelt den Kopf. Es ist immer eine Überraschung, wenn er tatsächlich mit mir spricht. Ich bemerkte den Beginn eines Lächelns in seinen Augen, als ich anfing zu stammeln und zu zappeln, während ich herauszufinden versuchte, wie ich ihn fragen könnte, was er wohl gerne hätte, und zwar so, daß er einfach mit dem Kopf Ja oder Nein machen kann. Es ist nicht so leicht, wie Sie vielleicht annehmen, und ich bin mit Recht stolz darauf, daß bei mir alles so glattgeht.

»Würde es Ihnen gefallen, wenn ich Sie überrasche?«

Wieder sprach er: »Ja.«

Er ist einer der Freier, die am meisten anders sind, und ich hatte schon einige Freier, die sehr... »anders« waren. Einmal hatte ich einen übergewichtigen Mann, der mich mit warmem Bratensaft überschüttete, meine beiden Brüste mit Butter beschmierte, oben drauf noch warme Salatsauce und Oliven, alles ratzekahl verputzte und sich dann meine Muschi schmekken ließ, als wäre sie der Erntedanktruthahn.

Vorletzten Winter hatte ich einen Zwerg, der sich auf der Bühne »Little Billy Williams« nannte. Er war Komiker. William kam hin und wieder, um eine »normale« (ich bin 1,70 Meter groß) Frau zu genießen, wenn seine »kleine Frau« ihn wegen seines Alkoholproblems anmeckerte. Er benutzte seinen Unterarm als Pimmel und kitzelte mir den Gebärmutterhals mit seinen kleinen stummeligen Fingerspitzen. Das Gefühl vergesse ich nie, aber ich täuschte Befriedigung vor. Ganz ehrlich gesagt, wurde ich von seiner Körpergröße genauso abgestoßen wie die meisten Frauen, aber ich werde dafür bezahlt, daß ich so tue, als gefiele es mir, egal, was es ist. Obwohl er ebenfalls im Illusionsgeschäft tätig ist, hat er meine Nummer nicht durchschaut. Hätte es einfach nicht ertragen. Schließlich habe ich ihn gebeten, mich zu heiraten, damit er abhaut und nie wiederkommt. Als er seine Scheidungspapiere und einen brillantgeschliffenen Dreikaräter als Verlobungsring anbrachte, mußte ich ihm die Wahrheit sagen. Er nahm den Ring, nannte mich ein paarmal Votze und Zicke, und ich habe ihn wochenlang nicht mehr gesehen, bis er über einen Freund einen Termin buchen ließ. Wider besseres Wissen gestattete ich ihm ein letztes Treffen, wg. Geschäftsaufgabe.

Als wir es zum letztenmal miteinander trieben, machte er seine gewohnte Übung – die Vaginalsonde mit dem gesamten Unterarm und einem Sperrfeuer schleimiger impotenter Küsse, aber diesmal studierte er mein Gesicht und meinen Körper wie beim Abschlußexamen. Ich reagierte wie üblich, aber als mir diesmal seine Brühe vom Knie auf den Knöchel rann, rammte er mir den Ring zwischen die Brüste und sagte: »Weißt du was ... Du bist ganz schön gut.« Seitdem habe ich ihn nicht mehr gesehen.

Nicht zuletzt waren da noch die eineiigen Zwillinge, die ihren Frauen (ebenfalls Zwillingen) sagten, sie wären an einen religiösen Ort der Besinnung gefahren, in Wirklichkeit aber zu mir gekommen waren, um mich ein ganzes Wochenende abwechselnd durchzuziehen. Ständig gab es Knatsch wegen nichts und wieder nichts. Sie haben bei unseren Sitzungen sogar eine Eieruhr benutzt, damit es auch schön fair zuging. Einer kam bei einem Jagd-»Unfall« um, und der andere ging dafür in den Knast. Ich habe ihn gebeten, er soll es lassen, aber er schreibt mir immer noch gelegentlich.

An der Oberfläche schien der schüchterne Mann überaus normal zu sein, aber das letzte unserer zwölf Treffen verfolgt mich noch immer. Er ist irgendwas über dreißig, großzügig, sieht gut aus und trug natürlich den obligatorischen Ehering. Üblicherweise gehört beim Ehering ein kleiner Schwatz dazu, erstmal ablabern ... eine Art Beichte ... eine Erklärung, warum sie zu mir gekommen sind. Bei Schüchtern kam so etwas nie vor.

Als Schüchtern zum erstenmal meine Dienste in Anspruch nahm, sagte er kein einziges Wort, und getrieben haben wir es auch nicht richtig. Er zeigte nur auf den Stuhl, und ich saß, wie eine Statue, fast eine Stunde lang da, in einem hauchzarten langen weißen Kleid mit einem bestickten Perlschnur-Slip drunter, nicht viel mehr als ein silberner Faden, der meine Hüften dekorierte, meine Muschilippen teilte und herausfordernd ein »V« schnitzte, welches meinen rot-braunen Arsch als zwei schöne große Vollmonde präsentierte.

Er starrte mich an wie in Trance; seine Augen schweiften langsam an meinem Körper auf und ab, betrachteten mein Diamantfußkettchen, meine sehr hochhackigen Silbersandaletten, schweiften ... meine langen glatten straffen Beine hinauf, prallten ab ... von Oberschenkel zu Oberschenkel, verweilten ... in der heißen rosa Spalte meiner wohlfrisierten Muschi, trieben weiter ... zum Diamanten, der von meinem Nabel baumelte, hinauf zu meinen Brustwarzen, die steif geworden waren, nur davon, daß sie sich am hauchdünnen Stoff rieben, während ich einfach so da saß ... einatmete und ausatmete und mich fragte, was ihm das brachte. Mich fragte, warum er mich nicht einfach berührte ... mich leckte ... mich fickte ... irgendwas. Jedenfalls was für sein Geld bekam. Es machte mich wahnsinnig!

Ich konnte sehen und hören, wie sein Atem schwerer wurde. Ich konnte durch den marineblauen Jersey-Satin seiner Turnhose sehen, wie sein Pimmel pulsierte, wobei er aber nicht Hand an sich legte... oder an mich. Ich mußte mich innerlich zur Ordnung rufen: »Hey, wenn es das ist, was er für zweihundert Ocken die Stunde will... dann will der Mann das. Denn genau das mache ich... Männern geben, was sie wirklich wollen.« Das passierte jedesmal, wenn er mich besuchte, die ersten sechsmal. Anders war nur jeweils, was er sich für mich an Anziehsachen oder Sitzhaltungen wünschte. Ich saß... er kuckte.

Als die zweite halbe Stunde unseres siebten Termins anbrach, wurde es interessant. Er holte tief Atem, erhob sich von dem eleganten grauen Ledersessel mir gegenüber, ging auf mich zu, mitsamt seinem Steifen, blieb direkt vor mir stehen und starrte auf meine Brüste herab. Sanft löste er die dünnen Träger meines Ausziehkleids aus platinfarbenem Samt. Es fiel, so daß ich bis zur Hüfte nackt war, aber immer noch saß. Er gab mir ein Zeichen, ich sollte aufstehen, ich ließ es fallen und stand komplett nackt in einer Pfütze aus weichem Silber. Er gab mir zu verstehen, ich solle mich umdrehen. Ich entsprach seinem Wunsch. Ich fragte instinktiv, ob er will, daß ich für ihn tanze, und er gebot mir rasch Schweigen, mit einem Finger vor den Lippen, und dann sollte ich mich wieder hinsetzen.

Die nächsten zehn Minuten saß ich nackt da, und er... sah mich an... bis er mir signalisierte, ich sollte die Beine spreizen. Da wurde mir klar, daß ich zum erstenmal, seit langer Zeit, ganz schön stimuliert war... und zwar so sehr, daß meine unteren Lippen, als ich mich rittlings hinsetzte, einen freudigen Schmatz machten und ich spüren konnte, wie die Nässe die Wände meiner Vagina hinunterzukriechen begann, die ebenfalls vor Erregung zu pulsieren anfing. Ich bin sicher, daß er das wußte, denn in dem Moment, als das geschah, kniete er vor mir nieder und begann auf ausgesprochen ursprüngliche Weise, am Duft zwischen meinen Oberschenkeln zu schnüffeln. Er war so nah dran, daß seine Nasenspitze und Lippen über mein Schambein und die inneren Schamlippen strichen, wie eine sanfte Brise, die im Frühling über die langen, zarten Grashalme streicht und sie bewegt. Plötzlich stand er auf, bezahlte mich für zwei Stunden, hinterließ ein großzügiges Trinkgeld auf meiner Frisierkommode und ging.

Ich hatte viele Männer gehabt, die keinen GV wollten, aber sie waren viel älter gewesen. Schüchtern war der erste jüngere Freier, der keinen wollte. Sie wollten sich über ihre Ehefrauen beschweren, gelegentlich auch Weibergeschichten beichten, sowas in der Art. Sie zwangen mich, Aggressor zu sein, der sie so fickte und lutschte, wie sie das brauchten, und ihnen dann die Schuldgefühle auszureden, aber das war meist erst, nachdem sie wochenlang zu mir gekommen waren, um ihre ehelichen und familiären Probleme abzuladen, die dann meist auch verschwanden, aus irgendeinem Grund, und sie selbst verschwanden dann auch.

Ich hielt es im Kopf nicht aus, wie konnte ein so hübscher Mann nur so sein, so... schüchtern. Es erklärte, warum er zu mir kam, aber ich konnte mir nicht vorstellen, wie er bei einer Frau um ihre Hand anhielt. Aber da war der Ring, und es wurde eindeutig gut für ihn gesorgt. Die Unterwäsche eines Mannes enthüllt viel über ihn. Seine war immer sauber und frisch. Beide Teile wiesen knackige, praktisch wie gebügelte Knickfalten auf, für die sich ein Dienstmädchen nie die Zeit nehmen würde. Sie waren eindeutig das Werk einer liebenden Frau.

Vor unserem zehnten Termin schickte er mir ein Briefchen auf antikem Pergament, in wunderschöner Handschrift, in dem stand, es sei sehr wichtig für ihn, daß ich mir ehrlich Sex mit ihm wünschte, und er sehne sich nach einer Frau, die ehrlich erregt sei. Weiter schrieb er, ihm sei klar, daß das ein bißchen dauern könne. In der Woche darauf, als er in meine Suite kam, schoß sein Blick auf sein Briefchen, das auf meinem Schminkköfferchen lag. Ich fragte: »Hatten Sie Angst, ich könnte nur sehr schwer zu erregen sein, weil es schon so viele andere gab?« Er nickte. »Sie wollen also, daß ich Sie spüre, aber Sie wollen nicht, daß ich mich an Sie binde?« Er nickte.

»Es ist nur fair, Sie zu warnen: Wenn Männer regelmäßig wegen dieser Art von Sex zu mir kommen, sind meist sie es, die sich an mich binden.« Fast lächelte er und schüttelte schnell den Kopf, um mir zu versichern, daß es dazu nicht kommen werde.

»Nachdem Sie also jetzt wissen, daß Sie mich erregen und daß ich mich nicht an Sie binden werde, möchten Sie mich vielleicht diesmal tatsächlich ficken?« fragte ich. Er nickte. Ich band ihm seinen abstrakt handbemalten Schlips ab und begann, ihm das elfenbeinfarbene Seidenhemd aufzuknöpfen, aber er schnappte sich meine Hände. Er streckte seine spitze rosa Zunge in anmutigem Bogen heraus und zeigte auf seinen Pimmel. Ich dachte: »Also einen blasen ...«

Ich habe ein verstellbares Möbelstück, welches es erleichtert, die Nudel bis zum Anschlag zu schlucken. Ich stellte die Beine so ein, daß mein Kopf geneigt sein konnte, perfekt auf seine Erektion ausgerichtet. Lang in Hot Pink satinbehandschuht wie für den Opernabend, glättete ich die Innenseiten seiner Oberschenkel und zog ihm die Arschkerbe weit auseinander. Ich blickte auf, um zu sehen, wie er sich in Brunft wand, während ich den Schnappverschluß meines Hot-Pink-Schlüpfers aufklicken ließ und mir die Muschilippen zurückdrückte, damit er Glanz und Duft meiner Erregung genießen konnte.

Zuerst war er sehr vorsichtig und strebte sanft in meinen Mund und raus und rein, genoß voll das wollüstige Getriller meiner Zunge an der Unterseite seines Pimmels, aber bald überkam ihn die Begierde so sehr, daß er sich von den rhythmischen Liebkosungen meiner Zunge und meiner Kehle, die ihn fest umgaben, mit einem Ruck löste und zu dem großen Fenster ging, von dem man die Bucht überblicken konnte.

Ich merkte, daß er mich im Widerschein auf der Fensterscheibe beobachtete. Etwa eine halbe Stunde später zog ich auf einen großen Wildlederruhesessel um, hängte meine weit gespreizten Beine über seine Armstützen, legte den Kopf zurück und rieb mir meinen klebrig klaren Nektar auf die Klit, bis sie bei jeder Umdrehung meiner Finger hörbar Peng machte.

»Haben Sie je erlebt, daß sich eine Frau selbst befriedigt, um Ihnen gefällig zu sein?«

Er drehte sich zu mir um und schüttelte den Kopf. »Nein.«
»Möchten Sie sehen, wie ich komme?« fragte ich. Er nickte.
»Ich würde das liebend gern für Sie machen, aber ich werde
Ihre Hilfe brauchen. Werden Sie mir helfen?« Er kam zu mir
herüber.

Ich befeuchtete seine Eichel gründlich mit meinem so
überreich duftenden und luxuriösen Gleitmittel. Ich stellte die
Werkbank so hoch, daß er ein Optimum an Genuß haben
konnte. Ich brachte ihn dazu, mir die Daumen hineinzustecken
so tief er konnte, und sie so weit wie möglich auseinanderzu-
ziehen. Als er tat wie gewünscht, kehrte seine pulsierende
Erektion zurück. Als meine Erregung eine höhere Stufe zu
erklimmen begann, bettelte ich, er möge langsam in meinen
Arsch eindringen, und ich flehte ihn an, seine Daumen in
meinen Tiefen zu lassen.

Meine Zuckungen begannen sich zu beschleunigen, während ich fieberhaft meine Klit zum Vibrieren brachte, bis sie
sich in ein schimmerndes Stück Kohle verwandelte. Normalerweise bin ich eine ziemliche Schauspielerin … die so tut, als
genieße, fürchte oder reagiere sie auf jede erdenkliche Weise,
die ein Mann wünscht, egal, wie es um seine Fähigkeiten steht,
und, am allerwichtigsten, mit seinem Orgasmus synchron.

Plötzlich gab Schüchtern mir ein Zeichen, ich solle ihn
besteigen und dabei mit Masturbieren fortfahren. Seltsamerweise fegte es mich in eine intensive Woge echten Genusses, die
mich an das erinnerte, was ich einst für Liebe gehalten hatte –
das Werk meines ersten Zuhälters. Ich ertappte mich dabei,
kurz vor dem tatsächlichen Kommen zu sein, und verwandelte
meine Muschi sofort in die Achterbahn nassen heißen Fleisches,
die emotional etwas mehr Abstand hatte, aber den gesalzenen
Preis für die Fahrkarte mehr als wert war.

Er hatte nur noch fünfzehn Minuten, aber er packte meine
Hüften und bestand darauf, daß ich es langsam angehen lasse
und mir selbst was Gutes tue, und dabei fickte er mich wie ein
langjähriger Liebhaber. Seine Augen lächelten, schienen sich
an meinem inneren Schmerz zu weiden.

Kurz bevor wir uns zum allerletztenmal trafen, schickte er mir ein Paket und eine handschriftliche Einladung, beigelegt einen Betrag, fünfmal so hoch wie mein Tarif. Er wünschte, daß ich das ebenfalls beigelegte Kleid trage. Es war aus hautengem, türkisem Crêpe de Chine, fußbodenlang, hinten bis unter die Grübchen ausgeschnitten, nur eine Idee weit überm Arsch. Seine Anweisungen lauteten: »Sie müssen um Punkt acht Uhr da sein. Sie dürfen keinen Mantel und keine Jacke tragen. Sie dürfen keinerlei Dessous tragen.«

Ich sah in dem Kleid überwältigend aus. Die Farbe, die er ausgesucht hatte, war das perfekte Kompliment für meine schokoladige Sachertortenhaut. Das Kleid gab es mit den passenden Schuhen, deren Absätze höher waren als alle, die ich je getragen hatte, die untragbar gewesen wären, wäre da nicht der breite Riemen um jeden Fußknöchel gewesen. Dabei fielen mir Fußfesseln ein, aber ihre Schönheit dämpfte mein Unbehagen.

Der Empfang fand auf einem privaten Wohnsitz statt, hoch oben auf der Halbinsel Palos Verdes. Ich kam an, hörte, die Party habe bereits um sechs begonnen, und sah, daß strikt »Schwarz-Weiß« als Garderobe vorgeschrieben war. Ich versuchte zu gehen, aber die liebenswürdige Gastgeberin schoß hinaus auf die riesige Schieferterrasse mit Meerblick, fing mich ein und bestand darauf, daß ich bleibe. Sie versicherte mir, mein Kleid sei völlig okay. Sie lächelte: »Keine Sorge, Kindchen, Sie sehen ganz allerliebst aus. Ihr Kleid ist sehr hübsch«, und geleitete mich dann nervös zu einem großen Tisch im Zentrum, an dem ich die Einzige war, die saß, unter einem hellen, warmen, weißen Lichtkegel.

Die nächste Stunde verbrachte ich damit, gesitteten Reden, geilen Witzen und Höflichkeitsgelächter zu lauschen. Wenn Blicke töten könnten, wäre ich jeder pummeligen Ehegattin in dem Gebäude zum Opfer gefallen. Ich litt unter diesem grausamen Unwillen bis zur Pause.

Als die Lichter zu Beginn der zweiten Hälfte langsam verloschen, mogelte ich mich an der Damentoilette vorbei zum

Ausgang, und bat den Bediensteten, mir mein Auto zu holen. Es schien eine Ewigkeit zu dauern, bis er es gefunden hatte. Als er es vorfuhr, saß Schüchtern auf dem Beifahrersitz, und die Gastgeberin saß hinten. Sie war völlig fertig mit den Nerven.

Der Mann, den ich einst fälschlich für schüchtern gehalten hatte, sagte: »Dee, dies ist Shauna. Shauna, ich möchte, daß Sie meiner Frau zeigen, wie man mir anständig einen bläst und mit mir fickt ... bitte.« Ich war lang genug wie versteinert, daß er, leise in sich hineinlachend, sagen konnte: »Keine Angst, ich zahle ihr ein Vermögen fürs Zuschauen.«

Wolfgang Herrndorf
Im Sex-Shop

Auf der Suche nach einer Telefonzelle mit Telefonbüchern komme ich an einem Sex-Shop vorbei. Der Sex-Shop ist ultraviolett ausgeleuchtet, und außer der Kassiererin und einem Mann, der mit Feudel und Eimer die Videokabinen wischt, ist niemand zu sehen.

Ich gehe in eine Kabine und ziehe die Tür zu, werfe fünf Mark ein und klicke die hundertachtundzwanzig Kanäle durch. Ich bleibe an einem Film hängen, wo eine Frau mit einem Puppengesicht ganz riesige Brüste hat. Auf den Brüsten drauf sind kleine fleischfarbene Spieße, bestimmt neun oder zehn Zentimeter lang, steil nach vorn, da, wo die Brustwarzen normalerweise sitzen, und ich frage mich, ob die wohl echt sind. Ihr Partner in dem Film ist ein jüngerer Mann, und als der sich an diesen Spießen zu schaffen macht – nicht wirklich wild, eher so, als hätte der Regisseur aus dem Off zu ihm gesagt: Nun faß die Dinger doch mal an – da sieht man, daß das keine Attrappen sind. Die sind wirklich echt. Ich überlege, wie

die Frau wohl bekleidet aussieht, ob sie ihre meterlangen Brustwarzen da irgendwie in ihrem BH verstecken kann, und es ist
schade, daß man das nicht erfährt, in dem Film. Wahrscheinlich hat sie ein Leben lang gelitten unter dieser Mißbildung
und ist immer ausgelacht worden, in der Pubertät, und deswegen ist sie auch zum Pornofilm gegangen, und während ich
noch darüber nachdenke, wie sich beim ersten Casting alle
riesig über sie gefreut haben, über ihre fantastischen Brustwarzen, ist plötzlich mein Geld alle, bevor ich noch richtig fertig
bin, und von außen hämmert der Ladenbesitzer an die Kabi-
nentür, weil das rote Licht über der Tür erloschen ist. Ich bin
einigermaßen erschrocken, daß er da von außen so gegenhaut,
obwohl er doch genau wissen muß, was ich hier gerade mache.

Ich ziehe also meine Hosen wieder hoch und stecke das
Portemonnaie ein. Ich öffne die Tür. Am Eingang frage ich die
Kassiererin, ob sie zufällig die Vorwahl von Frankfurt weiß,
und sie hebt zum Zeichen, daß sie nachdenken muß, eine
Hand und bedient währenddessen mit der anderen den CD-
Player, der den Laden mit Oasis beschallt.

»Ich weiß nicht. Ich glaube, 089.«

»089 ist München«, sage ich.

»Da isses doch auch schön. Ruf doch da an, Jungchen«, sagt
sie, und ich weiß nicht, was ich antworten soll. Ich hebe den
Daumen, um ihr zu zeigen, wie gut mir ihr Humor gefällt.
Aber da nähert sich schon von hinten der Mann mit dem Putz-
eimer, der offenbar auch der Ladenchef ist, der eben an meine
Tür gehämmert hat, weil er den Ärger gerochen hat, und ich
ergreife die Flucht. Draußen ist es auf einmal viel heller als in
dem Laden. Eine helle Nacht. Ich gehe in irgendeine Richtung,
und dabei fällt mir ein, was ich heute abend machen werde. Ich
werde mich nämlich besaufen. Und zwar richtig.

Niemand wußte, wie der Heißblütige erfuhr, daß Guac seine Frau in der Hochzeitsnacht verkauft hatte. Wütend kam er an, fragte nach mir, und Guac antwortete, ich läge im Bett.

»Das glaube ich«, erwiderte Fysistère, »und einer ist sogar in ihren Armen vor Erschöpfung gestorben, he?«

»Sie hat die ganze Nacht gefeiert; jetzt schläft sie, und Sie können an der Frische ihrer Scheide und ihres Popos sehen, daß sie nicht berührt worden ist.«

»Besehen wir zuerst die Karmeliterin.«

»Auch sie schläft.«

Sie gingen hin, Guac entblößte sie, ohne sie aufzuwecken. Sie lag auf der Seite, da sie wegen ihres schmerzenden Hinterns nicht auf dem Rücken liegen konnte. Er war ganz zerschunden.

»Schauen wir jetzt nach der Neuvermählten!«

Sie kamen zu mir; man weiß, daß ich mich durch ein Bad und etwas Schlaf fast wieder jungfräulich machen kann. Sie fanden mein vorderes und hinteres Loch so appetitlich und hübsch, daß Fysistère alle beide küßte. Dann setzte er Guac auseinander, daß er eine abgeschlossene Wohnung für uns gemietet habe, für die Zeit, da er uns Kinder machen wolle, das heißt also für mich, meine Schwester und meine Kusine. Doncelle sah er nur in Kleidern und fand sie entzückend.

Er führte uns gleich alle drei hin und sagte, daß wir uns bis zum Tage deutlicher Schwangerschaft nur in einem besonderen Sprechzimmer sehen lassen dürften.

Fysistère ist außerordentlich reich; er zahlt Guac jährlich 20 000 Livres für mich, meinem Vater 40 000 Livres für meine Schwester und meine Kusine.

Abends ließ er uns nach einem ausgezeichneten Souper alle zusammen in einem breiten Bett schlafen, in das er sich ebenfalls legte.

Er vögelte mich zuerst, dann meine Schwester, dann die Karmeliterin, diese gleich zweimal hintereinander; dann kam er wieder zu mir, dann zu meiner Schwester – kurz, wir kamen jede achtmal in der Nacht dran, bis die vierundzwanzig voll waren. Wenn er eine vorhatte, kitzelten ihn die beiden anderen, die eine seinen Steiß-Schwanz, die andere die Testikel. Wir wurden alle drei gleichzeitig schwanger; er erklärte uns, daß er uns nun bis nach der Niederkunft und dem Stillen nicht mehr benutzen werde.

Er kam dann hierher, sah Sie, Madame, vögelte Sie, heiratete Ihre Tochter, vögelte die fünf anderen, Ihre beiden Nichten, die natürliche Tochter Ihres Mannes, verführte Ihre beiden Kammermädchen und schwängerte alle nacheinander. Währenddessen kamen wir nieder, stillten unsere Kinder, wurden frei und wieder von ihm vorgenommen. Sehen Sie zu, daß Sie wieder frei sind, wenn wir behindert sind, damit die Sache in der richtigen Abwechslung bleibt.

Das ist unsere Geschichte und zugleich alles, was wir über den Schwanzmenschen wissen.

Arthur Schnitzler
Die Braut

Auf einem Maskenball lernte ich sie kennen, nach Mitternacht. Ihre klugen und ruhigen Augen hatten mir gefallen und das dunkelblaue Kleid, das sie trug. Sie war nicht maskiert und machte durchaus keinen Hehl aus ihrer wahren Person. Sie gehörte zur Kategorie der aufrichtigen Dirnen und hatte selbst in dem Maskentrubel, der alle Frauen so sehr dazu reizt, durchaus kein Bedürfnis, Komödie zu spielen. Das erfrischte mich, da ich mich von all den trivialen Faschingslügen, die mich umschwirrten, recht ermüdet und angewidert fühlte.

Sie war ungewöhnlich intelligent, man hörte es ihren Reden und sah es ihren Bewegungen an, daß sie aus besseren Kreisen herkam. Bei ihr lag die Frage besonders nahe, die man so oft an Weiber ihrer Art stellt, um schließlich immer dieselbe abgedroschene Geschichte zu hören, wie es denn eigentlich dahin mit ihnen gekommen. Von dieser aber mit den klugen Augen vermutete ich etwas anderes zu vernehmen, und darum blieb ich mit ihr zusammen.

Es ging gegen den Morgen zu, als wir, vom Champagner ein wenig angeduselt, einen Wagen nahmen und in den Prater fuhren. Es war im März, eine merkwürdig linde Nacht. Momente lang hatte ich das Gefühl, als wenn da ein Wesen an meiner Seite lehnte, das ich schon lange, lange kannte und sehr lieb hätte. Mit war sehr wohl neben ihr, und geraume Zeit sprachen wir gar nichts. Ich konnte mich nicht entschließen, sie schlechthin als das Weib zu nehmen, das den Abschluß einer lustigen Nacht bedeutet, ich wollte sie kennenlernen. Von ihrem Leben wollte ich wissen, von ihrer Jugend, von den Männern, die sie geliebt, bevor sie sich entschloß, alle zu lieben, die sie wollten.

Hier gab es ein Schicksal zu entdecken, und endlich, wie wir schon weit unten im Prater waren, nach langem Schweigen, fragte ich sie. Sie ließ sich nicht lange um eine Antwort bitten. Freilich hab' ich nun die Worte, mit denen sie mir schlicht und bereitwillig ihr Bekenntnis ablegte, vergessen, aber die Geschichte selbst steht mir eigentlich klarer vor Augen als in der Stunde, da ich sie vernahm. Übergänge haben sich für mich gefunden, Lücken, welche sie im Erzählen ließ, habe ich unbewußt im Bedenken, im Erinnern ausgefüllt.

Sie war aus einer guten Familie, aus einer sehr geachteten und bekannten, behauptet sie sogar, und man hatte sie zu Hause streng erzogen. Aber ihre Sinne erwachten früh und in heftigem Verlangen. In den einsamen Nächten ihrer frühreifen Mädchenzeit hatte sie viele Qualen zu überstehen, und ein seltsamer Vorsatz bildete sich in ihr, aus unklaren Wünschen zu immer festerer Gestaltung. Sie wollte warten, bis sich der Gatte gefunden, denn das mußte sie wohl, dann aber, wenn die Gefahr vorüber, wollte sie sich freimütig den ursprünglichen und wilden Trieben ihrer Natur, wollte sich jedem hinschleudern, der ihr gefiel ... Männerschönheit und Männerstärke genießen, wo sie sich bot.

Mit siebzehn Jahren verlobte sie sich, und nun kam in ihrem Leben eine kurze Zeit, über die sie sich in fast sentimentalen Worten ausließ. Da fand ich jene merkwürdige Stelle in ihrem Herzen, die man auch in den verworfensten entdeckt – das Heimweh nach der Unschuld. Denn es gibt ja auch ein Heimweh für die Heimatlosen, und vielleicht empfinden die es am schmerzlichsten von allen. Daß man eine Heimat überhaupt hat, ist schon ein wenig Trost, der aber fehlt den anderen.

Nun aber geschah etwas Seltsames. Sie begann den Bräutigam, der ihr anfangs nur Mittel zum Zwecke bedeutet hatte, ernstlich zu lieben. Anfangs wollte sie sich's selbst nicht glauben; aber sie mußte es endlich, denn wie anders war es zu erklären, daß sie sich plötzlich ihrer früheren Vorsätze zu schämen anfing – so heftig und schmerzlich, wie vielleicht keine Sünderin der Tat sich der Vergangenheit zu schämen vermag –, daß sie bereute? Sie wollte ihm eine brave Gattin werden, treu und ergeben. Sie wurde ruhiger. Ihre Empfindungen bekamen einen eigentümlichen Hauch von Frieden und Keuschheit, und sie liebte ihn tief. Ein paar Monate, oder waren es nur Wochen, ich weiß es nicht mehr – dauerte dieser Zustand an. Der Tag der Hochzeit rückte näher. Da regte sich allmählich wieder die alte Raserei in ihr. Vielleicht lag da ein besonderer Grund vor, über den sie sich selbst nicht klar war, vielleicht war es nur der natürliche Gang, und die kurze Periode der Beruhigung nahm ihr Ende, weil das eben in dem Temperament des Mädchens lag. Es kam in einer entsetzlichen Weise über sie. Zehnmal war sie daran – nicht sich ihrem Verlobten hinzugeben – nein ... ihn zu nehmen, selbst zu nehmen, mit sich zu ziehen in das dunkle Zimmer neben dem Salon – oder dorthin in die Nische – oder dort ... Aber die Umstände fügten es nicht, sie war nie allein mit ihm. Vielleicht auch verließ sie der Mut, wenn die Gelegenheit kam, und bald begann sie auch wieder zu merken, wie ihre Glut ins Allgemeine ging, wie er eigentlich nicht mehr der Geliebte war. Ja, sie wollte ihn – freilich – aber auch den – und jenen – und jenen – und alle. Sie fühlte, daß es unabänderlich vorbei war mit ihrer einen, ach, mit ihrer Liebe überhaupt. Es war wieder Trieb geworden, wütender, durstiger Trieb, der den Mann wollte, einfach den Mann, nicht ihn, den einen! Etwas war dennoch von ihrer tiefen Neigung zurückgeblieben: sie war dem Mann, der sie unendlich Hohes hatte empfinden lassen, der sie aus der Dumpfheit fiebernden Verlangens für einige Zeit zur schönen Heiterkeit der Liebe hinaufgehoben hatte, diesem Mann war sie etwas schuldig geworden. Warheit!... Es wühlte in ihr, es ließ sie nicht ruhn. Sie mußte sich ihm entdecken. Sie wußte, was es für ein Ende nehmen mußte. Darum wünschte sie ihn von Schmach und Gram frei zu erhalten. Sie war nicht geschaffen zum braven Weib, aber sie wollte auch nicht das seine werden, den sie vielleicht schon nach der ersten Nacht hätte betrügen müssen – und der sie dann – das schwebte ihr wohl auch dunkel vor – am nächsten Tage davongejagt hätte. Der Gedanke, daß er ihr am Ende genügen, daß mit seinem Besitz ihr Wahnsinn gemildert, gestillt sein könnte, war ihr zu einer kindischen Erinnerung geworden, aber gestehen wollte sie's ihm, ihm sagen: Ich bin nicht geschaffen, die brave Hausfrau zu werden, laß mich frei.

Die Zeit rückte vor. Die ruhigen und festen Grenzen ihrer Liebe zu dem einen verwischten sich mehr und mehr und flossen auseinander zu den zitternden Linien einer schmerzlichen, ungestillten, kaum mehr zu zügelnden Sehnsucht nach dem Manne.

Und eines Abends – sie schilderte mir die Stimmung jenes Abends mit frappierender Kraft, wie sie nur das sichere Bewußtsein von der Bedeutsamkeit eines Erlebnisses besitzt –, eines Abends, im Hause ihrer Eltern, im Salon, der in das Halbdunkel von matten, farbigen Lampen getaucht war, während sie mit ihm an dem offenen Fenster stand, das auf eine reiche und helle Straße hinausführte, da gestand sie's ihm ein. Alles. Die brennenden Wünsche ihrer kaum erwachten Jugend, die kurze Zeit ihrer stillen erwachenden Glückseligkeit und endlich das rasche Untergehen dieses Traumes. Er war wie erstarrt. Nie hatte er Ähnliches in dem braven Mädchen aus gutem Hause vermutet, das er mit der freudigen Zustimmung seiner Eltern zur Frau nehmen wollte und in dem er wahrscheinlich auch das zu finden hoffte, was wir ja alle von unserem künftigen Weibe erwarten: den wundersamen, heiligen, tugendhaften Kontrast zu der tollen Leidenschaftlichkeit unserer Jugendliebeleien ... Er versuchte ihr zu widersprechen. Er wollte ihr klarmachen, daß sie sich in ihrer stolzen Jungfräulichkeit desselben schäme. Es war vergebens. Je eindringlicher er sie über ihren Zustand beruhigen wollte, mit um so heftigeren und deutlicheren und frecheren Worten ließ sie ihn in das Zittern und Glühen ihrer tiefsten Seele schauen. Und sie erklärte ihm, daß sie ihr Wort zurücknehme, ihm das seine zurückgebe. Sie flehte ihn an, daß er sie ihrem Schicksal überlassen und in dieses Haus nicht mehr wiederkehren sollte. Was ihr eigenes Los anbelangt, so stand ihr Plan fest. Morgen noch, vielleicht heute noch auf und davon, mit einem Male verschwunden aus dem Kreise der Ihren, weg von allen diesen Menschen, die ruhig und zufrieden und gesund waren und zu denen sie nicht gehörte, fort von hier und toll hinausgejubelt in ein Leben ungezügelter Lust, für das sie nun einmal bestimmt war, in das sie hineinmußte, wenn sie nicht verrückt werden, wenn sie nicht zugrunde gehen sollte.

Wie er, der Bräutigam, sie so reden hörte, mußte sie ihm wohl von wilderer und flammenderer Schönheit erschienen sein als je. Und der klagende Ausdruck seiner Augen wandelte sich allmählich in den Glanz bebenden Begehrens, das heftiger und heftiger daraus hervorbrach.

Er stand dicht neben ihr, und eben noch bittend, beschwörend, hatte er ihre beiden Hände gefaßt – und noch klangen ihr seine gramvollen Worte ins Ohr: sie mißverstehe sich selbst, und er verzeihe ihr alles, und sie solle nur bei ihm bleiben; da mit einem Male wurde der Druck seiner Hände fester, heißer, und das Zittern der Verzweiflung in seiner Stimme ward zum Zittern des Verlangens, und seine Worte klangen anders mit einem Male, ganz anders, bis er ihr endlich frech, schrill, brutal an ihr Ohr klang, das er mit seinen Lippen berührte: wenn es schon sein muß, wenn du schon fort willst, wenn du schon die brave Hausfrau nicht sein kannst, wenn du allen gehören willst, die dich wollen, so gehöre doch zuerst mir, der dich will wie kein anderer, mir, den du geliebt hast, mir... mir... mir..., der dich anbetet.

Da aber fuhr sie zurück, und mit Ekel stieß sie ihn fort und entriß ihm ihre Hände.

Er begriff anfangs nicht, versuchte noch ungeschickt und flehend ihr klarzumachen, daß es ja nun das Gescheiteste wäre, was sie tun könnte. Ihr aber war dieser Mann, den sie so sehr geliebt hatte, mit einem Male der einzige geworden, den sie nicht mehr lieben konnte, den die haßte, der sie anwiderte. Der Hauch, der von seinem Munde kam, die trockenen heißen Hände, das weit offen starre Auge, seine Stimme, die etwas Klirrendes und Weinendes hatte, all das ward ihr innerhalb eines Augenblickes so unsagbar unerträglich, daß sie von ihm fort mußte, rasch, zu einem anderen, zu dem anderen, zu irgendwem, der ein Mann und nicht er war. Und noch in derselben Nacht irrte sie durch die schwülen Straßen der Stadt, in derselben Nacht noch trug sie sich irgendeinem auf der Straße an, der eben vor ihr spazierte und dessen Gang leicht und vergnügt war und den sie früher nie gesehen hatte. Und der nahm sie und jagte sie wieder fort, und das war ihr erster Liebhaber!

Sie schwieg, nachdem sie mir das gesagt, ohne daß sie Näheres über diesen Mann mitgeteilt hätte. Ich war neugierig geworden und wollte mehr wissen. Wer er war, ob sie ihn geliebt, ob sie ihm nachgeweint, was sie empfunden, als er sie nahm, und wie ihr war, als sie das erste Mal verlassen wurde. Da aber sah sie mich mit großen Augen an. Und dann, als wäre das etwas ganz Selbstverständliches, in einem Tone der Bestimmtheit, der mir jetzt noch im Ohr klingt, sagte sie: »Das ist ja volkommen gleichgültig.« Ich verstand sie nicht gleich, aber wie ich sie nun eine Weile anschaute, dieses Antlitz mit dem ruhigen Ausdruck der Glücklichen, welche ihren wahren Beruf gefunden, unbekümmert um die Meinung der anderen, da fiel es mit einem Mal hell in meine Seele, und ich konnte begreifen, was sie gemeint. Ja, es war gleichgültig, wer jener Mann gewesen, mit dem sie die erste Nacht durchlebt, gleichgültig, wer nach ihm gekommen, und gleichgültig war es auch, ob ich oder ein anderer da neben ihr im Wagen lehnte. Nicht weil sie das war, was wir so leichthin eine Verworfene nennen. Denn haben wir's nicht alle an den Frauen, von denen wir wahrhaftig geliebt wurden, schaudernd und in stummer Verzweiflung hundertmal erlebt, wie wir im Moment der Erfüllung für sie verlorengingen, wir, mit der ganzen Majestät unseres Ich, und wie unsere gleichgültige Persönlichkeit nur mehr das allmächtige Gesetz bedeutete, zu dessen zufälligen Vertretern wir bestellt waren.

Und wenn sie aus ihrem höchsten Rausch langsam erwachen, sehen wir nicht, wie sie mit einem unheimlichen Staunen uns ansehen, nein, wie sie uns wiedersehen, um sich an uns zu erinnern, weil wir gerade in dem Momente ihrer herrlichsten Entzückung mit allen unsern höchst eigenen Eigenschaften, mit unserem Geist und unserer Schönheit, mit all den Tugenden und all den Lastern, womit wir sie gewannen, so unbeschreiblich überflüssig geworden sind, gegenüber dem ewigen Prinzip, das in der Maske eines Individuums erscheinen muß, um walten zu dürfen: denn der kurze und bewußtlose Augenblick, in welchem die Natur ihren Zweck durchsetzten weiß, braucht nur den Mann und das Weib, und wenn wir auch sein Vorher und Nachher so erfindungsreich von den tausend Lichtern unserer Individualität umtanzen lassen – sie löschen doch alle aus, wenn uns die dumpfe Nacht der Erfüllung umfängt.

Joachim Ringelnatz
Bordell

1.

Ich sag' es ja, Mutter: Du hast für dich recht,
Diese Weiber sind durch und durch schlecht
Und gänzlich verseucht und völlig verkommen.
Du hast das von deinen lieben
Eltern und aus Büchern entnommen,
Darin die Wahrheit umschrieben
Ist, weil man sie richtig und scharf
Nicht leicht einsehen kann, noch sie drucken darf.

2.

Du tu nur nicht so, guter Vater! Ich weiß
Aus Briefen und sonsther sowas über viele
Nächte und seltsame Gruppenspiele.
Und tausend pro Mädel war damals ein Preis!
Ich bin doch kein Kind mehr. Ich meine auch nur:
Zehntausend Mark sind schließlich kein Quark.
Komm! Trinken wir auf die Tante Bur
Und auf einen König von Dänemark.

3.

Aber, liebe Schwester! Ei ei!
Geh, so du magst, wie an Klosetten vorbei.
Reizt es dich dennoch, hinzusehen,
Warum muß das dann spöttisch geschehen?
Denke: Was reizte dich wohl, hinzusehen?
Wüßtest du, wie sie dich laut beneiden,
Wie sie, getretene Tiere, dort leiden
In dem Gefängnis der Allzufrein,
Würdest du trotz der Geschmeide und Seiden,
Des offenen Scheins, der blendenden Beine,

Trotz der Erfolge ihnen nicht nur verzeihn.
Sollst sie weder beachten noch meiden;
Laß sie einfach in Ruh.
Sie sind gemeine, befleckte Schweine.
Nicht so vornehm und rein und welterfahren wie du.

4.

Wie, bitte? – Ja, Herr, Sie sind hier ganz richtig.
Sie scheinen recht stark und sehr sektfroh zu sein,
Und wenn Sie viel Geld haben – das wäre wichtig –
Fallen – äh kommen Sie dreist herein.
Hier können von dreizehn angefangen
Sie Damen jeden Alters verlangen
Nebst allen raffinierten Geräten
Für Rari-, Abnormi- und Perversitäten.
Sie müssen die Kühe nur richtig fassen.
Sollten Sie etwas Geschmack besitzen,
Ja nicht das merken lassen.
Aber mit Ihren Brillanten recht blitzen.
Viel Trinkgeld dem Pförtner! Das macht sie vertraun.
Viel Sekt und auch Schnäpse! Das macht sie berauscht.
Dann dürfen Sie sie bestehlen, verhaun, –
Oder wenn ihr die Rollen vertauscht – – –
Mehr zu reden, hätte nicht Sinn,
Er ist ja schon drin.

5.

– Duddeldei oder Daddeldu,
So ein echter Vollblutmatrose,
Zweimal so breit und so stark wie du.
Und sie hat ihm die Klappe von seiner Hose
Einfach heruntergefetzt.
Und dann ist die dicke Therese gekommen
Und hat ihm den Bambuskorb weggenommen

Und die Schildkröte in den Nachttopf gesetzt. – –
Mein alter Freund, ich kann dir sagen:
So habe ich lange nicht gelacht. –
Und die Alte hat ihn mit ihren Brüsten
Links und rechts um die Ohren geschlagen;
Aber der Kerl ist nicht aufgewacht. –
Übrigens nimm dich vor der in acht,
Die hat solch komischen Ausschlag am Knie. –
Und dann – was wollt ich erzählen? Ach ja:
Ha ha ha ha!
Dann waren zwei stumme Chinesen da,
Die haben die freche schwarze Marie –
Ha ha ha ha! Ha ha ha ha!

6.

Mein Sohn, für diesmal sei dir verziehn.
Pfui, solche Gedanken sind schändlich.
Es gibt doch Schöneres anzusehn
Als diese Freudenhaus-Photographien.
Schäme dich! Und nun kannst du gehn.
Die Bilder verbrenne ich. Selbstverständlich.
Ich bin gewiß kein kleinlicher Spießer,
Doch wenn ich dich jemals in einem dieser
Häuser treffe und Unzucht treibst,
Dann schlage ich dich, daß du liegen bleibst.

7.

... wo wir fremd sind, oder verkleidet als Mann. –
Daß ich dir, meiner Frau, dergleichen
Sagen und wagen kann,
Ist das nicht ein berauschendes Zeichen
Für die Art unsres Liebdich-Liebmich? –
Staune dort nicht! Beobachte still.
Sei recht gemütlich fidel. Aber gib dich

Nicht etwa wie eine, die gleich oder mehr sein will.
Erst wird dich alles nur widerlich,
Natürlich auch billig traurig berühren.
Das Sauberste ekelt und flegelt sich,
Vergißt sich und rekelt sich liederlich.
So fechten sie ums Verführen.
Bei eines verwöhnten Bettlers Musik
Kennt jeder Blick den anderen Blick
Als Trick hinter Trick;
Tanzt lustig froh ein Riesenpopo;
Starrt auf dem Sofa ein Püppchen;
Entgleist ein Lied aus behaglichem Leid;
Trinkt man; berstet ein Grüppchen,
Aus Eifersucht oder Neid
Zankend um ein begossenes Kleid.
Sei gefaßt auf klirrenden Streit.
Plötzlich ein heiserer Schrei.
Warnend zischelt es nebenbei,
Die Postin gegen die Polizei.
Ein hastiges Räumen. – Spannung. – Vorbei. –
Und durch den Salon streift nach alter Routine
Dick und mit heiserer Miene,
Aber unantastbar und stramm
Aus und ein vermittelnd: Madame.
Und die aus dem hitzigen Dunst
Paarweise einig verschwinden;
Er wird oben menschlicher finden
Außer dem Handwerkszeug ihrer Kunst:
Ein bissel heimliche Habseligkeit,
Ein Flickchen Reue, ein Ringlein Treue,
Viel Aberglauben, auch zackige Ehre
Und frisch Umkränztes aus ehrsamer Zeit.
Fändest du hinter der träumenden Leere
Unter der parfümierten Misere:
Harrende Verworrenheit
Schamlos offen ergeben. –

Wie draußen auf einem Schiff auf dem Meere
Dreizehn Matrosen unter sich leben.

8.

Guten Morgen, mein Schätzchen,
Leb wohl! Du bist wie ein Kätzchen
So schmiegsam und samtig.
Was? Du willst heute kein Geld?
Was dir doch einfällt!
Tust du's denn etwa ehrenamtlich?
Vielleicht für das Kartenlegen?
Sage doch, Liebling, weswegen
Willst du kein Geld heute? Nimm es doch hin!
Weil ich ein armer Künstler bin?
Freilich, wir sind Kollegen.
Das nächstemal leg ich dir wieder die Karten.
Nun muß ich fort. Meine Frau wird warten.
Du weißt doch, daß ich verheiratet bin?
Du aber bleibst meine süße kleine
Freundin. Und Beine hast du! Beine
Wie eine Königin.

Samuel Pepys
Vertuscht

22. 2. 1664 Vor einigen Tagen wurde eine Frau in Turnstile
vergewaltigt. Ihr Ehemann wurde, während die beiden nachts
in ihrem Bett lagen, in seinem Hemd gefesselt und die Frau
wurde nicht nur vergewaltigt, sondern auch mit einer Fackel
mißhandelt. Die Sache wird aber vertuscht, weil die Täter zwei

französische Diener waren, die im Dienste der Königin Mutter stehen.

Gustave Flaubert
Mit der Macht der Götter

Links und rechts des Eingangs standen zwei Neger mit Harzleuchten. Mit einem Ruck schob Matho die Leinwand beiseite. Sie folgte ihm.

Es war ein geräumiges Zelt, in dessen Mitte sich ein Mast erhob. Eine mächtige Laterne in Form einer Lotusblüte spendete Licht, bis zum Rand mit gelbem Öl gefüllt, auf dem einige Handvoll Werg schwammen, und im Halbdunkel sah man militärische Gerätschaften aufblitzen. Ein blankes Schwert lehnte an einem Schemel neben einem Schild; Peitschen aus Nilpferdleder, Zymbeln, Schellen, Halsketten lagen kunterbunt auf geflochtenen Körben. Schwarzbrotkrümel beschmutzten eine Filzdecke; in einer Ecke, auf einer runden Steinplatte, waren nachlässig kupferne Geldstücke aufgehäuft, und durch die Risse in der Leinwand trug der Wind den Staub von draußen herein, vermischt mit dem Geruch der Elefanten, die man fressen hörte, während sie mit ihren Ketten rasselten.

»Wer bist du?« fragte Matho.

Ohne etwas zu erwidern, blickte sie sich langsam um, dann blieb ihr Blick ganz im Hintergrund haften, wo über einem Lager aus Palmzweigen etwas Bläuliches und Funkelndes herabhing.

Geschwind trat sie näher. Unwillkürlich schrie sie auf. Matho hinter ihr stampfte mit dem Fuß.

»Wer schickt dich? weswegen bist du gekommen?«

Sie zeigte auf den Zaïmph und antwortete:

»Um ihn zu holen!« und mit der anderen Hand riß sie die Schleier von ihrem Kopf. Er wich zurück, die Ellenbogen angezogen, mit offenem Mund, beinahe entsetzt.

Sie fühlte sich gleichsam von der Macht der Götter getragen; und während sie ihm geradewegs ins Gesicht schaute, verlangte sie von ihm den Zaïmph; sie forderte ihn in reichen und großartigen Worten.

Matho hörte nicht zu; er betrachtete sie, und ihre Gewänder schienen für ihn mit ihrem Körper zu verschmelzen. Das Moirieren der Tuche glich dem Schimmer ihrer Haut, etwas Einzigartigem, das nur ihr eigen war. Ihre Augen, ihre Diamanten funkelten; der Glanz ihrer Nägel führte die Erlesenheit der schweren Edelsteine an ihren Fingern fort; die beiden Agraffen ihrer Tunika, die ihre Brüste ein wenig anhoben, drückten diese ganz leicht zusammen, und er verlor sich im Gedanken an diesen engen Spalt, durch den eine feine Schnur herabhing, an der eine Scheibe aus Smaragden befestigt war, die man weiter unten durch die violette Gaze hindurch erspähte. Als Ohrgehänge trug sie zwei kleine saphirene Waagen, die eine hohle, voll Duftwasser gefüllte Perle faßten. Durch die Öffnungen der Perle fiel zuweilen ein Tröpfchen herab und befeuchtete ihre nackte Schulter. Matho sah es fallen.

Unbezähmbare Neugier riß ihn hinweg; und wie ein Kind, das die Hand nach einer unbekannten Frucht ausstreckt, zitternd, berührte er sie sanft mit seiner Fingerspitze oben an ihrer Brust; das leicht kühle Fleisch gab unter elastischem Widerstand nach.

Diese Berührung, die dennoch kaum spürbar war, ließ Matho in seinem Innersten erbeben. Sein ganzes Wesen bäumte sich auf, trieb ihn zu ihr hin. Er hätte sie umhüllen wollen, sie verschlingen, sie trinken. Seine Brust rang nach Atem, seine Zähne schlugen aufeinander.

Er faßte sie an beiden Handgelenken, zog sie sacht zu sich hin und setzte sich auf einen Küraß neben dem Lager aus Palmzweigen, das mit einem Löwenfell bedeckt war. Sie blieb stehen. Er betrachtete sie von Kopf bis Fuß, und so hielt er sie zwischen seinen Beinen und wiederholte immerzu:

»Wie schön du bist! wie schön du bist!«

Seine Augen, die unablässig auf die ihren gerichtet waren, quälten sie; und dieses Unwohlsein, diese Abscheu stiegen so spitz in ihr hoch, daß Salambo sich beherrschen mußte, nicht laut aufzuschreien. Sie dachte an die Worte von Schahabarim; sie fügte sich.

Matho hielt immer noch ihre kleinen Hände in den seinen; und zuweilen versuchte sie trotz der Befehle des Priesters, das Gesicht abgewendet, ihn durch Schütteln der Arme von sich zu schieben. Er öffnete die Nasenflügel, um den Wohlgeruch, den sie verströmte, besser einsaugen zu können. Es war eine unvergleichliche Ausdünstung, frisch und zugleich betäubend wie der Qualm einer Räucherpfanne. Sie duftete nach Honig, Pfeffer, Weihrauch, Rosen und anderen köstlichen Gerüchen.

Doch wie kam es, daß sie bei ihm war, in seinem Zelt, seiner Gnade und Ungnade ausgeliefert? Gewiß hatte jemand sie getrieben? Sie war nicht wegen des Zaïmph gekommen? Seine Arme fielen herab, er neigte den Kopf, von einer plötzlichen Träumerei überwältigt.

Um ihn milde zu stimmen, fragte ihn Salambo mit klagender Stimme:

»Was habe ich denn getan, daß du meinen Tod wünschst?

– Deinen Tod!«

Sie fuhr fort:

»Eines abends sah ich dich, beim Schein meiner brennenden Gärten zwischen dampfenden Schalen und meinen abgeschlachteten Sklaven, und deine Wut war so groß, daß du in meine Richtung stürztest, so daß ich fliehen mußte! Dann hielt der Schrecken Einzug in Karthago. Man beklagte die Verwüstung der Städte, die Brandschatzung der Ländereien, das Massaker der Soldaten; du hast sie vernichtet, du hast sie getötet! Ich hasse dich! Allein dein Name nagt an mir wie ein Schuldgefühl. Man verabscheut dich mehr als die Pest und den römischen Krieg! Die Provinzen zittern vor deinem Zorn, die

Feldfurchen sind voller Leichen! Ich bin deiner Spur des Feuers gefolgt, als schritte ich hinter Moloch selbst einher!«

Mit einem Satz sprang Matho auf; gewaltiger Stolz ließ sein Herz anschwellen; er fühlte sich zu göttlicher Größe erhoben.

Mit bebenden Nasenflügeln, zusammengebissenen Zähnen sprach sie weiter:

»Als ob das Sakrileg nicht schwer genug gewesen wäre, bist du zu mir gekommen, ganz eingehüllt in den Zaïmph, während ich schlief! Ich habe deine Worte nicht verstanden; doch ich habe wohl bemerkt, daß du mich zu etwas Gräßlichem fortreißen wolltest, in die Tiefe eines Abgrunds.«

Matho rang die Hände und rief aus:

»Nein! Nein! es geschah, um ihn dir zu geben! um ihn dir zu überbringen! Es schien mir, die Göttin habe ihr Gewand nur deinetwegen zurückgelassen, damit es dir gehöre! Ob in ihrem Tempel oder in deinem Haus, worin liegt der Unterschied? bist du nicht allmächtig, makellos rein, strahlend und schön wie Tanit!«

Und mit einem Blick voll unendlicher Verehrung:

»Oder bist du vielleicht gar Tanit selbst?

– Ich, Tanit?« sagte Salambo zu sich.

Sie schwiegen. In der Ferne rollte der Donner. Schafe blökten, erschreckt von dem Gewitter.

»Oh! Komm näher! fuhr er fort, komm näher! fürchte nichts! Damals war ich nur ein Soldat, der im Pöbel der Söldner aufging und doch so sanft, daß ich das Holz der anderen auf meinem Rücken trug. Was kümmert mich Karthago! Seine Menschenmenge bewegt sich wie verloren im Staub deiner Sandalen, und alle seine Schätze, samt den Provinzen, den Flotten und den Inseln, erregen mich nicht so wie die Frische deiner Lippen und der Schwung deiner Schultern. Doch ich wollte ihre Stadtmauern niederreißen, um bis zu dir zu gelangen, um dich zu besitzen! In der Zwischenzeit jedoch rächte ich mich! Nun zermalme ich die Menschen wie Muscheln, werfe mich auf die Phalanxen, teile die Lanzen mit bloßen Händen, halte Hengste an den Nüstern zurück; ein Katapult könnte mich nicht töten! Ach, wenn du wüßtest, wie ich mitten im Krieg an dich denke! Manchmal ergreift mich plötzlich die Erinnerung an eine deiner Gesten, an eine Falte deines Gewands, und ich verstricke mich wie in einem Netz! in den Flammen der Brandpfeile und auf der Vergoldung der Schilde erblicke ich deine Augen! im Klang der Zymbeln höre ich deine Stimme! Ich drehe mich um, du bist nicht da! Und so stürze ich mich wieder in die Schlacht!«

Er hob seine Arme, auf welchen die Venen untereinander verschlungen waren wie Efeu auf den Zweigen eines Baumes. Schweiß rann ihm über die Brust, zwischen seinen eckigen Muskeln hindurch; und sein Atem hob und senkte seine Seiten mit dem bronzenen Gürtel, der über und über mit Riemen verziert war, die ihm bis zu den Knien reichten, fester noch als Marmor. Salambo, die nur an Eunuchen gewohnt war, ließ sich von der Kraft dieses Mannes überwältigen. Es war die Strafe der Göttin oder der Einfluß Molochs, der sie umgab, inmitten dieser fünf Armeen. Mattigkeit überkam sie; bestürzt lauschte sie den zeitweiligen Schreien der Wachen, die einander antworteten.

Die Flammen der Lampe flackerten unter Böen heißen Winds. Hin und wieder zuckten mächtige Blitze auf. Dann versank alles in noch größerer Finsternis; und sie sah nur noch die Pupillen Mathos, wie zwei glühende Kohlen in der Nacht. Dennoch fühlte sie, daß eine Schicksalhaftigkeit sie umhüllte, daß sie einem höchsten, unwiderruflichen Augenblick nahe war, sie riß sich zusammen, ging auf den Zaïmph zu und hob die Hände, um ihn an sich zu nehmen.

»Was tust du?« schrie Matho.

Gelassen erwiderte sie:

»Ich kehre nach Karthago zurück.«

Er trat mit verschränkten Armen näher, in einer so furchterregenden Haltung, daß sie sogleich wie angewurzelt innehielt.

»Nach Karthago zurückkehren!« stammelte er und wiederholte zähneknirschend:

»Nach Karthago zurückkehren! Ach! Du bist gekommen, um den Zaïmph zu holen, um mich zu besiegen und dann wieder zu verschwinden! Nein, nein! du gehörst mir! und niemand wird dich von hier fortbringen! Oh! Ich habe die stolze Verachtung deiner großen ruhigen Augen nicht vergessen, auch nicht wie du mich mit dem Hochmut deiner Schönheit zermalmtest! Doch nun bin ich am Zuge! Du bist meine Gefangene, meine Sklavin, meine Dienerin! Ruf nur, wenn du willst, deinen Vater und sein Heer, die Ältesten, die Reichen und dein ganzes abscheuliches Volk! Ich bin der Herr über dreihunderttausend Soldaten! ich werde noch mehr aus Lusitanien, aus den gallischen Ländern und aus der Tiefe der Wüste holen und deine Stadt vernichten, all deine Tempel niederbrennen; die Triremen werden auf Wogen aus Blut fahren! Nicht ein Haus, nicht ein Stein, nicht eine Palme Karthagos sollen überdauern! Und wenn mir Männer fehlen, werde ich Bären aus den Bergen herbeischaffen und Löwen in den Kampf treiben! Versuche nicht zu fliehen, ich töte dich!«

Bleich und mit geballten Fäusten zitterte er wie eine Harfe, deren Saiten zu zerspringen drohen. Plötzlich erstickten ihn Schluchzer, und während er vor ihr auf die Knie niedersank, sagte er:

»Ach! Verzeih mir! Ich bin ein Ehrloser und nichtswürdiger noch als die Skorpione, der Schlamm und der Staub! Wie du soeben sprachst, strich dein Atem über mein Gesicht, und ich ergötzte mich daran wie ein Todgeweihter, der flach auf dem Bauch liegend aus einem Bach trinkt. Zertrete mich, wenn ich nur deine Füße spüre! verfluche mich, wenn ich nur deine Stimme höre! Geh nicht fort! Erbarmen! ich liebe dich! ich liebe dich!«

Er kniete vor ihr auf dem Boden; den Kopf in den Nacken zurückgeworfen, umschlang er mit beiden Armen ihre Taille und ließ seine Hände umherschweifen; die goldenen Scheiben, die an seinen Ohren hingen, glänzten auf seinem tiefgebräunten Hals; dicke Tränen rollten aus seinen Augen, die silbernen Globen glichen; er seufzte voll Zärtlichkeit und murmelte unverständliche Worte, sanfter als ein Hauch und süßer als ein Kuß.

Salambo wurde von einer Kraftlosigkeit überwältigt, die ihr jedes Bewußtsein für sich raubte. Etwas innig Vertrautes und zugleich Erhabenes, ein göttlicher Befehl, zwang sie, sich hinzugeben; Wolken hoben sie vom Boden, und mit schwindenden Sinnen ließ sie sich rückwärts auf das Lager, in das Löwenfell sinken. Matho ergriff ihre Füße, das goldene Kettchen barst und die beiden Enden flogen hoch und schlugen gegen die Leinwand wie zwei zurückschnellende Vipern. Der Zaïmph fiel herab, umhüllte sie. Sie sah das Gesicht Mathos, wie er sich über ihre Brust beugte.

»Moloch, du verbrennst mich!«

Und die Küsse des Soldaten, verschlingender noch als Flammen, bedeckten sie ganz; sie war wie von einem Gewitter fortgerissen, gefangen in der Macht der Sonne.

Er küßte jeden Finger ihrer Hand, ihre Arme, ihre Füße und von einem Ende zum anderen ihre langen Haarzöpfe.

»Nimm ihn mit, sagte er, was bedeutet er mir schon! nimm ihn und mich! ich lasse die Armee im Stich! ich vezichte auf alles! Jenseits von Gades, zwanzig Tagesreisen über das Meer stößt man auf eine Insel bedeckt mit Goldstaub, üppigem Grün und Vögeln. Auf den Bergen wiegen sich prächtige Blumen überströmend vor dampfendem Duft wie ewige Räucherfässer; in Zitronenbäumen, höher als Zedern, lassen milchfarbene Schlangen mit Diamanten im Maul die Früchte auf den Rasen herabfallen; die Luft ist so mild, daß sie am Sterben hindert. Oh! Ich werde sie finden, du wirst sehen. Wir werden in Grotten aus Kristall leben, die am Fuße der Hügel ausgehöhlt sind. Noch ist sie unbewohnt, ich werde der König des Landes.«

Er fegte den Staub von seinen Kothurnen; er wollte, daß sie ein Viertel Granatapfel zwischen die Lippen nahm, häufte Kleider unter ihr Haupt, um ihr ein Kissen zu bereiten. Er versuchte ihr auf jede erdenkliche Weise dienlich zu sein, sich zu erniedrigen, und breitete den Zaïmph über ihre Beine wie einen schlichten Teppich.

»Hast du noch immer, fragte er, diese kleinen Gazellenhörner, an welchen deine Halsketten aufgehängt sind? Du wirst sie mir schenken, ich mag sie so sehr!«

Denn er sprach, als ob der Krieg zu Ende sei, freudiges Lachen brach aus ihm hervor; und die Söldner, Hamilkar, alle Widerstände waren nun verschwunden. Der Mond glitt zwischen zwei Wolken hindurch. Beide erblickten sie ihn durch eine Spalte im Zelt.

»Ach! Wie viele Nächte habe ich damit verbracht, ihn zu betrachten! er erschien mir wie ein Schleier, der dein Gesicht verbarg; durch ihn hindurch hast du mich angesehen; meine Erinnerung an dich verschmolz mit seinen Strahlen; ich konnte euch nicht mehr unterscheiden!«

Und den Kopf zwischen ihren Brüsten weinte er lange.

»Hier ist er nun, dachte sie, der furchtbare Mann, vor dem Karthago zittert!«

Er schlief ein. Sie löste sich aus seinen Armen, setzte einen Fuß auf den Boden und bemerkte, daß ihr Kettchen zerbrochen war.

Man lehrte die Jungfrauen der großen Familien, diese Fußfesseln als etwas beinahe Religiöses zu beachten, und Salambo errötete, als sie die beiden Enden der goldenen Kette um ihre Beine schlang.

Graf Mirabeau
Ein unterhaltsames Spiel

Eines Tages wollte meine Tante den Nachmittag bei einer ihrer Freundinnen verbringen, wo sie wegen irgendeiner Angelegenheit länger verweilen mußte, und sie beabsichtigte, weder Isabelle noch mich mitzunehmen. Meine Cousine sagte mir im geheimen, sie solle an diesem Tag einige neue Stiche lernen, und ich könne daher zu den Nachbarn gehen oder solle mich allein beschäftigen, um sie nicht zu stören. Mehr brauchte es nicht. Sobald wir uns vom Tisch erhoben hatten, tat ich so, als würde ich das Haus verlassen und in die Nachbarschaft gehen. Doch leise schlich ich wieder hinauf in das Zimmer von Justine, die meiner Tante beim Ankleiden half, und kam ihnen zuvor. Ich schloß mich in das dunkle Gemach ein, versteckt hinter den Möbeln, das Auge an die von mir vergrößerte Öffnung gepreßt. Es dauerte nicht lange, bis ich sah, wie meine Cousine mit einer Stickerei in der Hand hereinkam; ich glaubte schon, einen sehr langweiligen Nachmittag verbringen zu müssen; ich bereute meine Neugier, die ich von ganzem Herzen verfluchte. Nur wenig später trat auch Justine zusammen mit meiner Tante ein, die fragte, wo ich denn sei. Mein Herz klopfte laut. Sie antworteten, daß ich offensichtlich zu einigen Freundinnen meines Alters gegangen sei, zu denen ich mich hin und wieder begab; näher erkundigte sie sich nicht, und da sie ihre Tochter beschäftigt glaubte, machte sie sich auf den Weg, und ich sah, wie sie beide durch das Fenster verfolgten, wie meine Tante fortging. Ihrem Gespräch konnte ich entnehmen, daß sie das Haus verlassen hatte, woraufhin Justine die Riegel vorschob; dann öffnete sie die Tür zu der Kammer, in der ich mich befand, und eilte zu der Geheimtreppe. Angst, entdeckt zu werden, ergriff mich; ich kauerte mich nieder, um mich zwischen den Möbeln zu verbergen; sie bemerkte nichts und kehrte in ihr Zimmer zurück. Sobald sie es wieder betrat, legte Isabelle ihre Stickerei beiseite und ging zu einem Spiegel hinüber, um ihre Frisur und ihr Halstuch zurechtzuzupfen. Doch Justine entriß ihr das Tuch sogleich und nahm ihre Brüste, wobei sie Isabelle zu deren Rundungen und Festigkeit beglückwünschte, daraufhin entblößte sie auch die ihren, um sie mit Isabelles zu vergleichen. Während sie mitten in dieses unterhaltsame Spiel vertieft waren, hörte ich jemanden die Treppe von dem kleinen Hof heraufsteigen, und nachdem er die erste Tür, die Justine offensichtlich für ihn geöffnet hatte, unverschlossen vorfand, kratzte er an jener des Zimmers. Ich konnte ihn nicht vorbeigehen sehen, da ich mich tief duckte und versteckt hielt, um selbst nicht entdeckt zu werden. Justine ließ ihn ein und verschloß sorgfältig beide Türen. Als er im Zimmer war, erkannte ich ihn sogleich: Es war ein großgewachsener junger Mann, entfernt verwandt mit der Familie, der gelegentlich meine Tante besuchte. Isabelle hatte ihren Busen unbedeckt. Ohne zu zögern begann Courbelon, ihn zu küssen, und faßte mit der einen Hand tief in ihren Ausschnitt, während sich die andere unter ihrem Rock verlor. Dann kam Justine an die Reihe, die er ebenso begrüßte. Da schien es mir, daß mir die Zeit nicht lang werden würde. Er nahm Isabelle in die Arme, warf sie auf das Fußende des Bettes und schob ihr die Röcke hoch, so daß nichts bedeckt blieb; ich erblickte ihren Leib, ihre Schenkel und ihre Spalte; nur ein spärlicher Haarwuchs zierte sie, doch war er von tiefem Schwarz; er küßte sie und bewegte den Finger der rechten Hand am oberen Ende dieser Spalte, während er den Finger seiner linken Hand ganz hinein versenkte. Justine, die seine Hose aufknöpfte, holte ein überaus langes Gerät hervor, steif und sehr groß; meine Cousine ergriff es; er wollte es an Stelle seines Fingers hineinstecken, doch da hörte ich Justine sagen:

– Nein, Courbelon, das dulde ich nicht; sollte ich schwanger werden, so weiß ich, was ich zu tun habe; doch käme Isabelle jemals in diese Lage, wo könnten wir beide uns dann verbergen? Sei zärtlich zu ihr, verschaff ihr Vergnügen, doch dring nicht in sie ein.

Das ganze Gespräch, das ich laut und deutlich mit anhörte, war voller Geheimnisse für mich, wofür ich die rechten Worte suchen mußte. Ich beobachtete indessen, wie sich Courbelon recht widerwillig fügte, und vor sich hinschimpfend fuhr er fort, zärtlich mit Isabelle zu sein, die er wie zuvor kraulte, während meine Cousine dieses große Werkzeug, das Justine befreit hatte, fest mit der Hand umschloß. Einige Augenblicke später, nachdem er die Bewegungen seiner Finger fortgesetzt hatte, hörte und sah ich, wie Isabelle die gleichen Regungen und die gleichen Seufzer an den Tag legte wie an den Abenden, wenn wir gemeinsam im Bett lagen. Da fiel es mir wie Schuppen von den Augen, und ich vermutete, daß sie allein in ihrem Bett wiederholte, was Courbelon zuvor mit ihr getan hatte. Bald erhob sich Isabelle wieder, und Justine, die wie ein auf Beute lauernder Jagdhund verharrte, warf sich ihrerseits auf das Fußende des Bettes, wobei sie Courbelon den Arm um die Lenden schlang und mit der anderen Hand diesen Pfahl hielt, welcher seine Größe beibehalten hatte, und ihn so zu sich herabzog. Kurz darauf waren ihre Röcke hochgeschoben; er legte sich auf ihren Leib und ergriff mit beiden Händen ihre Brüste und küßte sie, und die Bewegungen seiner Lenden und seines Pos ließen mich, so wie ich es beobachten konnte, annehmen, daß er dieses Glied hineinstieß, was ich so gern hätte eindringen sehen. Meine Cousine ließ ihre Hand von hinten zwischen Courbelons Schenkel gleiten, wohl um ihn zu streicheln oder um zu beurteilen, wie weit er eingedrungen war. Ich beobachtete, wie er sich schneller regte, wilder zustieß: bald darauf, nach Gefühlsausbrüchen und Bewegungen, die mich sehr erstaunten, ließ Courbelon sich gehen, und ich sah ihn dieses Werkzeug zurückziehen, nunmehr bescheiden und erheblich kürzer und dünner. Sie erholten sich für eine Weile auf dem Bett; doch die Küsse und Zärtlichkeiten nahmen erneut ihren Lauf. Es dauerte nicht lange, bis auf diese erste Szene, die mich lebhaft erregt hatte, eine weitere folgte, die mir noch mehr gefiel.

Courbelon störten ihre Gewänder, und in dem Wissen, daß meine Tante so bald nicht wiederkäme, versetzte er sie geschwind in jenen Zustand, in dem er sie gerne sah: in wenigen Augenblicken waren sie beide nackt. Justine war nicht von so schöner Gestalt wie Isabelle; doch geriet ihr der Zustand, in den er sie versetzt hatte, zum Vorteil: ihr Körper war weißer, sie war ein wenig kräftiger und rundlicher. Er überhäufte die eine wie die andere mit mehr als hundert Küssen; er nahm ihre Popos, ihre Brüste, ihre Spalten, nichts wurde ihm verwehrt. Das, was ich seit nunmehr einer halben Stunde beobachtete, entfachte in mir ein Feuer, eine Gefühlsregung, wie ich sie nie zuvor empfunden hatte. Die Lebhaftigkeit ihrer Zärtlichkeiten nahm wieder zu. Er hielt beide an, sich auf den Bauch mit gespreizten Beinen an das Bettende zu legen. Ich entdeckte klar und deutlich alles, was auch Courbelon erblickte: er betastete sie, küßte ihre Pobacken, vergrub jeweils den Finger einer Hand zwischen ihren Schenkeln. Sein Werkzeug hatte wieder seine ursprüngliche Gestalt angenommen, in der ich es zuerst gesehen hatte; und da Justine, die, das Gesicht in den Händen vergraben, auf der Decke lag, ihn nicht sehen konnte, begann er, in Isabelle einzudringen, doch Justine, von plötzlichem Mißtrauen gepackt, erhob sich, packte meine Cousine wütend an den Beinen, zog sie zurück und brachte Courbelon aus der Fassung. Ich war sehr verärgert darüber, denn ich konnte beobachten, wie dieses Werkzeug mit großen Schritten vorankam.

– Nein, wiederholte sie. Das darf nicht sein; ich habe es euch schon hundert Mal erklärt, dieser Notwendigkeit müssen wir uns beugen.

Da ich sie ebensogut hören konnte wie sehen, entging mir kein Wort, keine Formulierung:

– Komm, mein Lieber, sprach Justine, und faßte ihn an seinem Werkzeug, komm und steck dein Glied in meine Bonbonniere, sie sind miteinander vertraut, und bei mir wagst du nichts.

Doch so weit kam sie nicht mehr, denn, da sie ihn immer noch an seinem Glied festhielt, versetzte sie ihm zwei oder drei Stöße: schon sah ich, wie Courbelon sich auf ihre Schulter stützte, eine ihrer Brüste nahm, sie küßte und unter Zuckungen, die lebhaftestes Vergnügen erkennen ließen, eine weiße Flüssigkeit ausstieß, die ich nie zuvor gesehen hatte. Auch ich befand mich in einem Zustand, den ich selbst nicht begreifen konnte. Seit einiger Zeit kitzelte ich das obere Ende meiner Spalte auf ebendiese Weise, wie ich es Courbelon bei Isabelle und Justine hatte tun sehen. Ich war noch auf diese angenehme Weise beschäftigt, die mir soweit nur ein sanftes Vergnügen bereitete, als die eine wie die andere, zweifellos von Courbelons Zärtlichkeiten auf das lebhafteste erregt, ihn in den gleichen Zustand versetzten, in dem sie sich selbst befanden: nicht ein Kleidungsstück vom Kopf bis zu den Knien. Dieser neue

Anblick schlug mich voll köstlicher Neugier in seinen Bann und zwar um so mehr, als ich mich heftig danach gesehnt hatte, ihn so zu sehen: es schien, als stimmten ihre Begierden mit meinen Wünschen überein. Beide küßten ihn, streichelten ihn, nahmen sein Glied, das wieder erschlafft war, strichen ihm zärtlich über Hoden und Schenkel; er seinerseits erwiderte ihre Küsse, knetete ihren Busen, saugte an ihren Brüsten, stieß sie um, betrachtete sie, kraulte sie und vergrub seine Finger in ihnen. Da sah ich schließlich, wie sein Glied wieder seine ganze Kraft annahm und sie beide bedrohte; es glich einem Speer, der einem wilden Tier in den Leib gestoßen werden soll. Ich bemerkte wohl, daß Courbelon meine Cousine im Auge hatte; doch Justine nahm ihn, sie fielen aufeinander am Fußende des Bettes; ich glaubte schon, er würde ihr den Bauch aufschlitzen; nichts ließ sie zurückweichen.

– Warte wenigstens, sagte er, bis wir unsere Vergnügungen auf die Spitze getrieben haben und sie alle gemeinsam genießen können.

Er bat Isabelle, sich mit gespreizten Knien und Schenkeln auf das Bett zu legen, zwischen welche sich Justine mit weit geöffneten Beinen auf den Boden stellte. Da nichts meinen Blicken entzogen war, sah ich, wie Courbelons Glied in ihre Bonbonniere eindrang, die sich durch seine Bewegungen vertiefte und weitete, so kam es mir jedenfalls vor, und das überraschte mich sehr. Es schien mir unmöglich, daß ein derart großes Glied dort eindringen könnte, mir, die versucht hatte, mit dem eigenen Finger bei sich vorzudringen und aufgrund des Schmerzes nicht gewagt hatte, ihn hineinzuschieben. Doch dieses Beispiel ließ mich weitergehen, und mit all meinem Mut schob ich ihn hinein, so wie ich es vor mir sah; der Entschluß fiel mir um so leichter, da Courbelon, nachdem er sein Glied in Justines Bonbonniere gesteckt hatte, seinen Finger bei Isabelle eingeführt hatte und ihr dabei sagte, sie hätte den bezauberndsten aller Venushügel und die hübscheste kleine Bonbonniere der Welt, und er empfahl ihr, sich die Klitoris zu kitzeln; was meine Cousine auch tat, während er seinen Finger in ihrer

Bonbonniere hinein- und hinausgleiten ließ, wie sein Glied bei Justine. Getreulich bemühte ich mich, es ihnen zumindest teilweise gleichzutun, nahm meinen ganzen Mut zusammen, drang mit dem Finger meiner linken Hand in mich ein, so weit ich nur konnte, und bewegte ihn auf ebensolche Weise, während ich mich mit der rechten kraulte, wie Isabelle es bei sich tat. Eine köstliche Empfindung verstärkte sich allmählich in mir; nun überraschte es mich nicht mehr, daß meine Cousine Gefallen daran fand, es zu wiederholen. Es dauerte nicht lange, bis ich sie alle drei von höchsten Gefühlsausbrüchen übermannt sah. Isabelle ließ sich auf dem Rücken liegend gehen, wobei sie von Zeit zu Zeit einen Stoß mit ihrem Unterleib vornahm. Courbelon, Zeuge ihres Vergnügens, rief ihr zu:

– Ach! meine Liebe, du vergehst!

Kaum hatte er diese Worte ausgesprochen, als er selbst beinahe regungslos auf Justine fiel, während er tief aufseufzte und heftig die wildesten Worte hervorstieß, um seinen Gefühlen Ausdruck zu verleihen. Justine selbst, nach den lebhaftesten und wiederholten Zuckungen und raschem Zusammenkneifen ihrer Pobacken, verharrte wie leblos, den Kopf und die Arme nach vorn gebeugt, stimmte sie in Courbelons Verwünschungen mit ein.

Diese Bezeugungen eines so gewaltigen Vergnügens erregten mich so sehr und erhöhten das meine zu einem derartigen Ausmaß, daß ich mich meinerseits rücklings auf die Möbel sinken ließ und ein unglaubliches Vergnügen dabei empfand. Welcher Überschwang an Köstlichkeit, wenn man zum ersten Mal eine derart große Wollust empfindet, wie man sie nie zuvor gekannt hat und die man nicht einmal erahnen konnte! Man ist nichts mehr, man gehört allein diesem überwältigenden Glücksgefühl und spürt nur noch dieses.

Die Zeit, die ich damit verbrachte, es auszukosten, hatte ihnen genügt, sich wieder anzukleiden. Sobald sie damit fertig waren, verschwand Courbelon, nachdem er sie geküßt hatte, auf demselben Weg, auf dem er gekommen war, und einige Augenblicke später verließen Isabelle und Justine das Zimmer.

Ich wartete noch ein Weilchen; endlich konnte auch ich mich hinauswagen, und, indem ich es Courbelon gleichtat, kehrte ich ins Haus in die Wohnung meiner Tante zurück, die selbst nur kurze Zeit später mit meiner Cousine, die ihr entgegengegangen war, heimkam.

Thomas Gsella
Ich, Du, Überwir

An uns beiden abzulesen
sind die Qualen des Expander.
Mann und Frau, verdehnte Wesen,
drängt es zu- und ineinander.

An uns beiden zu studieren
ist das Überwir der Liebe.
All das Rauschen und Charmieren,
all das liebe Triebgeschiebe

(sich beriechen, sich versuchen,
sich verzehren und vermehren)
will, daß Schwanz und Mutterkuchen
Föten zeugen, Föten nähren,

Eltern werden, Eltern bleiben,
Müsli rühren, Bettchen bauen,
Fläschchen kochen, Äpfel reiben,
Nacht durchwachen, Tag versauen.

So sind wir, so geht es allen
tief im Glück: hereingefallen.

Er ist anziehend, und er ist abstoßend. Er ist nichts dazwischen. Seine Sinnlichkeit ist unverhohlen. Sie ist sieghaft. Sie wird von Frauen wie Männern erfahren. Sie ist direkt. Sie taxiert ihr Gegenüber nicht. Sie taxiert nur seine Bereitschaft. Sie sagt: Ich will. Wir werden sehen, ob du auch willst. Und ich sage dir: Du wirst wollen. Wir alle sind von der Art, zu wollen.

Er ist kein Satyr. Satyrn brauchen Gewalt. Die unvermischte Sinnlichkeit ist abstoßend.

Er wäre abstoßend, wenn nicht sein Hochmut ins Spiel käme. *Tötet mich oder nehmt mich, wie ich bin,* wird er schreiben, *denn ändern werdet ihr mich nicht.* Sinnlichkeit und Hochmut. Der Hochmut eines Hochgeborenen, der von sich glaubt, dass er alles zur eigenen Höhe emporhebt, was er berührt, auch das Niedrigste. Er weiß, wer er ist, und er ist es ganz. Wenn er sich dem Laster ergibt, so ist das Laster geadelt, nicht er beschmutzt. Die Prostituierten, deren er sich bedient, macht er, auch wenn er sie auspeitscht, zu Königinnen. Er zweifelt nicht daran. Sonst bezweifelt er alles.

Zwei-, dreimal im Leben hat er geliebt. Er kann es beschwören. Immer Frauen. Obwohl er sich auch der Männer bedient von Zeit zu Zeit.

Sein Begehren schließt die Möglichkeit der Liebe ein, jedes Mal. Das ist sein Geheimnis. Irgendetwas in dem Blick, mit dem er die Frauen ansieht, kündet von dieser Möglichkeit. Eine Botschaft, intim, obszön. Selbst die Liebe ist obszön, gerade sie. Das ist die Botschaft, die der Marquis für die Frauen hat. Er zögert keinen Moment, sie zu übermitteln. Wenn er die Worte nicht sagt, so ist es die Stimme. Wenn es die Stimme nicht ist, so ist es sein Blick, die Berührung. Seine Berührung entfacht sein eigenes Feuer in den Berührten. Er braucht nur seine Fingerspitzen, ihren Druck auf Ellenbogen und Wirbelsäulen, ein kleines Zittern, ein Flattern darin, seismographisch, manchmal genügt schon sein Atem, ein Hauch davon, der den Nacken einer Frau im Vorübergehen trifft. Er hat Techniken. Er versteht es, mit dem Handrücken ihre Brüste zu streifen, ohne dass man es sieht.

Er ist aus jeder Distanz intim.

Seine Konversation, so nichtssagend und unverfänglich sie sein mag, sagt immer nur eins: Ich weiß, woran du wirklich denkst, ich denke dasselbe.

Und er kostet ihr Erschrecken aus. Er macht die Frauen zu Komplizinnen ihrer eigenen Schändlichkeit. Mit Lust sieht er, wie sie ihrer gewahr werden. Wie sie den Abgrund in sich selbst wahrnehmen, bevor sie sich hineinstürzen.

Er ist kein Satyr, kein Unhold, er ist ein Verführer. Er braucht keine Gewalt, um Gewalt anzutun. Er ist nicht von dem Wunsch erfüllt, zu demütigen, wenn er Schmerz zufügt, er erhebt seine Gespielinnen zu den Höhen des eigenen Hochmuts, der sich an-maßt, schändlich zu sein, weil er keine Grenzen kennt, sie nicht anerkennt. Erst zum Schluss wird er gefährlich, dann ist er ganz entfesselt und ohne Maß. Dann ist er auf Verzeihung angewie-sen. Dann weiß er, dass er wieder zu weit gegangen ist. Aber zu weit ist ihm nicht weit genug. Er muss hinaus über die Reue, die Verzagtheit nach einem Höhepunkt. Jeder Akt reißt ihn zu neuen Versuchen hin, die alles Bisherige in den Schatten stellen.

Es ist entsetzlich. Entsetzlich auch für ihn, der vor immer größeren Herausforderungen steht. Er ist ein Sisyphos des Sex, nur dass der Berg immer höher wird, auf den er seinen Stein wälzt. Ein Gott, der ihm dabei zusähe, müsste sich seiner erbarmen. Aber er kennt keinen Gott, er ist Atheist. Seine Lust ist die Lust an der eigenen Gottähnlichkeit, ein Akt der Blasphemie. Hier liegt die Grenze, die Frauen mit ihm nicht überschreiten wollen. Sie gehen nie so weit, wie er geht. Auch nicht die jungen Männer, die er sich für seine Übungen gefügig macht. Am Ende ist er umgeben vom Kleinmut der Zurück-bleibenden. Ihr Warnen, ihr Seufzen, ihr Flehen, ihr Schluch-zen wird zum Auslöser seiner finalen Raserei. Seine Rage ist die Wut angesichts ihres Zurückbleibens, ihres mangelhaften

Willens zum Außerordentlichen in der Leidenschaft. Er tobt, er peitscht, er schreit, er flucht, seine Exzesse sind Ausdruck eines Hochmuts, der den Himmel stürmen will und doch immer wieder in nichts als der Unordnung eines Boudoirs endet, in dem er sich zwischen entgeisterten und derangierten Mitspielern findet, in deren Gesichtern sich so etwas wie Erleichterung zeigt und die nicht weniger als er in Schweiß gebadet sind, von den Spuren gezeichnet, die seine Behandlung hinterlässt.

Er ist Troubadour und Triebtäter in einem.

Jenna Jameson
Die zehn Gebote

Ich kenne mich mit Sex aus, so wie sich andere Leute mit Musik oder Computern auskennen. Damit verdiene ich meinen Lebensunterhalt. Frauen in anderen Berufen reden über Aktienkurse oder Kundenkarten, wir reden darüber, wie man sich die Schamhaare rasiert (mit Neosporin, ein Mittel gegen Narbenbildung, geht es wunderbar – man bekommt nicht so viele Rasierpickel) und wie man Menstruationsblut aus der Unterwäsche rauskriegt (mit Wasserstoffperoxyd). Am häufigsten aber werde ich von Frauen gefragt, wie man einem Mann am besten einen bläst.

Wenn ein Mädchen einen Typen halten will, kann sie entweder die Ratgeberseiten in den Frauenzeitschriften lesen oder lernen, wie sie ihm einen bläst, sodass er es nie vergisst. Diese Gebote sind speziell für Leserinnen bestimmt – oder Leser, die sie ihren Freundinnen weitergeben möchten.

Um es deutlich zu sagen, die Liste ist das Ergebnis eigener Erfahrungen. Sie brauchen also am Erfolg nicht zu zweifeln.

1. DU SOLLST BLICKKONTAKT HERSTELLEN: Wenn du dich an die Sache machst, nimm die Haare aus dem Gesicht und sieh ihn mit großen Rehaugen an. Achte darauf, im Bett immer eine gute Show hinzulegen, denn wie wir alle wissen, wollen Männer was zu sehen bekommen.

2. DU SOLLST LANGSAM ANFANGEN: Lecke den Schwanz zuerst fast wie in Zeitlupe, umschließe ihn dann mit dem Mund und massiere nach zehn Minuten seinen Schaft mit der Hand. Aber sei gewarnt, wenn du erst einmal Hand und Mund gleichzeitig benutzt, kommen viele Männer sehr schnell – und der Spaß ist vorbei.

3. DU SOLLST DEINE HÄNDE KLUG EINSETZEN: Ein leichtes Kitzeln der Eier bringt Abwechslung beim Streicheln. Wenn auch noch beide Hände rhythmisch in entgegengesetzte Richtungen den Schwanz reiben und pumpen, gefällt es ihm sicher besonders gut, bringt ihn aber unter Umständen ebenfalls sehr schnell zum Höhepunkt. Denk dran, wenn du zu viel Reibungsdruck spürst, machst du etwas falsch. Was heißt: benutze ein Gleitmittel!

4. DU SOLLST SPUCKEN – UND ZWAR BEVOR DU SCHLUCKST: Spucke mindert den Reibungswiderstand und stellt ein natürliches Gleitmittel dar. Das ist aber nicht alles. Dein Typ findet es auch sexy, wenn du ihn mit deinem eigenen Speichel bearbeitest. Die beste Konsistenz ist dann gegeben, wenn du die Spucke tief aus deiner Kehle holst, dort ist sie sämiger als im vorderen Mundbereich.

5. DU SOLLST IHN BEOBACHTEN, WÄHREND ER SICH SELBST WICHST: Die meisten Männer wichsen ihren Schwanz nicht einfach nur hoch und runter. Wenn du ihm beim Masturbieren zusiehst, merkst du genau, was er mag. Normalerweise rubbelt ein Typ in einem bestimmten Stoßrhythmus. Denk daran, wie du es selbst gerne hast, und verwöhne ihn mit einer leichten Drehung aus dem Handgelenk.

6. DU SOLLST DEINE ZUNGE BENUTZEN: Wenn der Ständer in deinem Mund ist, strecke die Zunge so weit wie möglich heraus. Dann schlängele damit über die Unterseite seines

Schafts. Vielleicht musst du am Anfang würgen, aber es lohnt sich, denn binnen Sekunden wird dein Partner den Namen des Herrn rufen – aber auch der wird ihm nicht mehr helfen können.

7. DU SOLLST AUF DEINE ZÄHNE ACHTEN: Die meisten Mädchen schieben ihre Lippen vor die Zähne, um den Schwanz zu schürzen. Aber dadurch entsteht eine harter Ring im Mundbereich. Stattdessen legst du die Zunge über die unteren Zähne und machst den Mund so weit auf wie möglich, damit die Schneidezähne frei bleiben.

8. DU SOLLST DAS SKROTUM EHREN: Folgende kleine Variante wird selten in Pornofilmen gezeigt, weil sie nicht besonders gut aussieht – dafür fühlt sie sich aber toll an. Nimm beide Eier in den Mund, sauge an ihnen und besorg es ihm mit der Hand. Dann fahr die Zunge aus, sodass du die sensible Zone zwischen Arsch und Eiern lecken kannst.

9. DU SOLLST AUSPROBIEREN, WIE ES IST, SPERMA ZU SCHLUCKEN! – UND DU SOLLST DIR DAS ZEUG ÜBERS GESICHT SPRITZEN LASSEN: Ich kenne keinen Mann, den es nicht antörnt, wenn er einer Frau ins Gesicht spritzen darf. Auch Schlucken steht auf der männlichen Antörnliste ganz oben. Das ist gewöhnungsbedürftig, da das Sperma keine Gourmetspeise ist. Es schmeckt aber besser, wenn er Ananas auf seinem Speiseplan hat.

10. DU SOLLST DAS EJAKULAT NICHT IN DIE AUGEN KRIEGEN: Das brennt nicht nur, man kann sich auch eine Infektion davon holen. Also wasch es dir danach mit lauwarmem Wasser aus dem Gesicht. Mit heißem Wasser lässt es sich schwerer entfernen. Du willst doch nicht mit Wichse am Kinn zum Job gehen.

Geoff Nicholson
Koprophemie

Dem Laien könnte man verzeihen, wenn er den Unterschied zwischen Koprophilie, Koprolalie und Koprophemie nicht kennt; ich will ihn also kurz erläutern.

Koprophilie ist, wörtlich übersetzt, die Liebe zum Kot, und dazu habe ich nichts weiter zu sagen, als daß sie ekelhaft und plemplem ist und ich nichts damit zu tun haben möchte. Aber die beiden anderen sind viel interessanter und relevanter.

Koprolalie bedeutet wörtlich »Kotsprache«, einen Zustand, ein bißchen wie das Tourette-Syndrom, in dem der Patient oder die Patientin nicht anders kann, als in einer Tour Sauereien zu äußern, egal, wo er oder sie sich gerade befindet: im Supermarkt, im Beichtstuhl, beim Brahms-Gesangsabend. Einige Lehrbücher werden Ihnen weismachen wollen, daß der Patient mit Wörtern so spielt wie der Koprophile mit Kot, was auch wieder nicht sehr anziehend und überhaupt nicht sexy ist. Koprophemie kann jedoch, das passende Umfeld vorausgesetzt, durchaus beides sein.

Koprophemie beinhaltet die Verwendung obszöner Ausdrücke als Teil der geschlechtlichen Erregung. Im Extremfall ist sie eine destruktive Perversion, bei der die säuische Wortwahl wichtiger wird als der eigentliche Sex, aber in milderer Form ist sie eine harmlose kleine Schrulle, ein sexuelles Extra. Ich hatte jedoch nicht die leiseste Ahnung von diesen Unterschieden und Definitionen.

Auf jeden Fall war Freitagabend. Meine erste Woche im Anstellungsverhältnis, wenn auch nicht »auf Arbeit« (weil ich keinen Finger krummgemacht hatte), war vorüber, was aber auch keinen tollen Unterschied bedeutete, soweit es Klinik-Atmosphäre und -Aktivitäten betraf. Ich war ins Bett gegangen –, nicht weil ich müde gewesen wäre, sondern weil mir nichts Besseres einfiel.

Ich lag da, versuchte, mich zum Einschlafen zu zwingen, es

gelang mir aber nicht, weil ich im Geist immer wieder denselben Kram durchkaute – was machte ich hier bloß? sollte ich alles gestehen? und so weiter –, und das brachte mich naturgemäß auf Alicia. Ich hatte nicht gerade sexuelle Phantasien; das wäre zu einfach gewesen, zu eindeutig. Ich hatte immer noch Angst, mich wegen dieser Frau blamiert zu haben. Aus irgendeinem Grunde hatte sie gewollt, daß ich den Job in der Klinik annehme, und sie hatte ihren Charme – mir fällt gerade kein besseres Wort ein – eingesetzt, um mich rumzukriegen. Charme, ist das nicht ein gräßliches Wort? Aber sobald ich die Klinik betrat, war Schluß mit dem Charme. Dadurch wirkte sie zwar vielleicht wie ein schlechter Mensch, ich dagegen wie ein kompletter Idiot. Ich fühlte mich verletzt und ein bißchen mißbraucht, wollte aber doch, daß es mit uns weiterging. Und was wollte ich sonst noch? Sex? Liebe? Eine Beziehung? Das Miteinander zweier verwandter Seelen? Warum eigentlich nicht? Gegen nichts davon hätte ich was gehabt, auch wenn es dreist war, dergleichen zu verlangen oder auch nur zu erhoffen. Ich wäre schon über Gesellschaft froh gewesen, Wärme, über jemanden, mit dem man reden konnte. Deshalb dachte ich aus den verschiedensten Gründen ziemlich heftig an Alicia, und dann war sie plötzlich da.

Vielleicht war ich doch kurz eingeschlafen, weil ich nicht hörte, wie meine Tür auf- oder wieder zugemacht wurde, aber plötzlich war ich wach, es war stockfinster, und ich hörte Alicias Stimme sagen: »Ist da noch Platz für jemanden?« Dann kicherte sie. Diesen stählernen, aggressiven, ärztlichen Ton, an den ich mich in den letzten paar Tagen gewöhnt hatte, schlug sie nicht mehr an. Es war die alte Alicia, die Alicia, die ich zu kennen glaubte.

Ich tastete im Dunkeln nach der Nachttischlampe, und Alicia sagte: »Ich habe es lieber ohne Licht«, was unter anderen Umständen vielleicht eine kleine Enttäuschung gewesen wäre, aber ich war so froh, sie überhaupt dazuhaben, daß ich schlecht etwas einwenden konnte. Sie setzte sich aufs Bett, und ich streckte eine Hand aus, um sie zu berühren. Meine Finger fanden ihren Brustkorb. Er war nackt und bloß. Ihr Körper war warm und weich, und ich konnte einen regelmäßigen Rhythmus, der sich unter ihrer Haut hob und senkte, spüren. Meine Hand bewegte sich seitlich an ihr hinunter, zu Hüfte und Bein, und ich entdeckte, daß sie vollkommen nackt war.

»Na, wirst du mich jetzt ficken?« fragte sie.

Das war so ungefähr das Überraschendste, was sie je zu mir gesagt hatte.

»Tja, äh, ja. Klar.«

Ich hörte sie ausatmen. Es war ein sanftes, zustimmendes Geräusch.

»Und wirst du meine Brüste küssen, bis mir die Brustwarzen zu Berge stehen, und wirst du mir dann die Muschi lecken und Mund und Nase dagegendrücken, und wirst du mir die Klitoris abschlecken, bis ich pitschepatschenaß bin, und nimmst du dann deinen großen, dicken Pimmel und schiebst ihn mir rein, erst in den Mund und dann in die Möse, und füllst mich richtig schön ab? Und stößt du ihn dann ordentlich rein, rein und raus, bis ich schreie und kreische und mich an deinem Rücken festklammere, und pumpst du mir dann deinen heißen, sahnigen Glibber voll rein?«

Es war das erstemal, das mir jemand eine so formulierte Frage gestellt hatte, aber das lag nur daran, daß ich es noch nie mit einer Koprophemikerin zu tun gehabt hatte –, nicht, daß mir das Wort damals ein Begriff gewesen wäre.

»Na, wenn du es so ausdrückst«, sagte ich.

Ich hatte vermutlich immer schon gewußt, daß Pornographie eher mit dem zu tun hat, was man erzählt, als mit dem, was man ist oder tut. Es geht nicht darum, was man macht, sondern darum, wie man es beschreibt (obwohl vermutlich einige Praktiken, z. B. Koprophilie, schlicht obszön sind, egal, wie poetisch man sie beschreibt). Aber im allgemeinen bleibt sich der Geschlechtsakt relativ gleich, ob man ihn nun poetisch oder euphemistisch oder schlüpfrig schildert. An Alicias Wortschatz war nichts auch nur entfernt poetisch oder euphemistisch. Ich merkte, daß diese schmutzigen Wörter sie erregten, daß ihre

Verwendung sie erregte, und auch ich war erregt, obwohl ich glaube, daß mich ihre Erregung ebenso erregte wie die Wörter als solche.

Ich zog sie ins Bett und begann, sie zu küssen und zu streicheln. Sie sagte: »Sag mir, was du mir antun wirst«, und das brachte mich etwas aus dem Konzept. Erstens fand ich nicht, daß Sex etwas war, was ein Mensch dem anderen »antat«. Ich fand eher, daß er etwas war, was zwei Menschen miteinander taten; Sie können mich gern deswegen als jämmerlichen alten Linksliberalen bezeichnen.

Und zweitens kam ich mir plötzlich so unschuldig vor. Das hatte bestimmt auch mit Cambridge zu tun. Damals kamen an der Uni sieben Männer auf jede Frau, und das war problematisch für alle Beteiligten. Doch, es war mir gelungen, Mädchen zu finden, die mit mir ins Bett wollten oder sich zumindest nicht weigerten, aber übermäßig erotisch war keine gewesen. Nicht auffallen und das Beste hoffen, das war meist unsere Devise gewesen, und so war es nach der Uni auch weitgehend mit Nicola gewesen. Es war alles normal und gesund und sehr einfach gewesen, sowie auch ganz schön zahm. Keine hatte je gefragt, was ich da machte oder gleich machen würde; und manche Mädchen waren nur zum Sex mit mir bereit, wenn wir gar nicht darüber sprachen, vor dem Sex nicht, nach dem Sex nicht und während des Sexes schon gar nicht. Ich wollte Alicia geben, was sie brauchte, aber ich war extrem zugeknöpft. Mir fehlten zwar nicht vollständig die Worte, und ich würde auch nicht sagen, daß ich übertrieben schüchtern gewesen wäre, aber mir mangelte es doch wohl am passenden Vokabular.

»Ich werde dich gut durchvögeln«, sagte ich beklommen.

»Und wie genau wirst du dabei vorgehen?«

»Ich werde meinen Penis in deine Vagina stecken und dann . . .«

»Nein«, sagte sie, ein bißchen irritiert, aber nicht wütend, jedenfalls noch nicht. »Du wirst mich nicht mit deinem Penis vögeln. Du wirst mich ficken. Du wirst mir deinen stinkigen ollen Pimmel in die siedeheiße Votze stecken.«

»Genau«, sagte ich und bemühte mich um eine unfeine Ausdrucksweise. Ich verwendete die Begriffe, die Wörter und Redensarten und pornographischen Konstruktionen, die Alicia bevorzugte und verlangte, hegte dabei aber die Befürchtung, dies nicht überzeugend zu tun. Manchmal kam ich mir dabei vor wie in einer grauenhaften Theater-AG beim Improvisieren schlechter Dialoge. Glücklicherweise hatte Alicia genug eigenen Dialog, bzw., in dem Fall, Monolog.

»Ja, so ist das korrekt. Oh, ist das scheißenochmal gut. Schieb ihn rein. Ich will spüren, wie deine dreckigen, behaarten Eier gegen mich schlackern. Oh, du schmutziger, dreckiger, alter Ficker.«

Und so weiter, ziemlich lang und in voller Lautstärke. Gelegentlich ließ sie ein Grunzen und Kreischen raus, aber vorwiegend blieb sie zutiefst verbal, drückte sich überaus deutlich aus.

Teilweise war es Ermutigung. Sie stachelte mich zu neuen Taten an, zu neuen Höhen oder Tiefen, und irgendwie kam das als Gebrauchsanweisung rüber; sie sagte mir, was ich machen sollte, sie sagte mir, was gemacht werden mußte. Dagegen war nichts einzuwenden. Es ist nett, wenn Frauen einem sagen, was sie wollen. Und teilweise war es ein Kommentar, indem sie mit möglichst anstößigen Formulierungen beschrieb, was wir taten, und obwohl dadurch Kommentar und Taten untrennbar verbunden waren, schien das Vergnügen, welches sie aus den Wörtern zog, irgendwie von den Taten unabhängig zu sein. Ich war froh, daß sie so gründlich auf das reagierte, was wir taten, und doch fand ich ihre Reaktionen ziemlich unspontan. Ich fand, sie improvisierte weniger, als daß sie zitierte; es war, als kämen ihre Worte aus irgendeinem Porno-Buch über die Liebe, welches sie von vorn bis hinten auswendig gelernt hatte.

So richtig schlimm fand ich das nicht. Beim Sex ging es, das wußte ich damals schon, hauptsächlich um Wiederholung. Wir wissen, was wir mögen, deshalb machen wir es immer wieder, und obwohl wir alle glauben, wir fänden öfter mal was Neues schön, kommt uns von einem gewissen Punkt an eine komplett neue sexuelle Erfahrung doch eher unwahrscheinlich vor. Wenn man ein gewisses Alter erreicht und gewisse Sachen noch nicht gemacht hat, spricht das dafür, daß man nicht will. Koprophemischer Sex mit Alicia war bestimmt etwas ganz Neues für mich, ich hatte aber trotzdem das unbehagliche Gefühl, daß ihre Reaktionen, ihre Leistung, wenn Ihnen das lieber ist, nicht so ganz furchtbar viel mit mir zu tun hatten.

Ich war kein kompletter Roboter. Ich befolgte nicht nur Befehle. Ich war ein freier Mann –, und doch: Wenn eine Frau einem befiehlt, ihre Brüste zu lutschen, ihre Klitoris zu lecken, ihr die Zunge in den Anus zu stecken, bedarf es schon eines sehr widerspenstigen Mannes, um etwas anderes zu tun. Und tatsächlich waren Alicias Kommandos (oder Bedürfnisse) so enzyklopädisch, daß mir wenig zu tun übrig blieb, was sie nicht bereits erfaßt und bestellt hatte.

Und nachdem ich sie mit meiner »Riesenladung heißer, dreckiger, dampfender Soße abgefüllt« hatte, um es mit Alicias Worten zu sagen, lagen wir in willkommener Stille beieinander. Wenn der Partner die Möglichkeiten jeder sexuellen Obszönität erschöpft hat, ist es schwer, sich etwas einfallen zu lassen, was man als nächstes sagen kann. Und die Wahrheit war, daß ich gar nichts zu sagen brauchte. Ich war vollkommen zufrieden damit, dort im Dunkeln zu liegen, den Arm um Alicia, und nichts sagen oder tun zu müssen.

Dann sprach Alicia. Sie sagte: »Dies ist nie geschehen, klar? Ich bin nie hier gewesen. Wir haben es nie miteinander getrieben. Keiner darf es wissen: der Chef nicht, die Kollegen nicht, die Patienten nicht, niemand. Wenn jemand Verdacht schöpft, werde ich es noch auf dem Totenbett mit meinem letzten Atemzug bestreiten. Wenn du es jemals jemandem erzählen solltest, werde ich dich einen Lügner nennen, sagen, du hättest es erfunden, hättest krankhaft über mich vor dich hin phantasiert. Klar?«

»Klar«, sagte ich.

»Gut«, sagte sie und wurde wieder verträglich, sie kuschelte sich an mich und war wieder sie selbst, warm, zärtlich, vielleicht sogar verliebt.

Charles Bukowski
Das Mädchen von der Bushaltestelle

Ich sah sie als ich auf der
Überholspur des Sunset Boulevard
in östlicher Richtung fuhr.
Sie saß auf der Bank,
die Beine locker übereinander,
und las ein Taschenbuch.
Stammte wohl aus Italien oder
Griechenland. Oder Indien.
Ich mußte an einer Ampel
halten, und ab und zu
blies ihr ein Windstoß
den Rock hoch. Ich war direkt
gegenüber von ihr und sah ihr
zwischen die Schenkel rein.
So etwas von makellos perfekten
Beinen hatte ich noch nie
gesehen. Ich bin sonst eher
gehemmt, aber diesmal starrte
und starrte ich, bis der Mensch
im Wagen hinter mir auf die
Hupe drückte.

So ein starkes Erlebnis war es
bis dahin noch nie gewesen.
Ich fuhr um den Block, dann
auf den Parkplatz des Supermarkts
direkt gegenüber von ihr
und starrte durch meine Sonnenbrille
wie ein Schuljunge in seiner
ersten Erregung.
Ich prägte mir ihre Schuhe ein
ihr Kleid
ihre Strümpfe
ihr Gesicht.
Autos fuhren vorbei und
blockierten mir die Sicht.
Dann sah ich sie wieder.
Der Wind flippte ihr den Rock
über die Schenkel hoch
und ich fing an, mein Ding
zu massieren.
Kurz vor dem Bus
kam es mir.
Ich roch meinen Saft,
spürte ihn, naß, durch die
Hose.

Es war ein häßlicher
weißer Bus, und er
nahm sie mir weg.

Ich fuhr vom Parkplatz
herunter und dachte:
Ich bin ein Spanner.
Aber wenigstens habe
ich mich nicht unsittlich
entblößt.

Na schön, bin ich eben
ein Spanner. Aber
warum tun die das? Warum
sehen sie so aus?
Warum lassen sie den Wind
so etwas tun?

Zuhause zog ich mich aus,
nahm ein Bad, stieg aus
der Wanne, frottierte mich
ab, stellte die Nachrichten
an und wieder aus
und schrieb
das hier.

Andreas Altmann
Magda. Hymne auf eine Nymphomanin

»Jeder von uns macht einmal den Mund auf und redet darüber«, so Norman Mailer, »und dann wird offensichtlich, wie
wenig er davon versteht.« Der Meister meinte unser Gerede
vom Sex. Das typische Männerprotzen. Die Auskenner beim
Fachsimpeln. Die souveräne Ignoranz der Alleswisser.

Mailers Behauptung klang wie ein Offenbarungseid. Er
schrieb gerade an seiner Biografie über Marilyn Monroe, als er
sich zu dem giftigen Satz hinreißen ließ. Er ahnte wohl, dass
die Göttin auf wunderbar wortlose Weise etwas wusste, was
ihm entging. Um sich zu trösten, ließ er uns andere Männer
auch nichts wissen. Fürsorglicherweise benutzte er den Pluralis
modestiae: »Jeder von uns . . .« Wie treffend.

Mailer und ich haben folglich zwei Dinge gemeinsam. Wir

gehören zu den (weniger zahlreichen) Männern, die ihre Ahnungslosigkeit zugeben und zählen zugleich zu den (überwältigend vielen) Männern, die nie Gelegenheit hatten, die Monroe kennen zu lernen. Als Auserwählter Marilyns sozusagen, im Duftkreis ihres sagenhaften Körpers, der alles wusste, wonach Mailer und ich (und der Rest) so hungerten.

Immerhin gab es einen Unterschied zwischen Norman und mir. Zu meinen Gunsten. Der Unterschied hieß Magda. Hätte der amerikanische Schriftsteller von ihr erfahren, er hätte wieder zu hungern begonnen. Ich habe sie erfahren. Weil sie bereit war, meinen Hunger zu stillen. Wie den von (vielen, sehr vielen) anderen Männern. Ihre Großzügigkeit war unersättlich, ihr Körper von tiefer Weisheit, er wusste, er nahm nie, ohne zu geben.

Noch heute könnte ich nicht sagen, was erstaunlicher war: der Sex mit ihr oder ihre Sexgeschichten. Beide waren exquisit und ohne jede Moral. Nichts bedrückte sie. Kein christliches Abendland, kein katholischer Beichtspiegel, nie war sie verdunkelt von bürgerlicher Heuchelei und der Mühsal, ihre Lust und ihre Lustorgane zu rechtfertigen. Sie war Haut und Natur, sie war sinnlich und unschuldig, sie war wahr, unheimlich wahr.

Ich bin Zeuge. Seit ich zum ersten Mal mit ansehen durfte, ja durfte, wie sich ihr Körper für jede kleinste Berührung bedankte. Wie schnell sich die Wonne in ihm ausbreitete und wie aus der Glut ein Buschbrand wurde und aus dem Buschbrand ein Erdbeben. Und wie sie bald in eine selige Trance schleuderte, aus der sie erst erwachte, nachdem der Gipfelsturm abgeklungen war und sie mich verdutzt neben dem Bett liegen sah. Hinausgeworfen von ihrer stürmischen Wollust, die irgendwann alles vergaß, auch die Zeit, den Lover, die ganze Welt. Sie war so ausschließlich.

Das Ausschließliche, das war das Bestaunenswerteste.

Sie unterrichtete mich, ich lernte, bekam bald auch ein Gespür für den Moment, in dem ich Gefahr lief, wieder im Sturzflug ihren bebenden Schoß verlassen zu müssen. Dann griff ich nach dem nächstbesten Körperteil und hängte mich ein. So schlitterten wir gemeinsam. Nicht einmal war ich linkisch, war nie zu früh, nie zu spät. Auf nachlässige Weise sorgte Magda dafür, dass keiner zu kurz kam. Nein, so ist es falsch. Sie sorgte sich um gar nichts, sie gab sich einfach hin, an den Augenblick, an mich, an das unglaubliche Gefühl von Nacktheit und Freude.

Was sie so begehrlich machte, war – über allem – ihr Talent, einem Mann den Eindruck zu vermitteln, er wäre ein bravouröser Liebhaber. Der Konjunktiv stimmt nicht, er war es. Weil sie so leicht entflammbar war. Weil ein Mann in ihrer (nackten) Gegenwart nichts falsch machen konnte. Wir waren alle so gut, weil sie so überragend war. Niemals bildete ich mir ein, dass ihre Ekstase von mir abhing. Trotzdem schmeichelte ihr Schreien und Flüstern.

Für alles andere war kein Platz. Magda sorgte dafür, dass das restliche Leben draußen blieb, außerhalb des Betts: der Grind des Alltags, der Geschlechterkampf, die Angst, als tapsiger Beischläfer entlarvt zu werden. Immer ging ich als glücklicher, als beschwingter Mensch von ihr.

Magda war schnell im Kopf. Dolmetscherin, dreisprachig. Cum laude stand im Abschlusszeugnis. Wir lernten uns auf einem Studentenfest kennen. Schon in derselben Nacht – muss ich es noch hinschreiben? – flog ich aus dem Bett. Sie mochte mich sofort, sagte sie später einmal. Als ich grinsend erwähnte, dass sie viele andere auch sofort mochte, antwortete sie trocken: »Du hast Recht. Aber du hältst mir keine Moralpredigten.« Das stimmte. Doch das Wichtigste war ihr entgangen: Ich beneidete sie, ich wusste, dass ich nie leicht werden würde wie sie.

Mit vierzehn verführte sie ihren ersten Mann. Mit fünfzehn wurde sie vergewaltigt. Ihre Lust behütete sie vor einem Trauma. (»Um ein Haar hätte ich es genossen!«) Ihre Freundschaft zu Männern blieb intakt. Die kommenden Jahre beinhalteten eine (kurze müde) Ehe und eine (lange) Serie atemberaubender Höhepunkte.

Das wirft kein gutes Licht auf mich, aber so war es. Denn bisweilen verschob ich unser beider Sehnsucht nach Körper und Hitze, schindete Zeit, vermied das Bett. Weil ich vorher eine Geschichte von ihr erzählt haben wollte. Hier die erste:

Eines Nachts fuhr die Polizei mit Blaulicht in den dunklen Wald, weil besorgte Anwohner glaubten, die verzweifelten Schreie eines Gewaltopfers vernommen zu haben. Im Scheinwerferkegel der Beamten lag aber keine blutüberströmte Leiche, sondern die schweißgebadete Magda M. auf der Motorhaube eines Renault 5. Aufs Äußerste lebendig, da ein gewisser Norbert M. (nicht der Ehemann), ebenfalls unbekleidet und verschwitzt, sich an ihr zu schaffen machte. Was wiederum dieses missverständliche und überaus ekstatische Gebrüll seiner Partnerin auslöste. Einmal mehr hatte Magda alles um sich herum vergessen. Auch die Fürsorge von Mitmenschen, die ein Leben lang nicht auf die Idee gekommen wären, dass hier ein Beischlaf stattfand und kein Meuchelmord.

»Schreien im Wald ist doch nicht verboten, oder?«, antwortete sie auf die Androhung einer Anzeige wegen öffentlicher Ruhestörung. Magda hatte Glück, mit einer mündlichen Verwarnung kam sie davon. Das passte zu ihr: eine Abmahnung für zu viel Lust.

Warum sie so ausdauernd schrie, man wusste es bald. Magda hatte nie einen Orgasmus, immer nur Orgasmen. Keiner kam je allein. Einmal oben, einmal in Trance, legte nichts mehr sie still. Sie barst, ihr Körper floss über und trieb von einem Taumel in den andern. Ihre Begabung zur erotischen Hemmungslosigkeit, auch die hätte ich gern gehabt.

Immer wieder sahen wir uns. Trotz Trennung durch weit voneinander entfernte Wohnorte. Wie selbstverständlich begannen wir bei jeder Begegnung vehement zu kommunizieren. Es gab nichts wegzuräumen, nichts aufzubauen, nichts vorzubereiten. Sie gab wie immer alles her. In diesen wenigen Stunden breitete sie ihren Körper und ihre Geschichten vor mir aus. Sie heilte mich, versöhnte mich mit meinen Niederlagen bei anderen Frauen. War bedenkenlos Komplize, wenn es galt, irgendeine Phantasie im Kopf mitten hinein ins Bett zu holen. Und sie hob meine Ressourcen, entdeckte in meinem Leib Möglichkeiten, von denen er bisher nichts ahnte. Alles an ihr war warm, alles von mir war willkommen. Kalter Sex war ihr fremd, so fremd wie die Scheinheiligkeiten der Monogamie.

Sie pflegte diesen unanfechtbaren Grundsatz, dass alles erlaubt sei, wenn nur die Teilnehmer – das mussten nicht unbedingt zwei sein – einverstanden waren. Seltsamerweise wollte sie von Sadomaso-Praktiken nichts wissen. Magda konnte sich nicht vorstellen, dass Sex mit Schmerzen zu tun haben sollte. Gab es eine absurdere Vorstellung? Sex war Freude, Freudenschreie, Seligkeit.

Eines ihrer Geheimnisse war die Tatsache, dass der »Geschlechtsakt« (was für ein pompöses Wort) nichts Besonderes für sie darstellte. Das Heilige, das Unsagbare fehlte. Er war Alltag, gehörte zu ihrem alltäglichen Leben. Wie fremde Sprachen sprechen, wie atmen. Wie denken. Sie wollte keinen Teil ihrer Gaben vernachlässigen. Sie war »schamlos«, im guten Sinne des Wortes, bar aller (falschen) Scham. Jeder Quadratzentimeter ihrer Haut blühte, nichts an ihr schien niedergezüchtet von den Maßregelungen ihrer Umgebung. Ich hatte (diskret) über sie recherchiert und herausgefunden, dass sie einen »schlechten Ruf« hatte. Das beruhigte mich.

Doch etwas fiel auf: Nie redete sie vulgär über Sex. Da sie mittels Sprache nichts nachholen musste, was im tatsächlichen Leben nicht stattfand, waren ihr unflätige Reden nicht geläufig. Da sie Sex nicht hasste, ihn nie irgendeines Unglücks oder Schuld verdächtigte, war der Wortschatz, den sie diesbezüglich aktivierte, völlig normal, unaufgeregt, nur eindeutig und praktisch.

Nächste Geschichte: Magda lag in einer Privatklinik, die Gallensteine schmerzten. Ein hübscher Pfleger kümmerte sich um die hübsche Patientin. Nachts pflegte er sie weiter. So laut, dass sich andere Patienten – weniger intensiv versorgt – am nächsten Morgen beim Oberarzt beschwerten. Wieder hatte Magda die Spielregeln der Anständigen überschritten. Auch hinterher, als sie aussagen sollte, wer vom Personal die Krankenhaus-Ordnung so unverzeihlich missachtet hatte. Sie hielt dicht. Und packte die Koffer. Diesmal reichte eine Verwarnung nicht aus, um ihre Lust zu bestrafen. Sie bekam Hausverbot. Sie bereute nichts, natürlich nicht. Sie bestellte ein Taxi und ließ sich die Steine in der nächsten Stadt zertrümmern. Gute Story. Sie zeigt, wie teuer sie für ihre Sinnlichkeit zu zahlen bereit war. Sie war nicht käuflich, ließ andere nicht für ihre Exzesse zahlen. Auch das machte sie schön und begehrenswert.

Sie widersprach allen Klischees. Weil ihre Sucht sie nicht ruinierte. Im Gegenteil. Der fast tägliche Umgang mit Sex gab ihr Kraft und Ruhe. Sie war eine disziplinierte Arbeiterin, belastbar, pünktlich, eigenverantwortlich. Keinen Tag lebte sie auf Kosten eines Mannes. Der Job einer Simultanübersetzerin forderte. Sie arbeitete gern und viel. Ihr Kopf war so hungrig wie ihr Geschlecht.

Eines Tages traf sie eine schwerwiegende Entscheidung. Aber sie zögerte und rief mich an, um meine Meinung zu hören. Das wurde ein langes und teures Gespräch, da ich zu diesem Zeitpunkt nicht in Europa lebte. Ihr Vertrauen ehrte mich, denn ihre Idee war spektakulär, ja aberwitzig. Ich war einiges gewöhnt bei ihr, aber jetzt ging sie einen Schritt weiter.

Sie wollte in einem »Cabaret« arbeiten. Nebenbei, abends, nach der Kopfarbeit. Sie betonte den Satz so anzüglich, dass man nichts falsch verstehen konnte. Das »Pink Inn« hatte statt einer Bühne fünfzehn Warmwasser sprudelnde Jacuzzis, in deren Mitte (nackte) Hostessen auf (nackte) Klienten warteten. Zur Verabreichung eines wohligen Schaumbads mit anschließendem Ganzkörperanschluss. Da wollte sie mitmachen. Aus schierer Geilheit? Aus plötzlicher Geldnot? Warum? Sie antwortete vage. Schulden sicher nicht. Irgendetwas lauerte in ihr, irgendetwas trieb sie. Ihre Bereitschaft, außergewöhnliche

Zustände auszuprobieren, war heftig und schubweise. Mehrmals hatte ich diese Versuchung zum Risiko an ihr beobachtet. Dass ihre drängende Sinnenlust bei diesen Unternehmungen nicht zu kurz kam, war wichtig, aber nicht alles.

Ich kannte sie zu gut, um wirklich überrascht zu sein. Selbstverständlich bestärkte ich sie. Ich war gleich lüstern auf die kommenden Geschichten, die sie mir erzählen würde. Sie versprach, mich auf dem Laufenden zu halten. Und hielt Wort.

Magda wurde aller Welt Liebling. Der Boss ließ sie von seinem Chauffeur abholen. Sie wurde sein Ass, sie sanierte den Laden. Und die Männer. Magdas Hilfsbereitschaft, ihr Raffinement und ihre Begabung, keinen genitalen Ernst aufkommen zu lassen, sprachen sich herum. Ihr Kundendienst war anders. Höflich, geduldig, teilhabend. Sie war das Gegenteil einer desinteressierten Schlampe, die missmutig ihre Geschlechtsteile zur Verfügung stellt. Sie war eine Gunstgewerblerin, ein Freudenmädchen, eine Wohltäterin. Sie war vielleicht die einzige Hure, die ihre Bezahlung als Zusatzbelohnung begriff. Zusätzlich zur Lust, die ihr widerfuhr. Ihre Genussfähigkeit war grandios. Diplompsychologen würden bestimmt mit dem Wort »Nymphomanin« nach ihr ausholen. Geschenkt. Wäre sie es nur geblieben.

Nach ihrem ersten halben Jahr im Einsatz kündigte sie an, mich zu besuchen. Sie wollte über einen Vorfall berichten, der ihr vor einiger Zeit widerfahren war. Drei Tage später traf sie ein. Ich holte sie am Flughafen ab. Ich zähmte mich. Beides erregte mich, die Aussicht auf ihren begnadeten Körper und die Erzählung, von der sie gemeint hatte, man könne sie fernmündlich nicht mitteilen. Zu verwegen, zu vermessen wäre sie. Wir fuhren zu mir, und ich bekam beides. Ihren Leib und hinterher die Geschichte. Hier steht sie:

Ein Kunde hatte sie zu einer »Private Party« nach G. mitgenommen, das Nobelviertel der Stadt. Der Besitzer und die Besitzerin einer feinen Villa öffneten. Schon ausgezogen. Man vergnügte sich bald redlich zu viert. Jeder mit jedem, alle auf einmal, die Damen unter sich, die erschöpften Herren als dankbare Zuschauer. Dann plaudern, dann wieder alle zusammen. Das war vergnüglich und ein uralter Hut. Später holte der Hausherr hinterm Kaminsims eine geschmackvolle Schatulle hervor. Die Hausherrin reichte Rasierklinge, Handspiegel und einen Fünfhundertmarkschein. Es gab das beste Mittel, um ersten Erektionsschwächen entgegenzuwirken: weißes, bitter schmeckendes Pulver. Die beiden Frauen snifften auch. Mit dem Kokain im Blut trieb das Quartett neuen Freuden entgegen. Es war lebhaft und lautstark, aber noch lange nicht der Höhepunkt des Abends.

Der kam kurz nach zwei Uhr morgens. Es war die Stunde, in der die vier – gerade wieder in einer Ruhephase – Champagner und Crackers konsumierten und der Villenhund, ein ausgewachsener Dobermann, sich nonchalant dem nackten Freundeskreis näherte. Drago, der schöne Rüde, machte die Runde. Bis er vor Magda stand, die entspannt am Fuß der schmalen Wendeltreppe saß, die hinauf zum Schlafzimmer führte. Drago roch, schnüffelte – und entschied sich. Seine Hundeerektion war eindeutiger Zeuge seines guten Geschmacks. Magda zögerte, jetzt doch für Sekunden im Kampf mit den bedrohlichen Stimmen eines abendländischen Gewissens. Dann drehte sie sich sacht auf die Knie und wartete auf ihren vierbeinigen Liebhaber. Er kam, sie kam. Nichts schien einfacher. Die unerhörte Geschichte endete in seliger Ermattung.

Wie ich sie bewunderte. Magda war eine Revolutionärin. Sie riskierte alles, um ihre Sehnsüchte nicht zu verraten. Ihr Mut den eigenen Ängsten gegenüber war beängstigend. Sie wich ihnen nicht aus, sie floh nicht, sie träumte nicht. Sie sprang, sie lebte.

»Bis zu jenem Tag«, um ein Wort Otto Flakes zu zitieren, »an dem der Küster kam.« Der Küster als Sammelbegriff aller Dünnmänner, die nichts anderes anzubieten haben als Sicherheit und Ewigkeit. Mein Erstaunen war uferlos. Das ergründliche Menschenherz, einmal mehr. Ein Männchen trat

auf und verführte sie. Auf den Weg aller bürgerlichen Bie-
derkeit. Sie heiratete ein zweites Mal, und alles hörte auf. Die
Geschichten, die Lustschreie, die Suche. Sie war jetzt vierund-
dreißig, und die Angst vor der zweiten Hälfte ihres Lebens
schien plötzlich unermesslich. Mehr war aus ihren wenigen
Briefen nicht herauszulesen. Magda verwitterte, sie wurde still
und unheilbar zufrieden. Wobei sie nicht nachließ in ihrer
Radikalität. Jetzt eben eine radikale Spießerin wurde. Nicht
viele Klischees blieben übrig, die sie nicht nachholte. Die Revolutionärin und ihr Feuer waren erloschen.

Eines Tages kam ein Einschreiben. Diesmal von ihrem Ehemann. Darin verbat er sich »jeden weiteren Briefverkehr mit
meiner Frau«. Ich wollte witzig sein und antwortete, dass mir
nun auch dieser Verkehr versagt bliebe. Aber ich war bitter,
ich wusste, der Ehemann hatte Recht. Es war vorbei. Es gab
nichts mehr zu wissen, nichts mehr zu erfahren, nichts mehr
zu lachen.

Anhang

Nachweise und Register

434

437

Herausgeber und Verlag danken allen Autoren, Verlagen, Agenturen, Herausgebern und sonstigen Rechteinhabern für die freundliche Erteilung der Rechte. Es konnten nicht in allen Fällen die Rechteinhaber ermittelt werden. Berechtigte Ansprüche sind bitte an den Verlag zu stellen.

Die Rechte an den einzelnen Beiträgen liegen bei den Autoren, ihren Verlagen oder den genannten Rechteinhabern.

Der Meister Scharfer Stellen
RUDI HURZLMEIER

HAPPY BIRDS-DAY
Die bunte Vögel-Welt
in Bildern von Rudi Hurzlmeier & Versen von Harry Rowohlt.

HIPPHOPP
Rassige Rösser & feurige Pferde
in Bildern von Rudi Hurzlmeier & Versen von Harry Rowohlt.

ICH WOLLT, ICH WÄR DEIN HUND
Eine kunterbunte Hundekunde
in Bildern von Rudi Hurzlmeier & Versen von Harry Rowohlt.

LORD BRUMMEL
Aus dem Leben des Dandys unter den Bären
in Bildern von Rudi Hurzlmeier & Versen von Harry Rowohlt.

MIEZ MIEZ
Heiße süße Katzen
in Bildern von Rudi Hurzlmeier & Versen von Harry Rowohlt.

WAHRE ENGEL
und andere Geister der Weihnacht
in Bildern von Rudi Hurzlmeier & Versen von Harry Rowohlt.

ALS DER WEIHNACHTSMANN EINE FRAU WAR
Eine festliche Geschichte von Eugen Egner.
Mit vielen bunten Bildern von Rudi Hurzlmeier,
einigen von Michael Sowa und einem
von Eugen Egner.

AUFSTAND DER KUSCHELTIERE
Ein Buch für kleine & große Kinder von Klaus Bittermann.
Mit vielen bunten Bildern von Rudi Hurzlmeier.

im Haffmans Verlag bei
ZWEITAUSENDEINS

*Lustiges & Lüsternes
im Haffmans Verlag
bei Zweitausendeins*

SOPHIE ANDRESKY. Mein Harem. Alle erotischen Geschichten von Germany's Porn-Princess Nr. 1.

SOPHIE ANDRESKY. Echte Männer. Was Frauen wirklich wollen. Verführungen zur Lust.

CHRISTOPHER BUCKLEY. Florence von Arabien. Der Roman der Frauen im Nahen Osten. Deutsch von Martin Richter.

LAURA SHAINE CUNNINGHAM. Weiberrunde. Roman. Sechs Freundinnen erleben eine lange Nacht, in der alles rauskommt. Deutsch von Juliane Zaubitzer.

JENNY ECLAIR. Schöne Ferien. Zwei Familien zwischen Auf- und Abbruch. Deutsch von Juliane Zaubitzer.

JENNY ECLAIR. Vorstadt-Schönheit. Vom Treiben & Paaren in den Großen Städten. Deutsch von Juliane Zaubitzer.

EUGEN EGNER. Als der Weihnachtsmann eine Frau war. Mit farbigen Bildern von Rudi Hurzlmeier, Michael Sowa und Eugen Egner.

Katinka & Fritz Eycken (Hrsg.) *SCHARFE STELLEN.* Ein Lesebuch der Hocherotik. In 6 Stellen auf die Reihe gebracht & geschmückt mit Sex-Zeichnungen von Rudi Hurzlmeier. Die feine Art der literarischen Anmache.

GUSTAVE FLAUBERT. Madame Bovary. Sitten der Provinz. Roman. Vollständig neu übersetzt Anmerkungen von Caroline Vollmann.

Gerd Haffmans (Hrsg.) *DER RABE* – Magazin für jede Art von Literatur. Der Rabe 65: Der vereinigte Europa-, Zukunfts- & Jubiläums-Rabe.

Tini Haffmans (Hrsg.) *DER RABEN-KALENDER.* Für jeden Tag im Jahr 2011.

RIDER HAGGARD. SIE-der-man-gehorchen-muß. Ein Abenteuer-, Liebes- und Unsterblichkeitsroman vom neuen Matriarchat. Deutsch, mit Anmerkungen und einem Nachwort von Susanne Luber.

ULRICH HOLBEINs Weltverschönerung. Umwege zum Scheinglück. Ein vorläufiges Lebenswerk, darin: »Sind Frauen die besseren Männer?«

RUDI HURZLMEIER & HARRY ROWOHLT. Miez miez. Schöne scharfe Katzen in Bild & Vers.

RUDI HURZLMEIER & HARRY ROWOHLT. Happy Birds-Day. Die fröhliche Vögel-Welt in Bild & Vers.

RUDI HURZLMEIER & HARRY ROWOHLT. Wahre Engel und andere Geister der Weihnacht in Bild & Vers.

RUDI HURZLMEIER & HARRY ROWOHLT. Ich wollt, ich wär Dein Hund. Eine schmusige Hundekunde in Bild & Vers.

RUDI HURZLMEIER & HARRY ROWOHLT. Hipphopp. Die Hohe Schule der Roßmalerei mit feinen Pferde-Versen.

STEFFEN JACOBS. Angebot freundlicher Übernahme. Gedichte der Lust, Liebes- & Lebenspein. Mit einer CD belesen vom Dihter.

Steffen Jacobs (Hrsg.) *DIE LIEBENDEN DEUTSCHEN.* 445 entflammte Gedichte aus 400 Jahren.

Steffen Jacobs (Hrsg.) *DIE KOMISCHEN DEUTSCHEN.* 881 gewitzte Gedichte aus 400 Jahren, mit den Kapiteln »Lust & Liebe« und »Ehe & Familie«.

Steffen Jacobs (Hrsg.) *DIE KOMISCHEN DEUTSCHEN: DAS HÖRBUCH.* 104 gewitzte Gedichte aus 400 Jahren mit den Kapiteln »Lust & Liebe« und »Ehe & Familie«. Vorgetragen von Steffen Jacobs mit Katharina Thalbach, Harry Rowohlt und Gerd Haffmans. CD.

NORBERT JOHANNIMLOH. Regenbogen über der Appelbaumchaussee. Ein westfälisches Sittenbild in Geschichten und Gedichten mit dem Triptychon um die Judith von Münster.

KARIN KUSTERER. Märchen von der unmöglichen Liebe. Roman von werdendem Leben und einer Reise ins Herz der Finsternis Afghanistans.

PHILIP LARKIN. Wirbel im Mädcheninternat Willow Gables. Der bezaubernde Mädchenroman eines großen Lyrikers. Deutsch von Steffen Jacobs.

CHARLES LEWINSKY. Zwei Fernseh-Romane: »Mattscheibe« und »Schuster! Die Talkshow« erstmals in einem Band: Mit den zweien liest man besser.

DAVID LODGE. Therapie & Denkt. Zwei Tagebuch- & Campus-Romane über Liebe, Lust und Wissenschaft. Deutsch von Renate Orth-Guttmann & Martin Ruf.

JENNY McPHEE. Der Kern der Dinge. Eine sexy Geschichte vom klassischen Kino, um Klatschpresse, Quantenmechanik und Mr. Right.

KATHERINE MANSFIELD. Sämtliche Werke. Eine Klassikerin der weiblichen Erotik vollständig neu übersetzt von Ute Haffmans, Sabine Lohmann und Heiko Arntz.

AXEL MARQUARDT. Was bisher geschah. Alle Mach-, Lach- & Meisterwerke der komisch-erotischen Periode.

MONTY PYTHON. Sämtliche Worte. Die vollständigen Drehbücher der legendären Fernsehserie mit vielen Fotos.

FANNY MÜLLER. Keks, Frau K. & Katastrophen. Die fehlten noch: Alle Geschichten.

FANNY MÜLLER liest aus Keks, Frau K. & Katastrophen. CD, mit einer gedruckten Rede von Frank Schulz.

FANNY MÜLLER & SUSANNE FISCHER. Stadt Land Mord. Roman in Briefen.
Zwei Frauen räumen ihre Männer auf.

JAN GRAF POTOCKI. Die Handschrift von Saragossa oder Die Abenteuer in der Sierra Morena. Ein verzaubernder Jahrhundertroman von Grafen, Gaunern und Geliebten. Deutsch von Werner Creutziger.

SARAH SANDS. Spielchen spielen. Ein Fernseh- und Zicken-Roman. Deutsch von Sabine Lohmann.

FRANK SCHULZ. Kolks blonde Bräute. Roman vom rechten Reden & Trinken, von wahrer Liebe & echter Freundschaft und kleinen Taten & großen Träumen. Hagener Trilogie I.

FRANK SCHULZ. Kolks blonde Bräute. Der ganze Roman als Hörbuch eingerichtet vom Verfasser, gelesen von Harry Rowohlt, Fanny Müller, Marion von Stengel, Gerd Haffmans und Frank Schulz. 7 CDs oder 1 MP-3. Das Hörbuch mit dem hörbar weiblichen Orgasmus.

FRANK SCHULZ. Morbus fonticuli oder Die Sehnsucht des Laien. Ein großer Roman einer erotischen Obsession. Hagener Trilogie II.

FRANK SCHULZ. Das Ouzo-Orakel. Ein langer Liebes-Roman findet Vollendung: Hagener Trilogie III.

FRANK SCHULZ. Die Hagener Trilogie in Kassette. Mit der Laudatio von Frank Schäfer zum Hubert-Fichte-Preis an Frank Schulz als Beiheft.

DAVID SEDARIS. Gute-Nackt-Geschichten. Alle Geschichten aus »Nackt« und »Ich ein Tag sprechen hübsch« in einem Band. Deutsch von Harry Rowohlt und Georg Deggerich.
So wurde David über Nackt berühmt.

LINDA VERHAELEN. Mein Leben als Schlampe. Sex and the City in den Siebzigern.

LINDA VERHAELEN. Das Leben als Zumutung. Das Schlampenleben geht weiter zwischen Büro und Bar.

OSCAR WILDE. Die Märchen. Die beiden Sammlungen »Der glückliche Prinz« und »Ein Granatapfelhaus« zauberhaft vereint. Deutsch von Susanne Luber.

JOSEPH v. WESTPHALEN. Zur Phänomenologie des arbeitenden Weibes. Zwölf Eroberungsversuche mit zwei Zugaben und einem Nachwort »Mein Jahr als Playboy«.❖

www.Zweitausendeins.de